ミーア・ヴィンシー／著
高里ひろ／訳

嘘の口づけを真実に
A Dangerous Kind of Lady

JN172952

扶桑社ロマンス
1589

嘘の口づけを真実に

登場人物

アラベラ・ラーク ―――――― 女相続人
ガイ・ロス ―――――― ハードバリー侯爵。アラベラの元許婚
スカルソープ男爵 ―――――― 戦争の英雄
クレア・アイヴォリー ―――――― 高級娼婦
ミスター・ラーク ―――――― アラベラの父親。鳥類学者
レディ・ベリンダ ―――――― アラベラの母親
レディ・フレデリカ ―――――― ガイの妹。フレディー
ウルスラ ―――――― ガイの異母妹
サー・ウォルター・トレッドゴールド ―――――― 騎士。フレディーとウルスラの後見人
マティルダ・トレッドゴールド ―――――― サー・ウォルターの姪
カッサンドラ・デウィット ―――――― アラベラの友人
ジュノ・ベル ―――――― アラベラの友人

ウィットはもっとも危険な才能だ。くれぐれも人前でひけらかさず、気立てのよさを前に出すようにしなさい。さもなければ多くの敵をつくることになる……。

良識を見せるのはさらに慎重にしなさい。おまえがほかの人々より優れた存在だと思われてしまうからだ。――もし教育を受けていたら、それはあくまでも秘密にするように。とくに男性には口外してはいけない。彼らは大体において、学識をもち教養を身につけた女性を嫉妬《しっと》と悪意をたたえた目で見る。

真の知性や公平さを備えた男性はそのような劣等性をはるかに超越している。だがそうした男性にはめったに出会えない……。

『父から娘たちへ贈る言葉』
ジョン・グレゴリー博士
ロンドン、一八〇八年版

1

摂政の宮主催の仮装パーティーに来てわずか十五分で、アラベラは悟った。わたしは優秀なスパイにはなれない。

残念だった。〝もし父に勘当されたらしたいこと〟の一覧では、〝スパイになる〟がいちばん上にあったのに。ほとんどの面では、自分はその仕事に向いていると思う――知るべきではないことを知ったり、分析したり、ほかの人が悪事を働く前にその悪事を予想したりが得意だ――けれど、スパイには忍耐が必要で、忍耐は昔からアラベラの強みではなかった。

すでに忍耐の限界だった。まったく、人々を自分の思いどおりに動かすことができたらいいのに！　でもそれは無理だから、アラベラはいらだちを隠して礼儀正しく挨《あい》拶《さつ》したり、優雅に会釈《えしやく》したりしながら、庭まであふれだしている客のなかを歩いた。

さわやかな気持ちのいい夜だった。晩夏《ばんか》の空はロンドンではこれ以上ないほどよく晴れて、広々した芝生の庭は松明《たいまつ》や吊り下げ式のランタンで煌々《こうこう》と照らされている。

パーティーを取り仕切っている人たちの狙いがカーニバル風のごた混ぜなら、成功だ。仮装した招待客に交じって色とりどりの衣装をつけた軽業師《かるわざし》が側転し、奇術師が火を吹き、吟遊詩人《ぎんゆうしじん》が歌い、ジャグラーはジャグリングし、綱渡り師が綱を渡り、踊り子が跳びはね、くるくる回っている。

すばらしい見世物《みせもの》だが、アラベラがひそかに同時にこなそうとしている作戦にはじゃまでしかない。その作戦とは、ロード・ハードバリーを探すこと、ロード・スカルソープを避けること、ママをかわすこと、ハードバリーが彼女を捨てて以来倍増した財産目当ての求婚者を追いはらうこと、ほかのミネルヴァたちに鋭く目配せして、適度な距離を保つことだ。

アラベラが、ミネルヴァの衣装――ローマ風のひだのあるドレスに羽根飾りつきの赤い兜《かぶと》――で仮装するのは自分だけではないと承知の上で注文したのは、ママにも言ったとおり、「摂政の宮が主催し、宮の友人たち三千人が集まる仮装パーティーで、社交的な侮蔑《ぶべつ》に立ち向かうには、戦いの女神に扮《ふん》さなければ」という理由だった。

「そんな大げさなことを言うなんてあなたらしくないわ、アラベラ」ママは穏やかにたしなめた。「ロード・ハードバリーはあなたを捨てたわけじゃない。あなたたちが赤ちゃんのときに父親どうしが決めた婚約を履行《りこう》する義務はないという、もっともなことを言っただけで、みんなもそのことはわかっている。だれもそんなこと口にしないはずよ」

たしかに、口にはしない。どの会話でも、人々が〝口にしない〟ことが、アラベラにははっきりと聞こえた。嫌でたまらなかった。人々があえて〝口にしない〟ことが。

ほんとうに、だれか口に出してくれたらいいのに！　そのすばらしい人は、こんなふうに言うのだ。「そういえば、ミス・ラーク、ガイ・ロスがハードバリー侯爵の爵位を相続するためについに帰国したね。あまりに長いこと国を留守にしていたから、死んだのではないかとさえ噂《うわさ》されていたが。そして帰国後、彼が最初にしたのはあなたと結婚しないと宣言することだった。教えてくれ、ミス・ラーク、きみの有名なプライドの具合はどうだい？　湿布、それとも包帯を用意しようか、それとも牧師が必要かな？」

そうしたらアラベラは、十二歳になるころには完成させていた威厳《いげん》に満ちた態度でその人を見くだし、こう言う。「どうぞご心配なく。ロード・ハードバリーにふられたくらいで、わたしのプライドは死んだりしませんから」

そう、プライドは、この二十三年間、アラベラのもっとも忠実な友人だった。いつでもアラベラを助けるために介入し、彼女の口を乗っとって、思ってもいないことを言わせた。そんなプライドの重みに耐えて自分がまっすぐ立っていることさえ驚きだ。でもときどき、プライドなしでは立っていられないのではないかと思うこともある。

そしてそのプライドのおかげで、こんな状況になっている。いままでずっと、わたしはハードバリー侯爵夫人になるのだと自慢しながら、あのいまいましいガイ・ロスと結婚しなくてすむようにとひそかに祈っていた。それなのにあいつに頼みごとをしなければならないなんて。

アラベラ・ラークがだれかに頼みごとをするだけで、空はひび割れて震えるだろう。ましてその相手がガイ・ロスなら、天が崩れ落ちてきてもおかしくない。

でもどうしても、頼まなければならなかった。さもないと――

ロード・スカルソープ。

アラベラは固まった。

すぐそこでスカルソープ男爵が小さなグループで談話していたが、さいわいこちらを向いてはいない。三角帽をかぶり、黒いマントをはおって、袖口にレースをのぞかせた古風な追いはぎの仮装だ。どこから見ても、社交界を魅了する颯爽《さっそう》としてたくましい戦争の英雄だった。もうすぐ三十六歳のはずだが、彼のように壮健《そうけん》で力強い男には関係ない。

あと数歩近づいていたら、彼に見つかっていた。危ないところだったと気づき、ヘルメットの下で頭皮がちくちくして心臓がどきどきする。ばかね。自分を叱って、まわりを見回し、逃げ道を探した。

スカルソープのいるグループに、道化がふたり近づいていった。中世風の赤と黄色の派手な衣装を着て、三つの角がとがった道化帽をかぶり、つま先の長い靴をはいている。スカルソープと彼の横にいる既婚婦人に近づき、ふたりの手首をつかむとピンク色のリボンで手早くふたりの腕を結びつけた。

ざわめきで言葉までは聞こえなかったが、アラベラは道化のこのいたずらを知っていた。少しきわどいけれど、こういう催《もよお》しではよくある。道化は紳士に、貴婦人にキスすれば解放すると告げる。スカルソープは大げさによろこんで胸に手をやり、女性のふっくらしたほおにキスして、自分の顔を仰ぎ、人々に歓声をあげさせた。道化はリボンを切って離れていき、この幕間劇《まくまげき》に昂《たかぶ》ったグループは、歓談に戻った。

なんて如才《じょさい》がない！　それに魅力的！　裕福でハンサムなロード・スカルソープが、この国でもっとも有望な独身男性なのも当たり前だ。

アラベラ、おまえは運がいいぞ。その彼に選ばれたのだから。

パパはそう言った。ロード・ハードバリーがアラベラとは結婚しないと正式に告げる手紙を送ってきたあとで、ロード・スカルソープが正式に彼女との結婚を申しこむ手紙を送ってきたと明かして。アラベラは自分が運がいいとは思えなかった。この春、スカルソープが最初に彼女に関心を向けてきたとき、三回会話しただけで、彼の妻になるなんて耐えられないとわかった。そのころ社交界ではガイが帰国するという噂が広まっていたから、アラベラは彼を待つつもりだと言った。ガイは帰国しないだろうと思っていたから。万一帰ってきたとしても、そのころにはスカルソープはほかのだれかと結婚しているだろうと思っていたから。どちらもはずれた。

「スカルソープがまだおまえと結婚したがっているなんて、運がよかったんだぞ。だから今度こそだめにするんじゃない」パパはアラベラにそう言いながら、かわいがっている鸚鵡《おうむ》のクイニーの明るい緑色の羽をなでた。彼女の死んだ弟の肖像画が、壁のいちばんいい場所でほくそ笑んでいる。

「でもパパ、ロード・スカルソープがそんなにわたしと結婚したがっているのなら、わたしがだめにできるとは思えないわ」

「広大な領地の女相続人なのに、男たちはおまえとの結婚を避けようと必死だ。ラックスバラにふられ、今度はハードバリーにもふられた。スカルソープにはふられないように、くれぐれも気をつけなさい」

「もっと賢明なのは、この退屈なロードたちの行列を全部なくしてしまうことよ」アラベラは反論した。

「スカルソープと結婚しないと言ってるのか?」

「前にも言ったけど、わたしにもっといい考えがあるの。パパがもう少しだけ待ってくれたら。じつは手紙を――」

「もう待てない！　話は終わりだ。おまえにはずいぶん辛抱してやっただろう、いいからさっさと結婚して孫息子を産みなさい」パパは最後通牒で話を打ち切った。「摂政の宮の仮装パーティから戻ったら、婚約だ」

「しないと言ったら？」

「それならもうパーティーから帰ってくる必要はない」

〝ふたたび突破口へ追撃だ〟、とアラベラは考え、スカルソープに見つかる前に人ごみにまぎれた。ジャグラーが目にも留まらぬ速さで手を動かしてジャグリングしながら、すれちがいざまにウインクしてきた。自分もジャグラーになったように感じる。でも彼女がジャグリングしているのは夫候補たちだった。もちろんスカルソープとの結婚を避ける計画はある――アラベラにはいつでも計画があるのだから――けれどもその実現には数か月かかるし、パパの強硬な最後通牒《さいごつうちょう》を考えれば、それまで時間を稼ぐ必要がある。あらためて決意を固くした。なにもかも失うのを避ける唯一の方法が今夜婚約することなら、よろこんで婚約する。

　それにはガイをみつけないと。

＊　＊　＊

こんなに大勢の人がいて、彼とはほぼ八年ぶりで、だれもかれも仮装をしているなかで、どうやってハードバリー侯爵、ガイ・ロスをみつけるか？

簡単だ。ブヨの羽音のようにおべっかを言いつづける連中に囲まれた、役立たずで独りよがりのダンディーを探せばいい。

お世辞を言われて、きっと得意になっているはずだ。相変わらず、もし財産と爵位がなければ、自分は何者でもないのに気づいていないのだろう。子供のころ、いくつかの家族がおなじカントリーハウスに滞在していたとき、男の子たちが、なんのゲームでもわざとガイを勝たせているの見て、アラベラは唖然《あぜん》とした。ガイはあまりにもうぬぼれていたから、気づいていなかった。もちろんアラベラはそんな手加減はしなかった。彼女はだれにも負けなかった。

公平に言えば、ガイは感じのいい勝者だった。自慢するようなことはなかった。けど、その必要もなかった。彼の代わりに自慢するごますりがいっぱいいたのだから。アラベラに負けたときも、ガイは負け惜しみを言ったりはしなかった。みんなの前では、彼女の勝利に祝いの言葉を言い、女の子、しかもいずれ結婚することになっている子に負けたことでからかわれても、笑って受け流したが、それは表向きのことだとふたりともわかっていた。ふたりきりになると、ガイは言った。「次はぼくが勝つからな」それにアラベラはこう返した。「わたしがあなたに負けるわけないでしょ」そしてにらみ合い、口も利《き》かなかった。

　ガイはアラベラがデビューする前から社交界の花形として名をはせていたので、徒競走や弁論会で優勝したとか、優雅にダンスしたとか、最先端の流行を完璧に着こなしたとか、輝かしい噂を聞かされて、アラベラは悔しい思いをした。そして最後のあの噂だ。ガイはある女の人に恋をしてふられた。生まれて初めて自分の思いどおりにならないできごとにぶつかって、イングランドから逃げだし、八年間ふてくされていた。

　とはいえ、何年間も国外で行方不明になることと、彼の帰還を祝うために催された仮装パーティーで行方不明になることは別だし、いらだたしいほど不都合だった。アラベラは人ごみを縫って歩き、知り合いと会釈を交わして先に進み、熊や騎士や絞首刑執行人に仮装している男の人は無視した。そのとき前方で軽業師が後ろ宙返りをして、思わずよろけたアラベラの前で、火を食う奇術師が大きく炎を吐いた。

　視界が晴れたとき、目の前にカエサルに仮装した長身の男がいた。革製の胸あてとひざ丈の革片から成るプテルゲスの上に、赤いマントをまとっている。その男のまわりにはちょっとした空間ができていた。なぜなら皇帝然としたその存在感のおかげで、これだけたくさんの人々がいるなかでも、人々が敬意ある距離を保っているからだ。横でなにか話しかけている中年の紳士は例外としても。アラベラはカエサルの腕に目を走らせ、さらにブーツの上数インチのプテルゲスの裾に目をやり、そこではっとして、回れ右して離れようとした。

途中で足がとまり、一瞬あとに、目の前の現実に頭が追いついた。

いいえ、まさか。

でも……。

からだをひねって、肩越しに見た。それからちゃんとふり向き、目をしばたたいた。

なぜかというと、カエサルの仮装をした男はガイに間違いなかったが、アラベラの知るガイではなかったからだ。

このガイはなんだか……そう……彼は……ガイは……。

驚いた。

ガイは成長した。

アラベラが憶《おぼ》えているより背が高く、肩幅も広く、筋肉質になった。昔から強健《きょうけん》だったけれど、それは紳士の趣味の範囲でだった。もしこれが初めて会う人だったら、アラベラは彼を、紳士、まして貴族だとは思わなかっただろう。もしかしたらそれは、まったくイギリスの貴族らしからぬ焼けた肌のせいかもしれない。髪の毛先がほとんど金色になり、肌も垢《あか》抜けないほど日焼けしている。細い鼻梁《びりょう》にへこみがある。ひょっとしたらその不完全さがアラベラを動揺させているのかもしれない。かつてイングランドには、貴族の子弟の鼻の骨を折る人間はいなかった。じっさい、彼の見た目になめらかなところはどこもなかった。ほおのくぼみはあごの精悍《せいかん》さと好対照だ。その眉間《みけん》のしわは、世界が提示するあまりの難問の多さにいっときの心の平穏も得られないと言っているようだった。

　でもアラベラの目を引きつけたのは、ほかのなにかだった。彼のたたずまいのなにかだ。若いころのガイはなにも気にすることなく世界を悠々《ゆうゆう》と歩いていた。自分にはなにもひどいことが起きるはずがないと信じきっていた。でもいま、自信のある落ち着きの下に警戒が感じられる。まるで攻撃を予期しているかのように。

　いったいどこに行っていたの、ガイ？　アラベラは知りたいと思った。こんなふうに変わるなんて、いったいなにをしていたの？

　油断のないまなざしにもかかわらず、ガイはまだアラベラに気づいていなかった。だからもう一度、その全身に目を走らせた。プテルゲスの帯状の革が肩をつつみ、むき出しの二の腕の筋肉をのぞかせている。前腕もむき出しで、筋張った筋肉と血管を日焼けした肌が覆っている。

　ほんとうに、ガイ。アラベラは彼の前腕をじっと見つめた。そんなふうになるなんて、いったいなにをしていたの？

　ガイがあたりを眺める様子から、気づかれるのは時間の問題だとわかった。アラベラはいつになく心の準備ができていないように感じた。昔のガイは簡単に操れたかもしれないけど、この男は……。この男は知らない人だ。

ガイの視線が近くにいる若い紳士三人組の上をよぎる。三人ははっとして、愛想笑いを浮かべたが、ガイはなにも見ていないかのように視線を移した。もし目が合っていたら、それは無視だと思われたはずだ。これでもじゅうぶん礼儀にははずれている。紳士たちもそれに気がつき、からだをこわばらせて、ガイの気を引こうとしたことなどなかったかのように、熱心に話に興じた。

アラベラは人ごみにまぎれた。もしガイにおなじことをされたら――互いに嫌いあってきたふたりの歴史を考えれば、その可能性は高かった――ほかの人々も気がつく。屈辱的な噂はずっと続くだろう。いまいましい。彼はアラベラの提案を聞こうともせず彼女をはねつけ、アラベラは王さまの拝聴をお願いする請願者《せいがんしゃ》のように立ちつくす。社交界はアラベラのことをあざ笑うだろう。なぜならアラベラはプライドが高くてずけずけものを言うし、人は自信過剰な女をばかにするのが大好きだから。

つまり、自分のプライドを危険にさらすことなくガイに近づく方法を見つける必要がある。もし計画が失敗したら、彼女に残るのはプライドだけなのだから。

選択肢を検討していると、ピンク色のリボンをもった道化がまた通りかかった。アラベラはガイのむき出しになった筋肉質の前腕と、自分のバッグの中身を思いだした。

すぐに計画を思いついた。

＊　＊　＊

また別の男がぺらぺらしゃべりつづけている。こいつも死んだ父親の取り巻きのひとりで、息子が同様に便宜を図るのを期待しているのだ。なんてかわいらしい。嬉々《きき》として不正なたくらみをもちかけてくる様子は、まるで小うるさい雌鶏《めんどり》のようだ。それにおもしろい。ガイが鈍感なふりをすればするほど、その鳴き声は執拗《しつよう》になる。

だがこの男が話しつづけているあいだは、ほかにだれも近寄ってこない。だからガイはそのまま話させておいて、パーティーの人ごみのなかにフレディーを探した。見分けがつくといいのだが、彼が最後に見た十一歳の少女は十九歳のレディになって大きく変わっているはずだ。仮装パーティなんて、まったく気が利いている。〝数千人のなかから妹を探しだす〟ゲームをより厄介なものにしてくれるなんて。

「ばかばかしいと思いませんか、マイロード？」男が声をたてて笑った。

ガイは男を見た。ばかばかしいといえば、政治家かなにかだというこの男は、どういうわけかアナグマの仮装をしている。もっとも公平を期して言えば、ふさふさした白髪がアナグマにぴったりだった。見かけによらず若々しい顔は共犯者めいたよろこびで輝いている。ガイが話に乗ると確信しているようだ。

「ぼくがばかばかしいと思うのは、今夜、そんなくだらない政治の話をぼくがしたがっていると、あなたが思っていることです」ガイは応《こた》えた。

「ハハハ！　なんてひょうきんな方だ！　たしかに、たしかに」政治家はあきらかに気にせず、愛想よくうなずいた。「来週わたしのクラブでお話ししましょう。最高級のバーガンディーワインを飲みながら」

このずうずうしい申し出にガイは鼻を鳴らした。「たとえ最高級のバーガンディーが六本あっても、あなたの話を聞きたいとは思いません」

「そんな、マイロード。わが国の命運にご興味はないのですか？」

「わが国の命運にはある。だがあなたの不正なたくらみの命運にはない」

「わたしはそんなふうには言いませんよ！」

「もちろんそうでしょう、小悪党《ラスカル》だから。だがぼくは違う」

男は口をぱくぱくして、怒りの言葉を返してきた。ガイは思わず笑った。政治がこんなにおもしろいとは知らなかった。

男はすぐに立ち直ったが、威厳《いげん》をかもしだそうとするなら、そもそもアナグマの仮装をするべきではない。

「この計画はあなたにとっても利益があるんですよ」男はいらだって言った。「わたしのお手伝いに感謝してくださってもいいでしょう、亡くなったお父さまは限嗣相続《げんしそうぞく》以外のすべての財産を妹さんたちに遺《のこ》したのですから。それに、あなたを後見人にもしなかったというじゃありませんか。妹さんたちの信託財産を管理する恩恵もないんでしょう」

たしかにそうだ。その〝恩恵〟はサー・ウォルター・トレッドゴールド、数年前にガイの父親が再婚した女性の兄である無名の騎士のものになっている。父親の遺言は法律によってがっしりと守られている。ガイの弁護士によれば、大法官府裁判所が遺言書を無効にするのは、サー・ウォルターが被後見人の信託財産管理で不正をおこなっている場合だけというらしい。だがその証拠はすぐに見つかるだろう。先代の侯爵の取り巻きはほぼ全員、ろくでもない人間なのだから。

「ご心配痛みいります、サー」ガイは軽い口調で言った。「でも幸いなことに、限嗣相続財産だけでぼくが人生に望むものはすべて手に入ります。はき心地のよいブーツが何足かと毎日の温かいバターつきトースト」彼の視線は花に仮装した若い娘ふたりに留まった。顔を寄せあって親しげに話している。ふたりのきらきらした目と優しいほほえみに、いままで手にしたことのないなにかへの懐かしさを覚えた。「それに、花嫁」

「やはりアラベラ・ラークと結婚しないというのはほんとうなんですか？　ミス・ラ

ークとの婚姻はかなりの富をもたらすでしょうに」

アラベラとの婚姻はかなりの消化不良ももたらすだろう。あの娘が、彼の記憶にある威張りやで口論好きの知ったかぶりのままなら。

「ほんとうです」ガイは言った。「だがミス・ラークは父の選択だった。自分の妻は自分で選ぶほうが公正だと思いませんか？」

男は両手を合わせて山のようにした。「それで思いだしましたが、わたしには姪《めい》がおりまして」

ガイは笑った。人々がふり返る。そのなかに、道化がふたり、手にピンク色のリボンをぶらさげているのが見えた。花に仮装している若い女性たちはいたずらっぽいまなざしを交わして、近づいてきた。そそられる気晴らしだが、今夜のガイは男女の楽しいゲームに気を散らされるわけにはいかない。フレディーを見つけなくては。サー・ウォルターがまた策を弄《ろう》して妹を連れ去ってしまう前に。

ガイはさりげなく道化から離れた。男はまだ横でべらべらしゃべっている。

「もちろん、あなたには姪ごさんがいるでしょう」ガイは人ごみのなかを探しながら言った。「姪がいなければ、娘や妹や従妹《いとこ》が。どうやらぼくの留守中に、国に住む全員が結婚適齢期の女の親族をもつようになったらしい」彼は両腕を広げて、仮装していい香りをさせている人々の騒ぎを眺めた。「みんなぼくのほうに送りこみ、ゲームを始めればいい」

「言わせていただければ、マイロード、妻が晩餐会《ばんさんかい》を催すことになっています。そこで姪に会っていただき、ぜひ話を進めて――」

ガイは男の肩に手を置いた。「あなたのねばり強さには感心します、でもそれ以外、あなたにはなんの魅力もありません。そこでぼくからの提案です。公正な政策、イギリスの善良な人々の金で自分のポケットを膨らませるのではない政策を考えてください。そうしたらわたしはあなたの晩餐会にも出席するし、あなたの姪ごさんにも会いましょう。だがいまは、どうかあっちに行ってください。さあ。失《う》せろ。シッシ」

そう言ってくるりと回った。

あやうくミネルヴァとぶつかりそうになる。

本能的に、彼は一歩さがり、失礼とつぶやいて彼女の向こうの人ごみに目をやった。だがミネルヴァは、脇にどけたり謝ったりしなかった。じっさい、まったく驚いた様子もない。

そこであらためてよく見ると、このミネルヴァが女性としてはかなり長身だと気づいた。優美な兜の下からのぞいている黒い巻き毛も、彼女の色白で骨ばった顔立ちをやわらげてはいない。その目はまるで砂漠の空のようにどこまでも青かった。唇の端は自然とあがっていて、あらわれることのないほほえみを約束している。

かすかに眉を吊りあげたが、そのやり方にはオーケストラの指揮者がタクトを振るような厳密な制御が利いている。これはただのミネルヴァではない、とガイは困惑する結論に達した。

アラベラ・ラークだ。

ひょろっとしたしかめっ面の少女だったアラベラ・ラークは、気品に満ちた傲然《ごうぜん》とした女性になっていた。女にしては高すぎる背が戦士の兜でさらに高くなり、赤い羽根飾りが流れるように背中を滑り落ちている。ローマ風のひだを寄せた長いドレスは肩のところでフクロウの形をしたブローチで留められ、盾に見せかけたバッグを片手の手首にさげ、白い腕は右の上腕に巻きついている銀色の蛇《へび》以外、むき出しになっている。

ガイの心は千々《ちぢ》に乱れた。アラベラは目を引きつけて離さない女性に変化し、この姿と彼の記憶にある少女が衝突する。身震いして奇妙な感覚をふり払った。久しぶりに人に会うのはいつも変な感じがするものだ、ただそれだけだ。最後に見たのは彼女が十五歳か十六歳のときだった。大人になって当たり前だ。それに、態度から判断すれば、さっきガイが眺めていた感じのいいお嬢さんたちとは違って、アラベラの中身は変わっていない。

だからガイも、いつもの挨拶《あいさつ》を変える必要はなかった。

「やめてくれよ、またきみか」彼は言った。「すばらしい夜を過ごしてるところだったのに」

「ほんとうだったのね。死んでいなかったというのは」ゆっくりした話し方は相変わらず尊大だが、その声には魅力的なハスキーな響きが加わっている。「政府はあなたの不在に大騒ぎしていたのよ」

「彼らが心配していたと知って感激だよ」

「あら、個人的に受けとるべきではないわ。国にとってもばつが悪いでしょ、侯爵を行方不明にしてしまったら」彼女は面倒そうに言った。「だれかがあなたを殺さなかったなんて驚きだわ」

「試みたやつはたくさんいたが、だれも成功しなかった」

「ひょっとしたらだれかは成功したのに、悪魔があなたを吐きだしたんでしょう」

「きみによろしくって言付《ことづ》かってきたよ」

あれは――ほほえみか？　いや、アラベラに限ってありえない。簡単にほほえむような子ではなかった。

そのときアラベラがうしろにさがり、力強い手がガイの手首をつかんだ。

本能的に身を引き、腕を振りあげて相手に殴りかかろうとした。だが途中でやめた。彼をつかんでいるのは道化だ。まったく、ガイは道化を殴りつけるところだった。そして相手もそれに気づいたのが目つきでわかり、彼は胸が悪くなった。

あきらめたようにうなずき、無理やりからだの力を抜いた。アラベラに気をとられていたせいで、逃げそこなった。しかたがない。道化ふたりに腕を取られて、アラベラの腕と合わせて、とんでもなく長いリボンでぐるぐる巻きにされるのを我慢するしかなかった。彼女の肌はやわらかく温かかった。驚きだ。大理石でできているのではなかったのか。彼女の目にも同様の驚きが浮かぶのが見えたような気がしたが、すぐに目を伏せてしまったのでよくわからなかった。

もっと驚きだったのは、アラベラがこんな扱いを受けてなにも言わなかったことだ。がっかりだ。歳月がアラベラをおしとやかにしてしまったなんて。その勝気は数少ない魅力のひとつだったのに。

「このパーティーには三千人が出席しているのに」ガイは言った。「ぼくがよりによってきみに結びつけられる確率はどれくらいだろう」

「わたしがお金を払わなかった場合よりは高いと思う」

「ふむ。きみがこいつらに賄賂《わいろ》を払ったのか」ガイはうなずいた。つまりアラベラは彼が話すことを拒否すると予想して、自分の思いどおりにするためにこんな極端なことまでした。だが考えてみれば、アラベラは昔から、ルールなんてつまらないものよりも、勝つことにこだわっていた。「気がつくべきだったよ」

「落ち着いて。あなたに話を聞かせようとしたのはわたしだけじゃないでしょ」

「だが良心の呵責《かしゃく》を感じないのはきみだけだ」

「そんなことはないわ。とても良心的な賄賂だもの」

「賄賂というものは、そもそも、良心的ではありえない」

アラベラは平然と、シルクにつつまれた肩を片方だけすくめた。「わたしはこの人たちがわたしを助けることで負う危険を考慮し、ひじょうに気前のいい支払いを申しでた。それはこの賄賂を良心的にすると思わない？」

「わたしは思います」道化のひとりが言った。

「わたしもです」もう片方も言った。

「ほら」アラベラが言った。「みんなこの取引に満足しているのよ」

「ぼく以外は」

彼女はつまらなそうに喉で「ふうん」という音を洩《も》らし、ガイの評価は関係ないということを示した。

ふたりの腕が密着してだいぶたち、どこから自分の肌でどこから彼女の肌なのかわからなくなってきた。ガイはできるだけ自分の肩をアラベラの肩から離そうとしたが、かすかなオレンジの花のにおいに思わずつられて、つい近づきそうになる。

道化たちは最後の結び目を三重に結び、数歩さがって自分たちの作品を眺めた。ふたりのまわりで、ほかの人々が立ちどまって見物している——当然だった。ガイがあごをなでれば、だれかが必ずなにか言うし、アラベラはどこにいっても目立つ。ふたりの歴史を考えれば、こうして結ばれている姿は、風刺作家《ふうしさっか》に恰好《かっこう》の題材を提供するはずだ。

だがガイはいまや侯爵で、公爵のひとつ下の地位にあり、国でもっとも高位の人間のひとりであることも、なにかの役には立つ。

「おまえたちの娯楽は終わった」彼は道化に言った。「ぼくたちを解放しろ」

無駄だった。イングランドには、道化はなにを言っても許されるという伝統があり、この道化たちはその古くからの権利を放棄していなかった。

代わりに、にやにや笑って、いっしょに韻文《いんぶん》を暗唱《あんしょう》した。「天にいるキューピッドに代わって贈りものをお届けした。いたずらをバケツに一杯、愛を荷車にいっぱい」

「愛なんてないぞ」ガイはつぶやいた。「いたずらだけだ」

道化のひとりがどこからともなく、小刀を取りだした。手をひねると、小刀は消えた。「解放してほしければ——レディにキスをしてごらん」

「アラベラ・ラークにキス?」ガイは彼女のキューピッドの弓形の唇を見た。「ぜったいにない」

2

道化たちは人ごみのなかに消え、アラベラは彼女の腕に結びつけられている、長身で不満げな侯爵とふたりきりになった。三千人を別にすればふたりきりということだ。そのうち二千人は興味津々に見物している。

「キスひとつのためにこんなことまで」ガイは自由なほうの腕を振った。「いやはや、留守にしているあいだにイングランドは変わったと思っていたが、喧嘩《けんか》好きのアラベラ・ラークが危険をもてあそぶ魅力的で冒険的な女性になっているとは思わなかった」

アラベラは目をしばたたいて彼を見た。彼女は生まれてから一度もなにかをもてあそんだことはない。

「危険?」からかうように言った。「まあ、強壮でたくましいロード・ハードバリーがただのキスをこわがっているの?」アラベラは彼がじっさいに彼女にキスするとは思っていなかった。そうしたらなにもかも台無しだ。「落ち着いて」急いでつけ加える。「わたしがしたいのは話だけよ」

「だがぼくはそれもしたくない」

「だからリボンが必要なの」

ガイは首を振り、いまいましいほどうぬぼれた話をまだ続けている。「きみは十二歳のときには、すべての教養とたしなみを身につけたと言われていたが、どうやら魅了する技術は習得しそこねたようだな。人と会話をする方法が縛りあげることだけなんて」

「もしほんとうのことを知りたければ、わたしの好きな方法は頭を殴りつけることよ。でもそれは得策ではないでしょ？　あなたは今夜の主賓なのだから」

「ご配慮に感謝するよ」彼はおもしろくなさそうに言った。

ちらっとこちらを見たガイの目は緑色だった。アラベラはそれも忘れていた。彼は頭をさげてあいている手で結び目にさわった。松明の明かりが髪のなかの金髪を照らし、あごの線を浮きあがらせ、顔の向こう側に影を落とす。アラベラはガイの近さを、数インチのところにあるその二の腕を無視しようとした。

「きみが話したいのは、ぼくがきみの父上に送った手紙のことだろう」ガイは目をあげずに言った。

「そうよ。文才があるわね。〝ぼくには父の約束を果たす責任はありません〟」アラベラはそのまま引用した。「〝幼児にかかわる合意に拘束力があると考えるのは、滑稽《こっけい》なほど中世的です〟。そして、わたしの個人的なお気に入りの部分よ、〝なにがあっても、ぼくはアラベラ・ラークと結婚する気はありません〟」

「きみは気に入ると思っていた」

「一瞬、クッションに刺繍《ししゅう》しようかと思ったくらいに」

ガイは彼女に笑顔を向け、また作業に戻った。リボンをほどこうとしている手は日焼けし、まめで硬くなって、まったくイングランドの貴族らしくない。

「きみの道化たちはとんでもなく固い結び目をつくっていった」ガイはつぶやいた。

「だが、そうだな、これは……」

彼はウエストをひねり、結び目を別の角度から見て、またほどく作業に戻った。これも、アラベラは忘れていた。ガイの挑戦好きなところ。増水した小川を渡ることから、韻《いん》を踏んだなぞなぞを解くことまで、ガイはいつも精力的でおそれ知らずに挑戦に飛びこんでいった。彼は追求のスリル、挑戦の興奮をやりがいにして、いつでも目を輝かせ、笑みを浮かべて危険のこちら側を歩いた。

いま、大人になってふり返ればわかるが、少年のガイがみんなの中心だったのは、その情熱のおかげだった。彼の爵位と体格のせいだけではなかった。

この新たな発見に……アラベラは落ち着かない気持ちになった。彼女はほかになにを見落としていただろう？　心のなかで提案の言葉を修正しはじめたとき、ガイがまた口を開いた。目は結び目に向けたままだ。

「きみはとっくに結婚して、どこかの哀れな男の人生を完全にみじめなものにしていると思っていたよ」

アラベラは肩をすくめた。「そうね、人生をみじめなものにされるべき男の人が多すぎて、ひとりを選べなかったのよ」

「なぜひとりだけ？　きみほど才能と資金に恵まれた女なら、いまごろ五、六人の夫をとっかえひっかえしていても不思議はない」

「惜しいことをしたわ。わたしはすごく魅力的な未亡人になったでしょうに」

「きみと結婚する男はだれでも、よろこんでその野心をかなえてくれただろう。ただその男はぼくじゃない」

ガイは結び目から手を放し、腕をおろした。アラベラの腕もいっしょにおりる。あまりにも近くに立っているせいで彼女の指が革につつまれた彼の腰にふれ、彼の手の甲《こう》がシルクのドレスの上から彼女にぶつかっている。ガイは気づいていないようだ。彼はなにか方法か助けを探して周囲を見回している。すぐになにか解決策を見つけるはずだ。もう時間を無駄にできない。

「でも、ガイ、あなたはよく考えていないと思う」アラベラは言った。「もし考えていたら、婚約はわたしたちどちらにとっても有益だとわかるはずよ」

ガイは信じられないという顔をした。「よく考える必要はない。アラベラ、ぼくはきみが生まれたときから知ってるんだぞ。それだけで確信するのにじゅうぶんだ」

「ああ、偉大な男の人たち。あなたたちはいつでも自信まんまんね。ある日はあることを確信して、次の日はその反対のことを確信する」

「そのウィットはどこかほかに向けろ。ぼくの考えははっきりしている」

「なに言ってるの。どうして考えがはっきりしていると言えるの？　わたしがまだそれをあなたに説明してないのに」

彼はくすくす笑いだしたが、それは彼女のちょっとした冗談をおもしろがっているからではなさそうだと、アラベラは気づいた。

「ああ、アラベラ、きみはまったく変わっていない」そのまなざしが彼女をとらえ、またそれた。「いまでも傲慢《ごうまん》で野心家だ。最初はぼくの父が、次にきみの父上が、そしていまはきみが要求している。例のごとく」――彼はふたりの結ばれた腕を示した――「なんとしても自分の思いどおりにしようとする。きみは昔からぼくと結婚したいと言っていた」

アラベラは鼻を鳴らした。「違うわ、わたしは侯爵夫人になりたいと言っていたのよ。あなたはただの不運な従属物だと」

「たしかにそう言っていたな」ガイの笑いがその声を温めた。「十歳の子が〝従属物〟なんて言葉を知っていることに感心したよ。あの日だっけ、ぼくがきみを雪だまりに投げこんだのは？　きみは怒り狂った猫みたいになって起きあがり、鼻の孔《あな》から雪を吹きだしていた」

「そうよ、あなたはおもしろがっていたわね。わたしがその口に雪玉を投げこんでやるまでは」

「ぼくたちがきみのボートの櫂《かい》を盗んで池の真ん中に置き去りにした夏もあったな」

年月が消え、ふたりはまた子供のようにふるまっていた。相手を負かしてやろうと競いあうおなじみのパターンにはまりこんでいた。ああもう、でも彼は相変わらず頭にくる！　ずっと彼にとってはなにもかも簡単なのだ。ずっとアラベラは彼の言うことを聞きなさいと言われてきたのに。なぜなら、「あら、彼はいずれあなたの旦那さまになるんだから！」それでますます彼に負けるものかという思いを強くした。

「あなたたち男の子が湖で海戦ごっこをやって、わたしがあなたのボートを壊したのもおなじ年だった？」アラベラは冷ややかに言った。

ガイがにらみつけてくる。「きみは参加もしていなかったし、ぼくは勝利目前だったのに」

「ほらね。だから男の子は女の子といっしょに遊びたがらないのよ。女の子に出し抜かれるとわかってるから」

「ハ！　二度とぼくを出し抜こうなんて思うなよ」

「ハンドバッグのようにわたしの手首にぶらさがってるくせに」

ガイはアラベラの目をじっと見て、それからまた小さく笑い、首を振った。「なぜ親たちはぼくたちを結婚させたらいいと思ったんだろう？　会えば口喧嘩《くちげんか》に競争、そうでなければたがいに無視しあっていた」

「現代の理想的な結婚ね」

「ぼくが結婚に求めているのはそんなことじゃない」

彼女が結婚に求めているのもそんなことではなかった。いつもの癖で、自分の気をまぎらわすために言っただけだ。ほかのだれのためでもなく。アラベラはだれにも――とくにガイには――自分が結婚になにを求めているのか、打ち明けるわけにはいかない。

目の前のことに注意を戻す。この会話は大きく道をそれ、溝にはまって車輪が空回りしている。戦略を変えよう。

「結婚、もっとはっきり言うとあなたの結婚の失敗の話をすれば、クレア・アイヴォリーとは会った？」アラベラは尋ねた。「もう聞いていると思うけど、彼女はあなたを捨ててロード・スカルソープを選んでから、ロンドンでもっとも高級で引く手あまたの高級娼婦になった。そしてロード・スカルソープはいまや、戦争の英雄として称賛されている」身震いをこらえる。「あのとき、ミス・アイヴォリーをめぐって決闘を申しこんだあなたを叩《たた》きのめしたと、ロード・スカルソープが話していたわ。そのあとあなたは逃げたのだと」

さあ。これでガイは復讐《ふくしゅう》を考え、彼女の提案に耳を貸すはずだ。

でも彼はただ肩をすくめて、ふたたび結び目と格闘しはじめた。

「酒、賭けごと、女のいずれかで恥をかいたことがない若者は若者の面汚《つらよご》しだ。人前でばかなことをするのが若者の真骨頂《しんこっちょう》なのだから。羽目をはずした若者時代は退屈な年寄りになったときの唯一の救いになる」ちらりと彼女を見る。「ひとつ助言しておくよ、アラベラ。そんなやり方で男を結婚する気にさせることはできない」

「よく聞いて。わたしはあなたと結婚するとはひと言も言ってない」

ガイがリボンをひっぱる。「きみが言った――」

「わたしが言ったのは、婚約はわたしたちどちらにとっても有益だということ。あなたがわたしの父に、わたしと結婚するつもりだと言えば――」

「断る」

「わたしたちは婚約を発表して――」

「だめだ」

「じゅうぶん時間がたってから――」

「だめだと言ってるだろ、アラベラ」ガイは顔をこわばらせて、ふたたび手をおろした。「だめだ、だめだ、だめだ」

「聞いてちょうだい。でないとわたし――」

「断る。ぼくはずっときみと結婚しろと言われてきた。そうやって父がぼくに言うことをきかせようとしていたとはいえ。きみの計画や野心がなんであれ、ぼくを巻きこむな。今夜のきみの行動で、なにがあってもきみとだけは結婚したくないという確信が深まった」

なんていまいましい男なの。ガイは頑《かたく》なに彼女を拒絶すると決めているから、提案さえ聞こうとしないし、まして検討するはずもない。アラベラの結婚問題への解決策はあまりにも自明の理だったので、もっと早く思いつかなかった自分を責めたほどだ。隣の領地の跡取りであるハドリアン・ベルと結婚する。ハドリアンに手紙を書いたけれども、彼はいま外交官としてプロイセンに滞在していて、帰国するのは数か月先になる。だからそれまでガイに代わりをつとめてもらえばいいだけなのに――彼はまったく聞く耳をもたない！

次はどうすればいい？　懇願《こんがん》する？　やり方も知らないのに！　パパの最後通牒とスカルソープへの嫌悪《けんお》のことを打ち明ける？　たぶんガイは彼女の恐怖をばかにして、

スカルソープとお似合いだと言うだろう。いまアラベラがプライドを捨てたら、残りの一生、ガイに軽蔑《けいべつ》されることになる。

ガイはどうしても彼女から逃げだす気だ。ふたりの手首を口元にもっていって、結び目を噛《か》んでひっぱっている。その唇がアラベラの肌をかすめ、腕に温かな震えが走る。

「気をつけてよ、ガイ」いつもよりも鋭い口調になった。「わたしの衣装によだれを垂らさないで」

「ぼくの衣装に剣がついていればよかったのに」ガイはつぶやいた。「それともきみの鋭い舌を使ってこのリボンを切れたら」

だめだ。この人はけっして彼女の危うい状況を理解しないだろう。彼女の心に巣食う空虚《くうきょ》も、彼女の運命にたいする胸の悪くなるような恐怖も。

でも自分にはプライドと、長年磨きをかけてきた気持ちを隠す技がある。アラベラは尊大な表情をつくった。

「それは卑猥《ひわい》すれすれよ」彼女はゆっくりと言った。「ともかく、鋏《はさみ》のほうが早いし」

「短剣、剣、軍隊でも早い」

「そうね、でもそれらはわたしのバッグには入っていないでしょ?」

ガイは彼女の自由なほうの手にぶらさがる盾形のバッグを見て、また目をあげた。

「最初からずっと、そのなかに鋏を隠していたのか？」

アラベラは冷ややかに片眉を吊りあげた。「まさかわたしが、脱出計画もなしにあなたに縛りつけられるわけがないでしょ？」

「悪魔のような女だな」

「ありがとう」

「褒《ほ》めてない」

「ふうん」

ガイがバッグを取ろうと手を伸ばし、アラベラは腕を背中に回そうとしたが、彼は素早かった。手首を握った指は温かく、容赦《ようしゃ》がなかった。アラベラはじっと立っていた。彼のスカート上の鋲《びょう》打ちした革が太ももにあたっても。彼のあごが目の前に来ても。彼の革のにおいが自分のオレンジの花のにおいと混じり、アラベラは彼の首、あご、ほお、そして目へと目をあげていった。彼の目は不機嫌そうで厳しかった。ふたりはいまやキスしそうなほど近づいていた。

「ガイ、まずはわたしの話を最後まで聞いて」

「断る」

彼は下を見て、器用な手でバッグの口の結び目をほどいた。バッグがアラベラの手首をはずれ、彼は大事そうに受けとめた。

「ぼくはきみを断ち切るよ、アラベラ。もうひと言も聞くつもりはない」

＊　＊　＊

婦人用の鋏はあまりにも小さくて、指がはさまって抜けなくなるのではないかとガイは心配になった。その刃は糸より太いものを切れるような代物ではなく——完璧なアラベラの服が万一ほつれたとき用のもので——リボンを切るのも大変だった。リボンに集中しようと思うのだが、アラベラの白い肌、青く透ける血管、オレンジの花のにおい、唇に残るその名残りを無視できなかった。

「人が見てるわ」アラベラがそっと言った。

「きみを傷つけないようにしてるんだ」ガイはつぶやいた。

「わたしがそんなに弱いと思うの？」

「きみは違う。きみの肌はそうだ」

ようやく最後のリボンが切れて、アラベラに鋏を返した。手首を回し、彼女の肌の不在に肌がうずく。アラベラの前腕にピンク色の跡が何本も残っている。ガイはそれを和《やわ》らげるように優しく親指でなでたが、すぐにそんな義理はないと気づいた。

あわてて離れたが、アラベラはなにも言わず、鋏をさやに入れてバッグのなかにしまった。翳《かげ》りつつある光が高いほお骨、貴族的なあごの線を強調する。彼女は長身の凛《りん》とした女性になった。その顔は年齢とともに深みを増していくだろう。

「大きくなったな」ガイは見当ちがいなことを言った。

彼女のまぶたがぴくっとする。「あなたもね」

「不思議だよ、ほんとに。きみのせいではないが、きみの存在はずっとぼくの人生を形づくってきた。だが結局、ぼくたちは他人どうしだ」

「もしわたしが他人だったら、あなたはわたしの話を聞いてくれたはずよ」

「他人だったら、きみはそんなことを頼まなかっただろう」

ふたりはけっして他人にはならない。それぞれの人生の端に存在しつづけ、おなじ人々とつきあい、晩餐会や舞踏会ですれちがう。礼儀正しく、よそよそしく。これからは。

「おもしろい余興《よきょう》をありがとう」ガイは言った。「それではいとまを告げよう」

アラベラが目を細めた。「まだ話は終わってないわ」

「きみに結婚を申しこまれるのは光栄だが――」

「結婚の申しこみではないと――」

「――ぼくにはきみの婚姻関係よりも重要なことがある。では、失礼するよ、ミス・ラーク」

ガイは踵を返した。

「妹さんたちの監護権をとり戻すことでしょう」アラベラが背後から声をかけた。

「フレディーはどちらでもいいと思っているみたいだけど」

ガイはふり返った。「フレディーと話したのか？」

「今夜ここに来ているのよ」

「ほかに三千人もいるし、八年間できっと変わっているだろう」

「まさか、帰国してから一度もフレディーと会っていないの？」アラベラは頭をのけぞらせた。「ウルスラとも？」

ああ、謎《なぞ》の赤ん坊のウルスラか。ガイは帰国するまで異母妹であるウルスラの存在を知らなかった。やもめだった父が再婚したキャロライン・トレッドゴールドが女の子を産んでから亡くなったことも、そのときに知った。

ウルスラはサー・ウォルターとレディ・トレッドゴールドの監護下に置かれている。彼らはウルスラにとって伯父と伯母だが、ガイは兄だ。父の遺書にかかわらず、ガイが後見人になるのが正しい。父は息子を出し抜いてやったとほくそえみながら墓に入ったのだろうが、ガイはもう二度と父親に人生を指図されるつもりはなかった。感じがよくて和やかなレディと結婚し、愛情あふれる家にフレディーとウルスラを引きとって、父が壊した家族を立てなおす。それで初めて心の平安を得て、わが家に帰ってきたと思えるだろう。「サー・ウォルター・トレッドゴールドがぼくの妹たちをどこに隠しているのかといいうちょっとした謎を解いたら、ふたりに会うよ」ガイは言った。

アラベラは眉を吊りあげ、無言で問いかけた。

「サー・ウォルターには、ぼくが到着する数時間前にその場からいなくなるという抜け目のない才能があるんだ」ガイは説明した。「今夜ここでフレディーに会えると思っていたんだが、パーティーの運営者の演出のおかげでそれは簡単なことじゃない」

「たしかにそうね。それなら、ついてらっしゃい」

アラベラはくるっとふり向き、レディならだれでも目標にするが、ひと握りの人しか身につけられない、流れるような優雅さで歩いていく。兜の赤い羽飾りの下に、つやのある黒っぽい巻き毛が三つのぞいている。

数歩歩いたところでアラベラはからだをひねってふり返り、促すような目で彼を見た。

「アラベラ、ぼくはきみが散歩に連れていく犬じゃない」

「フレディーに会いたいの、会いたくないの？」

答えを待たずにアラベラはふたたび芝生の上を歩いていく。ドレスの白いシルクが揺れて長い脚にまつわりつく。すぐにほかの人々が彼に近づいてくる。ガイは小声で罵《のの》り、彼女のあとを追った。彼に話しかけようとしていた人々はさがっていった。

「あなたのお父さまの遺書によってフレディーとウルスラはあなたより裕福になったと聞いたわ」ふたりで人ごみを抜けながら、アラベラが言った。「ふたりが成年に達したときにその財産が残っていればいいけど。サー・ウォルターはすごく高価な四頭立ての大型馬車を買ったのよ。もちろんあなたのお父さまは彼にも気前よく遺産贈与したけど」

「いったいどうやってそういうのを全部知ってるんだ？」

「社交界で起きていることはなんでも把握するようにしているのよ。あなたができるだけ早く結婚しようと思っていることもね。婚約は大法官へのあなたの訴えに有利に働くでしょうね。そして相手が女相続人ならあなたの財務状況も改善される」

ガイは笑った。徹底している！　だがアラベラの財産はこれまでも彼にとってなにも意味がなかった。侯爵夫人になるという野心を実現するために彼女がどれほど節操《せっそう》がないかを考えればなおさらだ。ガイは自分がどんな妻を望むかよくわかっていた。何年間も自主亡命で世界をさまよいながらずっと、理想の花嫁を夢想《むそう》してきたのだから。

「それでもぼくの収入に不足はないから、ふさわしい花嫁の条件に財産を考慮する必要はない」

「そうね、ガイ・ロスにふさわしい花嫁。それはどんな人なの？」

「ぼくが結婚するのは、家族にとって居心地のよい和やかな家庭をつくれる人だ。優しくて、感じがよくて、それに……」ガイはアラベラがおもしろがっているような目で見ていることに気づいた。「それに」彼は熱をこめて続けた。「悪だくみや陰謀をめぐらせたり、賄賂を申しでたりすることもない」

「そうね」アラベラは威厳を漂わせて手を振った。「いつでも朗《ほが》らかで思いやりがあり、あなたの気を晴らすような会話をして、心の奥で考えていることであなたをわずらわせたりしない。その結果、あなたは妻は自分とまったくおなじ考えだと思いこみ、自分にぴったりな花嫁を選んだことをよろこばしく思う。彼女は愛想《あいそ》がよく、従順で、いつもにこにこしている。そしてあなたは妻を少し退屈だと感じはじめたら、それを彼女のせいにして、自分が悪いとはけっして思わない」

「きみの同性にたいする評価は低いな」

「わたしは同性のことはきわめて高く評価してるわ。わたしの低評価は、自分の見たいものしか見ないくせに足りないといって女性を責める男にとってあるの」アラベラはさっとガイを見た。「あなたほど挑戦好きな人を見たことがない。そんな妻にはきっと退屈するに決まってる。そしてかわいそうなその娘も不幸にするのよ」

ガイは立ちどまり、アラベラも隣でとまった。

「ああ、だからきみはぼくを退屈な一生から救出し、代わりに自分を差しだそうというのか」彼はからかうような口調で言った。「あまりにも賢すぎるレディ。賄賂を払い、要求し、自分の野心を満たすためにぼくを巻きこもうとする」彼はアラベラに迫ったが、彼女は一インチもさがらなかった。しっかりと足を踏みしめ、燃えるような目で見つめてくる。「アラベラ、きみがだれかほかのやつを見つけて、ぼくを放っておくのがぼくたちふたりのためだ。ほかの男たちはきみの行くところどこにでもひれ伏すだろう。だがぼくをきみの前にひざまずかせようとするのは時間の無駄だ」

彼女の眉が吊りあがる。「なにを言ってるの、ガイ。ひざまずいたあなたにどんな使い道があるの？　いいえ——牛のような鼻輪をつけたほうがいいわね。リボンを結んでどこにでも引いていくの」

アラベラの声は軽蔑で満ちていたが、ふとその顔に途方に暮れたような表情がよぎった——らしくない、むき出しの無防備さが、一瞬の稲光のようにあらわれて消えた。だがおそらくは光のいたずらだったのだろう。次の瞬間には、アラベラは超然《ちょうぜん》と横を向いていたのだから。その高いほお骨の上にひとつほくろがあり、巻き毛の黒髪が一束、その耳にかかっている。

アラベラがあごをくいとあげた。「あそこよ」

ガイは彼女の視線の先を追い、三段の噴水を見た。噴水を囲む低い石壁に羊飼いの少女がふたり腰掛けていた。ひとりは赤っぽい金髪の巻き毛で、青いドレスを着て、もうひとりは焦げ茶色の髪にピンク色のドレスだった。

「青いドレスを着た羊飼いがフレディーよ」アラベラが言った。「彼女はどちらかといえば壁の花だけど、それはきっとあまりほかの人の意見を気にしないし、すばらしく独創的な考えのもち主だからよ。ピンク色の羊飼いはミス・マティルダ・トレッドゴール。サー・ウォルター・トレッドゴールドの姪ごさんよ。小さなときからサー・ウォルターが後見人になっている。こちらはまったく壁の花ではないわ。彼女が崇拝者の紳士たちに囲まれているのではなくフレディーといっしょにいるということは、これはフレディーが餌《えさ》で、あなたが獲物の罠だということ」

「きみは女がすべて自分とおなじような陰謀家だと思ってるのか？」

「称賛に値する女の人はね。そしてわたしはミス・トレッドゴールドをすごく称賛している。彼女は財産も人脈もあまりないけど、あなたにはそのどちらも必要ないのだから、理想の花嫁にぴったりよ」

遠くからでも、ガイはミス・トレッドゴールドの魅力を否定することはできなかったが、妹を見つめることに集中した。巻き毛と青いひだ飾りとリボンは似合っていなかったが、どこでもあの顔はすぐにわかる。少し上を向いた鼻と大きな口と大きな目、太い眉、いたずら好きの小妖精のように見えたかと思えば、次の瞬間にはむくれた反抗的な子のように見える。

学校、やがては大学の休みでガイが家に戻ると、勉強室から走りだしてきて彼の腕のなかに飛びこんできたものだった。そろそろ結婚する年齢だが、あと一年くらいは大人どうしとしてたがいを知りあい、家族を立てなおす時間をもてるかもしれない。

ガイはアラベラに目を戻した。「ぼくひとりでは見つけられなかった。ありがとう」

「婚約のことだけど、わたしはただ——」

「もう話は聞かない。婚約もなしだ。いい加減にしてくれ」

アラベラは大きく息を吸って鼻を鳴らし、ちらっと彼の肩の向こうに目をやった。

「フレディーはあなたの保護を必要としている。サー・ウォルターはなにかたくらんで——」

「もちろんそうだ。アラベラ。やめろ」

ガイはふたりのあいだの距離を詰めた。アラベラはまた、まるで大理石の柱のように、一歩も退かなかった。

「きみはぼくの家族じゃないし、今後そうなることもない」ガイは言った。「ぼくがだれと結婚すべきか、どうサー・ウォルターに対処するか、ぼくの妹、それにぼくになにが必要かを指図するのはやめろ」

「わたしはフレディーのために言ってるのよ、あなたのためではなく」

「ただほかの人たちの問題を解決してもらう必要はない」

「ばかなことを言わないで。わたしは余計な世話なんて焼かない。ただほかの人たちの問題を解決しているのよ」

「ぼくはきみに問題を解決してもらう必要はない」

彼女も必要ない。父親どうしの合意はアラベラの落ち度ではないが、ガイのせいでもなく、彼は父親の圧制でもアラベラのしぶとい野心でも、その生贄《いけにえ》になる気はなかった。

それに、ふたりはもう湖で戦争ごっこをしている子供どうしではない。大人で、どちらも独身で、ややこしいことになりかねない。ふたりの関係はずっと相手へのいらだちと相手を負かしたいという競争心に駆りたてられていて、少なくともそれはいまも変わっていない。

最後の別れを告げるときだ。だがガイはまず休戦を結びたいと思った。「心から残念に思っている。きみが何年間もぼくの帰国を待ったあげく、がっかりすることになって」

「がっかりする」アラベラは乾いた声で言った。

「だがきみにはレディのたしなみも、家柄も、財産もある。夫を見つけるのは簡単だろう」

驚いたことに、アラベラはおもしろがっているような表情になった。「あなたには想像もつかない」彼女はつぶやいた。

「失礼するよ、アラベラ」

ガイは踵を返してフレディーのほうに歩いていった。アラベラの視線が背中にそそがれているのが感じられるような気がした。引き返して、いまの言葉はいったいどういう意味だと問いただしたくなるのを、抑えつけた。

3

アラベラはガイがフレディーとミス・トレッドゴールドのほうへ歩いていくのを見送った。彼の赤いマントがブーツをはいた足にまつわりつく。彼がふたりの前に着くのを見て、アラベラはふり向き、次の動きを考えた。

その必要はなかった。彼女の次の動きのほうが決めてくれた。なぜならそこにロード・スカルソープがいて、黒い三角帽をうしろに傾けて、かすかな笑みを浮かべてアラベラを見ていたからだ。社交界は彼をハンサムだという。もっとも、裕福な戦争の英雄なら、だれでもそう言われるに決まっている。たしかに彼の顔の造作はすべて正しい場所に置かれている。全体の印象は精悍でがっしりしている。それに反論はない。でもアラベラの異存はもとから彼の顔のことではなかった。

そしてふたりの目が合い、スカルソープはにっこりほほえみ、近づいてきた。

「夫を見つけるのは簡単」アラベラは残念そうにつぶやいた。「夫がわたしを見つけたみたい」

彼女は唯一の賭《か》けに負けた。ロード・スカルソープは結婚を申しこむだろう。そして断れば、アラベラは父に勘当されて家から放りだされる。

プライドが高く高慢《こうまん》だと、世間は言う。あのレディはすべてをもっていると。まあ、すべてをもっているそのレディは、これから十分間のふるまい次第で多くを失う可能性もあるのだ。

やってきたロード・スカルソープはまだほほえんでいた。「こんばんは、ミス・ラーク、いやミネルヴァとお呼びすべきかな？　すばらしい女神だ」

「あなたも、マイロード、すてきな無法者だわ」

「ばかげた衣装だろう?」愛想よく笑いながら、彼はレースののぞく袖口をひっくり返した。「人々は衣装でなにかのメッセージを送っているのか、それともわたしのように、近侍《きんじ》が用意したものをそのまま着ているのか、前から不思議だった。わたしは近侍を怒らせるのがこわくてね。いつか馬の尻の仮装をさせられるのではないかと思って」

ああ、自虐的なウィット。なんて魅力的な人。それに威厳と礼儀も備えている。ロード・スカルソープは飲みものを運んでいる従僕を呼びとめた。ワインの入ったグラスをふたつ取ると、アラベラにひとつ渡した。指で細い葉巻をはさんでいる。半島戦争でスペイン軍と戦っているときに身につけた習慣で、これにかんしては無作法でもやめなかった。別の従僕があらわれ、葉巻に火を点《つ》けた。彼が葉巻をひと振りすると、従僕はいなくなった。

「それに、こう言って差しつかえなければ、あなたはすばらしい男爵夫人になるだろう」

わたしはもっとすばらしい未亡人になる、アラベラはそれは言わなかった。

いいえ、自分の本心を語っている余裕はない。ここで正しい言葉を選ばなければ、すべてを失うことになるのだ。その手に自分の将来を握っている男を怒らせることはしない。

「わたしには過ぎた光栄です」アラベラは言った。

彼の肩越しに、母が見えた。上辺は友人と会話しながら、娘とロード・スカルソープの様子をうかがっている。

ママ。縁どりにオコジョの毛皮をあしらったハートの女王の衣装をまとい、黒髪に赤と金色のターバンを巻いて、その表情はあくまで穏やかだ。アラベラは両親を失望させたくなかった。たくらんだり操ったり嘘《うそ》をついたりするのもいやだった。ずっと独身でいたいわけでもない。アラベラの望みは、相続権を認められて、自分で夫を選ばせてほしいということだけだった。足りないところを批判するのではなく、ありのままの彼女を尊重してくれる夫を。

そういうふりをしよう、とアラベラは決めた。ロード・スカルソープがパパの選んだ夫ではないというふりをする。でも数か月前、いっしょにワルツを踊ったときのロード・スカルソープのあのささやきは？　肌があわだつほどぞっとして、思いだすのもいやなあの言葉は？　いいえ、もしかしたら、あれは聞き間違いか誤解だったのかもしれない。自分には問題を解決する力があると思うのはいいけど、ありもしない問題を自分でつくりだすことはない。

「ロード・ハードバリーと話していたね」ロード・スカルソープが言った。「彼とわたしは不仲だというのは知っているだろう」

「知ってます」アラベラは言った。「でもロード・ハードバリーとすぐに話をつけたほうがいいと思って。過去は過去のままにしておくと」

「それはそれは」彼は言った。「なんて立派な……」

彼は正しい言葉を探すように、ひと息ついた。アラベラは息が詰まった。やめて、言わないで。

「……レディなんだ」

言わなかった。わたしの考えすぎだ。

「母上からうかがったが、きみの趣味は本をつくることだそうだね」ロード・スカルソープは愛想よく続けた。「ロンドンの出版社は手数料で印刷してくれるよ」

「とてもやりがいがあると感じています。最初は十六歳のときに父の鳥類学の論文を本にしたんです」

「母上が言っていたよ。世界中の鳥類愛好家はきみの父上の論文を読んでいる。でも学界で発表する論文をきみが編集していたとは知らなかった。きみはほんとうに教養のある……」

言わないで。

「レディだ」彼は言った。「現在はなにに取り組んでいるのかな?」

「初めての彩色本に。『ヴィンデイルの鳥類飼育場　挿絵入りガイド』という題名です。父の鳥類飼育場がとても有名になったので、たくさんの人々が訪ねてきて情報を欲しがるので」アラベラはひと息ついて、続けた。「わたしは随筆《ずいひつ》を読むのが好きなので、これからつくる本ではさまざまなテーマで作家に執筆依頼しようと考えています。レディならためになる趣味をもつべきだと思って」

「そのとおりだ。きみがこれから出版する本を楽しみにしているよ」

ほらね。ロード・スカルソープは妻のすることを制限するような夫にはならない。

アラベラは手に持ったワイングラスを回して、じっと見つめた。前腕にはまだリボンの痕《あと》が残っている。ガイの硬くなった親指がピンクの線をなでた感触も。

なにかがアラベラの注意を引いた。ロード・スカルソープの葉巻の端が、芝の上に落ちる。彼はブーツの踵《かかと》で火を踏み消した。アラベラが顔をあげると、彼の青灰色の目と目が合った。ちらちらとこちらを見ている。

「ミス・ラーク、率直に言うのを許してほしい。わたしは言葉を飾る男ではないし、きみは実際的なレディだ。ばかげた感傷《かんしょう》にも興味はないだろう。わたしは人前で大げさなことをしたくないし、ふたりきりになる機会を待ちきれない。だからここで答えを聞かせてくれないだろうか。わたしの妻になってほしい」

プロポーズとしては、アラベラが予想していたようなものだった。彼と結婚したくはないが、なにもかも失うのもいやだった。だから、胸の奥に広がるいやな空洞《くうどう》を無視して、アラベラは自分の運命の相手の目を見つめて、言った。「よろこんで、マイロード」

彼はアラベラの手を唇に近づけた。彼女は抗《あらが》わなかった。顔にワインをぶっかけたり、グラスを頭に叩きつけたり、あごを殴りつけたりもしなかった。だいじょうぶ、うまくやっている。

アラベラの手を握ったまま、ロード・スカルソープはママのほうを見た。ママもすぐに彼を見た。

彼がママにお辞儀する。

ママがこちらを見る。

アラベラがママにうなずく。

そしてママが彼にうなずきかける。

これで済んだ。

アラベラは婚約した。

「うれしくないのかい?」ロード・スカルソープはまだ彼女の手を握ったまま、口元に小さなほほえみを浮かべた。

「とてもうれしく思っています」

「笑顔がないね」

それはほんとうだった。アラベラは笑顔にならなかった。

ロード・スカルソープはますます満足気にほほえんだ。彼はたしかにとてもハンサムだ。ガイよりも。幸運なアラベラ。ハンサムな夫をもてて。

「じつに誇り高い」そのつぶやきが彼の口から洩れ、アラベラが憶えているみだらな輝きが――その日に滑りこみ、もう彼はハンサムには見えなかった。少しも。アラベラは手を引こうとしたが、彼はしっかりとつかんだまま、指先を彼女の手のひらに滑らせた。手袋をしてくれればよかった。でもローマの女神は手袋なんてしていない。鳥肌がたたなければよかったのに。腕に巻いた銀色の蛇の飾りが生命を得て、彼の喉笛《のどぶえ》に咬《か》みつけばいいのに。

いいえ。わたしは芝居がかったことを考えているだけだ。ばかみたいに。アラベラはこれまで、芝居がかったことなんてしたことはない。ばかみたいなことも。

でもロード・スカルソープの目つきは変わらなかった。彼はゆっくりとアラベラの手をおろした。

「誇り高く……」

言わないで。

「勝気で……」

やめて。

「強情な……」

言わないで。

「処女」

言った。数か月前のワルツのときにささやいたのとおなじ言葉を。

べつにおかしな言葉ではない。アラベラは自分に言い聞かせたが、からだはそれを無視してぴりぴりと張りつめた。なぜなら不安の原因は彼の言葉ではなく、その目だったから。意味ありげで、自分のものだといわんばかりの、いやらしい目つきが彼女の全身に絡みつく。彼女のブレスレットが本物の蛇になって、腕に巻きつき、冷たいうろこで肌をこすりながら背骨を滑りおりてむかつく胸に入りこむように感じる。

まわりのパーティーの喧騒《けんそう》が迫るように大きくなる。アラベラは人ごみに目を移すことでロード・スカルソープのまなざしから逃れた。地獄《じごく》の円柱のように炎が燃えあがり、軽業師が側転しながら通り過ぎていく。にやにや笑う顔は恐怖の仮面だ。女綱渡り師がふたり、高く――あまりにも高く――跳びあがり、墜落しそうだった。アラベラは大事故をおそれて息をとめた。でもそんなことは起きなかった。ふたりは確かな足取りで綱の上におりた。

アラベラはほうっと息を吐いた。喧騒が遠ざかる。蛇のブレスレットはただのブレスレットで、人々はただの人々で、スカルソープはただの男だ。アラベラのむかつきはあまり食べていなかったせいにちがいない。

ロード・スカルソープは彼女の反応に気づいていたとしても、そのそぶりは見せなかった。ママがやってきた。

「レディ・ベリンダ、すぐにわたしの婚約者を田舎のご領地に連れ帰るとはおっしゃらないでください」彼は言った。「おふたりを来週おこなわれる軍の観兵式にお連れします。ミス・ラークに兵士を見ていただきたい。そのひとりと結婚するのだから」

「よろこんで、マイロード」ママは言った。

「知らせを送ります」

礼儀正しくお辞儀をして、「ではごきげんよう」と告げ、彼はいなくなった。

アラベラは彼を見送ることはせず、ワインを飲んだ。吐き気がおさまってきた。もっとお酒をたしなむことを考えてもいいかもしれない。それは楽しみだ。

「そんなに大変ではなかったでしょ？」ママは言った。

アラベラはもっとワインを飲んだ。「そうね」

「ロード・スカルソープはあなたの趣味や行動に干渉することはしないとはっきり言っていた。彼のことを悪くいうレディはいない。例外は、何年も前のロード・ハードバリーとの一件だけ。もっとも、当時はどちらも爵位なしで、問題の婦人は高級娼婦になった人だし、自分の意志でロード・スカルソープとの関係を始めた」

「ありがとう、ママ」

パパが彼の財務状況、ママが彼の社会的地位について調べてくれる。ロード・スカルソープはアラベラを不当に扱うことはないはずだ。

それにあれはただの言葉だ。じっさいにアラベラは処女で、結婚までそうあるべきとされてきた。ロード・スカルソープは彼女の夫になる。アラベラの処女は彼のものだ。厳密に言えば、彼がわたしの処女と呼んでも間違いではない。

でも彼女が処女だということをすごくよろこんでいる。まるで彼女のほかの部分はどうでもいいかのように。

さっき、ガイはアラベラの唇を見て、アラベラも彼の唇を見て、彼のそばにいるのが心地よかった。もちろん、スペインの異端審問官に尋問されてもぜったいにそんなことは認めないけれど。ガイはアラベラにずけずけとものを言い、彼女もおなじように返したけれど、それでおとしめられたり、卑《いや》しめられたりしたとは感じなかった。

　それなのに、ロード・スカルソープが事実を述べたひと言でわたしは動揺《どうよう》している。どうしてひと目見られただけで恐怖で吐きそうになるような力を、あの男にもたせてしまうのだろう？　これまで何人もの男の人にしてきたように、笑いとばしたり、罵倒したり、身の程を思い知らせてやればいいだけなのに。アラベラの合理的な部分はそう言うのだが、彼女のなかにはあまり合理的ではない部分も存在しているらしい。合理的な部分は、スカルソープは立派で魅力的な英雄だという世間の評判を指摘する。非合理的部分は、これまで隠れていた陰から出てきて、彼はそんな人間ではないと言う。この非合理的な部分はなんなのだろう？　なぜ、ほかの部分が知らないことを知っているのだろう？

　もうワインは役にたたなかったから、アラベラはグラスを通りがかりの従僕に渡して、腕のブレスレットにさわった。さっきの綱渡り師を見ると、彼女たちは最後の技を披露し終わり、地面におりて休憩していた。

「アラベラ？」ママが言った。いつもお見通しだ。「ロード・スカルソープになにか、不安になるようなことをされたの？」

「彼はわたしの……純潔に関心があるみたい」

ママは顔をしかめて、少し考えていた。「息子が自分の子供であるのを確実にするために貴族が花嫁に純潔を求めるのは当然だけど、彼があなたの純潔を疑うような失礼なことを言うなんて、驚きだわ」

「彼は疑ってるわけじゃないの。むしろ当然だと思っている」

「男の人が女を純潔だと言うとき、それは褒め言葉よ。はっきりそう言うとは思わなかったけれど、ロード・スカルソープは率直な物言いをする人だし、あなたの実際的なところを高く買っているから」

「そうね、それも言っていた」

アラベラはほかに言うべきことが見つからなかった。自分は過剰に反応しているだけだ。子供っぽい想像力のいたずらにすぎない。自分で夫を選べないことに腹をたてているから。ひょっとしたら、こういうのも夫と妻のあいだで交わされる親密なやりとりなのかもしれない。アラベラは性交の仕組みについては勉強したけれど、親密さや欲望については疎《うと》かった。知らないことがあるのは我慢できない。ロード・スカルソープが、アラベラ自身の知らないなにかを知っているという状況はいやだった。そうしたことは本で説明されていないのに腹がたつ。

「ロード・スカルソープは良縁よ」ママは言った。「あなたがほかの男の人に好意をもっているなら別だけど、あなたはずっと自分はロード・ハードバリーの許婚《いいなずけ》だと言いつづけてきたし。もっとも、子供のころからあなたたちの仲の悪さは明らかだったわね。それに考えてごらんなさい」ママは輝くような笑顔を浮かべた。「早くロード・スカルソープと結婚すれば、それだけ早く母になれるのよ。わたしはおばあちゃんに」

アラベラは子供を産むことや、母に孫を抱かせてあげるのはいいことだと思った。

「そうね、ママ」

ママは彼女の手を握ってから、自分の友人たちのところに戻っていった。アラベラは建物のなかに入り、自分の友人を探すことにしたが、まずは腕のブレスレットをはずして、綱渡り師たちに褒美として渡した。

＊　＊　＊

フレディーもミス・トレッドゴールドも、ふたりの腰掛けている噴水に近づくガイに気がつく様子はなかった。

ミス・トレッドゴールドはなにか話しているが、フレディーは虚空を見つめているから、ひとり言なのだろう。フレディーの表情は昔とおなじで、ガイは懐かしかった。

変わり者の夢見るフレディー。子供のころは人の話を聞かず、いつもふらふらとどこかに消えていた。ときどき戻ってくるのを忘れて、捜索《そうさく》されることもあった。あるときは木の上にいて、おりてこさせるのにひどく苦労した。いったいどうやって登ったのかと訊《き》いたら、フレディーは肩をすくめてわからないと答えた。

ガイの胸のなかに愛情がふくれあがる。若い女性に成長し、ある意味では他人だが、彼の妹であることに変わりはない。父親の横暴から解放されて、ようやく普通の家族になれる。

ミス・トレッドゴールドが先に彼に気づいた。かわいらしいハート型の顔の大きな茶色の目が見開かれ、口を〝O〟の形にしたまま、言葉を切った。ガイがお辞儀すると、彼女は跳びあがるように立ちあがり、ひざを折ってお辞儀した。ほおをピンク色に染め、茶色の巻き毛を揺らして。

妹には礼儀なんていらない。「フレディー」

フレディーは反応しなかった。

ガイはもう少し大きな声で、両腕を広げて、妹が笑顔になり、歓声をあげて飛びこんでくるのを待った。「フレディー？」

「なに？」フレディーはぼんやりとほほえんで、彼のほうを見た。「ああ、こんばんは、ガイ」そう言うと、また物思いに戻った。

ガイは腕をおろした。そうか。抱擁《ほうよう》はなし。いいだろう。彼はうなずき、なんとか笑った。

「ロード・ハードバリー、お目にかかれて光栄です」ミス・トレッドゴールドが言った。「レディ・フレデリカはずっとあなたにお会いしたいと言っていたんですよ」

「そうか」ガイは淡々と言った。「ぼくに会うのは今朝の朝食以来のような歓迎ぶりだが」

「彼女はいつも空想にふけっているから。でもわたしたちはいつも――まあわたしったら、まだ紹介もされておりませんのに！」

ミス・トレッドゴールドは口を手で覆《おお》った。まるで夜中に彼の寝室に入ってきたかのように恥ずかしがっている。

「関係ない」ガイは彼女のほうに身を寄せ、いたずらっぽくささやいた。「ふりをすればいい」

「でも礼儀作法が、マイロード！　あなたはこんなわたしをどう思います？」

「ぼくが思うのは、きみの伯母はぼくの父と結婚したんだから、紹介は必要ないということだよ。それにきみはとてもかわいらしいとも思う」

その媚態《びたい》さえかわいらしかった。もしかしたら彼女の感じのいい愛らしさが、アラベラとはまったく違うからかもしれない。強くて、要求の厳しく、容赦《ようしゃ》のないアラベラ。ガイはアラベラの言うとおりかもしれないと思うと落ち着かなかった。ミス・トレッドゴールドは彼の理想の花嫁像にぴったりだ。

彼女は長い睫毛《まつげ》をぱちぱちした。「マイロード、レディ・フレデリカとはお久しぶりですから、積もるお話もあるでしょう。わたしは失礼しますね」

ふたたびひざを折ってお辞儀して、ミス・トレッドゴールドはいなくなった。ガイはふり向いて彼女を見送ったが、人々のなかにいるアラベラが目に留まった。彼女が話しているのは……まさか、スカルソープか？　彼はフレディーのほうに向き直った。

軽業師ふたりを見つめている。

「いまはフレデリカと呼ばれているのか？」ガイは妹に訊《き》いた。

「レディ・トレッドゴールドはわたしをフレデリカと呼びたがるの。レディ・フレデリカと」ぼんやりと言う。「フレディーは男の名前でレディらしくないと、レディ・トレッドゴールドが言うから」

「なんと呼ばれるかは、おまえが選んでいいんだ」ガイは言った。「なんでも彼らの言うとおりにする必要はない」

フレディーはなにも言わなかった。無関心な他人だ。あるいはこんなふうにならないようなやり方も可能だったのかもしれないが、怒りでいっぱいの二十歳のガイには、イングランドを離れることしか考えられなかった。

ガイは妹と並んで壁に腰掛けた。噴水の細かなしぶきが首と腕を冷やしてくれる。ぼんやりとひざの上にかかるスカートを直しながら、パーティーの招待客たちを眺め、知っている顔を見つけては、その名前を思いだしていた。

イングランドに帰国して時間がたつにつれて、国外で過ごした歳月はどんどん遠ざかり、彼がした冒険はまるでほかの男の日記に書かれていたことのように感じられた。大変なこともあったが、ガイは冒険を満喫《まんきつ》した。イングランドでは考えられないほどの自由を味わった。ロンドンに戻ってから、街を歩きまわってお気に入りのブーツをだめにした。カントリーハウスからまた別のカントリーハウスへとサー・ウォルターを追跡した時間についても、よく知る田舎を馬で旅するのは気分がよかった。途中の村の宿屋に寄ってパイとビールを注文し、作物について雑談するのも楽しかった。

わが家に帰ってきてよかった。

だが彼は落ち着けなかった。大きな屋敷には父親の思い出と自分の空虚な人生しかない。

「最近はどうしている?」ガイはフレディーに訊いた。

妹は太い眉を寄せた。「八年間をひと言にまとめてほしいの、それともひとつの文章に要約する?」

「痛いところを突かれたな」新しい問題だ。不愛想な他人になった妹と、どのように会話する？　「父のことはよく知っていたか？」

「ええ」フレディーは言った。「新聞にとても詳しく載っていたから」

「サー・ウォルターとレディ・トレッドゴールドはおまえとウルスラによくしてくれているのか？」

「わたしたちは家族だって、ふたりは言うけど」

「ウルスラはどんな感じだ？」

「二歳よ」

「義母はどんな人だった？　ウルスラの母親の」

フレディーは肩をすくめた。ふたりの軽業師の演技をじっと見つめている。ひとりがもうひとりの肩に乗っている。「退屈な人だった。着替えや訪問やカード遊びに何時間もかけて、退屈していた。だから死んだんだと思う。人生があまりにつまらなくて生きる価値がないから」

「おまえの友だちは？」

「みんなよ」

「みんな？」

「そうよ。お父さまの遺言のおかげでお金持ちになり、兄さんの帰国のおかげでイングランドでいちばん有望な独身男性の妹になったから、わたしも国内でもっとも人気のあるレディになったの」フレディーは立ちあがった。「あの軽業師たちにどうやってやるのか訊いてくる」

ガイは妹の手をつかんだ。「坐《すわ》りなさい」

妹は坐った。ガイは手を放し、ふたりのうしろの石壁に指をとんとんと打ちつけた。

フレディーは、まるでガイがここにいないかのように、人々を眺めている。まるで八年間の不在で彼が幽霊——しかもたいしておもしろくもない幽霊になったかのように。

「聞いてくれ。ぼくはおまえとウルスラの監護権をとるつもりだ。父上がサー・ウォルターをおまえたちの後見人にしたのは間違っていた。ぼくはできるだけ早く結婚して、ちゃんとした家庭をつくる」

フレディーからはなんの反応もなかった。

「フレディー？　聞いているのか？」

「あんまり。なにかおもしろいことを言った？」

「ぼくはもうすぐ結婚するつもりだと言ったんだ」

「わたしはミス・ラークは好きよ。みんなに合わせて退屈なことを言ったりしないもの。それに紳士たちは彼女の罵倒をすごくこわがってる」

ガイはアラベラの罵倒は気にならなかった。気になるのは、アラベラが彼を自分の思いどおりにしようとすることだ。これまでずっと傲岸な父親にあれこれ指図されてきて、傲岸な妻にあれこれ指図される結婚生活をしたいとは思わない。

「ぼくはミス・ラークとは結婚しない。彼女を選んだのは父上だった。ぼくは自分の妻を選ぶ。それにおまえも自分で夫を選んでもいい」

「どうもありがとう」

妹の淡々としたお礼がガイをいらだたせた。トレッドゴールド夫妻よりも兄といっしょに暮らしたいと思わないのか？

「だがフレディ――聞いているのか？」

「ええ、ガイ」

「ぼくがおまえとウルスラの監護権をとるためには、サー・ウォルターがおまえたちの信託財産の管理で不正をおこなっていると証明する必要がある。たとえば横領《おうりょう》だ。なにか気がついたことはないか？　疑わしいと思われることとか。サー・ウォルターの行動や、出費について」

答えなし。

「フレディー？」

「知らないわ」

「知らないって？」

「あなたが言ってたこと」妹は夢見るようにほほえんだ。「聞いてなかった」

「おまえの将来の話をしてるんだぞ」

「みんなわたしの将来の話をしてるのよね。わたしがサー・ウォルターの家に住むか、兄さんの家に住むか、まだ見ぬ夫の家に住むか。どこでも好きなところにわたしを置けばいいわ。いいお人形のように行儀《ぎょうぎ》よくするから。軽業師はどうやってるのかしら？　訊いてくる」

今度はガイは引き留めず、フレディーは離れていった。こういう反応を予想しておくべきだった。妹の後見人になったら、仲を修復しよう。

つまりサー・ウォルターと話をする必要がある。

ガイが立ちあがると、人々がこちらを見た。彼と話したがっている人々だ。摂政の宮が彼のためにこの仮装パーティーを開催してくれたのは名誉なことで、古い知人と交流を再開し新たな知り合いをつくる機会はありがたいが、ガイが会わなければならないのはサー・ウォルターだ。だれか彼にどれがサー・ウォルターか教えてくれる人はいないかと人ごみを見渡し、自分がアラベラを探していることに気づいたが、彼女はいなかった。

ガイは目をこすり、首をそらして夜空を見つめた。星はない。ロンドンのいつもの煙だけだ。旅のあいだ、彼は星に夢中になった。大きな望遠鏡を購入して天文学を学ぶといいかもしれない。それも人生を立てなおすのに役立つだろう。

熱意にあふれた声がガイを天から引きおろした。

「ロード・ハードバリー！　ご帰国、まことによろこび申しあげます！」

すばらしい。ガイの親友希望者がまたひとり。今度の男は中肉中背の五十がらみの男で、頭頂部は禿《は》げて、きれいに整えた山羊《やぎ》ひげをたくわえ、大きく笑った口から金をかぶせた歯がのぞいている。

「わたしたちは話しあうことがたくさんあります」男は満面の笑みを浮かべて言った。

ガイはぴんときた。「サー・ウォルター・トレッドゴールドですね。あなたを探していたんだ。その手間をはぶいてくれてありがたい」

「いつでもお役に立ちます」

このナンセンスにガイは笑った。「それがほんとうだったらな！　わたしの手紙に返事をくれていただろう。それはそうと、弁護士から聞いているはずだ、ぼくが妹たちの法的監護権を得るための申し立てをしていると」ガイは彼のほうにからだを寄せた。「それもおよろこび申しあげてくれるんだろう？」

サー・ウォルターの笑顔はまったく変わらず、両手をもみあわせて愛想よくうなずいた。「つまらない法律の話で、このすばらしい夜を台無しにすることはありません。わたしの最大の願いは、あなたと交友を深めることですよ」

「ぼくの最大の願いは、妹たちの法的後見人になることだ」

サー・ウォルターは明らかに同情のため息をついた。「そんなに簡単なことだといいのですが！　遺言は強い効力をもつ法的文書です。遺言検認法を取りあつかう大法官府裁判所が亡きお父さまの遺言を無効にしなければ、わたしにできることはなにもありません」

「だが裁判所が、あなたが信託財産の管理で不正をおこなっていると判断すれば……」

「マイロード！」サー・ウォルターはあんぐりと口をあけた。「いったいどういう意味ですか？　だいたい、あなたのお父上がわたしを信頼して任せてくださったのですよ」

「まさにそれがぼくの懸念《けねん》だ。父が常習的に不正に手を染めていたことを考えれば」

侮辱も効果なしだった。サー・ウォルターは考えこむようにあごをなでただけだった。「じつは、マイロード、わたしたちのちょっとした問題にたいする解決策をご提案できるかもしれません」

「わたしたちの問題なのか？」

「先ほどうちのマティルダにお会いになったと思いますが？」

「だれだ？　ああ、ミス・トレッドゴールドか。フリルのドレスを着ていた子だな」

「わたしの姪です。亡くなった兄の忘れ形見ですが、いまでは実の娘のように思っています。レディ・フレデリカと同様に。マティルダはひじょうに魅力的で、行儀作法も完璧です」

「そうか？」

「わたしの数多《あまた》ある慈善団体をずっと手伝ってくれています」

「へえ？」

「それにピアノフォルテの名手です」

「なるほど」

サー・ウォルターの表情にはまるで悪意が見えなかった。「花嫁をお探しだと伺いました。あらためてお知らせしておきますが、お父上の遺言に記された領地三か所は、ミス・ラークと結婚すればあなたのものに、もしほかのだれかと結婚すればわたしのものになります。もしあなたがマティルダと結婚なさるなら、その領地もあの子の持参金に加えましょう。それにあなたが妹さんたちの法的後見人になるお手伝いもいたします」

「つまりぼくの妹たちも、あなたの姪の持参金の一部なのか」

サー・ウォルターははっとして、くどくど言い訳して笑い、また言い訳を続けた。

「わたしの意図を誤解していらっしゃいます、マイロード」

「いや、ぼくは誤解だとは思わない。あなたはなんで騎士に叙《じょ》せられたのかな、サー・ウォルター？　巧みな弁舌ではないだろう」

つまりこういうことだ。ガイがミス・トレッドゴールドと結婚すれば、彼は望みのものを手にいれる――だがそれは父親の代わりにこの男の操り人形になるということだ。

「あなたにはご友人が必要です」サー・ウォルターは動じずに言った。「わたしはよろこんでお付き合いさせていただきます」

「あなたと国内の全員が」

「そしてわたしの息子、ハンフリーは優れた若い紳士です。あなたの弟と思ってくださってもいい！　息子に口添えして、あなたのクラブに紹介してくれませんか」

ガイは思わず笑った。アラベラと話したくなった。彼女も要求はするが、友情や愛情を装ったりはしない。

「いやいや、サー・ウォルター、聞いてくれ。あなたはなにかをたくらんでいる小悪党だ。ぼくはかならず突きとめてみせる。もしぼくと友人になりたかったら、妹たちと会わせてくれ」

サー・ウォルターはあきらめたように両手をあげた。「マイロード、いったいどういう意味ですか？　いつでも妹さんに会えますよ。マティルダを訪問したり、遠出に誘ったりしてくだされればすぐに――」

「おもしろそうなゲームだな、ごろつきめ。だがプレイする気はない」ガイは言い、人々のいるほうへと向かった。

4

　軍の閲兵式は完璧だった。赤い軍服を着た大勢の兵士たちが見事にまっすぐな列を組んで行進し、その軍服は真鍮《しんちゅう》のボタンまですべてお揃《そろ》いで、ブーツとマスケット銃のカツカツいう音がハーモニーを奏でる。

　アラベラがこれまで見たことのあるなかで、もっとも平和な眺めだった。

　一万人の兵士たちの列は一マイル以上に伸びると、アラベラとママに教えてくれたロード・スカルソープは、連隊を観閲《かんえつ》するヨーク公爵を見物しに共同地のウィンブルドン・コモンに集まった人々のあいだを、巧みに馬車を走らせた。いい天気と壮大な見世物――それに軍楽隊、騎兵隊の突撃、王族の臨席――に誘われて、数十万人の人々が広いコモンに集まっていた。労働者から銀行家から貴族まで、あらゆる階層の人々がいた。陽気でやかましい大勢の人々のなかで、アラベラはようやく自分だけの時間をもてた。

　社交の集まり続きの耐えがたい一週間だった。アラベラは婚約を祝う人々に取り囲まれた。だれもが「おめでとう」と言った。成人して「イエス」とプロポーズに応えただけなのに、まるでものすごい偉業をアラベラが成しとげたかのように。さらに苦痛なことに、ロード・スカルソープが隣にやってきて、魅力的で愛想よく、ことあるごとにアラベラのからだにふれ、愛情のこもった言葉をかけ、いやらしい目つきでアラベラに吐き気をもよおさせた。アラベラはそれを我慢しなければならなかった。それに彼の献身的な愛情についての人々のひやかしの言葉も。

今朝、彼の無蓋馬車《むがいばしゃ》をママと友人に譲って、ふたりで人々のなかを歩いていたときにされた、アラベラの健康についての質問もそうだった。

「疲れているようだね、ミス・ラーク、率直に言わせてもらえれば」ロード・スカルソープは言った。それにたいしてアラベラは、毎晩、よく眠れずに暗闇を見つめているせいだとは言わずに、おなじみのロンドンの天気についての文句を言った。それを聞いたロード・スカルソープはさっそく飲みものを買いにいった。これが彼女の大きな力だ。ロード・スカルソープは彼女の財産を自分のものにし、彼女のからだを所有し、彼女の行動を管理するけど、それはどうでもいい。なぜならアラベラは彼にレモネードを買いにいかせることができるから。

それに軍の演習の見事な正確さに、自分の苦境を忘れることもできる。

兵士たちが完璧に一斉に休止すると、アラベラは視線を移し――気づくとガイを見ていた。彼はとまどいつつおもしろがっているような顔でアラベラを見つめていた。

彼はブーツをはいた足を前後に少しずらして立ち、両手を背中で結んで、広い肩を青いコートにつつみ、帽子をうしろに傾けていた。無頓着《むとんちゃく》に力を抜いた姿勢も彼の力強い生命力を隠すことはない。

ふたりの目が合うと、彼の顔にゆっくりとほほえみが浮かんだ。アラベラはたいていの男がたじろぎ、近くの飲みもの売りの車に逃げだしたくなるようなまなざしを返した。それでガイは、ゆったりした足取りで彼女の隣にやってきた。

太陽の光に照らされ、彼の目尻にかすかなしわが見えた。その目は夏の葉のような緑で、吸いこまれそうなほど深い色だった。ガイはその気安いほほえみとは不似合いの引き締まったたくましさを示している。どんな挑戦にも取り組み、その挑戦を楽しむ人間だ。

「連隊が大好きなんだな」ガイは言った。「うっとりと見とれていた」

相手がガイだからどう思われてもいいと思って、アラベラは正直に答えた。「とても心が安まる」

ガイは笑った。彼女をおそれない笑い声がアラベラの背骨を滑りおりる。「一万人の武装兵を見て心が休まるというのは、きみくらいのものだよ」

ほほえみながら、ガイは彼女の全身をさっと見た。アラベラは当然、この機会に合わせて颯爽《さっそう》とした軍服風のドレスを身につけていた。青い生地に肩章、フロッグ、飾緒《しょくしょ》がついていて、円筒帽のような背の高い帽子と合わせている。もちろん飾りは実用のためではないが、好ましい印象を与える。アラベラの世界では、それで半分勝ったようなものだ。

「こんなことを認めるのはつらいが」ガイは言ったが、驚くほどつらくなさそうだった。「軍服風のドレスがよく似合っている。なぜきみがまだ最高司令官に任命されないのか不思議だよ」

「わたしもそう思う。この兵士たちがわたしの命令に従って、一斉に行進していたらよかったのに」アラベラはパラソルを傾けて、彼に視線を投げた。「今度ヨーク公に会ったら、提案しておいて。わたしがよろこんで彼の代わりを務めると」

「きみの婚約者が提案するんじゃないかな、なんといっても戦争の英雄なんだから」

それでアラベラの心の平穏は消えた。なんなのこいつ。

「棘《とげ》のある言い方ね、ガイ。まさか嫉妬ではないでしょうね、あなたが失恋してむくれているあいだにロード・スカルソープが有益なことをしたからって」

ガイは首を振っただけだった。彼は怒らせるのはほんとうに難しい。「きみとスカルソープはお似合いだと思う。だが、きみと結婚したがる男は列をなしているのに、いったいなぜきみがあんな男を選んだのか、わからない」

あんな男？　アラベラは訊きたかった。彼が〝わたしの処女〟と呼ぶのはいったいどういう意味なの？　どうしてわたしはそれにこんなに嫌悪を覚えるの？　彼はわたしになにをすると思う？　あなたが教えてくれる？　だれでもいいから、教えてくれない？

でもアラベラはけっしてそんなことは言えない。彼女はだれかに、ましてガイに、自分の恐怖を見せることはできない。

いらだちが膨《ふく》れあがる。パラソルの柄を握りしめ、彼を引き裂いてやりたいという激しい衝動にからだをこわばらせた。その日焼けした肌を、にこやかな目を、広い胸を引き裂いてやりたい――なぜならアラベラが助けを求めようとしたとき、彼は話も聞こうとしなかったから。なぜなら彼女には怒る権利なんてなくて、ガイは彼女になんの借りもないから。アラベラがロード・スカルソープと結婚しなければいけないのはガイのせいではない。でもこんなに陽気で自信まんまんで魅力的なのは彼のせいだ。それだけでも、恨むのにじゅうぶんな理由になる。

ガイは気づいていないようだった。もちろんそうだろう。アラベラは幼いころからずっと自分の考えを隠す訓練をしてきた。いまはそれを使って感情を押し殺している。感情なんて役立たずで無意味なものだ。

ガイとおなじ。

「なにを言ってるの、ロード・スカルソープはかわいらしいわ」アラベラはゆっくり言った。「愛玩用の小型犬を思わせる。彼に芸を教えこもうと思って」

「ああ、男に火の輪をくぐらせることができる女の人がいたら、それはきみだよ」

「ありがとう」

「褒めてない」

「ふうん」

ささげ銃《づつ》の敬礼で、アラベラは兵士たちに目を戻した。どういうわけか、ガイは立ち去らなかった。

「もしこれらの銃がすべてきみの意のままになったら、なにをする?」ガイが訊いた。

「まずはあなたを壁の前に立たせるわね」アラベラはすぐに言った。

それはほんとうではない。ほんとうは、真っ先にロード・スカルソープを立たせる。ガイは二番目だ。ふたりいっしょに銃殺刑にして銃弾を節約してもいいかもしれない。わたしはなんて財政的に賢い司令官になれることだろう。

「気をつけたほうがいい」ガイはアラベラの殺害予告にもかかわらず、楽しそうに言った。「婚約者に、ぼくといちゃついてるところを見られたくないだろ」

アラベラはガイをまじまじと見つめた。「いちゃつく?　あなたを銃殺すると言ったのよ」

「きみが言うとそれはいちゃついてるうちに入る。なんて甘いささやきだ！　光栄だよ」

「ほんとにむかつく人ね。わたしをいらだたせるためにここに来たの？」

「そんなところだ」彼は目を細めてアラベラを見つめ、軽く首を振った。「だがなぜ、スカルソープなんだ？　まあ、ぼくが断ってからほんの数分で彼を捕まえたきみの手際のよさには感心するけど。侯爵夫人になれないから、男爵夫人で我慢するのか？　彼は自分が二番目の選択肢だったと知ってるのか？」

　スカルソープは彼女の選択肢のずっと下のほうで、リストにも載らないほどだ。ガイが彼女の話を聞いてくれさえすれば、ハドリアン・ベルが帰国するまでの時間を稼ぐことができたのに、もう手遅れだった。

「あなたは勘違いしてる」アラベラは高慢に彼から視線をそらして観衆を見た。「あなたはただの練習だったのよ。きちんと本番をこなすための」

　群衆のなかで、派手なエメラルドグリーン色の婦人用帽子がアラベラの目を引いた。あれは人々に見られるための帽子だ。かぶっているのはクレア・アイヴォリー――そのウィット、美貌《びぼう》、紳士の娘という上流階級の出身で、ガイ・ロスに求婚されたのに、すべてを捨ててロード・スカルソープと男女の関係になり、高級娼婦となった人。

　ガイはすぐ近くに立っていたので、アラベラには彼が緊張するのがわかった。

「遅かれ早かれ、彼女に会うことになるだろう」ガイはつぶやいた。

「あなたが失恋して逃げだす原因になった女性ね」アラベラは言った。「少し大げさだと思ったことはなかったの？　八年間も国に戻らないなんて。失恋した若い男の標準的な治療は、詩と酒にふけることだって知ってるでしょう？」

「ぼくは苦手だったんだ」

「深酒が？　それともへたな詩を書くこと？」

「どちらもだよ」ガイはため息をついた。「なんと、ぼくは苦悩する若者としてまったくの失格だった。陰鬱《いんうつ》で青白い顔をした男になるのを楽しみにしていたのに。放蕩《ほうとう》者《もの》になろうかと思ったこともあったよ」横目でアラベラを見る。「女性たちはぼくをたまらなく魅力的だと思っただろう、もちろん」

「もちろんそうね。哀れな娘たちは苦悩する若者の魅力には逆らえないから」

「そして当然、ぼくは彼女たちの心を打ち砕いた」

「彼女たちはそれでますますあなたを崇拝したでしょうね」

「だがあいにく、ぼくは太陽、人々、からだをつかった活動が好きだった。それに、世界には興味深いものや会うべき人々があまりにも多くて、ぼくは自分が心を打ち砕かれてみじめだということを、いつも忘れていたんだ」

アラベラはガイが自分の本心を隠すために真実の一部だけを話しているのだろうと

思ったが、なにも言わなかった。この会話は意外なほど楽しかったし、休戦はフレディーについて話をするチャンスを与えてくれた。

「フレディーは来ているの？」アラベラは言ってみた。「見なかったけど」

「わからない。サー・ウォルターはまだ、かくれんぼのゲームを続けている」

アラベラの全身に寒気が走る。「ガイ、これはゲームなんかじゃない。フレディーに気をつけてあげないと。わたしが証拠を見つけられるかもしれないけど――」

「今度はボウストリート・ランナーのまねごとをするというのか」

「サー・ウォルターは正直な人間じゃない。もし彼が――」

「信託財産を横領していたら？　してるよ、アラベラ、ぼくだってわかってる」ガイのふざけた態度は消え、険しい真剣さが伝わってきた。「人を使ってその可能性を調べさせている。リー・ウォルターもそれを知っていて、だから姿を消したんだ。あいつはきわめて楽しいちょっとしたゲームを続けているが、ぼくにはじゅうぶん対処能力があるから、きみの余計な世話焼きはいらない」

「もしあなただけの話だったら、その間違った傲慢もよろこんで見捨ててあげるけど、代償を払うのはフレディーなのよ」

「きみがなにもかもわかってるわけじゃないよ、アラベラ」

「あなたもそうでしょ」

口論しているあいだに、いつの間にかふたりは向きあい、あまりにも顔が近づいて、アラベラのパラソルがふたりをつつみこんでいた。ガイの耳をひっぱって話を聞かせることができればいいのに。アラベラは自分のことを救うことはできなかったけれど、フレディーを守ることはできる。

でもいまのところ、サー・ウォルターのフレディーにたいする不正について、アラベラにも疑い以上のものはなかった。サー・ウォルターを調べて証拠を手に入れられればいいのに。ママなら、トレッドゴールド一家を〈ヴィンデイル・コート〉に招待することができるかも？　サー・ウォルターはきっと気を緩めるはずだ。なぜならパパはもうけっしてガイを招くことはないから。トレッドゴールド一家がアラベラの家に滞在すれば、そのあいだにわたしが——

ガイの笑い声に考えを中断された。驚いて目をあげると、彼は一歩さがってアラベラを観察していた。その気楽そうな様子にいらいらする。

「なによ？」アラベラは鋭い口調で言った。

「ここには数千人の人々、軍隊、軍楽隊がいるのに、きみの頭がなにかを企んで回転している音が聞こえるよ。そう言えばきみは昔から——」

ガイの言葉が途切れ、そのまなざしはアラベラの向こうに向けられた。楽しそうな様子が消えた。アラベラはふり返らなくてもその原因がわかった。全力で気持ちの準備をしたおかげで、ロード・スカルソープが彼女の袖に手を置いたときも、びくっとせずにすんだ。

　ガイの目が、アラベラの腕に置かれた、手袋をした手をちらっと見る。アラベラは冷静になって、ロード・スカルソープのひじに腕を通した。結婚すれば、嫌悪で肌があわ立つこともなくなり、ガイと腕をくっつけていたときのように、温かく、ぴりぴりと感じるのだろうか。

「ここにいたのか、マイディア」ロード・スカルソープは言ったが、彼女のほうは見なかった。「久しぶりだな、ハードバリー」

　ガイは無言で踵を返し、歩いていった。

　ロード・スカルソープはくすくす笑った。明らかにガイの反応を楽しんでいる。

「侯爵閣下はわたしをあからさまに無視した。ペチコートが絡まっているようだ」その声から軽蔑がしたたるようだった。「あいつを見てごらん。まだあの売春婦が欲しくてよだれを垂らしている」

　アラベラはなにも言わなかった。ロード・スカルソープのばかげた言葉には興味がなかった。向こうで起きつつあるガイとミス・アイヴォリーの再会のほうがずっと興味をそそる。ふたりはまるで喧嘩する雄猫どうしのように足をとめ、ミス・アイヴォリーが光沢のある緑色のスカートをひるがえしてふり向き、去っていくと、ガイは反対方向に歩いていった。

なんてすてきなコティヨンだろう。踊り手は彼ら四人。ガイは子供のころからアラベラの許婚だったが、クレア・アイヴォリーと結婚するために彼女を投げだした。ミス・アイヴォリーはロード・スカルソープに誘惑されてガイをふり、そのスカルソープはいま、アラベラと結婚しようとしている。ミス・アイヴォリーは高級娼婦となり、スカルソープは戦争に行って、ガイは世界を見る旅に出て、アラベラはずっとおなじところにいる。まるでわらべ歌のようだ。アラベラが一曲つくってもいいかもしれない。初夜のベッドで、スカルソープが彼女の純潔を奪うという面倒な行為に従事するあいだの、いい暇つぶしになるだろう。

「ああ、驚かせてしまったね、ミス・ラーク」

アラベラはふり向いた。驚く？　わたしが？　口には出さずに、思った。わたしの気持ちを教えてちょうだい。あなたはよくわかっているみたいだから。

彼はレモネードの入ったグラスを差しだし、アラベラは受けとってひと口飲んだ。薄くてぬるくてまずかったけど、おかげで自分の気持ちを話さずにすんだ。もしかしたら、だからガイとのおしゃべりが楽しかったのかもしれない。彼にどう思われても関係ないから、なんでも思ったことを言える。

「すまなかった」スカルソープは続けた。「わたしの言葉使いはいつもレディの前ではふさわしいものではない。だがきみは軍人と結婚するのだし、わたしは飾り気のない率直な物言いをする。歯に衣《きぬ》着せることはしない。娼婦は娼婦だ」

そして処女は処女。でもアラベラは言わなかった。

「だがきみは実際的な人だし、きみといっしょのときに口を慎む必要がなくてよかった。だからわたしたちはこんなに似合いなんだ。それがふたりの共通点だね」

わたしたちの共通点は、どちらもわたしの主人になりたがっているということよ。

これもアラベラは言わなかった。

待っているような目で見られて、アラベラは小さくうなずき、それで彼は満足したようだった。彼女の返事はどうでもいい。どうせスカルソープは自分の好きに解釈するのだから。

「結婚式の準備であなたが無理をしていないといいのだが」彼は言った。「自分の体を大切にするんだよ、わたしがあなたを大切にするときまで」

「わたしたちの結婚式は春でしょう。準備する時間はたっぷりあります」

「父上から日程の変更について手紙を受けとっていないのか？　あなたが帰ったあとでわたしがヴィンデイル・コートを訪問し、そこでご両親が婚約パーティーを開催する。翌週から結婚予告がおこなわれ、聖ミカエル祭のあとに結婚する」

アラベラはなんとなく聖ミカエル祭の鵞鳥《がちょう》のことを考えた。太らせて、あぶり焼きにされて、買う経済力があるイングランドの各家庭のテーブルに載る。食後のブラックベリー・パイつきで。九月はアラベラの好きな月だった。青空と色づいた木々の下、月末に聖ミカエル祭を控えて、みんなでブラックベリーを積んだり木の実を集めたりする。アラベラとママはいつも小作人や村人たちのためにごちそうを用意した。冬の前に。今年もいつもとおなじようにできるだろうか、とアラベラは考えた。結婚式があったら。

「春にロンドンで結婚式をすることになっていたと思いますが。来年の社交期《シーズン》のあいだに」アラベラは言った。

「わたしの気が変わった」身を寄せたスカルソープの胸の勲章が日光を受けて光る。「早くわたしたちの人生を始めたいんだ。きみを見るたびに忍耐が限界に近づいているのを感じる」

それならお互いのために、いい、い、い、わたしを見るのを、をやめて。でもアラベラは言わなかった。わたしは勲章にふさわしい。こんなにも自分の考えを口に出さないでいるのだから。もしかしてこれからも、彼女の人生はずっとこうなるのだろうか?

「わたしも率直に言ってもいいでしょうか、マイロード」アラベラは思いきって言ってみた。

スカルソープは低く親しげな声音で言った。「それこそわたしの望みだ、わたしの勝気で辛辣《しんらつ》な処女」

身震いしないように腹に力を入れて、アラベラはなにげない口調で言った。「あなたはその言葉をよく使いますね。わたしとの会話で」

彼の目の奥でなにか揺らめいた。「だがほんとうのことだろう」

「もちろんです」アラベラは急いで言った。「わたしはただ、あなたが葉巻を吸うのとおなじくらいさっさと使い捨てにするものを、なぜそんなに期待しているだろうと思って」

スカルソープがあまりにも近くにやってきたので、その煙草のにおいのする息がアラベラの耳にかかった。「期待が楽しみなのだ。きみも感じているのだろう、わたしのミス・ラーク？」

アラベラはじっとしたまま、無理やり彼を見て、自分の耳にも嘘くさく聞こえる、丸めこむような口調で言った。「でも、マイロード、わたしはあなたのものではないのに」

彼の手が蛇のような速さで突きだされ、アラベラのパラソルの柄をつかみ、アラベラの手から奪い取りそうになった。その目は険しく、あごがこわばっている。アラベラの腕を震えが走り、急に息苦しくなった胸にまで届いた。

だがまた一瞬でその険しさは消え、好意とほほえみだけになった。彼は柄に指を滑らせ、一瞬、アラベラの手をぎゅっと握った。

「きみはゲームが好きなレディのひとりだとわかった」スカルソープはたしなめるような、叱るような口調で言った。「だがわたしが期待のことを口にしたとき、きみの震えを感じた。恥ずかしがることはない。わたしはきみの夫になるのだし、きみの興奮はうれしい」彼は手をおろした。「もちろん、きみの言うとおりだ。きみはまだわたしのものではない。だがそうなる。結婚式の夜、わたしはきみを完全に自分のものにする。それできみはわたしの、わたしだけのものになる。そうだよ、そのことを考えただけでも息ができなくなるだろう」

ようやくスカルソープは正しいことを言った。アラベラは息ができなかった。視線をスカルソープの向こうに、兵士たちの完璧な列に向けて心を落ち着けた。

「それから?」自分の声が妙にかすれている。

「それからとは?」

「わたしたちの蜜月《みつげつ》が終わったら。あなたが……」兵士たちは前進し、見えない合図でとまった。「わたしを完全にご自分のものにしたら」

彼は一歩離れて、銀の葉巻ケースを取りだし、近くにいたランタン・ボーイに火をもってくるように命じた。

「それからきみはわたしの子供たちの母親になる」スカルソープは静かに言った。「息子たちが生まれて二番目の息子がきみの父上の領地の跡取りになったら、きみはその子とふたりで暮らしてもいい。夫婦財産契約にその項目を入れてもいい、きみが望むなら」

結婚式の一か月前に、ふたりは別居についての話し合いをしている。最悪の申し出というわけではない。この結婚はアラベラの夢を実現する。ヴィンデイル・コートという彼女の故郷が手に入る。妻は権利を行使しようとする夫をベッドから遠ざけることはできないけれど、息子をふたり産むまで我慢すれば、あとは自由になれる。

「うれしそうだね」彼は言った。

「わたし……胸がいっぱいで。新鮮な空気を吸いたいわ」アラベラは言ったが、すでに屋外にいるのにおかしな言葉だった。

「そうだろう」彼はつぶやくように言った。「わたしたちは互いに心から理解しあえる。きみを観察して、わたしに完璧だとわかったんだ」

「光栄です、マイロード」アラベラはなんとかそう言うと、グラスを彼に渡して逃げだした。

やみくもに人波を縫って歩いた。ロード・スカルソープにあんなふうに話したのは礼儀に反していたが、どうしても知りたい気持ちに衝き動かされていた。でも知ったことで、ますます自分が無力に感じる。もしかしたら男はだれでもああいうことを考えて、それをうまく隠しているのかもしれない。スカルソープはただ、婚約したから本心を明らかにしたのかもしれない。

アラベラはそのまま何マイルも歩く勢いだったが、ふたたびしゃれた緑色の帽子に目をとらえられた。

クレア・アイヴォリー。彼女もひとりで木立のほうに向かっていた。アラベラは自分がなにをしようとしているのか知らないまま、歩く方向を変えて彼女に近づいていった。

＊＊＊

アラベラが林に着くと、クレア・アイヴォリーはくるりとふり向いた。

帽子の下の彼女の色白の顔は完璧な卵形だった。ピンク色の唇はとてもふっくらしていて、大きな目は銀色がかった青色。その顔を、ほとんど白に見えるほどのごく淡い金髪がつつんでいる。クレア・アイヴォリーは誘惑する天使のような顔をしていると言われている。高級娼婦として成功しているのも不思議ではない。

「わたしをつけてきたの、ミス・ラーク？　あなたのような地位の女性がわたしを認めることがあるなんて」

アラベラはパチンと音をたててパラソルを閉じた。彼女はミス・アイヴォリーの近くにいてはいけないが、木立がふたりを隠してくれるし、ここには賽子遊《さいころあそ》びをしている男の子たちと休憩中のパイ売りしかいない。

「でもわたしたちにはたくさんの共通点があるわ」アラベラは言った。「ふたりともガイ・ロスと婚約していると思われていた。そしてあなたが最初にベッドをともにしたのはロード・スカルソープだった。もうすぐわたしもそうなる」

ミス・アイヴォリーは目を瞠《みは》った。「あなたは驚くほど繊細さに欠けているのね、それに評判を気にしてもいない。もしわたしたちがいっしょにいるところを見られたら、世間はなんと言うかしら？」

「ひとつ例をあげれば、わたしたちについてすばらしい記事を書くでしょうね。タイトルはすぐに思いつくわ」

「〝処女と娼婦〟ね」天使のような顔にもかかわらず、ミス・アイヴォリーはアラベラとおなじくらい辛辣な口調で話せる。「あなたは自分がおそれ知らずだと思う？」

「好奇心が強いのよ、どちらかと言えば」

恐怖、怒り、自棄が合わさってある種のおそれ知らずを生みだすものだ、とアラベラは思った。いまの彼女にできることは、自分の恐怖の原因を知ることだけだった。

「あなたはガイと結婚して侯爵夫人にもなれたのに」アラベラは言った。

「でもわたしはなりたくなかったのよ」ミス・アイヴォリーは挑むようにあごをあげた。「ガイのことを訊くためにわたしをつけてきたの？」

アラベラはぼんやりとパラソルの房の絡んでいるところをほぐした。「ガイはどうでもいいわ。わたしが訊きたいのはロード・スカルソープのこと」

「まあ、ミス・ラーク。ロード・スカルソープについてわたしが教えられることは、レディが夫について知るべきではないことよ」

「わたしはそうは思わないわ。レディは自分に影響のあることはできるだけなんでも知っておくべきよ。わたしは彼の嗜好《しこう》を知りたいの。彼の……好みを」ミス・アイヴォリーは目をそらしたけれど、アラベラはその顔にばかにするようなほほえみが浮かんでいるのに気づいた。「おもしろがっているの、ミス・アイヴォリー？」鋭く言った。

「これはあなたが普段するような会話ではないのだろうと思って。楽しんでいる？」

「きわめて不快だと思う」

「わたしもおなじよ」

「それならさっさと終わらせましょう」

「すべての売春婦の願いね」

「すべての妻の願いでもある?」

この切り返しにミス・アイヴォリーは笑った。見つめあったふたりの目に、意外な連帯感が浮かんだ。

「ロード・スカルソープはおそれられている?」アラベラは質問した。

「彼は残酷だという評判はないわ、答えはノーよ」

アラベラは推理した。「でも処女の売春婦を求めているという評判はある?」

「あなたはほんとに、知るべきでないことまで知ってるのね。そんな知識はあなたのような立派なレディには危険なものよ」

アラベラはそれを無視した。なぜ人はレディが知識を得ると危険だと言うのか、不思議でならない。無知のほうがよっぽど危険なのに。情報を得るのがこんなに大変でなければいいのに!

「処女は珍しいごちそうでしょうね」アラベラは推測した。「斡旋《あっせん》するのが難しいの?　それとも単純に、とても……若いの?」

「男爵閣下は大人の――それに自発的な女が好みよ、彼の名誉のために言えば。けっして安くはないけれど、彼はよろこんで高い値段を払うわ。とくにオークションで競《せ》り落とすのが好きみたい。そういう女は、あなたが言ったとおり、珍しいごちそうで、彼はそういう女が売りだされたときだけ、趣味にふけるのよ」

「期待が楽しみだから」アラベラは相手の表情を見て、目をそらし、木々のすき間から向こうを見た。ここにいる時間が長引けば長引くほど、評判を傷つけるリスクが高まる。でもアラベラは知らなくてはならなかった。「男の人はいったいなにを求めているの？　処女を好むということで」

「所有、でしょうね。言ってみれば未踏《みとう》の地に旗を立て、領土を獲得する。その女性の一部は永遠に自分のものだという考え。たくさんの処女と寝れば、たくさんの女を所有することになる」

「雷鳥《らいちょう》を仕留めるように」

「そうよ」

「つまりそれは、ほかの男を負かすということね」アラベラは考えた。「自分のよろこびのためでも、まして女の人のよろこびのためでもない」

「おもしろいのは、そういう男たちが、処女かどうかを間違いなく判別できるわけではないということ。彼らはわかると言い張って、そんなことはないという産婆や薬師や娼婦の意見に耳を貸さない」

不思議な昂りがアラベラの血管を駆けめぐった。「ほんとうに？」彼女は言葉をひとつひとつ丁寧に発音した。「女の純潔は身体的に証明できるとずっと教えられてきたけど」

ミス・アイヴォリーは意味ありげに首を振った。「わたしもそう思っていたわ、以前……そう、以前は」

「それなら悪賢い女は何度も処女を売ることができるのね」

「いい商売よ。長くはできないけど。男は血となんらかの障害を期待する。血を出す工作を学ぶこともできる。あとは演技よ」ミス・アイヴォリーは小声で笑った。「ある意味では経験豊富な売春婦のほうが本物の処女よりも処女らしくなれる」

どこかからマスケット銃の一斉射撃の音が聞こえた。アラベラは長居しすぎた。パラソルを開いたが、いつになく手つきが不器用になった。

「ありがとう、ミス・アイヴォリー。あなたの知識と経験はとても貴重だわ」

これも作家に依頼したいテーマのひとつだ。慎重に出版することができれば。男の人がけっして手を出さないような、女性向けの軽薄な話題のあいだにこういう情報をこっそり入れるといいかもしれない。

「男爵夫人は侯爵夫人ほど迫力がないわ」ミス・アイヴォリーは抜け目のない目つきで言った。「でも結婚であなたはかなりの影響力をもつことになるでしょう。あなたの評判はますます重要になるのはたしかね」

アラベラは誘いを察した。「わたしは今後もあなたとのつきあいを続けるのにやぶさかではないわ、目立たないように、ということだけど」

「うれしいわ」

ミス・アイヴォリーは繊細な刺繍をほどこした手袋につつまれた手を差しだした。

アラベラはためらうことなく、手を握った。

「お目にかかれたのは思いがけないよろこびだったわ、ミス・アイヴォリー」

「ほんとうに。前からちらほらあなたを見かけて、どうしてガイはあんなにあなたとの結婚をいやがったのか不思議に思っていたの」

「わたしたちはいつも仲が悪かったから。子供のころに許婚にされたけれど」

「子供のころに許婚にされなければ、もっと仲がよかったかもしれないわね」

「そうかもしれない」

別れの会釈をして、木立から人ごみのママとスカルソープのところに戻るアラベラの頭のなかでは、さまざまな考えが駆けめぐっていた。

最大の問いはスカルソープと結婚するかどうかということだ――そしてそれは問いでもなんでもなかった。彼には嫌悪を覚えるけれど、アラベラの地位のレディにとっては不快な夫は、たとえば月経《げっけい》や、晩餐に出る茹《ゆ》で魚や、いつもストッキングにひっかかる足の小指の爪のように、人生の不愉快な事実のひとつでしかない。アラベラは母や祖母や伯母とおなじように、富と特権をもって生まれたレディだ。これはその代償なのだ。

もし結婚を拒んだら？　アラベラはすべてを失う。そうなった自分になんの価値があるだろう？　男爵夫人なら、ほかの人々を助ける力をもてる。ただ彼が自分を見る目つきが気持ち悪いからといって、それをあきらめるのは愚かなことだ。

アラベラはスカルソープと結婚しなければいけない。彼の妻になる必要がある。でも心まで彼のものになる必要はない。必要以上のものを与えることもない。処女のまま彼のベッドに行く必要もない。

アラベラはとつぜん立ちどまり、そのせいで彼女にぶつかっただれかが悪態をついた。彼女のまなざしで悪態はすぐに謝罪に変わったけれど、それも聞いていなかった。

その考えは衝撃的だった。ありえない。考えられない。でもアラベラは考えた。そしてごった返す人ごみと整然とした兵士たちに囲まれながら、彼女のなかでその考えは盾のように硬くなった。

ふいに元気が出てきた。彼女の心の恐怖におののいた部分の力が抜け、無力感は融《と》けてなくなった。アラベラは男爵夫人になる。息子たちと娘たちを育て、平等に愛情を注ぐ。社会的な地位を利用して政治に影響を与え、困った人たちを助ける。そのあいだ夫は処女の売春婦を買い漁り、彼女を放っておくはず。

アラベラはふたたび歩きはじめた。手足が軽く伸びやかに感じる。

最大の問題は、もちろん、どうやって誘惑されればいいのか、まったくわからないということだ。彼女といちゃつこうとするような男の人はいなかった。名うての放蕩者でさえ、彼女をひと目見て、もっと簡単な獲物のほうへと移っていった。

男の売春夫などというものがいるのだろうか？　クレア・アイヴォリーなら斡旋《あっせん》してくれるかもしれない。

でもだめだ――こんな重大なことを見知らぬ他人に任せるわけにはいかない。アラベラはスカルソープと結婚するつもりだし、これから一生、暴露《ばくろ》の不安を感じながら生きていきたくない。理想的なのは、けっして秘密を洩《も》らさないのが確実な男だ。

ママが人ごみのなかからあらわれたとき、アラベラはまだ選択肢を考えていた。

「なんだかとつぜん、晴れやかな顔つきになったわね」ママが言った。

「兵士たちを見ているとすごく元気が湧いてくるんだと思う。ねえママ、サー・ウォルターとレディ・トレッドゴールドの家族をヴィンデイル・コートに招待しましょうよ。どうも一家はロンドンを離れたらしいけど、見つけられるとしたらママしかいないわ」

ママはなにも言わず、問いかけるような目で見た。

「ミス・マティルダ・トレッドゴールドとよく話してみたいの」アラベラは快活に言った。「それにもちろん、フレディーのことは大好きだし」

「いいわ。若いお嬢さんたちはいつでもハウスパーティーには大歓迎よ」

アラベラは歩きはじめたが、ちらっと緑色が見えて足元がよろけた。クレア・アイヴォリー。ママは娘を見たがなにも言わなかった。いつもそうだが、ママの沈黙には耐えられなかった。

「彼女とお話ししていただけよ」アラベラは言った。

「気をつけてね、マイディア」

「わかったわ、ママ」

「くれぐれも気をつけるのよ」

5

じっさい、秘密の会合とはなかなか愉快だ。真夜中、ガイはワイングラスを手に、がらんとした屋敷の応接間を歩きまわりながら思った。

だがそのスリルのためにクレアの面会の要求を承知したのではない。好奇心だ。驚いたことに、閲兵式の翌日にクレアから手紙が届いた。ふたりで話すことがあると書かれていた。なんの要求もしないし迷惑もかけない。だれにも知られてはいけない。夜そちらに行くから、召使は全員屋敷から遠ざけておくようにとも書かれていた。

その秘密主義は必要以上に大げさだとガイは感じたが、好奇心をそそられ、おもしろがって言うとおりにした。

それに興味もあった。なぜならガイはこれだけの年月がたっても、なにがあったのか理解していなかったからだ。だれも彼の前ではクレア・アイヴォリーの名前を口にしない。

なによりもガイは、自分の若気の無分別を恥じていた。クレアをひと目見た瞬間から、いかに夢中になったことか。若々しい愛の告白がいかに情熱的だったことか。そして父との最後のひどい喧嘩のあと、徹夜でクレアのもとを訪れ、いかに情熱的にいっしょに駆け落ちしてくれと懇願《こんがん》したことか。しかし彼女は、スカルソープに誘惑されて貞操を失ったと告白した。

それでも彼は結婚を申しこんだ。それでも彼女は拒んだ。なぜかと訊《き》かないまま立ちさったのは、若くてプライドが高く、泣きだしてしまうのではないかとおそれたからだ。失恋した相手の女に泣くところを見られるのは、耐えられなかった。代わりにスカルソープに決闘を申しこみ、叩きのめされて、そのあとイングランドを発《た》ついちばん早い船に乗りこんだ。目が腫《は》れてほとんどなにも見えなかった。

正面のドアがあく音が聞こえて、ひとりだけ残った召使の声がしたとき、ガイは書物机の前にいた。グラスを置いて、シャツの上にはおった緑色のシルクのガウンを直し、壁に寄りかかってクレアが入ってくるのを待った。

軽いノックの音。音もなくドアが開く。そっと入ってきて、静かにドアをしめた。

クレアではない。不恰好なマントで侵入者の体形はわからなかった。顔もフードに隠されている。だがガイは顔を見る必要はなかった。クレアはもっと背が低くふくよかで、弾むような足取りで歩く。この人間はまるで水のようななめらかさで動き、男といってもいいいくらいの長身だ。

これはこれは。どうやらクレアはまだゲームをしていて、ガイはまんまとその罠にかかったらしい。

ガイがそっと机の上にあったレターオープナーを取ると、その人物はこちらを向いた。一瞬でガイは距離を詰め、侵入者の胸に刃を押しあてた。

「やあきみ、道に迷ったのかい」ガイは言った。「何者だ、暗殺者か、それとも泥棒か？」

「そのほうがよかったわね」

その人物はフードを取った。ほんとうにそのほうがよかった。

アラベラだった。

なんの飾りもつけず、なんの感情も見せず、まるでふたりが真昼の群衆のなかにいるかのような平然としたまなざしでガイを見た。どんなときでも――まして夜はなおさら――レディが供も連れずに紳士を訪問するなんて、許されない、考えられないことではないかのように。

「まったく、ガイ」アラベラはゆっくり言った。「あなたがそんなに芝居がかっているとは思わなかったわ」

「ここでなにをしているんだ？　あやうく刺してしまうところだったじゃないか」

「そうしたらどちらにとっても気まずいことになったわね、たしかに」

アラベラはいまも自分の胸骨に突きあてられている刃をじっと見つめた。ガイは一歩さがった。冒険でなにもかも見つくしたと思っていたが、夜にひとりで彼の屋敷にやってきて、落ち着きはらって手袋をはずし、マントをさっとぬいで、家庭教師にふさわしいような野暮《やぼ》ったたい灰色のドレス姿で立っているアラベラは、想像を絶していた。

「これもきみのたくらみのひとつなのか？　ぼくを結婚の罠にかけようという」彼はレターオープナーでドアを示した。「きみの母上が入ってきて、名誉と純潔について叫びだすという筋書きか？」

「そんなことにならないよう心から祈るわ。でももし母が入ってきたら、刺すのはやめてね。わたしの大好きな母なんだから」

ガイは思わず笑った。ばかばかしさのためか、緊張のためかはわからなかった。レターオープナーを机の上に放り投げ、ふたたびワイングラスを取った。どうやら酒が必要だ。

「クレアになにをしたんだ？　あれは彼女の筆跡だった。彼女の字だったのか、それとも筆跡偽造が特技なのか？」

「それはまだ習得してないわ、でもいい考えね」アラベラはまるで舞台中央に歩みでる歌姫のように、さっそうと部屋を横切った。「ミス・アイヴォリーに頼んで書いてもらったの」

「どうやって彼女を知ったんだ？」

「わたしはだれでも知ってるのよ」

アラベラは自分にもワインを注ぐと、いっきに飲み干した。レディらしからぬ飲みっぷりだ。

「わたしがここに来たのは」部屋全体に向かって発表する。「あなたにあげるものがあるから」

「きみはぼくの欲しいものをなにももっていない」

「復讐のチャンスよ」

「だれにたいする？」

「ロード・スカルソープよ、もちろん」

アラベラはドンとグラスを置いた。ガイは続きを待ったが、彼女はグラスをカラフェと並べている。そしてフォークをまっすぐに直す。そしてカップを少し動かす。

「スカルソープになんの復讐だ？」ガイはしびれを切らして促した。

アラベラはしかめっ面《つら》で彼を見た。「訊く必要があるの？」

「たしかに昔、ぼくはあいつに叩きのめされたが……」ガイは肩をすくめた。「あっちは訓練を受けた軍人で、ぼくは喧嘩の仕方も知らなかった。過去は過去だ。復讐に興味はない」彼はワイングラスをもって暖炉の前に行き、どさりと椅子に坐った。

「さあ出ていってくれ。ぼくに担がれて厩《うまや》の前に放り出されたくなければ」

「あなたは戦略家ではないんでしょう？」アラベラもやってきて彼の向かいの椅子に腰を寄りかからせた。「あなたはクレア・アイヴォリーと結婚しようとしていた。でもスカルソープが先に彼女を誘惑した。スカルソープはわたしと結婚しようとしている。でも今度はあなたが先にわたしを誘惑できる」

ガイは思わず噴きだし、鼻のなかやその他ワインが行くべきではない場所にワインを入れてしまった。激しくむせ、目に涙がにじみ、グラスをテーブルの上に叩きつけるようにして置いた。アラベラは眉ひとつ動かさずに、彼にナプキンを渡した。

「ぼくがなんだって？」ガイはなんとかそれだけ言った。

「復讐よ」アラベラはいらいらとくり返した。「あなたがやりたいと思うことに聞こえてきたでしょ？」

「いや。それはスカルソープがやりたいと思うことに聞こえるよ。だがぼくはスカルソープじゃない」彼は涙をふいてナプキンをテーブルの上に投げた。「きみは完全に理性を失ったのか？」

アラベラは考えているようだった。「いいえ」

「スカルソープと結婚したくないなら、やめればいい。そのどこにもぼくは関係ない」

「あら、わたしはスカルソープと結婚するわ。それについては安心して。じゃあ、寝室に行く？　あまり時間がないのよ」

アラベラは立ちあがって彼を見おろした。シャンデリアの金色の光では彼女の表情はわからなかった。なんの飾りもつけず、地味なドレスに黒髪を簡単にまとめただけの姿でも、アラベラは人を引きつける。ガイは彼女の思わせぶりなそそる曲線とその影に目を走らせずにはいられなかった。彼の愚かなからだはぴくりと反応した。もしふたりが赤の他人だったら……もし別のとき、別の場所だったら……もし――〝もし〟が多すぎる。これはアラベラだ。そしてもし彼女がすぐに出ていかなかったら、窓から放りだすまでだ。

ガイは立ちあがった。間違いだった。顔をつきあわせる形になった。アラベラがあげた手が、危険なほど彼の胸に近づく。彼のリネンのシャツの下は裸だ。

ガイは彼女の手をつかんだ。「なにを血迷ってるんだ？」つぶやいた。

アラベラはきっと顔をあげ、一瞬で手をひっこめると同時にふり返り、彼から離れた。ようやく出ていってくれる！　だが違った――まるでひとりでダンスしているかのように、彼女はくるりと回ってまたガイのほうを向いた。

「じつを言うと、わたしの人生には冒険が足りなかったのよ」その言葉はいつになく声高で早口だった。「あなたもスカルソープも童貞ではないでしょ。わたしだって放蕩にふける――よくいう言葉でいえば、カラスムギの種を蒔《ま》く機会があってもいいと思わない？」

わけのわからないことを！　だがアラベラは明らかにそれ以上説明する気がなかったので、ガイはそれ以上訊くことはしなかった。

代わりに言った。「女は種を蒔いたりしない。種を蒔かれる畑なんだ」

アラベラはため息こそつかなかったが、がっかりしているようだった。「言葉遊びはやめましょう。わたしが言いたいことはわかったでしょ。でも種と言えば、この畑には蒔かないようにしてくれるといいんだけど」

「蒔くわけがない」

「それならいいけど。畑さえ耕されるなら、種はあってもなくてもどっちでもいい。もし種があるなら、畑に入らないようにしてね」

ガイは笑ったらいいのか、うめいたらいいのか、わからなかった。「アラベラ、きみとぼくは友人でもなかったけど、きみの能力をいつも尊敬していた。だからぼくがこれから言うことは最大の敬意をこめた言葉だと理解してくれ。きみの誘惑は下手すぎて話にならない」

「よかった。わたしが誘惑してるのではなくて、あなたにわたしを誘惑しろと言ってるのよ。それはまったく別の話でしょ」

「本気なんだ」

「自分の将来を冗談で危うくすることはしないわ」

ガイは彼女に近づいていったが、意識してそのほっそりしたそそる曲線を見ないようにした。「きみは本気でぼくたちが服を全部ぬいで、互いに好意をもっているふりをしてぼくがきみを抱き、そしてそのあときみは満足してうちに帰ると言ってるのか」

「だいたい合ってる。もっともわたしたちは服を全部ぬぐ必要はないけど。それに互いに好意をもっているふりをすることも」

「ばかげてる。出ていってくれ」

アラベラは顔をそむけたが、そのあごがこわばった。ガイは固く唇を結んだ彼女の横顔を、息をのんで動いた喉仏を、深く息を吸って膨らんだ胸を見つめた。

「わたしはこれをやり遂げるんだから」壁に向かってささやく。

ガイはうろたえ、アラベラのまっすぐ伸びた背に手を伸ばしかけたが、途中でおろした。「なにがあったんだ？　もし助けが必要なら……」

彼女はなにも言わなかった。わけがわからない。アラベラは昔から女らしい優しさや従順さの手本とはほど遠かったが、そのふるまいは非の打ちどころがなかった。若い娘が欲望に負けたり自分の官能を追求してみるのはガイにも理解できる。だがアラベラが？　彼にさわられることも避けてこちらを見ようともしない、まして欲望なんてまるで感じられない。考えられる合理的な説明は、これは仮装パーティーでの失敗に続く、彼を結婚の罠にはめるたくらみだということだ。だがそのやり方はまったく奇妙すぎる。

「ここにいるのをだれかに見られたら、きみの評判は地に落ちる」ガイは言った。

「ちゃんと気をつけて来たわ。それにあなたが秘密を洩らすことはないでしょう？」

ガイは鼻を鳴らした。「もちろんだ。もしきみがここにいることを知られたら、ぼくは銃で撃たれるか祭壇に追いたてられるかのどちらかだろう。きみと結婚するのだけはごめんだよ」少し考えて「撃たれるのもぞっとしないな」

「だれにも知られることはないわ」

「スカルソープにも？」

「スカルソープにはとくに」

「だが彼は――」

「スカルソープの話をしに来たんじゃないのよ。さあ、あなたの乙女のような感性はいいかげんにしてくれない？」アラベラは両眉を吊りあげた。「男の人たちが女のからだを手に入れるためにする努力と、それを拒もうとする女の努力を考えたら、こんなに簡単にしてあげるわたしに感謝してほしいくらいよ」

アラベラの表情は高慢なままだが、そのまなざしは揺れ動き、それた。ちょっとした手がかりだ。ガイは自分の選択肢を考えた。アラベラをかついで通りに投げだす。服を着て出かける。ただ彼女を無視する。寝室に閉じこもって鍵をかける。アラベラは彼になんの力ももっていない。物理的にも、金銭的にも、社会的にも——性的にもまったく。たとえ一時的な、謎めいた魅力を感じていたとしても。

つまりアラベラは彼のしたくないことをさせることはできない。

そして正直に言えば、ガイはそれをアラベラに認めさせたかった。負けたとはっきり言わせたかった。この女のずうずうしさにはまったくあきれる。クレアと共謀して嘘で彼の家に入りこみ、彼の夜をかき乱して、彼の将来を危険にさらす。追い返すのは容易《たやす》いが、それでは優しすぎる。仮装パーティーでもしたように、アラベラに負けを認めさせるほうがよっぽどおもしろい。それにどうすれば勝てるか、ガイにはわかっている。昔からアラベラはからかわれるとむきになる性格だ。

「これはこれは。完璧で理知的なアラベラ・ラークが危険な冒険をするようになるとは。それはきみの頭のなかでは壮大な構想に思えたかもしれないが、現実は……」ガイはわざと大きく息を吸いこみ、大げさに顔をしかめてみせた。「裸体。肌と肌。じゃまな手足。きみが口に出して言えないような場所をぼくがさわることになる。それに体液も！　ああ」

「警告をありがとう。もう先に進んでもいい？」

なぜかふたりのあいだのすき間が縮んだが、それでもアラベラは一インチも譲歩しようとしない。この子はまったくわかっていない。事実は知っているのかもしれないが――アラベラはいつでも事実は知っている――だがセックスの行為の実際については？　その気恥ずかしさだけでアラベラはひるむだろう。乱雑さは言うまでもない。

「先に進むって？」ガイはせせら笑った。「きみはぼくにキスする勇気もないじゃないか」

アラベラは目を細めた。「これがゲームだと思っているの？」

「そうだ」

＊　＊　＊

何年も前に、ガイはアラベラのアーチェリーの練習を見たことがあった。矢をつがえた瞬間から、彼女は世界でただひとりになっていた。そのからだのすべてがまっすぐに的に向かい、弓の弦を引くとき、手足になんのぶれもなかった。風を測るようにちらりと目をやり、また的を見つめる。矢を放つ。的の中央に命中させて、なんでもないことのように賞を獲得する。

ガイはいま、自分が的になったように感じた。

アラベラはためらったが、それは一瞬で、視線をおろしてガイの唇を見つめた。彼女の唇がぴくりとする。ガイは目をそらした。彼女にキスすることなど考えない。

だがアラベラが考えているのは明らかに彼にキスすることだった。ガイは笑おうとしたが、笑い声は、彼女の強烈なまなざしで見られて、喉につかえた。その強烈さはますます危険なほどエロティックになっている。

彼のほおに口づけるだろうか？　しっかりと？　素早く？　冷たく？　いや違う、とガイは思った。アラベラは勝つためにキスするのだ。ためらったり中途半端だったりするわけがない。

そしてもし自分が彼女にキスするとしたら――もちろんしないが――もしするなら……。こすりあわせたほおに、混じりあう息に、みだらに肌を滑る指先に、プライドが高く落ち着き払っているアラベラはどんな反応をするだろう？

最初にガイは彼女をやわらげる。親指でその唇をこすり、はっと息をのむのを待ってからその唇をこじあけ、それから――

そのとき、アラベラが近づき、長い睫毛を伏せて彼の口を狙っているのに気づいた。唇をかすかにすぼめて、舌を突きだしている。ガイは口のなかが少し乾いているように感じた。

ここでやめないでくれ。頭のなかで声がした。それが最後の筋の通った考えで、アラベラが手であごとほおをつつんだ。まるで煙のようにそっと肌にふれるその感触が腹に熱い渦を巻く。

アラベラが顔を寄せてきて、当惑の一瞬、ガイは彼女の目を見つめた。そしてそのまぶたがとじて、彼女のにおいが脳を圧倒し、ガイもまぶたを伏せて、アラベラの唇が彼の唇に重なった。

やわらかく、温かく、口を開いた、時間をかけたキス。

甘く熱い欲望が矢のようにガイの股間を射抜いた。アラベラはキスを続け、飢えと穏やかさの入り交じった魅力的なものを吹きこんだ。ガイは彼女の首を手でかかえて支え、舌で彼女の舌にふれた。アラベラがたじろぎ、さがろうとするのがわかったが、彼はキスを深め、すると次の瞬間、彼女は戻ってきて舌で彼の舌をなめ、ガイの全身に熱が広がった。

ばかな。手を放し、よろめきながらさがった。ぼくはいったいなにをしてるんだ？　彼女にレッスン？　追い払おうとしていたんだろう！　だがその目的は達成されたかもしれない。アラベラはからだをこわばらせ、顔をそむけ、こぶしを握りしめている。

これでガイは優位に立った。彼には欲望の経験がある。それをコントロールする方法も、それを解き放つべきときもわかっている。アラベラは知らない。彼女はプライドが高く、欲望とプライドは共存できない。欲望はだれでも平等にし、皇帝を物乞《ものご》いに、乞食《こじき》を王に変える。

　欲望にとらわれたアラベラは簡単に負かせる。

「やったわ」彼女は落ち着きをうまく装って言った。「ねえ、もうぐずぐずするのはやめてくれる？」

「なんだって？　花はなし？　詩も？」ガイは軽い口調で言って、声のかすれに気がつかれないことを祈った。「それでは男を安っぽく感じさせるだろ！　きみはキスを盗んでお返しになにもくれないのか？」

　アラベラは彼をにらんだ。「あなたのゲームにはうんざりよ、ガイ」

「あいにくだが、まだ始まったばかりだよ」彼は指の関節でアラベラのあごをなでた。彼女が息をのむ。「きみはあまりにもまっすぐすぎる。男は求愛されたいものだよ。誘惑は相手にも求めさせてこそ成功といえる。愛の言葉をささやいたり、褒めたり説得したり、軽い愛撫《あいぶ》やキスで相手の欲望を燃えあがらせるんだ」

「あなたの想像力でわたしが褒めたり説得したりしたことにすればいいんじゃない？　結果はおなじでしょ」

「それではだめなんだ。もしぼくが欲しいなら、ぼくを勝ちとらないと」

アラベラはあきれたようなため息を洩らすと、つかつかと部屋を横切り、花瓶に生けてあった花をひとつかみ取って戻ってきて、ガイの手に押しつけた。茎はぬるぬるしていて、冷たい水がガイの手首を濡らした。

「ほら、花よ」アラベラはナプキンで手をふいている。「あとは詩ね。そうね……あなたを夏の日にたとえましょうか？　あなたの目は太陽とは似ても似つかないけど。さあ、これで褒められて説得された？　始める？」

その威勢のよさが彼女の本心を暴露している。アラベラの目的がなんであれ、それは親密さではない。それなら――そうか！　親密さで攻めればアラベラは逃げだす。あのキスは彼の最高の作戦ではなかった。別の攻め方をすべきということだ。

「違う、違う。きみはぼくを特別だと感じさせてくれないとだめだ」ガイは花束のなかから赤い百日草《ひゃくにちそう》を一本取って、濡れた茎を切り、手をふいた。「こういうふうに」花びらでアラベラのほほをなで、花を彼女の耳にかける。「ああ、とてもかわいらしい。似合ってるよ」

「わたしをばかにしてるんでしょ」

「ぜんぜん。ぼくはきみに誘惑の機微《きび》を教えてやっているだけだよ。学びたくないなら、いつでも帰ればいい」

アラベラは目に怒りをたぎらせて花を取ろうとした。ガイはその手をつかんで、舌打ちした。「きれいな花はつけておくんだ。ぼくが詩できみをうっとりさせるから」

「詩もうっとりも必要ないわ」

だが彼女の身じろぎで、とまどっているのがわかった。

ガイは意を強くして、指を彼女の指と絡めた。彼のなかで欲望が渦巻いている。それを無視して、そっと暗唱した。「〝かの人は美しくいく、夜のように、雲のない土地の星空のように〟」

アラベラの顔に心もとない表情が浮かぶ。若く、無防備に見える。彼の近さにうろたえている。いいぞ。

「〝闇と光の最良のものすべてが、そのたたずまい、その目に会する〟」

ふいにガイの脳裏にアナトリアの砂漠の風景が浮かんだ。彼の地の夜空は果てしなく広く、星々は大きく明るく輝き、まるで天国に近づいたようだった。どこまでも奥深い星空の毛布の下で、彼は無価値に、同時にすばらしいなにかの一部になり、天空の輝きに平安と畏怖《いふ》で満たされた。

ガイは目をしばたたいてそのイメージを追い払い、アラベラに、その暗く不安げな目に集中した。これは危険なゲームだ。ぜったいに彼女と寝ることはない――もちろんしない――だが欠点はあってもアラベラは魅力的な女で、彼のすぐそばに立ち、ガイはすぐそばの魅力的な女に反応する男だった。

アラベラに、彼には命令するなと教えてやる必要がある。

「この詩には続きがある」ガイは言った。アラベラの顔をつつむ絹糸のような黒髪の巻き毛をひと房つかみ、指を通す。「黒髪の房や甘美な思いや心とらえるほほえみについて。ふむ、バイロンはきみのことを書いたのかもしれない。とにかく黒髪はあてはまる。だが甘美な思いや心とらえるほほえみは違うな」

アラベラはさっと向きを変えると、耳にさした花をむしりとり、床に投げ捨てた。

「気がすんだ？」怒った声。「こんなつまらないことは省いて、お互いなにかささやきあったふりをして、先に進みましょう。いい？」

この自信は上辺《うわべ》だけだ。そうに決まっている。アラベラと有名なプライドは、自分の手に余るということを認められない。この上辺を崩してみるのはおもしろそうだ。

「ぼくがするものだと本気で思ってるんだ」ガイは言った。

「わたしは終わらせるつもりのないことを始めたりしない」

「いいだろう、服をぬげよ。全部」

アラベラはからだをこわばらせ、大理石像のようになった。ああ、これは無理だろう。これで、このとんでもないたくらみの目的がなんであれ、自分にはそれを実行するだけの勇気がないと認めて出ていくだろう。彼はアラベラを負かした。子供のころとおなじように。

ガイは腕組みをして壁のところまでさがり、もたれた。
アラベラがあごをあげた。からだの力をぬく。
服をぬぎはじめた。

6

ガイの勝利が揺らぐ。アラベラはほんとうにやるつもりだ。

靴をぬいで揃え、ドレスの紐をほどく。

「そこで立って見ているつもり？」アラベラは言った。

「ああ、そうするよ。気に入らなかったら、いつでも帰ってくれ」

アラベラの喉から洩れた不満げな声に、こんなに興奮させられるべきではなかった。この状況では、ガイはまったく興奮しているべきではない。

アラベラは露ほども恥ずかしがることなく、てきぱきと服を全部ぬいだ。彼の鑑賞は椅子に見られているのとおなじだといわんばかりに。一糸まとわぬ姿になると、なにも隠そうともせず、背筋を伸ばして立った。嘘だろ。アラベラが裸で、彼の応接間にいる。そのからだは息をのむほど美しい起伏と曲線、光と影で、蠟燭《ろうそく》の明かりが太もものあいだの黒っぽい巻き毛、ピンク色の乳首、まるで星座のように肌に散らばるほくろを照らした。ガイの愚かなからだは、どうしようもなく反応した。意識して生唾をのみ、呼吸し、欲深にはやるこぶしの力を抜いた。彼の股間は……。まあ、そばに裸の女がいたら、とくに驚きではない。

アラベラは大きな寝椅子の端に腰掛け、両手をひざの上で重ねた。まるでお茶を出されるのを待っているかのようだ。「それで？」

いい質問だ。

「髪をおろせ」ガイは命じた。

「また結いあげるのは難しいのよ。やってきたときとおなじ恰好で戻らなければならないし」

「いま戻ってもいいんだぞ」

「これを終わらせたら戻るわ」

ちくしょう。魅力的で乗り気の女をどうすればいいんだ？　自分の目的は彼女に負けを認めさせることだけの場合に。最後まではしない。論外だ。だがこちらから折れることもしない。それがもっとも重要なことなのだから。アラベラの有名な冷静さが崩れるのを見る。尻尾を巻いて逃げださせて、二度と彼に指図させないようにする。

ガイの作戦は奏功《そうこう》している。アラベラの肩はこわばり、その筋肉に力が入っている。

自分の裸は平気でも、彼の裸は違うだろう。

「アラベラ、きみは男の裸を見たことがあるのか？　元気な若い男の裸を。きみはおそろしいと思うかもしれない」

「感心するように最大限の努力をするわ」

彼女のくだらない強がりを笑い、ガイは彼を見つめるアラベラを見ながら、ゆっくりとガウンを肩から落とした。床にシルクとビロードの水たまりができる。次はシャツを頭をくぐらせてぬぎ、彼女に投げつけた。アラベラはいらいらとシャツを横に投げ、彼が残りの服をぬいで彼女の前に立つのを見守った。

アラベラはガイの全身に視線を走らせた。ガイはそのまなざしが炎の中心のような青色だと想像した。彼の胸を、ウエストを、腰を焦がしていく。驚くべき大胆さで彼女のまなざしはガイの股間を注視し、彼のものは注目に誇らしくそそり立った。欲望がどうしようもなく血管を駆けめぐる。ガイは自分がアラベラを感心させたと思うほどには自信があった。冒険の年月、長い旅路、短い小競り合い、力仕事で鍛えられた肉体だ。容赦なくからだを酷使し、からだはそれに応えてきた。もしその成果を楽しむ女性がいるなら、彼に文句はなかった。

「全身筋肉なのね」アラベラの息が肌にさざ波をたてる。

「ぼくはそうは言わない」ガイはそう言うと、わざと露骨なしぐさで、力強く屹立《きつりつ》するものを手でつつんだ。

小さな声がアラベラの口から洩れた。ガイは一歩、また一歩、近づいた。彼女の目が大きく見開かれる。唇が開く。息が詰まる。

ろうばいしている。落ち着きをなくしている。いいぞ。

「横になれ」

アラベラは動かなかった。

「それなら帰るんだな」

彼女は肩をびくっと震わせ、しなやかな動きで寝椅子に横たわった。ガイは彼女の両脇にひざをつき、そのからだに覆いかぶさってふたりの顔を近づけた。ゆっくりと動き、逃げる時間を与えた。それは同時に、アラベラのにおいが彼の肌に巻きつき、感覚を支配する時間でもあった。まったく。でも彼女は美しかった。そのからだは起伏と曲線のカーニヴァルで、彼の指と口はそれをくまなく探りたがっていた。

だがしない。自分で処理すればいい。アラベラが逃げだしたあとで。

「さあ」ガイはつぶやいた。アラベラの唇がほんの数インチのところにある。「奪われる準備はできたかい？」

彼女の脚がガイの脚にぶつかり、また離れた。もう時間の問題だ。さわられるのも耐えられないのなら。

「奪う必要はないわ」声のかすれが傲慢な言葉の効果を減じている。「いいから、先に進めて——」

「ああ、アラベラ、スイートハート、誘惑についてなにも学ばなかったのか？　だめだよ、それじゃ」

　ガイは片方のひじで体重を支え、反対の手をアラベラの胸の上で広げた。指先で鎖骨をつつき、手のつけねで温かな胸の膨らみを味わう。日焼けしてがさついた自分の手と彼女の繊細な肌と細い骨の不似合いは思いがけなく官能的で、ガイはあと数インチ手を動かしてやわらかな胸をつつみたいという衝動と戦った。アラベラは彼の腕の下から上まで視線を移した。ガイはからだを動かし、わざと自分のもので彼女をこすった。アラベラは息をのみ、びくっとして、とまった。彼女の耳たぶを軽く嚙むと、またびくっとして息をのんだ。

「まだ準備ができていないようだ」ガイはアラベラのあごと胸のあいだの無人地帯で、のんびりと模様を描くように手を動かした。「あとはなにをすればいいだろう？」

　アラベラは少し頭をあげた。「わたしをもてあそぶのをやめるとか？」

「きみが始めたんだ」ガイはうなるように言った。彼女の上に覆いかぶさったまま自分の欲望に抗うのが、どんどん難しくなっている。「きみはぼくをもてあそぶために、ここにやってきた。だがこれは危険なゲームだ――きみの負けは決まっている。自分が悪かった、間違っていたと認めて、帰れ」

　アラベラは悲しそうな顔になったが、それはすぐに、おもしろがっているかのような表情に変わった。だが少しも楽しそうではない。

そしてアラベラは、いらだち、うんざりしているといわんばかりのため息をついた。

「こんなに会話が必要だとは思っていなかったわ。急いで、ガイ。わたしはひと晩ここにいられるわけじゃないのよ」

見事な演技だが、彼女の筋肉は緊張し、彼の手の下の心臓は早鐘《はやがね》を打っている。ここでアラベラが自分の間違いを認めて逃げだしてもおかしくない。そうすれば、アラベラが彼に言うことを聞かせることはできないとはっきりする。

言うことを聞かせるといえば……。

「ぼくにさわってみろ」ガイは命じた。

アラベラのまなざしが彼の肌をさまよい、肌を焼いていく。

「あなたの肩は……」つぶやく。「とても……」

その表情は一瞬だったが、ガイは見逃さなかった。欲望。熱意や情熱をあらわにしないように訓練されてきたアラベラが、不安ではなく欲望にさいなまれている。そのことが彼の欲望の火に油をそそいだ。まったく。これ以上の媚薬《びやく》は無用なのに。

ガイは読みまちがっていた。ここでやめるべきだ。いま。

そして向こうが負けを認める前に折れるということか？　冗談だろ！

もうすぐだ。もうすぐ彼女は逃げだす口実を見つけて、自分のプライドを保つための言い訳をする。

アラベラの手がガイの二の腕をさわり、滑るように肩へと移動した。ガイはそちらに顔を向けて、あがめるように筋肉のくぼみをなぞる彼女の指先を見つめた。

さっきアラベラは彼との接触にたじろいだ。さわられるのが弱点だ。

ガイは寝椅子の彼女の隣に寝た。なんとか自分の欲望を制御し、両手を彼女のからだに滑らせる。喉、鎖骨の上のくぼみ、肩から腕、腹、ウエスト、腰の膨らみにも時間をかける。彼女の太ももからひざをなでおろし、なであげ、その反応を観察した。アラベラはすべてこらえた。

ガイはなんとしてでも反応を引きだすと決めた。

指がだめなら、唇だ。ガイはなめらかで温かな肩に軽く歯をたて、唇で喉を愛撫し、耳たぶを噛み、そして――

アラベラが切なげにうめいた。その声は彼の股間を直撃した。彼女が手で自分の口を覆うのを見て、ガイは頭をあげた。そうか！　恥ずかしがっている。もう少しだ。

「いったいなにをしているの？」アラベラは言った。「どうして……」

ガイは自ら招いた苦痛を笑いながら、彼女の手と自分の手を結んで頭の上に押しつけた。アラベラが唇をなめる。息を吸う。吐きだす。目と目が合った。彼女の目が砂漠の空のように胸に迫る。猛々《たけだけ》しく、果てしなく、力強い。

降参だ。ガイはそのどこまでも深い目に吸いこまれ、行先を失った。砂漠で、夜空の下で迷うかのように。この女の猛々しさと果てしなさと傷つきやすさ——それらがすべて混ぜあわさって、まるで天空の毛布のように彼をつつんだ。その感覚は彼の驕《おご》りをいさめ、鼓舞し、縮め、拡げる。ガイはそれをはねのけようとした。なぜなら彼はただの男で、彼女はただの女で、この行為にはなにもすごいことはないとわかっているから——そうだ！——だが、それは彼をとらえて離さない。これはそんなものではないというすばらしい確信、この腹立たしく、要求の多い、強烈な女は無限の可能性を秘めているという思い。

そして彼女の目に、新しいものがしのびこんだ。それはかすかな困惑だがそれだけではなく、なにか美しく生き生きしたものだ。アラベラは自由なほうの手で彼の顔にそっとふれた。まるで彼が現実だと確かめようとするかのように。彼は現実だ。これほど現実だったことはない。

ガイはこれ以上彼女を見ていると天国を見てしまいそうだと感じ、耐えがたくなって、目をとじてその唇にキスした。なぜなら、もうそれしかすることは残っていなかったからだ。

ふたりの唇が重なった瞬間、目がくらむようなよろこびに襲われた。アラベラが女神のように伸びあがり、彼にからだを押しつけ、激しく唇を合わせて舌を絡ませてくる。片腕を彼の首にかけ、引きよせながら自分の胸を彼の胸板に押しつける。やわらかな声が洩れる。ガイはそれを舌でつかまえようと、彼女の口を強奪し、彼女に強奪される。アラベラの太もものあいだにひざを割りこませると、彼女はまるで蔦《つた》のように絡みついてきた。

アラベラのなかで狂おしい激しさが煮えたち、ガイは自分がそれを解放すると誓った。彼女の上辺が崩れている。そうだ。そうだ！　これが彼の求めていたものだった。

無理やり唇から唇を離し、その飢えた唇をアラベラの喉にはわせ、その肌を味わい、焦らした。そして男を焦がれさせるその胸。ガイはそれも責めたて、その褒美に、かかとを尻に押しつけられたり、背中の筋肉をつかまれたり、完璧な唇が発する動物じみた声を聞いたりした。

ガイはついにアラベラの太もものあいだに指を滑りこませ、愛撫して、彼女のにおいに脳がとろけそうになった。アラベラの目はインディゴブルーで荒々しく、その呼吸は乱れ、彼女の発する声、洩らすあえぎがガイの血をどんどん熱くする。

アラベラはうなり声をあげてガイの顔をつかんでキスした。獰猛《どうもう》な、要求するキス。いつでも容赦なく要求する。それでも彼は執拗《しつよう》に愛撫を続けた。彼女の腰が跳ね、その爪が彼の肌を破く。アラベラはずっと彼にキスしている。ガイは昂揚《こうよう》し、意を強くして彼女のなかに指を押し入れた。アラベラは歯と唇と四肢《しし》を彼に叩きつけ、締めつけ、しがみつき、ガイを包囲した。彼女は優しくなかったし、彼もそんなことは望んでいなかった。ガイは自分の欲望のわめきを無視して、この情熱的な生きものをよろこばせたいというすばらしい衝動に全力を尽くした。

「やめて！」アラベラが叫び、彼の二の腕を叩いた。だがガイがからだを引きかけると、彼女は彼をつかみ、うわずった声で命じた。「もっとさわってくれないとだめ。あなたのせいよ。もっとさわりなさい！」

ガイは昂揚感でくらくらするように感じながら、声をあげて笑い、それでも指は休めなかった。そしてついに――

アラベラが叫び、震えて、息をのんだ。その全身に快感が広がり、顔をゆがめる。

ガイは愕然《がくぜん》とした。なんて猛々しい美しさだろう！

そしてアラベラはぐったりと横たわり、あえいだ。「ガイ」ため息。

ついに勝利した。ぼんやりと、これは自分が最初に望んだ勝利ではないと思ったが、アラベラの目に困惑の色が浮かぶのを見て、彼の考えは消えた。

「お願い……」彼女はガイをにらんだ。「やってよ、もう」

情欲が最後の抵抗を奪った。ガイはアラベラにのしかかり、脚をかかえて、なかに押し入り、快感と安堵の波に襲われた。アラベラは荒れ地に吹く風のような吐息を洩らした。そこで遅ればせながら、これは彼女の初めてだとガイは思いだした。動きをとめる。アラベラのとじたまぶたが震えたが、彼女がもしなにか痛みを感じているとしても、顔には出さなかった。ガイは待った。ぴくぴくしながら自分の意志の強さを試し、ようやく彼女が、深く、震える息を吐くのを見つめた。

アラベラが目をあけたとき、その目は暗く、荒々しかった。両脚を彼のウエストに巻きつけ、両手で彼の背中を痛めつけ、その唇から発された彼の名前はまるで命令だった。「ガイ」

そしてガイは自制を失った。彼が腰を打ちつけるたびに彼女の燃えるような激情が放たれた。優しくできなかった。アラベラがぶつかってきて、自分でも理解していないものの主導権を握ろうとしていたからだ。それはまるで突風に揺さぶられ、下からつつみこまれるようだった。ガイはしっかりとつかまえ、抗いがたい強烈さで自らの快感を得た。アラベラの爪が背中に食いこむ。その内部が彼を締めあげる。あまりの快感に目の前が真っ暗になりかけ、ガイはぎりぎりでからだを引き、ぬぎ捨てたシャツに精を放った。

ガイはクッションの上に倒れこみ、そのほとんどを床に落とした。その音は彼の心臓の音とこだまし、彼のなかにはまだ暴風のような快感が渦を巻いていた。汗ばんだ肌の上で空気が震える。ガイはぐったりしたからだに残った力で、両腕をアラベラに回し、自分のほうに抱きよせ、しっかり抱きしめた。

＊＊＊

肌にあたる空気が冷たい。眠っているガイのからだは熱い。アラベラは天井の繰型《くりがた》を見つめ、目で模様をなぞりながら、ガイの寝息を数えていた。悲鳴をあげる心を黙らせ、泣きださないように気をそらしてくれるものなら、なんでもよかった。

いままで一度も泣いたことがないのだから、いまここで泣くべきではない。ガイにもたれて、彼の腕のなかで丸まり、その心臓の音で安心して、セックスのにおいにつつまれ、熱く硬いからだの感触を楽しむべきでもない。

そういうことはひとつも許されない。立ちあがって、服を着て、歩いて家に帰らなければいけないのだ。

前に進むのよ。

アラベラはゆっくりとガイから離れた。彼が眠っているあいだに服を着て立ち去りたかった。寝椅子から床に転がり落ちて、少しとまり、頭がくらくらして、彼女のからだがびっくりしてその力をすべてなくしてしまったのかと心配になった。なんとか立ちあがり、忍び足で服の置いてあるところまで行って、ハンカチーフを見つけ、それをいまもずきずきしている股に押しあてた。見ると小さな黒っぽい染みになっている。血とも言えない。それにとくに痛くもなかった。最初はたしかに違和感があったけれど。でも……。驚いた。よくても外科手術のようなものを想像していた。最悪はきたないことになると思っていた。でもそれどころか、あれは……。

　ほんとうに、想像もしていなかった――あんな――あれがなんであれ。彼の手、そして口がもたらすすばらしい快感、彼女とひとつになった彼のからだ。彼の手が肌をかすめる感触。血管に入りこみ、彼女のなにもかもはぎとって興奮と激情だけにする。彼のからだも！　硬い筋肉と熱い肌とどっしりした重さ。腹がたつのにすてきな、押さえつけられる感触。彼のがさがさな手のひらとすね毛。それに、そうよ、彼の指が生みだす容赦《ようしゃ》ない快感。そして彼女のなかで爆発した渇望《かつぼう》、強く荒々しく狂おしい所有欲。

　そのおかげでアラベラはうずくような痛みを感じている。からだではなく、彼女が隠している別の部分で。奥深いところにあるなにか、たとえば秘密の庭に入る鉄の門があけられて、もうしめることができなくなってしまったかのようだ。そこに痛みがあって、だからこんなにも泣きそうになっている。

　アラベラはハンカチーフを手のなかに丸めて、ぎゅっと目をとじた。脚の力がぬけてしまいそうで、テーブルの端をつかんでからだを支え、無情な天に顔を向けた。しっかりしないと。こんなことを感じていてはいけない。

彼はわたしにいったいなにをしたの？　いったいなにを変えたの？

小さな音。鹿のように驚いて、アラベラはくるりとふり向いた。ガイが目を醒《さ》まし、彼女を見つめていた。なにげなく、のんびりと、裸で。しかめた顔にやわらかな表情が浮かんでいる。

心配して。優しく。憐れんでいる。

「アラベラ？」ガイはさっとからだを起こした。「だいじょうぶか？」

見ていたのだ。いまいましい。彼女の弱さの瞬間、絶望を目撃された。そのことでアラベラは心臓に鞭《むち》を食らったように感じた。ガイは彼女の上辺のなかに隠された部分を見た。スカルソープをおそれて恐怖にうろたえている部分と、ひそかにガイに歓喜している驚くべき部分を。

あと数分すれば家に帰る。あと一か月少しで、スカルソープと結婚する。アラベラの人生は続いていく。ガイはその周辺にずっと存在しつづける。猛々しく情熱的な彼女を、ありのままの、弱くて無力でひとりぼっちの彼女を見たガイが。

アラベラの心は叫びたがっていた。あなたが抱きしめてくれたとき、わたしはひとりぼっちだとは感じなかった。そしてこうも。お願い、助けて。ほかにはだれもいないし、こわいの。

アラベラは本心を言おうと口を開きかけた。その目に思いやりを浮かべ、心配そうな顔をしているガイに。〝だめよ〟、と彼女のプライドが叫んだ。〝彼はきっとあなたをばかにして憐《あわ》れむ。そうしたらあなたは二度と立ち直れない〟

そこで彼女のいまいましいプライドが主導権を握り、代わりに別の言葉を口にした。

「これであなたはわたしと婚約しないと」冷ややかに言う。「わたしは処女だったのに、いまはもうそうではない」

ガイの顔はこわばり、思いやりの痕跡は消えた。彼女のプライドという、うなり声をあげるおそろしいブルドッグに追い払われた美しい鳴禽《めいきん》のように。

「つまりこれはやはりきみのたくらみだったんだ」ガイは怒りをこめて言った。

唇を軽蔑でゆがめて、彼はふたたびクッションの上に横たわった。裸で、優雅で、無頓着に。赤い痕が彼の黄金色の肌を損なっている。アラベラがつけた傷だ。

「名誉のためにぼくがきみと結婚するから？　きみはぼくの名誉をぼくにたいして利用するのか」ガイは笑った。その声は険しく、まったく楽しくなさそうだった。「つまり男爵ではきみには不足なんだ？　まだ侯爵を狙っているのか。きみがその野心に釣りあう主義をもっていればな！　それなのにぼくはきみのことを心配していた。まったく、ぼくは愚か者だ」

アラベラはガイの顔を見ていられなくて、彼のガウンを拾いあげて、頭を目がけて投げた。彼はそれを受けとめ、袖を通し、寝椅子に横になって、アラベラが服を着るのを、ばかにするように、怒った目で見ていた。アラベラはあわてたせいでボタンをかけちがい、でもマントをはおってそれを隠した。二分も歩けば家に着く。ひとつひとつ身につけた服は鎧《よろい》のように彼女を覆い、アラベラが暴れる感情をあるべき場所に押し戻すのを手伝ってくれた。

「クレアはきみのぼくにたいするたくらみを知ってるのか？」ガイが尋ねた。「きみたちふたりはどうやって知りあったんだ？　ふたりでお茶を飲みながらきみの婚約者についておしゃべりするのか？　彼女を高級娼婦に堕《お》とした男のことを」

「あなたは知らないのね」アラベラは驚いて言った。「ああガイ、あなたの名誉はもういらないのよ」

彼は鼻を鳴らした。「きみはぼくの名誉が大好きだろ。はっきりさせておくが、ぼくはきみとは結婚しない。これは――」彼は腕を振って寝椅子を示した。「これはなんの意味もない。きみにはなんの義理もない」

アラベラは首を振った。ガイはけっして理解しない。彼は水のなかで泳ぐ魚のように権力のなかで生きている。アラベラがあえて彼を選び、容赦なく利用したのは、彼が残酷ではなくて、けっして暴露することはないのが確実な男だからだ。なぜならもしこれが公になったら、ふたりは結婚しなくてはならなくなる。だがガイは彼女とはけっして結婚しないと決めている。

「だれもあなたにクレア・アイヴォリーについて真実を教えてくれなかったのね」アラベラは彼の召使の沈黙を買うために、硬貨を探した。「でも考えてみれば、だれもあなたの聞きたがらないことは言わない。スカルソープはミス・アイヴォリーを誘惑して破滅させたのではなかったのよ。ふたりは契約を結んだ。彼女は自分の処女を三百ポンドで彼に売ったの。彼女は自分で、選んで高級娼婦になったのよ」

ガイはゆっくりと立ちあがった。「ありえない。ぼくの妻になれば、三百ポンドよりも大金を受けとれたんだ」

「ああガイ、あなたはときどき機転に欠けるけど、だれもあなたが情を欠いていると責めることはできない」

ガイの目は陰になっていて読めなかった。アラベラ自身の心が、もう口論はやめて休戦してと懇願する。ふたたび涙がこみあげてくる。もし彼が知ったら、どんなにか彼女をからかうだろう！

知られてはいけない。これはここで終わりにする。これからのふたりは、ロード・ハードバリーとレディ・スカルソープで、くだらない口喧嘩と一時間の激しいセックスだけを思い出にする。ガイは永遠にアラベラの秘密を知っていて、彼女はそのことで彼を憎むだろう。それなら嫌われたほうがいい。なんでも彼の憐れみよりはましだ。

「今夜のきみのほんとうの目的は、なんだったんだ？」ガイが訊いた。「きみの初めては……」

「かなりよかったわ」

それでは足りない気がして、アラベラは手のひらのシリング硬貨を回し、彼のほうに弾いた。ガイは片手でつかまえた。

「サービスのお礼よ」アラベラは言うと、ガイが応える前に部屋のそとに出た。

そしてなけなしの自制心をかき集めて家に帰った。だれにも見られず、一滴の涙もこぼさずに。

7

もうすぐ結婚式でいちばんうれしいのは、なんで責任転嫁できるということだ。目の下の隈《くま》？　結婚式のせい。ロンドンからウォリックシャーへの二日間の旅のあいだじゅう落ち着きがなかった？　結婚式のせい。怒りっぽく短気になってる？　それも結婚式のせい。

そして彼女のからだがガイの愛撫の記憶でうずいても、彼女の心が失ったものを嘆いて泣き叫んでも、窓のそとを流れる風景を眺めながら目に浮かぶのはガイの怒りと軽蔑だけで、そのせいでママに何度も呼ばれたのに気づかなくても、すべて結婚式のせいにすればよかった。

アラベラが心の安らぎを感じたのは、故郷のロングホープ・アビー教会区に入ったところでだった。道が古くねじくれたオークの木を回ると、ほら――丘の上に立ち、午後の陽光に照らされて黄金色に光っている、有名な修道院跡が見える。大昔、マーシア王国という小王国のこの地域を、まるで女王のように支配していた大修道院長、アヴィシアによって運営されていた。アラベラは馬で修道院跡に行きたかった。手綱をゆるめて駆足《かけあし》で走らせ、顔に風を受けて、故郷の美しさになだめられたかった。

そうすればきっと、彼女のなかでぐるぐる回っている、なじみがなくやっかいで制御不能な感情も消えるはずだ。それはまるで、これまでずっと自分のことを山だと思ってきたのに、じつは火山で、ガイの愛撫を経験して心を騒がされて初めて炎や溶岩でいっぱいなのだと知ったような感じだった。この醜い、ごちゃごちゃの感情が、熱く、変なにおいのする溶岩のようにあふれだしそうになって、それを抑えておくためにすべての意志の力が必要だった。

馬車からおりるころには、アラベラは厩《うまや》に走っていきたいのを我慢するのが大変だった。うちに帰ってきたのだから。

でもそれも長いことではない。もうすぐ、ここはアラベラの家ではなくなる。

白いアーチと尖塔《せんとう》つきの大きな屋敷で、居心地がいいとはいえないヴィンデイル・コートの玄関をくぐると、ラムゼイがみんなを出迎えた。

「お父さまがお目にかかりたいとおっしゃっていました」ラムゼイはまるで悪い知らせを告げるかのように、気難しい口調で言った。気難しさは執事の厳粛さを出すための彼なりのやり方だった。内心ではいつものように陽気な人間だ――屋敷のだれもが、彼がだれにも聞かれないと思ってミセス・ラムゼイと甘い会話をしているのを聞いたことがある。だがいまは、そういうのは執事の威厳にふさわしくない。

また、つまらない感情の鋭い痛みを感じた。スカルソープと結婚したら、ラムゼイをはじめとする人勢の家事使用人たちとも別れることになる。屋敷の使用人たちは、ママへの忠誠心が厚く、何年も勤めつづけている人ばかりだった。アラベラが子供のころ、ラムゼイは陽気な従僕だった。彼がオリヴァーと彼女を小さな黄色い台車に乗せて、ひっぱってくれたのを憶《おぼ》えている。双子は隣りあって坐り、手と手を握って、互いににこにこしながら、庭でふたりを引き回してくれているラムゼイに声援を送った。

どうして従僕が子供たちを台車に乗せて、ひっぱっていたのか、さっぱりわからない。もしかしたらその記憶は本物ではないのかもしれない。アラベラは自分のオリヴァーにかんする記憶のなかで、本物があるとすればいくつあるのだろうと思った。

馬車用ドレスのまま、パパの書斎に行った。クイニーがいつものように大きな緑色の翼をばたばたさせて、「なんて日だ！　なんて日だ！」と言って迎えてくれた。

パパはひじ掛け椅子から立ちあがって、数歩離れたところにある鸚鵡《おうむ》の留まり木に近づいた。アラベラと母がロンドンに行っているあいだに、少し体重が戻ったようでよかった。でもまた、その上着はパパの長身のからだにだぶついている。パパはクイニーをなだめてアフベラを無視したが、彼女はほかのみんなのまなざしを感じた。目の数でいえば四十七個。部屋じゅうに飾られている剝製《はくせい》の鳥二十四羽は、彼女の多くの欠点を聞いて裁いてきた、厳しい陪審員たちだ。アラベラは彼らをよく知っていた。緑色のキツツキ、コカトゥー、ベンガル産のカケス。中央のテーブルに乗っているハヤブサは片目だった。アラベラはそれを〝海賊《かいぞく》〟と呼んでいる。ふたりはとても仲がよかった。

もしアラベラが、片方の壁の大部分を占めているオリヴァーの肖像画も入れたら、目の数は四十九になる。永遠に八歳の、薔薇《ばら》色《いろ》のほおと巻き毛の黒髪をした天使。ねた。〝今度はなんなの？〟彼女ににやりと笑いかけている男の子に、アラベラは無言で尋ねた。〝そんな得意げな顔をして。もしもあんたがもっと長く生きていたら、きっとパパをがっかりさせていたはずよ〟

ようやく、パパは彼女を認めることにして、娘とよく似た目でアラベラを観察した。「おめでとう。おまえはロード・スカルソープと一日以上婚約していることに成功した。彼とおまえを春に婚約させるべきだったな。だがおまえは、ガイ・ロスを待つと言い張った。あいつという人間を見誤っていたんだろう」パパはほっそりした手をあげた。その指にクイニーが嘴《くちばし》をこすりつけて喉を鳴らす音を出した。「だが今度はよくやった。昨年の冬の病気で、わたしは孫息子の顔を見ないまま死ぬのかと心配したよ。いまはだいぶ回復したが、もう時間を無駄にするのは許さない」アラベラに鋭いまなざしを投げる。「おまえが感じがよく従順に育っていたら、結婚させるのがもっと楽だっただろう」

アラベラは両手を握りあわせた。「わたしはきわめて感じがよく従順よ。もし違うという人がいたら、乗馬用の鞭で叩いてやるわ」

「おまえのいつもの冗談が始まった」パパは疲れたように首を振った。「スカルソープとの婚約は冗談ではないだろうな」

ドアが開き、閉じる音がして、スカートの衣擦れの音と香りのよい静かな空気が漂ってきた。パパはまるでママがいないかのように話を続けた。

「スカルソープは明日到着するはずだ。婚約発表舞踏会まで滞在する。早く結婚すればそれだけ早く息子を産める。おまえのふたりめの男児はここでわたしたちといっしょに暮らすことになる」

まあ。アラベラはまだひとりも子供を産んでいないのに、すでに彼女から子供をとりあげる話をしている。壁の上でオリヴァーがうたうように言った。〝少なくとも、それでなにかの役にたてるじゃないか!〟

〝ああもう、あんたなんて雲から飛びおりればいいわ、いやなやつ〟アラベラは彼に言い返した。〝わたしの唯一の罪は、あんたとは違って生き残ったことだけよ〟

「はっきり言っておく、娘よ。もしスカルソープを祭壇にひっぱって行かなかったら、おまえを勘当して全財産をアーチボルド・ラークに譲る。今回は失敗は許されないぞ。言い訳は聞かない」

「ちゃんと結婚するわ、パパ」

父は椅子に坐った。昨冬の病気のときはみんなが心配した。アラベラはまだたくさん父に言いたいことがあったし、父から言ってほしいことがあった。あと一か月したら彼女はこの家を出て愛のない結婚をするのだ。

だがアラベラの両親はふさわしい家どうしで決めた結婚をして、二十五年間、友好的な結婚生活を円満に送っている。裕福なミスター・ラークは公爵の従弟で著名な鳥類学者だ。妻のレディ・ベリンダはキーワース伯爵の娘で、美しく、ものごとに動じないレディだった。

「パパ、ママ、あのね……」

ふたりが問いかけるようにアラベラを見た。アラベラは心臓が飛びだしそうになった。いまいましい、いやな感情。

「三人でいっしょに過ごすのはどうかしら？　水入らずで。もしかしたら——」

「なんのために？」パパは心から当惑しているようだ。「やることがたくさんあるんだ。おまえたちもそうだろう」

「まだわたしの『ヴィンデイルの鳥類飼育場　挿絵入りガイド』を見てくれてない

わ」

「それはあとでいい。それよりもおまえは結婚式と新しい家の準備をしなさい」

壁の高いところで、オリヴァーがあざ笑う。〝次は簡単に、顔に冷水を浴びせてくれと言うといいよ〟

〝黙りなさいよ。天使があんたのお茶に古い羽を入れればいいのに〟

「サー・ウォルター・トレッドゴールド一家を招待したそうだな」パパは言った。

「つまりハードバリーの妹たちがここにやってくる。だがガイ・ロス――ハードバリーはお断りだ。顔を見せたらただでは置かない。彼はおまえと結婚するという父親の約束を破った。そういうことをわたしはけっして赦《ゆる》さないし忘れない」

そうだ。パパはけっして忘れない。アラベラはオリヴァーを見なくてもいいように、海賊の嘴《くちばし》にさわった。

「妹たちがここにいることを、ロード・ハードバリーが知ることはないと思う」アラベラは言った。「もし知ったとしても、ここには来ないはずよ。いろいろとわだかまりがあるし。パパとの確執《かくしつ》だけではなく、サー・ウォルターとも、ロード・スカルソープとも、わたしとも不仲だから」

「ロード・ハードバリーは侯爵よ」ママがそっと口をはさんだ。「もし彼がやってきたら、わたしは追い返すことはできないわ。せいいっぱいのおもてなしをしないと」

ママはアラベラのまなざしを穏やかに受けとめた。変だ。もしロシア皇帝が軍隊を連れてやってきたとしても、ママがその滞在を望まなければ、うまく追い返すはずなのに。

パパはいらいらと手を振った。「わかった、わかった。そうだな。だが彼がわたしの屋敷に泊まることになっても、最小限の礼儀しか示す気はない」

「彼は来ないわ」アラベラはくり返したが、ガイの優しい手の感触と、彼の目に浮かんだ憎しみと嫌悪のつらい記憶にふたたび心が痛んだ。ガイはもう二度とアラベラの近くに来ることはないだろう。

＊　＊　＊

〈スワンズ〉で学校時代の友人であり現在はダマートン公爵となったレオポルト・ホールトンと待ち合わせたとき、ガイのいらだちは増すばかりで、じっと坐っていられないほどひどくなっていた。

ガイはセントジェームズ通りにあるこの高級賭博所をふたたび訪れたいとは思っていなかった。〈スワンズ〉は若いころの彼の行きつけの店だったが、それは自分で選んだのではなく、決められていたからだ。ロンドン市内で彼の父親が認めたいくつかの店のうちのひとつで、ガイを入れてくれる数少ない店でもあった。

賭博所はどうやら繁盛しているようだが、八年間でほとんど変わっていない。前とおなじ物腰のやわらかいドアマンが前とおなじく愛想よく挨拶して通してくれた。前とおなじ優雅な部屋には金色のサテンがかかり、坐り心地のよい椅子が配されている。静かな緊張感の漂う賭博室ではファロの賭けがたけなわだった。ガイに気づいてこちらをふり向く人もいたが、彼はまっすぐに隣のにぎやかなサロンへと向かった。

ダマートンはすでに来ていて、いつもの色鮮やかな刺繍をほどこしたウエストコートをちらりと見せて大きなひじ掛け椅子に手足を投げだして坐り、ブランデーグラスを手にしていた。ガイは公爵の気楽な様子がうらやましかった。アラベラとのあの夜以来、彼は眠れなかった夜のあとのベッドのごとく、自分がくしゃくしゃになったかのように感じていた。

ダマートンの隣の椅子にどさりと腰をおろすと、すぐに給仕がやってきた。いまでもサービスと酒は最高だ。だからこそ彼の父親もこの店を認めていたのだ。ガイは〈スワンズ〉が気に入らないわけではなかった。彼が気に入らなかったのは、まるでブラックリストに名前が載ったろくでなしのように、ロンドン市内のほとんどの店から入店を断られたことだ。なぜならだれもが、ガイの父親に逆らうのをこわがっていたから。友人たちはガイに、賄賂や変装を提案したが、彼はそんなごまかしを使うの

「それで、ハードバリー？　ぼくの情報は役立ったか？」ダマートンは半分眠っているような声でのんびりと訊いた。ガイはだまされない。ライオンもいつも半分眠っているように見える。「サー・ウォルターをつかまえたのか？」

「もう少しのところだった。一時間差で逃げられた。そのあとどこに行ったのかはわからない。いまごろイングランドのどこにいてもおかしくない」ガイは長時間の乗馬で疲れた脚を伸ばし、うめき声をあげた。「あの男はまるで巣穴に入る兎《うさぎ》のようだ。穴に飛びこみ、次はどこか別の穴から顔を出す」

「なぜ彼は逃げなければいけないと知っているんだ？　きみの弁護士がきみの調査についてを拒否した。

「ぼくだよ」ガイは白状した。「あいつにぼくが言ったんだ」

ダマートンは笑った。「ああ、直情のガイか。きみはけっして外交には向かないな」

ガイは自分の弁護士にもこのことを白状した。相手は口元をこわばらせて、こう言った。「正しいことをなさったと思います、マイロード」

そんなのまったくのたわごとだ。だれも侯爵にたいしては、それは間違いでしたとは指摘しない。昔のガイはそういうのを言葉どおりに受けとって、自分は正しいのだと自信をもっていた。これが年の功か。彼はずっとばか者だったが、いまはそれを自覚できるくらいの知恵はある。

アラベラとの大失敗でも証明されてしまったように。

いったいなにを考えていたんだ？　いや、なにも考えていなかった、そうだろ？　そのときには、ひとつひとつの行動がすばらしい考えに思えた。まったく、彼が自分についた嘘の数々！　アラベラは自分の求めるものをはっきりと述べ、きわめて稚拙《ちせつ》なやり方でそれを手に入れようとした。彼女を追いだすのは、しごく簡単だったはずだ！　だがそうはせず――傲慢で、だまされやすいばか者の彼は、あれをゲームにした。そしてそのゲームに彼は完敗した。

くそっ。ガイは放蕩者ではないが、女を知らないわけではない。それなのにこのざまだ。まるでうぶな童貞のように誘惑された。うぶな処女に誘惑されてしまった。

いや、処女は処女だが、アラベラがうぶなら、メフィストフェレスもうぶだと言えるのだろう。

「ああ」ダマートンがとつぜん油断のない口調で言った。彼はグラスを、部屋の向こうのだれかに乾杯するかのようにあげた。ガイはふり向く前に、そこになにが見えるかわかっていた。サファイアのような青のドレスをまとった金髪の女性が、フランス窓からバルコニーに出ていった。ゴシップ新聞によれば、クレア・アイヴォリーはいつも宝石の色のドレスを着ている。それがトレードマークだった。おなじ高級娼婦のハリエット・ウィルソンは白いドレスしか着ないことで知られている。ガイは目を戻した。「なんだよ、ダマートン？　彼女がここにいると知ってたのか？」

「いや、いままで一度も見たことはなかった。だからこの店で会おうと言ったんだ」

ガイは椅子に腰掛け直したが、すぐに悪態をつき、立ちあがると大股でテラスへと向かった。ダマートンの笑い声が追いかけてくる。

バルコニーに出ると、クレアは男女と会話していた。ガイが近づくと三人とも黙りこんだが、彼はクレアだけを見ていた。ああ、天使のようなこの顔は、若かった彼のからだと心をひどく苦しめた。

「はずしてくれ」ガイはカップルに言った。

「わたしたちは交渉中なんです、マイロード」クレアが言った。「できれば――」

「はずせ」

ふたりはいなくなった。

クレアは宝石をつけた手にぴしゃりと扇《おうぎ》を叩きつけた。「わたしはビジネスウーマンで、あのふたりと契約を結べば、かなりの額の手数料を稼げるはずなのよ。わたしと話があるのなら、先に予約を取って」

ガイは手すりにもたれかかった。「このあいだの夜、ぼくたちは約束していたと思ったが、代わりにアラベラ・ラークをもてなすことになったよ」

もてなす？　そういう言い方もできる。何日たっても、彼はアラベラがテーブルの端をつかみ、まるで祈るように顔を天に向けていた姿を忘れられなかった。あの瞬間、彼の胸に思いやりがあふれた。彼女を救うためならなんでもしてやるつもりだった——彼を利用しただけの冷血なたくらみだとアラベラが明らかにするまでは。

なにが名誉だ。彼はアラベラになんの義理もない。だがよりによってアラベラ・ラークに心をとらわれ、忘れられないなんて！

呪われたも同然だ。

ガイは服をぬぐたびに、鏡の前でからだをひねり、彼女が残した傷痕《きずあと》をたしかめた。何度も何度も、まるで熱っぽい夢のように彼女の情熱を再現し、その傷が薄れていくのを惜しんだ。

ガイはクレアに注意を戻した。「ぼくが彼女と会ったことは口外無用だ」

クレアは笑った。その美しい旋律のような音はかつて彼のよろこびだったが、いまはなんの意味もなかった。「もちろんよ。でもそれは彼女のためで、あなたのためじゃない。ミス・ラークはわたしの新しいお友だちよ。それに、言ってもだれも信じないわ。彼女の評判は非の打ちどころがないもの」クレアは首を振った。「じつはね、わたしはあなたが面会に応じるはずがないと思っていたの。でもミス・ラークが、あなたはパズルを解くのと危険なゲームを好むからと言って。そのとおりだったみたいね。わたしよりも彼女のほうがあなたをよく知っているんだわ」

とつぜんきつくなったクラヴァットの下が熱くなり、肌がちくちくした。アラベラが周囲を観察して、あらゆる角度からものごとを考察し、的確な結論を導きだすのは知っていた。だれでも彼女の申し分のない見た目、高慢な態度、鋭いウィットのことは知っている。だがそのうちの何人が、あの目の奥に広大な地平が広がっていることをわかっているだろう？

「奇妙な取り合わせね、あなたとミス・ラークは」クレアは考えるように言った。

「あなたたちはどちらも、互いのことを話すためにわたしのところにやってきた」

「ぼくはアラベラのことを話すために来たんじゃない」

「おもしろいわね。彼女もあなたについておなじことを言ってた」

ガイはクレアを見た。天使のような顔、聡明な目。ガイはクレアと再会したら、自分がまた二十歳のころのような愚かな道化になって、ふたたび失恋することになるのではないかとおそれていた。だが杞憂《きゆう》だった。残っているのは若かった自分と、自らの無垢《むく》な熱愛を浪費したことにたいする漠然とした悲哀だけだった。

「なぜ高級娼婦になることにしたのか説明してくれ」彼は言った。アラベラがクレアについて言ったことは衝撃的だった。「ぼくがきみと結婚したがっているのは知っていただろう。ぼくはきみに本気を示すため、母親の宝石まで贈った。きみはそれを売り払った」

　クレアのほおがかすかに赤くなった。「わたしのものになったのだから好きにしただけよ」

「きみは宝石よりもっと多くを受けとれた。ぼくと結婚すれば。なにもかも手に入ったんだ」

「あなたのように？」クレアの口調はそっけないが、その顔は優しかった。「あなたはなにもかももっていた。爵位、地位、そしてロンドンの大部分を支配するようにあなたの一挙手一投足も支配しようとしたお父さまもね。わたしが見るところ、あなたは、もたされているものしかもっていなかった。もしわたしがあなたと結婚していたら、金めっきの牢屋《ろうや》の囚人《しゅうじん》になっていたわ」

「それならきみの高級娼婦の人生は——それは牢屋ではないのか？」

　クレアは両腕を広げた。「もしそうだとしても、いつでも扉があいている牢屋よ。わたしは自分で選択し、だれの恩義も受けていない。もうかる契約をいくつも結んでいるから働く必要もない」

　クレアの向こうに見える明るい部屋は、ガイの若い日々のように遠く感じられた。父親の手配によって、ガイはこの店で賭けごとをすることができたが、それはつけに限られ、硬貨の一枚ももち帰ることはできなかった。自分の収入を得る道はすべてふさがれていた。陸軍と海軍さえ、彼の入隊を拒んだ。

「どうしてあのときに言ってくれなかったんだ?」

「ああ、ガイ、わたしは言おうとしたのに、あなたは聞く耳をもたなかった」クレアは彼の肩にさわった。「あなたはお父さまから自由になることしか考えていなかった。あなたは本当にわたしを見ていたのか、わたしにはわからない。それとも、わたしはお父さまからの自由の象徴だったのかしら。ミス・ラークがお父さまの支配の象徴であったように」

ガイは手すりのなめらかな石に両手をつき、その下の陰になった庭を見つめながら、父との最後のひどい喧嘩を思いだしていた。クレア・アイヴォリーとアラベラ・ラーク、そしてなんとしても自分で人生を選ぶという彼の決意。

「ぼくはきみを愛していた」ガイは言った。

「あなたは何度もその気持ちを口にした」クレアのかすかなほほえみは悲しげだった。「あなたが愛していると言うたびに、わたしはどんどんとじこめられていくように感じた。わたしはあなたにひどいことをしたし、そのことは悔やんでいる。言い訳をさせてもらえれば、わたしは若くてものごとがよくわかっていなかった。面と向かってあなたを拒む勇気がなかったから、簡単な解決法を選んでしまった」

　ガイはクレアの自分にたいする気持ちを疑ったことは一度もなかった。自分は彼女を愛している。したがって――生まれつき富と特権をもつ若者の論理では――彼女も当然、彼を愛しているはずだ。彼女は希望の光、彼の脱出路だった。

「悔やむことはない」ガイは言った。「きみが断ってくれてよかったと思っている。おかげでぼくは冒険と自由な日々を楽しんだ。それがいまのぼくという男をつくってくれた」

　ガイが背筋を伸ばし、彼女と自分の過去を置いていこうとしたとき、クレアが言った。「サー・ウォルター・トレッドゴールドを探すのに苦労していると聞いたけど」

「くそっ。みんながなにもかも知っているのか？」

「話したり、聞いたりして。ヨーク家の姉妹のうちひとりが、サー・ウォルターの息子さんとの縁談があるそうよ。ハンフリー・トレッドゴールドはいつもわたしたち高級娼婦にとても気前がよかったけれど、アイルランドの任地に赴いてからはごぶさただね。どうやらサー・ウォルターは息子を呼び戻したらしいわ」

「なぜぼくがトレッドゴールドの息子のことを気にしなければいけない？」

「そういう情報は彼にたいする武器として使えるから」

　ちょっとした脅迫やゆすり。賄賂や身びいきや、陰の密談。そういうのはガイの父親のやり方で、父親は息子にもそれを求めた。

ガイは首を振った。「きみがアラベラと仲良くなるのは当然だ。きみたちにはどちらも主義というものがない」

「ほかの人があなたとおなじ主義をもたないからといって、その人に主義がないわけではないわ」そしてまた、クレアは笑った。「あなたは結婚式に招待されていないのね」

「もし招待されても出席しない。彼女かスカルソープに会ったら、ふたりでお幸せにと伝えておいてくれ」

「あなたの妹さんが、結婚式で伝言してくれるでしょう」

「フレディーが？　アラベラの結婚式に？」

「そうだと思うわ。サー・ウォルター一家はすでにヴィンデイル・コートに行っているはずよ。もうすぐそこでミス・ラークの婚約披露パーティーがあるから」彼女はうしろにのけぞった。「知らなかったの？」

ガイは笑った。まるで楽しくなさそうな笑い声が、濃厚な夜の空気に流れていった。彼はロンドン南部にいる人々を尋問してまわっていた。そのあいだじゅうずっと、クレアは知っていたんだ。そしてアラベラはまた、彼の三歩先を行っている。

ガイは公爵のところに戻ったときもまだ、首を振っていた。なかなかやるじゃないか、サー・ウォルター。イングランドで唯一、ガイが熱烈に歓迎されない場所に隠れ

ふたたび彼を結婚の罠でつかまえようとしているんだろう。るとは。それに、さすがだよ、アラベラ。今度はフレディーとウルスラを餌《えさ》にして、

アラベラのたくらみを無駄にしてやれ。ガイはヴィンデイル・コートには行かない。

8

アラベラが思っていたよりも複雑で犠牲も大きかったけれど、それでも勝利は勝利だった。

「よくやった、さすがわたしの賢い処女だ」ロード・スカルソープはつぶやき、葉巻をもった手で、とったばかりの木の実の入ったアラベラの籠《かご》を指した。一行は森のなかを進んでいるところだった。

アラベラは自己満足と穏やかな優越感しか感じなかった。

じっさい、ロード・スカルソープが婚約披露パーティーと結婚式に先立ってヴィンデイル・コートのハウスパーティーにやってきてからずっと、彼の言葉も、その行動も、まるで気にならなかった。

あの思いつめた、危険で、不道徳な行為で、アラベラはだれよりも先に自分を自分のものにした。例の、知られざる部分を自分のものにした。勝ったのだ。

彼女のなかでガイについての思いが疾風《しっぷう》のように吹き荒れていたとしても、それはたいしたことではない。昼間はさまざまな招待客との交流で忙しくしていて、夜、思い出が押し寄せてくるときは――まあ、彼女がひとりベッドですることは、だれの知ったことでもない。

「でもミス・トレッドゴールドのほうが収穫が多いようだ」スカルソープは言った。

マティルダ・トレッドゴールドはだれよりも収穫が多かった。アラベラは感心していた。でもその感心は、ミス・トレッドゴールドの籠に木の実がいっぱいだからではなく、彼女がそのひとつも自分で採っていないということにたいしてだった。招待客のなかの紳士四人が、この木の実集めの遠出に参加した。ドイツ人鳥類学者がふたり、シエラレオネの植物学者、だれかの遠縁の遠縁の紳士。四人は全員、ミス・トレッドゴールドに奉仕していた。小柄な彼女が、欲しそうに木の実を見あげれば、彼らが争うようにしてその木の実を採った。そのあいだずっと、ミス・トレッドゴールドはいつも愛想よく親切で、その存在だけで部屋を明るくし、だれでもそばにいたいと思うようなレディそのものだった。

まさにガイが花嫁にしたがるような。

フレディーの籠も木の実でいっぱいだったが、彼女の宝物には石、羽根、オレンジ色のきのこも含まれていた。アラベラの近所の友人であるミセス・デウィットと、ミス・ジュノ・ベルは木の実ではなくブラックベリーを集めることにしたようだ。ふたりとも棘のあるやぶにひっかかって、互いに相手をはずしてやろうとしてますますひっかかり、笑いがとまらなくなっている。

ふたりの向こうには、ウルスラの乳母が、なんでも口に入れようとするウルスラを見張っているのに忙しそうだ。そしてほかの招待客一家の有能な若い家庭教師であるミス・ノートンは、子供たち三人を監督しながら楽しませるという、称賛すべき仕事をこなしていた。

「ミス・トレッドゴールドが優勝してくれたらうれしいわ」アラベラはスカルソープに言った。

「きみは競争しないのか?」

「わたしはもう勝ったのに、どうして競争しなくてはいけないの?」

スカルソープは、自分のことを言われたと思って得意げな笑顔を浮かべた。アラベラはもう彼のことがこわくなくなったから、操るのも簡単になった。

そのとき、ミス・トレッドゴールドが悲鳴をあげた。

「まあ、死んでいるわ! なんておそろしい!」彼女は言いながら、死んだリスを棒でつついた。

それから棒を落として一歩さがり、口を手で覆って目を瞠った。彼女のお付きの紳士たちが集まってきた。

「かわいそうに、あなたはヴィンデイル・コートに泊まっていてだいじょうぶですか?」鳥類学者が訊いた。「ミスター・ラークの鳥の剝製が屋敷じゅうに飾られているのに」

「ええ、あの死んだ鳥たちは気味が悪いわ！　こわい夢を見そうよ」ミス・トレッドゴールドが大げさに震えてみせると、紳士たちはとりとめのない言葉で彼女をなぐさめた。

フレディーが寄ってきて、死んだリスを見た。子供たちもそばに行きたがったが、家庭教師がとめた。

アラベラの横でスカルソープが鷹揚《おうよう》に笑った。アラベラは彼を注意深く観察していたが、フレディーやミス・トレッドゴールドへのまなざしにおかしなところはなかった。だから彼女たちを守る必要はない。彼のひそかなほほえみや、みだらな目つきの対象になっているのはアラベラだけだ。

でもアラベラが見ていると、スカルソープの視線が移った。その目にあのいやらしい光が差し、唇に軽蔑と渇望を感じさせるゆがんだ笑みが浮かぶ。アラベラはその視線の先を追った。

彼は家庭教師を見ていた。

鼻腔《びくう》を少し開き、音をたてて煙を吐きだした。それから空に目を向け、葉巻を吸うと、慈愛にあふれた伯父のようなほほえみを浮かべて、一行を眺めた。

「ほんとうに」アラベラは軽い口調で言った。「ミス・ノートンはあの手のかかる子供たち三人をほんとうによく見ていると思うわ」

「だれだって？」スカルソープは家庭教師をちらっと見て、目をそらした。「ああ、家庭教師か」

アラベラは気軽な調子で、秘密の尋問を続けた。「あなたも昔は手がかかる子供だったんでしょうね。そして家庭教師を苦悩させていた」

スカルソープの目のなかでなにかがきらりと光ったが、次の瞬間、すてきに自嘲的《じちょうてき》な笑い方で笑った。「白状すれば、彼女にわたしが苦悩させられた。わたしの妹の家庭教師だが」

「そんなにひどい家庭教師だったの？」

「その逆だよ。彼女は完璧で、わたしは夢中になった」スカルソープは首を振った。「家庭教師を心から愛していると思いこみ、その慎み深いドレスと偉そうな態度に恋焦がれた少年は、わたしが最初ではないだろう」

「もしいまあなたが彼女に再会したら、彼女もただの女性だと気がついて、そのめっきが剝《は》がれ落ちるかもしれないわね」

スカルソープはばかにしたような声を洩らした。「めっきはとっくの昔に剝がれ落ちている。彼女の真実を知ったときに。わたしが――ずばり表現するのをどうか許してほしい」

「もちろん、マイロード」

「そうだな。わたしたちは互いを理解できる。真実は、わたしの兄が彼女を誘惑したということだった。彼女の寝室でふたりがやっているところを見た」

スカルソープは、なぜ自分が家庭教師の寝室を見ていたのかは説明しなかったし、アラベラもあえて訊かなかった。

「でもケネスはそういうやつだった」彼は続けた。「跡取りで、長子で、生まれたときからすべてをもっていた。わたしが家庭教師に夢中だと知っていて、誘惑した。彼女はわたしのものだったのに、横取りしたんだ。それがわたしをどんなに傷つけるか、まるで気にせずに」スカルソープの表情はこわばり、そして自嘲的に笑った。「少年の愚かなかなわぬ恋だった。だが男というものは、けっして初恋を忘れることはない」彼はアラベラをちらっと見た。「きみにこんな話をするべきではないが、きみは実際的なレディだし、わたしたちはもうすぐ結婚する」

「そういうことを話してくださってうれしいわ」アラベラは正直に言った。「ほんとうに、心からうれしく思ってます」

なぜならこれで、彼女は将来自分が雇う使用人たちを守ることができるから。家庭教師を雇うときが来たら、三回夫に死に別れている未亡人か、素手で薪《たきぎ》を割れて、アラベラが死体を隠すのを手伝ってくれそうながっしりした人を選ぼう。

スカルソープはまだアラベラを見つめている。「きみはまだほほえまない。わたしたちの結婚初夜には、わたしのためにほほえんでくれ」

「もちろん、そうします」

適切なときにほほえむのを憶えていられるといいんだけど。もしかしたら、ほほえむ練習もしたほうがいいのかもしれない。シーツに二回目の破瓜《はか》の血の染みをつける練習といっしょに。

そのときフレディーの声が響いた。「燃やさないと」彼女は死んだリスから目を離さなかった。

スカルソープはアラベラから離れていった。「仰《おお》せのとおりに、レディ・フレデリカ」

彼はブーツの横で木の葉を集めて、小さな死体の上にかぶせると、火の点いた葉巻をその上に落とした。葉っぱからひと筋の煙が立ちのぼった。

アラベラはこの機会を利用して、ひとりで歩を進めた。秋のこの森を彼女はどんなに愛していることだろう。春も、冬も、夏も。彼女の人生の一部だった風景や人々をどんなに恋しく思うことだろう。

感傷的《かんしょうてき》になる必要はないわ。アラベラは自分を叱った。いつか、またここで暮らすときが来る。そのあいだ夫婦で住む家は完璧に快適そうだった。スカルソープの領地はノーフォークの海に面している。アラベラは海辺に住むのは楽しそうだと思っていた。夫が落ちるかもしれない崖《がけ》もたくさんあるはずだ。

やがて、陽光降りそそぐ小道から、車道の縁に出た。向かいの畑は半分が麦の切り株の黄金色で、半分が鋤《すき》で耕した土の茶色だ。アラベラはそこにとまって、さわやかな秋の空気と、掘りおこした土のにおいを吸いこんだ。

そのとき、彼女の目が車道の先のなにかの動きをとらえた。ひと組の人馬《じんば》がこちらにやってくる。

乗り手の顔は見えなかったが、アラベラにはそれがだれか、すぐにわかった。その自信に満ちたのびやかな姿勢から、その外套《がいとう》と帽子から、自分のからだを伝う、熱くぴりぴりした感覚から。

ガイ。アラベラは彼が来ることはないと思っていた。でも彼は来た。

アラベラはその場に立ったまま、彼が近づいてくるのを待った。ガイは彼女の前まで来ると手綱を引き、大きな馬の上から彼女を見おろした。アラベラは思わず、彼の肩、太もも、腕、手綱を握っている手袋をはめた手に視線を走らせた。ふたりは顔以外はすべて衣服に覆われていたが、まるでふたたび裸になったかのように、アラベラのからだはほてった。

そして彼の目……アラベラは勇気を出して、挑むような、おもしろがっているような彼の目を見つめた。そこには……なにもなかった。彼女をたじろがせるようなものは、なにもない。ガイは彼女が自分でも知らなかったようなことを知ったのに、その目のなかにはしてやったという満足も所有欲も、優越感も軽蔑もなかった。

「きみんちのハウスパーティーに参加することにしたよ」ガイは陽気に言った。「もしかしたら、きみの婚約披露パーティーまでいるかもしれない。ぼくとも踊ってくれるだろうね。きみの足を踏むのは二回までにすると約束する」

アラベラは彼をにらみつけた。彼はぜったいに来ないと思っていた。「あなたは招待されていないわ」

「ああ、だがぼくたちはふたりともわかってるだろ、きみが妹たちを招待したのは、ぼくを招待したということだと」

「わたしはサー・ウォルターの居場所をつきとめられたから。あなたはそれにも苦労していたみたいだけど」

「そして妹をつかってぼくをここにおびき寄せた。きみはほんとにマキアベリ的だよ」

「ありがとう」

「褒めてない」

「ふうん」アラベラは籠のなかの木の実に指を通し、その感触で気を落ち着けようとした。「警告しておくけど、パパは、あなたがこの家では歓迎されないってはっきり言ってたわ」

「きみの父上の意見なんてどうでもいい。それにきみは、やはりぼくを見て驚いていない。こんな状況でも」

アラベラの心臓が――これはなに？　希望？　よろこび？　――弾んだ。ガイが彼女に会いたいと……ばかなことを言わないの。彼女は自分をたしなめた。ガイは彼女を嫌っていて、それでいいのだ。彼はわたしを弱くなったように感じさせる。でもプライドはわたしを強くしてくれる。

「それはどんな状況のこと？」アラベラはあえて訊いてみた。

ガイが答える前に、小枝が折れ、枯葉《かれは》が砕ける音がした。ガイの顔のこわばりで、だれが森から出てきたのかわかった。

「ぼくの妹たちがここにいるという状況だ」ガイはひややかに言った。頭を少し傾ける。「やあスカルソープ」

ロード・スカルソープはアラベラの横にやってきて、腰のくぼみにしっかりと手を置いた。アラベラは恐怖で身をすくめたり、震えたりしなかった。自分は困惑するべきなのだろう、と彼女は思った。なぜならこれは、経験したなかでもっとも気まずい状況だから。でもアラベラはどちらも感じなかった。感じたのはただ、スカルソープから主導権をとり戻したという安堵と、いつまでも消えない、ガイのことでの後悔だけだった。

「ハードバリー。招待されていたとは知らなかったよ」

ガイはなにも返さなかった。ミス・トレッドゴールド、それに取り巻きの紳士たちが森から出てきた。ガイの顔に温かいほほえみが浮かんだ。ミス・トレッドゴールドを見る人はだれでも温かいほほえみを浮かべる。まるで彼女を見るだけで幸せになるみたいに。

アラベラにそんなふうにほほえんだ人はひとりもいなかった。いままで自分がそれを望んでいるとも知らなかった。でもこの瞬間、それは世界でもっともすばらしいことのように思えた。

「ロード・ハードバリー！」ミス・トレッドゴールドはひざを折ってお辞儀した。

「なんてすてきな驚きなんでしょう！」

「田舎の空気が合っているようだね、ミス・トレッドゴールド」ガイは称賛を隠そうともしなかった。「きみは疲れた旅人にはうれしい眺めだよ」

「ご親切に、マイロード。レディ・フレデリカも来てるんですよ。お話しするのを楽しみにしていらしたのでしょう？」

「もちろんだ」ガイはにっこり笑った。「きみとも話す機会があるだろう」

「あら」彼女は睫毛を伏せて赤面した。

そう。こういうこと。アラベラはふたたび木の実に指を通した。ガイに投げつけてやるべきかもしれない。

ガイはそれを見た。その表情でアラベラの考えを察したのがわかった。彼はポケットからなにかを取りだし、彼女に向かって弾いた。太陽の光を受けてきらきら光る硬貨が、空気に弧を描く。

アラベラは簡単に受けとめた。

「それはなんだ？」スカルソープが訊いた。

手のなかで硬貨をひっくり返してみた。確かめるまでもなく、シリング硬貨だった。もしかしたら、ロンドンのあの夜に彼女が投げたあの硬貨かもしれない。

「ミス・ラーク」スカルソープが鋭い口調で言った。「なぜロード・ハードバリーがシリング硬貨を投げてよこしたんだ？」

アラベラはガイから目を離さなかった。「ああ、昔あったばかばかしいことの記念なんです。ばかばかしくて、愚かで、なんの意味もないこと」

馬が頭を振りあげ、横に二、三歩ずれた。ガイはかすかに笑って、馬に踵を入れ、駆けていった。

＊＊＊

ガイはアラベラの屋敷に滞在するあいだ、彼女に近づかないつもりだった。だが最初の夜、晩餐のあと応接室にいたスカルソープとアラベラを見て、ごたごたを起こしたくてむずむずした。

そのときすでに、彼は各方面から、行儀よくふるまうようにというさりげない警告を受けていた。レディ・ベリンダからは（「あなたのご滞在は、きっと和やかなものになると思っていますよ、マイロード」）、ミスター・ラークからは（「あの子はスカルソープと結婚するんだ、だからそれをじゃましないでくれよ、ハードバリー」）、サー・ウォルターからも（「わたしたちが友人どうし――いやいや、家族――になれるかと思うと、これより大きなよろこびはありませんよ、マイロード！」）。

だがガイはますます落ち着かない気分になり、そしてもちろん――もちろん、いい、――その原因はアラベラだった。完璧に巻かれた黒髪から氷河《ひょうが》の青色のドレスの裾まで、どこまでも落ち着きはらって、お高くとまっている。

ガイをいらだたせたのは、彼女のスカルソープへの態度だった。結婚式の一か月前ではなく、二十年間連れ添った妻が示すような忍耐が見える。スカルソープはぺちゃくちゃとしゃべり、アラベラが相槌《あいづち》を打つくらいしか反応していないのにも気づいていないようだ。

アラベラ、あの潑剌《はつらつ》として癪《しゃく》にさわるアラベラが黙りこんでいるなんて間違っている。だからガイは彼女を挑発したくなる。くそっ。このどうしてもアラベラをからかいたくなる衝動はなんだ？　これは最後の一ペニーまですってしまった男が、なおもカードテーブルに引き寄せられる執着とおなじくらい危険だ。

だがスカルソープが銀の葉巻ケースを取りだして席をはずし、アラベラが部屋を横切ってミス・トレッドゴールドに楽譜《がくふ》を見せにいくと、ガイもピアノフォルテのところに行ったが、アラベラは入れ替わるように離れていった。ガイはミス・トレッドゴールドが弾く曲を選ぶのを手伝い、ページをめくる権利はほかの男に譲ったが、そのときにはアラベラはフレディーと会話していた。ガイはそちらに近づいていったが、彼が妹の横に立つと、アラベラは母親の隣に移っていた。ガイはさり気なくレディ・ベリンダのほうへ歩いていったが……今度はアラベラはティートレイのほうへ向かった。

もうやめたほうがいい。応接室じゅうでアラベラを追いかけているのを、だれかに気づかれる前に。だが彼女がティーポットを持ちあげたとき、ガイは彼女の横に立ち、ほかの人々から隔離されたふたりだけの空間をつくりだした。

アラベラはあたりを見回して逃げ道がないのを悟り、あきらめた様子で彼が欲しがってもいない紅茶をカップに注いだ。胴衣の四角い襟ぐりのデザインのせいで鋭い鎖骨が目立つ。ガイはいまでも指先にその鎖骨が感じられた。彼女の胸の上に広げた自分の手を見ることもできた。彼は目をそらした。

「ぼくを避けているのかい、アラベラ?」だれにも聞かれないように、ひそめた声で言った。

「ばかなことを言わないで。わたしはだれも避けたりしない。ただいっしょにいる人を選ぶ見識があるだけ」

アラベラはティーカップの取っ手を受け皿の模様と合わせてから、しっかりした手つきで彼にカップを手渡した。

「いったいなにをたくらんでいるんだ、アラベラ? ぼくになにを求めている?」

片方の眉が吊りあがる。「わたしがあなたに、いったいなにを求めるというの? あなたはすでに役目を果たした。それとも、もう忘れてしまったの?」

アラベラの大胆なまなざしは、まるで渦のように彼を引きこんだ。ふたりのあいだに記憶がまつわりつく。からだとからだ、口と口、昂揚した気持ち、さらに多くのものを求める業火のような切望。

彼女を砂漠にさらい、果てしない夜空の下に横たえることができれば。だがふたりがいるのは、歓談する人々、蠟燭《ろうそく》の明かり、音楽、紅茶の存在する応接室だ。ガイはアラベラを嫌悪している。だが彼女を渇望している。この女は危険だ。ぼくは正気を失っている。

「ぼくはきみのためにここに来たんじゃない」ガイは歯を食いしばりながら、なんとかそう言うと、飢えたがさがさな手でカップを握りつぶしてしまう前に、テーブルの上に置いた。

アラベラは置かれたカップににじり寄り、カップと受け皿の模様を合わせようと回して、回しすぎていた。

「ぼくはきみのためにここに来たんじゃない」ガイはくり返し、アラベラは何度も模様を合わせようとしてそのたびに失敗した。

ついに、言うことを聞かない磁器をしかめっ面でにらみつけ、アラベラはからだの前で両手を握りあわせて、口を開いた。だがなにも出てこなかった。もう一度、彼女はなにか言おうとしたが、やはりなにも言葉は出てこなかった。彼女は部屋を見回し、フレディーに目を留めた。

「あなたは……」咳《せき》払い。「あなたは妹さんたちのために来たんでしょ。それに急にサー・ウォルターとも仲良くなったみたいね」

ありがたい。アラベラは会話が取り返しのつかないことになる前に救いだしてくれた。

「詐術《さじゅつ》の力を発見したの？」彼女は続けた。

「外交だよ」ガイは訂正した。「ぼくは称賛に値する自制を働かせている。あいつに面と向かって、『この厚かましく腐った偽善者め』とも言わなかった」

ガイの趣味ではなかった。嫌悪している人間に好意をもっているふりをする。サー・ウォルターに訪問の目的を問われてガイは、ヴィンデイル・コートにはいくつも魅力があるとかなんとか、あいまいなことをつぶやき、ミス・マティルダ・トレッドゴールドに目を留めた。それでサー・ウォルターは顔を輝かせ、姪を呼んでガイを小さなウルスラのところに案内するようにと申しつけた。まだ幼児の妹は人形のようにかわいらしい生きもので、羽のように軽い金髪の巻き毛、愛らしいほほえみをもち、そしてなにを言っているのかわからない、延々と続くおしゃべりをしていた。

「おめでとう」アラベラはそっけなく言った。「でもフレディーのことではわたしの言うことを聞いてくれたらといまでも思っている。あなたがしなくてはならないのは――」

「やめろ」ガイは片手をあげた。「ぼくがなにをするか、しないかをきみは指図しない。それを第一のルールにしよう」

アラベラは目を瞠った。「あら、わたしたちはルールをつくるの？　なんてすてき。次はわたしがそのルールに従うと期待するんでしょ」

「ぼくはそんなばかじゃない。だが妹の監護権を取り戻して家族を立て直すのにきみの助けはいらない」

「もしそんなに家族を大切に思っているのなら、なぜ失恋なんてつまらない理由で出奔《しゅっぽん》したのかしら」

「ぼくが国を出たのはクレア・アイヴォリーに失恋したからじゃない」

「それならなぜ？」

国を出ることは、ガイの人生の支配をめぐる十年間におよぶ争いの唯一可能な終わらせ方だった。その争いは最後の苦々しい喧嘩で頂点に達した。ガイがクレアと結婚すると言い張り、父親は、その巨体でガイの前にそそり立ち、彼がアラベラと結婚すると言うまで地下室に閉じこめると脅《おど》した。

「するものか！」ガイは若さの情熱のままに叫んだ。「あなたの操り人形にはならない」

父親はあざ笑った。「おまえは自分の判断ができるほどの分別がない。わたしの言うとおりにするんだ、おまえがなるべき男になるまではな」

「あなたのような腐敗《ふはい》した暴君に？」

「ここはわたしの国だ」父親は冷たく言い放った。「わたしの国の空気を吸っているうちは、おまえはわたしの言うとおりにするんだ」

だからガイと父親は世界を分割した。父親はイギリスの独裁を勝ちとり、ガイはそれ以外の国での自由を得た。

アラベラは答えを待つような目で見ている。

「それは主義の問題だった」ついにガイは言った。

「主義？」

「ああ。聞いたことはあるか？」

アラベラは肩をすくめた。「家庭教師が言っていたかもしれないけど、あの人は妖精やユニコーンや高潔な紳士たちの話もしていたから、わたしはまじめに聞いてなかったわ」

ガイは思わず笑った。「たしかにぼくの父親は高潔ではなかった。楽しみは自分の地位を利用して金や権力をむしり取ることだった。そしてぼくもおなじことをすることを期待した。不正行為についての父の説明はいつもしごく合理的に聞こえた。ぼくは父にとってひどい期待はずれだった。ぼくの道徳とかが理由で」

「ひどい病気よね、道徳って。発疹《ほっしん》のようなものでしょ」

「なぜ父がきみを買っていたかわかるよ。ぼくは手紙を書くたびに、もし自分で収入を得られて結婚相手を選べるなら帰国すると申しでた。そのたびに父は言うとおりにしてきみと結婚しろと書いてきた」

　ああやっと、アラベラが表情に出すほど驚かせることができた。「あなたたち親子はずっとわたしのことで争っていたと言ってるの？　そんなの本末転倒だわ。イギリスにはほかにも女相続人はいるし、わたしたちの父親はそんなにこだわってなかったはずよ」

「ぼくたち親子にとってきみはぼくの服従の象徴になったんだ」

「あなたが断固としてわたしと結婚したがらなかったのも無理はないわね」

　ガイは肩をすくめた。「きみの容赦のない、好戦的な性格も理由のひとつだった」

「あら。それはわたしのいちばんの魅力だと思っていたのに」

　世界がぐらっと揺れた。アラベラが自分を笑っている？　ありえない。

「だからあなたは完璧な花嫁を探している」アラベラは続けた。骨の髄まで皮肉屋だ。「彼女は大きな愛情あふれる目であなたを見つめ、偉大な男はふたたびまっさかさまに恋に落ちる」

「それを楽しみにしてる」ガイは陽気に言い、いらだっていないふりをした。「恋愛は楽しかった。生きているのをより強く感じさせる。飲酒や賭けごととは違って、健康にもいい。それに愛情深く愛らしく、ほがらかにぼくを楽しませてくれるレディがあらわれたら——いいかい、アラベラ——ぼくはあまりに激しく恋に落ちて、脳震盪《のうしんとう》を起こすかもしれない」

一瞬、アラベラの表情になにかがよぎった。かすかな憧れのようなものが、完璧な眉を吊りあげた皮肉な表情に変わった。

「そういうふうに手配可能なの？　恋人も、新しいコートのように自分のサイズぴったりに裁断して仕立てられるの？　愛がそんなに便利なものだったなんて、だれが知っているでしょう？」アラベラの視線は、ピアノフォルテの演奏の仕上げにとりかかっているミス・トレッドゴールドの上で留まった。「でももちろん、閣下がご注文すれば、それが手に入る。サー・ウォルターが晩餐《ばんさん》で言っていたわ。あなたは彼の姪に求婚するためにここに来たのだと」

「男ならだれでも、この部屋にいるレディのだれよりもミス・トレッドゴールドを選ぶだろう」

アラベラは目を瞠った。「わたしよりも？　まったく。どうしてなのか想像もできない」

「ハ！　なぜなら男は子供を育てる女を好むからだ。子供を喰《く》らう女ではなく」

「ばかなこと言わないで。わたしは子供なんて、ここ二年くらい食べてないわ」

ガイは驚いて笑った。今度は間違いない。アラベラは自分を冗談の種にしている。

また新しい発見だ。彼女の唇はほころんでいないが、その目はほほえみ、笑っている。

嘘だろ。アラベラはずっと自分を笑っていたのか？　彼女のとんでもなく傲慢な言葉は、ほんとうは自分をもの笑いにする冗談だったのか？

まただ。アラベラはまた、新しく見知らぬ面を見せた。まるで世界の反対側の夜空のようだ。そこでは星が異なる並び方をしている。とても見慣れているのに永遠に変わってしまう。

ガイは自分たちがどこにいるのか、アラベラは何者なのか、彼女がなにをしたのか、思いだす必要があった。

彼女にも聞かせるために、ガイは言った。「スカルソープはきっとそれをよろこんでいることだろう」

アラベラはまぶたをぴくりともさせずに言った。「彼があなたの鼻を折ったの？」

「違うよ。海外でのできごとだった。ぼくは厚かましい大柄のイギリス人で、だれでも自分の言うとおりになると思っていた。じっさい、顔を殴ってくれと招待しているようなものだった」

「なぜならイギリスでは、だれでもあなたに勝たせるから」

ガイはそわそわとからだを動かした。彼がそのことに気づいたのは、名前が守ってくれない場所に出ていってからだった。だがアラベラは、彼より若いのに、気づいていた。少年だったころ、彼を本気で負かそうとしたのはアラベラだけだった。

「なにに勝たせるんだ、ハードバリー？」

スカルソープが、煙草のにおいをさせて室内に戻ってきた。

アラベラの表情がうつろになった。「ロード・ハードバリーから旅の話を聞いていたところなんです」よどみなく、部屋じゅうに聞こえるような声で言う。「それもイタリアの」

なんてやすやすと嘘をつくのだろう。それに寝取られた婚約者にお茶を注ぐその手つきも、なんとしっかりしていることか。

スカルソープの大きな手のなかで、ボーンチャイナのカップと受け皿は壊れそうに見えた。その目がガイの目をとらえた。もしかしたらふたりとも、ガイが決闘を申しこみ、スカルソープが大きなこぶしで、無礼な二十歳のガイを叩きのめしたあの日のことを思いだしているのかもしれない。

「わたしも戦争中にイタリアに駐留した」スカルソープは言った。「きみはなにをしていたんだ？」

レディ・トレッドゴールドの声が部屋の向こうから聞こえてきた。「まあ、ロード・ハードバリー、マティルダとわたしはイタリアのお話を聞きたくてうずうずしているのよ。そうでしょ、マティルダ？」

ミス・トレッドゴールドは目を輝かせている。「イタリアでは昔の火山の噴火で亡くなった死体を見物できるって聞いたことがあります」

「マティルダ」レディ・トレッドゴールドが穏やかにたしなめる。

彼女の顔にかわいらしい失望が浮かぶ。「でもフランセス伯母さま、すごくこわいでしょ。かわいそうな人たち」

「優しい心はたしかにあなたのいいところだわ。そう思いませんか、ロード・ハードバリー？」

「たしかに」

ガイはふり向いてアラベラとスカルソープを見た。まったく、この状況はあまりにもばかげていて言葉にならない。いったいなぜ自分は考え直してここにやってきたんだろう？

ガイが首を振りながら近づいていくと、レディ・トレッドゴールドは言った。「ヴェネツィアのことを話してくださる？　あそこの人たちはすばらしいガラス製品をつくるでしょう」

そして優しく、かわいらしく、素直なミス・トレッドゴールドは、はにかんだほほえみを浮かべた。ガイは自分も愛想よくすることにして、アラベラが、まるでなにごともなかったかのようにスカルソープと植物学の学生と三人で静かに話しているのを、一度もふり返って見ることはしなかった。

9

修道院跡のある丘を登りながら、風がからだを吹き抜けていくように感じた。いつもなら馬で来るのだけど、もし馬を出したらスカルソープに彼女がいないことを知られてしまう。

もちろんスカルソープから隠れているわけではない。ただ彼がなかにいる屋敷のそとに出ていたいだけだ。

なんてやっかいな。スカルソープは毎日射撃か釣りに出かけているのに、このよく晴れて風の強い午後は——男がそとでなにかを殺すのには理想的な気候なのに——家にいると宣言した。

だからアラベラは用事をつくってそとに出て、ここまで歩いてきた。

秋の陽《ひ》を受けた修道院跡は哲学的に見えた。残っているアーチと蔦のからまる壁は時間に無頓着だ。何世紀も立っている壁もあれば、崩れてしまった壁もあるのが不思議だった。アラベラはずっとロングホープ・アビーの古さに感心してきた。あまりにも昔からここに立っているから、教会区もその名前になった。わたしを忘れ去ることはできない、と言っているかのようだ。

アラベラは手袋をはずして指で石をなでた。ここでよくオリヴァーといっしょに遊んだ。岩によじ登ったり、地下室に入るように相手をあおったり。そしてブラックベリーを摘んだり。そしてもちろん、紫色になった口のなかを見せあった。

ある年の秋、オリヴァーが亡くなった次の年に、子供たちでだれがいちばん多くブラックベリーを摘めるかという競争をした。アラベラは優勝したが、その代償を払った。青くなった指、乱れた髪、破けたドレス。ママはアラベラに、もうレディなのにと厳しく言って、自分で身だしなみを整えてくるようにと命じた。そんな姿をパパに見せないように。でもパパに見られてしまった。パパは嫌悪をあらわに唇をゆがめ、アラベラに言った。「これがわたしの娘か。変わった子だ。なんてみっともない」

だからアラベラは、服をひっかけたり傷をつくったり指に染みをつけたりしないでブラックベリーを摘むわざを身につけた。それではあまりたくさんは摘めないけれど、控えめはレディにふさわしい。優勝はふさわしくないけど。

ここにブラックベリーの茂みがある。ふっくらした紫色の実が、陽光を受けてつやつやしている。聖ミカエル祭の前に全部摘まれてしまうだろう。伝説によれば、それは大天使ミカエルがルシファーを天国から追放した日で、ルシファーは棘のあるブラックベリーの茂みに落ちて、悪態をついたそうだ。

ちょうどいい実に目星をつけ——果汁《かじゅう》でよごれるから、熟しきっていない実のほうがいい——アラベラは棘をよけて茂みに腕をつっこみ、実を摘んだ。目をとじて、実を口に放りこむ。ほのかな甘味が舌をよろこばせ、酸味があごに沿って広がる。飲みこみ、その瞬間を楽しんで、目をあけた。

ガイ。

彼はアラベラを見つめていた。外套が風に吹かれてブーツにまつわりつくのも気にせずに。彼の横から陽があたり、その頭の向こうのオレンジ色の木のなかでツグミが羽ばたいていた。

ガイが到着した日以来、ふたりは話をしていない。アラベラは彼を直視することさえなかった。それがいまは、目を離せなかった。動くこともできない。全身の肌が感じるべきこと以上に感じているから。まるで風と太陽が服のなかに忍びこみ、血管に入りこんだかのように。

別にいい。ガイは立ち去るはずだ。この一週間毎日していたように、急いで彼女を避けるはずだ。

でもガイはそうしなかった。

それどころか前に出て、近すぎる位置でとまった。

「ブラックベリー泥棒？」

アラベラはからからになった口で息をのんだ。甘酸っぱい味がまだ残っている。

「あなたも？」

「ご覧のとおり有罪だ」

ガイは指が紫色に染まった手をあげた。その手が彼女の手を取った。強い風にもかかわらず、彼の手は温かかった。彼はアラベラのもういっぽうの手も取って、両方を観察した。

「驚いたな」ガイは言った。「きみが実を摘んで食べるのを見ていたよ。だがこの肌にはなんのしるしも残っていない。まだ熟しきっていない実だけを食べているんだろう。酸っぱいのが好みなのか？」

「だってわたしはもうじゅうぶんに甘いから」

ガイは笑った。その声はアラベラの全身をなでる手のようだった。おそれ知らずで、いたずらで、昂揚が感じられる。

「アラベラ、きみを描写する言葉を千個あげてもいいけど、そのなかに〝甘い〟はないよ」

「そしてあなたは甘いのが好みなんでしょ」

「甘くて、愛想のいいのが」

「崇拝の目で見つめてあなたの自尊心をくすぐり、そのほほえみであなたを温める人」

「たくらんだり人を操ったりゲームをしたりしない人だよ」

ふたりの手はまだ重なっていて、同時にそのことに気づいた。アラベラがガイの手をひっくり返して観察しても、彼はいやがらなかった。親指で筋肉を押してみた。まめがやわらかくなっている。そしてブルーベリーでよごれた指には新しい傷があった。まめが出るほどではないひっかき傷だ。大胆に生きる男、冒険者の手だ。官能的でしっかりしている。

この手がどうやって彼女を変えたのだろう？　どうやって彼女のなかに達し、彼女がそこにあることも知らなかったやっかいな感情をかきたてたのだろう？

「あなたのまめは消えつつある」アラベラは親指で彼の手をなでた。「やがてあなたの手はこんなにがさがさではなくなる」

「文句を言われたことはないよ」

アラベラのからだに震えが広がる。まるで彼の指で背骨をなぞられたかのように。

だからアラベラは彼を見あげた。その夏の緑色のまなざしを受けとめ、渦巻く感情と官能的な記憶をこらえた。ガイは手をひっこめ、両手ともポケットにつっこんだ。

「ロンドンのあの夜、なにがあったのか、まだ理解できていない」ガイは言った。

「あのことについては二度と話すまいと誓った。二度ときみに話しかけないとも誓った。だがあの晩、あれは……」

彼の向こうに、オレンジ色の森と畑のパッチワークが見える。畑は緑色、金色、茶色だ。「どうでもいいでしょう」アラベラは風景に言った。「もう終わって済んだことなんだから」

「ほんとうに？」

アラベラは答えなかった。風が枯葉を鳴らす音とヤドリギツグミのフルートのようなさえずり以外、沈黙が落ちた。呼ばれたかのように、アラベラはガイに目を戻した。

彼は手をあげて、アラベラの唇をなでた。

「あの夜のことを考えたことは？」ガイが訊いた。「互いのからだをあんなふうにさわったことは？　ふたりでしたことは？」

それは意味のない質問で、考えられる答えはひとつだけだ。

「ないわ」アラベラは言った。「一度も」

ガイがにじり寄る。もしアラベラがうしろにさがったら、茂みに入ってしまう。アラベラは平気だった。彼の近さにぞくぞくする。どんなに簡単だろう。両腕を彼の首に巻きつけるのは。彼の唇を自分の唇に引きおろし、うずく胸を彼の胸板に押しつけるのは。千回もそうしたことがあるかのように、ありありと想像できた。

想像のなかではしていた。

「ときどきは考えることがあるだろう」ガイはつぶやいた。あまりにも近くに立っているから、強い風が吹いたらきっと、ふたりは互いの腕のなかにおさまる。「夜、ベッドでひとりになったときに、ぼくのからだにからだを押しつけた感触を思いださないのか？　ぼくの愛撫は思いだすだろ？」

アラベラの全身に熱が駆けめぐり、おなじみになった太もものあいだのうずきを、下腹部のとろけるような感覚を呼びさました。彼女がベッドでしていることを彼に知られるわけにはいかない。

「それは自分のことでしょう、ハードバリー」アラベラは意識してゆっくりと言った。「あなたは夜、わたしのことを夢に見ているのかもしれないけど、わたしはろくに憶えてもいないから」

「そのとおりだよ、正直に言えば。ぼくは憶えている」ガイの声が低くなり、その険しい響きがアラベラの心を揺さぶる。彼女はそのまま彼の言葉に全身を愛撫され、彼の目にしっかりとつかまえられた。「きみのからだのすべての起伏を憶えている。きみの肌の味を憶えている。ぼくの愛撫へのきみの反応を憶えている。猛々しく、激しく、もっとと要求した。あれはすばらしかった。きみはまばゆいばかりにすばらしかった」

アラベラは息ができなかった。「からかわないで」

「そんなことはしない」その言葉は単純で、誠実だった。「まるで嵐のなかに立っているようだった。ぼくの胸を躍らせ、危険で、生きていると強烈に感じさせた。その目の奥にはほかになにがあるのだろうと考えずにはいられない」

それには答えがない。アラベラ自身、もうわからなかった。でもガイは答えを待たなかった。

物憂《ものう》げに横を見て、アラベラの反対側に腕をあげた。その動きで彼の外套が彼女の脚をかすめ、その布地の感触だけで彼女の敏感になった肌を刺激する。アラベラは見つめた。まるで夢のなかのように、きょうが爽やかな秋の日ではなく、怠惰《たいだ》な夏の午後であるかのように。ふたりはガイとアラベラではなく、ただの男と女であるかのように。ガイは長い腕をブラックベリーの茂みに伸ばし、アラベラが果汁のよごれをおそれてけっしてさわらないような、丸く熟したベリーを狙った。

アラベラは魔法にかかったように、ガイが指二本で実をつまむのを見つめた。その実はよろこんで彼の抱擁に身を任せ、彼はその手をふたりのあいだに戻した。でもその手はあまりにも近くてよく見えなかったので、アラベラは彼の顔を見つめた。ガイの目はアラベラの唇を見ていた。伏せた睫毛は濃くて黒く、彼の顔にも魔法にかけられたような表情が浮かび、アラベラは唇にやわらかな実が押しつけられるのを感じた。

唇を開くと、ガイが指を押し入れてきた。アラベラは舌を突きだして実を受けとめ、まだそこにあるガイの指をなめた。欲望がほろ苦い衝撃となって腰を震わせる。ガイの指が滑りでる。アラベラは唇を閉じてブラックベリーを嚙み、甘い果汁が舌にあふれ、口のなかに広がり、感覚を圧倒するのを感じた。ベリーがこんなにおいしかったのも、こんなに完璧で同時にもどかしいのも初めてだった。アラベラが実を飲みこみ、唇をなめると、ガイの熱っぽい半ば閉じた目に見つめられた。

彼はキスするつもりだ。

してほしかった。彼にキスしてほしかった。

アラベラはガイの顔にふれた。間違いだった。それで魔法がとけた。

ガイは「だめだ」と言ってあとじさり、踵を返して、外套をはためかせ、首を振りながら歩いていった。禁じられたキスをばかみたいに待っていたアラベラを、そこに残したままで。

＊　＊　＊

風に乗って声が聞こえてきて、アラベラは身震いして物思いから醒めた。

この屋敷は広いけれど人でいっぱいなのだと、たとえ五分間でも忘れていたのは不注意だった。もしだれかにあの親密なできごとを見られていたら、ゴシップが広まり、すべて台無しになる。

でもガイはいなくなり、やってきた人々はまだアラベラを見ていない。彼女はそっとその場を離れた。

庭に着いたのもよく憶えていなかった。とにかくひとりになりたくて、自分の部屋へと急いでいた。自分がぼろぼろになってしまう前に、気持ちを落ち着けないと。でも庭をつっきる道はふさがれていた。スカルソープがうろついている。アラベラはどうしても彼に会いたくなかった。世界のすべての人のなかで、彼に会うのだけは耐えられなかった。

だから壁に囲まれた庭のほうへ向かい、ピンク色のクレマチスが満開のトレリスの隣の壁にもたれかかった。目を閉じ、鳥のさえずり、噴水の水音、自分の深い息遣いに耳を澄ました。

鳥の声が消えた。アラベラは目をあけなかった。でも自分がひとりでないのはわかった。

「ここにいたのか」スカルソープの声は軽く親しげな調子だった。「かくれんぼをしようというんだな」

やめて。お願い、やめて。雷に打たれてもいい。突風でも、地震でも、血や蝗《いなご》や蛙《かえる》の厄災でもいい。スカルソープにひとりでいるところをつかまる以外なら。その声のなかに、あのぞっとするほほえみが感じられる。

世界がアラベラの願いを聞いてくれたことは一度もない。そしていま、ガイにさわられてまだくらくらしているときに、自分のからだも考えも、思いどおりにならないのだ。

ああ、なぜ自分がなにかをコントロールできると思ったのだろう？ なにも学ばないの？ アラベラはずっと世界をコントロールしようとしてきたのに、世界は毎日抵抗する。

いまいましいガイ・ロス。いまいましいスカルソープ。いまいましいパパ。そしてオリヴァー、このできそこないの地球上に存在するすべての人間も。

「きみを探していたんだよ。ミス・ラーク？」

その口調が鋭くなる。いらだっている。

アラベラは目をあけた。スカルソープは壁に囲まれた庭の入口をくぐり、帽子を手に疲れた顔をして、途中でとまっている。その鋭い視線がアラベラを壁に張りつけるようだ。

「マイロード、鳥の声を聴いていたんです」

見るからに彼の緊張がほぐれた。さっと手首を返して、帽子をベンチの上に投げた。

「美しい場所にいる美しい処女を見つけた」

「付き添いがいません、マイロード」

アラベラの声は震えている。まったく。アラベラ・ラークが震えるいくじなしになるなんて！　地震や蛙の厄災なんて必要ない。世界の終わりはもうすぐそこに来ているのだから！

「わたしたちは結婚している。だれも気にしない」

わたしが気にするわ、助平爺《すけべいじじい》！

スカルソープが笑みを浮かべて近づいてくる。その表情にはなにか新しいものがあった。胸が悪くなるような所有欲の強い目つきだけではなく、鋭く、厳しいなにか。捕食者のぎらついた目つきだ。

なじみのない感覚が全身に広まり、それがパニックであることに、アラベラは気づいた。

やりすぎた。すべてやりすぎてしまったんだ。

アラベラはスカルソープから一瞬も目を離さず、締めつけられるように感じる胸を無理やり膨らませて息を吸った。手足が奇妙に軽く感じる。アラベラは怒りを呼び起こした。彼女を餌食《えじき》にし、恐怖させ、すでにじゅうぶん奪った以上のものを奪おうとするなんて。よくも。

「きみにキスすることにした」スカルソープは宣言した。

アラベラは冷たい壁に背をつけ、心のなかで自分がこれに合意した理由を数えあげていた。ヴィンデイル・コート、パッチワークのような畑、オリヴァーとの遊び、彼が死ぬ前の幸福な子供時代。

「待つとおっしゃっていたのに」アラベラはなんとか言った。

「キス一回だけだよ」スカルソープはまるでびくびくした馬にするように小声でつぶやいた。「きみの欲望を刺激するために。このごろのきみは以前のように、わたしへの欲望でぴくっとしたり震えたりしなくなった。それを取りもどす」

スカルソープはさわったわけではないが、アラベラはさわられたように身震いした。彼は低く、おそろしい笑い声をあげた。悲鳴をあげる、彼を蹴る、嘔吐《おうと》する。彼を遠ざけるものならなんでもいい。

スカルソープがそばにやってきた。

「ほら、きみの欲望のしるしだ。無力な震え」彼は言った。「もっと欲しいのだろう？　処女にしては、ずいぶん貪欲になってきている」

無理だ。でもアラベラはこれに同意した。同意したのだ。ほかに選択肢がなかったとはいえ、これは自分が選んだ結果だ。でもほかに選択肢がないのに、自分の選択と言えるの？　結局、アラベラは勝てなかった。公平じゃない。ガイには勝った。スカルソープにも勝った。それでもふたりは彼女を負かす。ふたりとも地獄に落ちればいい。ガイとスカルソープのほうが壁に張りつくべきだ。銃殺隊なんていらない。アラベラが自分でふたりを射殺してやる。

「自分を見てごらん。潔癖で、礼儀正しく、偉そうにして。わたしにぴったりだ。わたしはきみを大切にするだろう。さあ、キスしてあげよう」

スカルソープは彼女の唇を見て、自分の唇をなめ、独り言を言っている。だがアラベラは、彼の欲望が自分と関係があると思ったことは一度もなかった。

ここではないどこかへ、自分を移動させようとした。修道院跡。スカートをはためかせる風、ガイの熱くて硬いからだ、彼女をすばらしいと言った声。唇のあいだに押しこまれたブラックベリー。

「きみの処女をわたしのものにする前に、キスをしよう」

「ああもう、いいかげんにして。わたしはあなたの処女なんかじゃない」アラベラはかっとなって言った。

スカルソープは彼女の背の壁のように冷たく、硬くなった。アラベラはからだが動くようになったので、彼の脇をすり抜けようとしたが、二歩も行かないうちに彼が動いた。蛇のような速さで腕を伸ばし、彼女の二の腕をつかむ。袖の上から指が食いこむほどの強さで。

「きみは――どういうことだ?」彼はうなった。「きみはわたしのものだ! 違うというのか?」

「違う――」

スカルソープがさらに締めつける。骨を砕こうとしているかのようだ。アラベラは叫んだ。追いつめられた動物のあげるおそろしい声。

「離してください、サー!」なんとか言った。「腕が痛いわ」

「きみの腕が痛い? きみがわたしに与えた痛みはどうなんだ?」

アラベラは反対の手でスカルソープを殴ろうとしたが、その腕も彼につかまってしまった。さがろうとしても、両方の二の腕をつかんだスカルソープがのしかかってきて、背をそらすしかできなかった。

「きみの処女はわたしの、わたしだけのものだったのに!」普段はハンサムなその顔が怒りで野獣のようだ。「わたしのものをとったのはどこのどいつだ? きみはわたしの完璧で、大切な夢だった。手付かずの貴婦人でありながら家庭教師のようにお堅く偉そうで。わたしはきみを大切にした、それなのにきみは――わたしを裏切ったのか?」

アラベラは暴れて逃げようとしたが、まるで万力で締めつけられているようだった。彼を蹴ろうとして自分のスカートを蹴ると、ふいにスカルソープは彼女を放して突きとばした。蹴っている途中で突きとばされたので脚がもつれ、草の上に倒れるときにからだをひねったせいで肩の骨を強打し、痛む肺のなかの空気をすべて吐きだした。アラベラが息を吸う前に、スカルソープのブーツが脇腹を蹴りあげた。まるでからだのそとから自分を見ているように、アラベラは自分のからだが蹴られた衝撃でゆっくりともちあがり、またゆっくりと落ちるのを想像した。

もっと蹴られると覚悟した。でもなにもなかった。スカルソープはトレリスを引き裂いていた。すすり泣きながら、裏切りや、亡兄のケネスや、自分のものを奪われる苦しみについてわめいている。

アラベラの目の前で短く刈りこまれた草の葉が好きな方向に伸びている。茶色の甲虫がそのあいだを歩いている。この虫にとって草の葉はアラベラにとっての樫《かし》の木ほど大きい。勇ましい小さな甲虫はアラベラのことなどなにも気にしていない。スカルソープも、家庭教師を盗んだ兄のことも、アラベラに起きたことも。気にしているのは、この無秩序に伸びる草のあいだを通ることだけだ。

アラベラの口のなかに苦い味が広がったが、その奥には丸く熟したブラックベリーの甘さが残っている。がんばれば、それがアラベラの味わうもの、知っているもの、感じるものになるかもしれない。唇にふれるガイの指の感触、秋の風、かさかさ音をたてる木の葉。それにガイ。彼女を嫌悪し、彼女を渇望し、彼女をからかい、彼女にふれる。もしガイがここにいたら、スカルソープの頭を壁に叩きつけるだろうか？　わからない。けっしてわかることはない。アラベラは自分で彼の頭を叩きつけなくてはいけない。

　おそるおそる転がって、立ちあがり、手足を試した。だいじょうぶだ。スカートを整え、つま先を動かしてみた。腕がじんじんする。脇腹も。アラベラはそれを無視した。いまは痛みを感じている場合じゃない。

　スカルソープはトレリスを破壊するのをやめた。口元をゆがめ、顔を真っ赤にして、まるで小さな子供のようにむきになって涙をふいた。泣いていたの？　彼女は蹴られたけれど、泣かなかった。それなのにこの邪悪な暴力男が泣くなんて！

「結婚はしないわ」アラベラは言った。その声は彼女の弱さと恥を見ていた石壁のように冷たく、硬かった。

「もちろんだ」スカルソープはせせら笑った。「疵《きず》ものの、汚らしい、裏切り者の――」

「黙りなさい。よくも女をこんな目に遭わせたわね」

「きみがそうさせたんだ」こぶしを握りしめる。アラベラはスカートをつかんで逃げる準備をしたが、彼は近づいてこなかった。「きみはわたしのものをほかの男に与えた。父上に報告してやるからな！」

そうしたらパパは彼女を相続からはずすだろう。言い訳はなしだ、とパパは言った。
戦いつづけなければ。戦いなんて、もううんざりなのに。
でも、アラベラのなかにはまだ闘争心が残っていた。
こんなところで負けるわけにはいかない。
心もからだも氷のように冷たくなって麻痺しているが、彼女のプライドはけっして
がっかりさせることはない。彼女のプライドはなにを言うべきかわかっている。
「いますぐわたしの父のところに行って、手紙を受けとったと言いなさい」彼女のプ
ライドは冷酷に命じた。「その手紙はかつてあなたが結婚を望んでいた女性からで、
彼女が独り身になって、あなたとの結婚を望んでいるという内容だった。あなたはそ
の元恋人と結婚するために、婚約を解消してくれとわたしに懇願した」
「なにをばかげたことを」
アラベラは彼を無視した。「ほかの女性を望んでいる男性と結婚するのは間違って
いると思ったから、わたしはそれを承知した。あなたはわたしの父に、わたしのふる
まいは非の打ちどころがなく、あなたの行動とはなんの関係もないと言うのよ」
「きみのふるまい！　きみの父親に――全世界に！――きみのふるまいを暴露してや
る」
「そうしたらわたしは全世界に、わたしが言ったちょっとした言葉を誤解した――」

「誤解だと！」

「――あなたがわたしに暴力をふるったと言うわ。あなたはどんな男だと思われるかしら？　名高い戦争の英雄が女を殴るなんて」

スカルソープは彼女の全身を眺め、嫌悪もあらわに口元をゆがめた。「だれでもわかってくれる。きみは自分でほかの男に先にファックさせたと言ったのだから」

アラベラは自分の嫌悪をのみこんだ。「わたしはそれがどんな意味なのかも知らないのだから、わたしがそんなことを言うなんてだれも信じない」

「きみの言葉とわたしの言葉の対決だ。きみには証拠がない。だれが信じるか、けがらわしい、嘘つきの――」

「あらあら、マイロード」アラベラはゆっくり言った。「もしかしたらあなたは、いつも馬や犬しか殴っていないから、その肌にあざができても気がつかないのね」

スカルソープはとまった。ぴくりとも動かず、だがその目はアラベラの袖を見た。彼にはわからないが、アラベラは自分のからだを知っている。でもいまは考えない。まずは戦って、泣くのはあとだ。

「わたしは――」

スカルソープが近づいてきたが、アラベラは一歩も退かなかった。

「なに？　もっと傷を増やすの？　それともわたしを殺す？　人々が気づくと思わな

い？」

スカルソープはうしろにさがり、両手をもみ絞った。「こんなことはいままで一度もしたことがない。きみがそうさせたんだ」

「いいこと、あなたがわたしの父に、少しでもわたしに落ち度があったと思わせたら、あなたのまばたきよりも速く噂を広めるわ。もし世間にあなたのしたことが知られたら、あなたをレディに、まして大切な娘たちに近づけようという人間は、イギリスにひとりもいなくなるでしょうね」

「それは脅迫なのか？」

これでアラベラは脅迫者にもなった。そんなことを望んでいたわけではないのに。望んだのはただ、自分の人生を多少はコントロールしたいということだけだった。世の中は迷路をつくり、アラベラをそのなかに落とした。彼女はただ、出口を見つけようとしていただけなのに。

「わたしは自分を守らないといけないのよ、マイロード。あなたが守ってくれないのはあきらかだから」アラベラは庭の出口を指し示した。「日が短くなっているわ。夜までに長距離を旅するなら、すぐに出発したほうがいい。馬で先に発って。あとから召使に荷物を送らせます」

「その元恋人があらわれなかったら？」

「ああ、〝真実の愛への道のりは、けっして平坦なものではない〟」

スカルソープは彼女を見つめながら口をぱくぱくした。縁の赤くなった目は憎悪と悪意に満ちていた。

「いいだろう」ようやく彼は言った。「きみがなにも言わなければ、わたしもなにも言わない」

「行って」アラベラは勇気をかき集めて、彼に背を向けた。「わたしが家に入る前に出ていって」

10

アラベラはひそかな儀式のように感じながら、玄関からヴィンデイル・コートに入った。もしこれが最後になるのなら、このほうがいい。

ラムゼイが玄関ホールで待っていた。アラベラが手袋をはずしていると、彼はほかの召使をさがらせた。

「ロード・スカルソープは？」彼女は訊いた。帽子を留めているピンをはずして、テーブルに落とし、肋骨《ろっこつ》の痛みを無視した。髪がひと房、顔にかかり、アラベラはそれを押し戻した。また落ちる。パパに見られる前に直さないと。

「お発ちになりました。わたしどもでお荷物をまとめています。お父さまがお呼びです」

「そうでしょうね。ご機嫌は悪い？」

ラムゼイは唇を引き結んだ。鏡に映る散歩用のドレスには、ひどいできごとを思わせる痕跡はなかったが、アラベラの目は不自然なほど輝いていた。それとほんとうに、髪を直す必要がある。でも彼女はそれに屈折したよろこびを覚えていた。髪が乱れているのはとてもふさわしく思えた。

アラベラが書斎に入っていくと、クイニーは静かにしていて、パパはすでに立ちあがっていた。

「二週間だ」パパは言った。「おまえは二週間、男を引き留めた」

アラベラは兵士のように地平線を見つめた。クイニーも、剥製の鳥も、オリヴァーの笑いも無視した。

ママがドアから入ってきた。パパは演説を続けた。

「スカルソープは将来自分の息子が相続する屋敷に滞在していたのに、何年も会っていないどこかの女から手紙を受けとると、すぐに出ていった」

アラベラは壁をじっと見つめた。スカルソープは彼女の言うとおりにした。つまり少しは彼女をおそれているということだ。

「なんだ、そのみっともない恰好は」パパはアラベラのほつれた髪をあざ笑った。正直に言えば、アラベラもその髪にいらいらしてきたところだ。「わたしは息子を奪われ、残ったのは子供ひとりという目に遭い、その子供はおまえだ！」

「ピーター、もうやめて！」ママが鋭く言った。

パパは手で顔をなでた。アラベラの目はオリヴァーに引きつけられた。〝パパはおまえがここにいて、ぼくがそこにいるのを望んでいたんだ！〟

〝あんたにはうんざりよ。頭を虹にぶつけてしまえばいいのに〟

沈黙が部屋をつつむ。アラベラは言いたいことが千もあったけれど、言っても事態を悪くするだけだとわかっていた。

「たくさんの招待客がいらしていて、婚約披露舞踏会は三日後よ」ママが言った。

「中止しないと」

「だめだ、それに舞踏会にはこの娘も出席させろ。衆目《しゅうもく》に恥をさらすがいい。婚約者のいない婚約披露舞踏会だ」

ようやく、アラベラは口を開いた。「舞踏室の真ん中にさらし台を置いてわたしを載せ、お客さんに腐った果物を投げさせたらどうかしら」

「そのかすな」

もちろんアラベラは世間に向きあわなくてはならない。それが自分の婚約披露舞踏会でいけない理由は？　新調した優雅なイブニングドレスに身をつつんで舞踏室をなめらかに歩きまわる。長い手袋でいま腫れあがってきている腕のあざを隠し、髪を完璧に美しく結いあげた頭を高くあげて。だれにも、彼女の婚約がどんなふうに終わったかを知られるわけにはいかない。彼女がどんなに弱く無力だったかを知られてはならない。

「舞踏会の夜が明けたら、おまえは出ていきなさい」パパは続けた。「しかるべき夫とのあいだにできた息子を連れてくるまで、出入り禁止だ。それまで、わたしは遺書を書き換える」

「ピーター、そこまでする必要があるのかどうか、よく考えて」ママが言った。「これはアラベラのせいではないでしょう。ロード・スカルソープがほかの人を愛しているなら――」

「わたしはおまえがこのはねっかえりを弁護するのに聞き飽きたよ、ベリンダ。これはこの娘のせいだ。スカルソープがほかの女を愛しているのは、それはわたしたちの娘がどんな男にも愛されないからだ」

「そんなこと言わないで」ママは静かに言った。「けっして」

パパは不機嫌に唇をゆがめた。「トレッドゴールドの娘を見てみろ。三分間いっしょにいるだけで、男を手玉にとっている。ハードバリーは子供のころからアラベラを知っているのに、いっしょに部屋にいるのも耐えられないのだ。スカルソープはロンドンにいたときに特別許可証をとってこの娘と結婚すべきだった」椅子に坐りこんだ。「目障《めざわ》りだ。出ていけ」

＊　＊　＊

ママがアラベラの部屋までついてきて坐ったのは驚きではなかった。「なにがあったのか話しなさい」ママは言った。「黙ってスカルソープを行かせたのではないのでしょう？」

アラベラはなにも言わなかった。ママはいつも彼女の味方だった。彼女が乗り気でなくても、頑張りなさいと励まし、最高の自分になるようにと支えてくれた。それなのにアラベラはだれにも愛されないような女になった。

アラベラは左袖の四つのボタンをはずし、なんとか布地をめくりあげようとした。きつくて、なかなかあがらなかったけれど、縫い目が切れてもかまわず強くひっぱった。

白い二の腕に赤いあざができている。このあざを残した手がだれの手か知るのに、想像力はいらない。

顔を伏せてあざをなでると、ほつれた髪が顔にかかった。やわらかな肌は少し腫れてひどく熱くなっている。

スカートの衣擦れの音が聞こえ、落ち着く香りがしてもアラベラは顔をあげなかった。ママが彼女の二の腕を取って、優しく向きを変えてあざを調べた。ママの手のひらは乾いていて冷たかった。

「なんてこと。なぜ言わなかったの？」

ママの指はてきぱきと、でもけっして焦らず、反対側の袖のボタンをはずして袖をめくりあげ、おなじようなあざを見つけた。ママは昔から優しくはなかったけれど、いまはそれがうれしかった。

「わたしはスカルソープを見誤っていた」ママは言った。

「知らなかったのだから」

「知っておくべきだった」ママはまだらに痕のついた肌をなでた。「お父さまに言わなかったのね」

「パパはきっと、おまえが怒らせたせいだと言うから」アラベラは目をあげた。「たしかに怒らせたけど」

「そして結婚しても毎日彼を怒らせつづけたでしょうね」ママはほつれ髪をひねって、耳にかけた。「スカルソープはあなたの強さにおびえることはないだろうと思っていたんだけど」

「わたしがあることを言ったから」

「どうでもいいわ」ママは目をきらりと光らせた。「なにを言ったとしても、わたしの娘にこんなことをする男は赦《ゆる》さない。神に誓って、思い知らせてやるわ。恥ずべきなのはあの男で、あなたじゃない。わかった？　もし結婚したあとで彼の本性がわかってもけっして逃げられなかったし、悪くなるいっぽうだったはずよ」

「このことをみんなに教えて、ママ。わたしはなにも言わないと約束したけれど、ママは言ってくれないと。ほかのレディたちに広めて、スカルソープが二度と女の人に近づけないようにする必要がある。あんな男、一生、わけもわからずにみじめな独り身のままで死ねばいい」

スカルソープとの約束を破ったらどうなるだろう? あんなやつに彼女の名誉はもったいない。どちらにしてもアラベラは相続からはずされるのだから。それにほかの女性がこんな目に遭うのを防ぐためなら、千回相続を取り消されてもいい。結局アラベラはそれほど人の役にたてなくなったけれど、これにかんしては役立てる。社交界に彼女の弱さを知られるのは耐えがたい。でももちろん社交界は〝口にしない〟から、アラベラのプライドは黙って苦しめばいい。

「これだけ?」ママが訊いた。

小さな甲虫の姿が目の前に浮かんだ。脇腹に感じたドスッという衝撃。だめだ。そんな無力さを認めるわけにはいかない。ママにたいしても。自分自身に認めるのさえつらいのだから。

「じゅうぶんでしょう?」

ママはめくった袖をおろして、アラベラのドレスのボタンをすべてはずしはじめた。

それでアラベラは自分が子供に、弱々しい存在になったように感じて、そのこともいやでたまらなかった。それなのに、だれかに抱きしめてもらいたいと望んでしまう。ママに抱きしめられたことはない。そういう親子ではなかった。

「わたしは追いだされるのね」

アラベラはボタンをはずしたドレスが落ちないように、つかんでいた。草の上に倒れる。堕落した女。

「解決策を見つけりましょう。とりあえずお風呂に入りなさい。夕食は部屋でとって。あしたになったら頭を高くあげて世間に立ち向かうのよ。言いたい人にはなんとでも言わせておけばいいわ」

「その点ではパパに感謝しないといけないわね」

ママは少し考えた。「舞踏会のあと、わたしの両親のところに行きなさい。ふさわしい結婚相手を見つけてくれるわ。いずれあなたが息子を産んだら、お父さまも折れるでしょう」

アラベラにはすでにふさわしい結婚相手がいた。でもその計画もこれで失敗確実になった。もしかしたら、彼女の手紙を受けとったハドリアン・ベルは、その申し出に笑い転げるかもしれない。

「わたしと結婚する男がいると思う？　莫大《ばくだい》な財産と持参金は多くの欠点を補ってく

れるけど、それがなかったらわたしには欠点しかない」

「辛辣にならないで、アラベラ。わたしはあなたをもっと強く育てたはずよ」

つまり彼女は、ママもがっかりさせているということだ。だれにも愛されない女なら当たり前だ。

「疲れたわ、ママ」

「休みなさい。あした話しあいましょう」

ふたたびひとりになると、アラベラはすべて服をぬぎ、大きな鏡の前でからだをひねって、脇腹にできた紫色のあざをよく見た。

これは彼女のからだだと言われている。でも彼女が自分のものとしてこのからだを経験できるときは、ほんとうに少ない。冬に熱いお風呂に浸かるとき、夏に冷たいお風呂に浸かるとき、馬に乗っているとき、清潔なシーツのあいだに滑りこむとき、シルクのペティコートをはくとき、親密にさわられるとき。

アラベラがもっと若くて、まだ高慢な態度を完成させていなかったころ、紳士たちは勝手に意見を言った。「きみは背が高すぎるよ、ミス・ラーク」まるでアラベラが頑張れば背が低くなれると言わんばかりに。女はそんなに背が高くてはいけない、と彼らは言った。でもアラベラは背が高く、女なのだから、これでいいはずだ。どんな女の人もそのままでいいはず。なぜならそうなっているのだから。

スカルソープはアラベラのからだを自分の所有物だと思っていた。アラベラが自分のものだと主張しようとしたら、彼はアラベラのからだを壊そうとした。

でもガイは違った。なにか不思議な錬金術で、アラベラが彼にからだを与えたとき、彼はそれを彼女に返してくれた。

アラベラはガイも怒らせた。ふたりの関係はずっと、お互いを怒らせることばかりだった。それでもガイは気にする様子もなく、むしろ目を輝かせていた。アラベラも、ガイが彼女を怒らせようとするのを楽しんでいた。生き生きして、より自分らしく感じた。

ドアが開き、ホリーが入ってきた。アラベラは動かず、鏡のなかでメイドが近づいてくるのを見ていた。ホリーはずきずきと痛みはじめた脇腹をじっと見た。

「まあ、ミス」ホリーは言った。「奥さまは脇腹のことはなにもおっしゃっていませんでした。あんな人が戦争の英雄だなんて」

「ママには言わないで」

ホリーはせわしなく動きはじめた。感傷的でないのがありがたかった。「馬がやったということにしましょう。前に馬に蹴られてもっとひどい怪我をしたこともありましたね、でもよくなりました」

アラベラは馬に蹴られたほうがよかった。馬は邪悪ではない。所有したり、見くだしたり、支配しようとしたりすることはない。

「お嬢さまのお風呂用のオレンジの花の香りつきの水を新しくつくりました。オレンジの皮をすりおろして加えたホットチョコレートはいかがですか？　お好きでしょう？　それにお食事も」

「おなかが減っていないの」

「卵と温かいバタートーストですね」

ホリーが実際的に忙しくしているのを見て、気持ちが落ち着いてきた。アラベラは、ひどくなりはじめた筋肉の痛み以外のことを考えようとした。痛みはまるで、からだがやっと自分の虐待の知らせを聞いて、抗議書を提出したがっているかのようだった。

「サー・ウォルターの部屋の捜索はどうなってる？」

「もう少しお待ちください、ミス。ジョーンかアーネストでないといけません。あのふたりなら多少は字が読めるので、レディ・フレデリカの名前が書いてあるものを選べますから。毎回、少しずつしか探せないんです。もし彼がなにか隠しているのなら、よほどうまく隠しているんでしょう」

つまりサー・ウォルターは自分が悪事を働いているという自覚があるか、アラベラが存在しない陰謀を探しているということだ。

「ふたりに捜索を続けるように言って。もしつかまっても、なにも心配することはないということも。でもわたしたちでフレディーを守らなければ」

「いまはレディ・フレデリカのご心配をしている場合ではありません」ホリーは言った。

「ばかなことを言わないで。わたしは心配なんてしない。あらゆる可能性にたいして計画しているだけ」

「そうですね。リーザが赤ちゃんを産むときも、年寄りのミスター・ナイルズが家をとりあげられそうになったときも、園丁《えんてい》の長の女房が病気になったときの息子たちのことも。お嬢さまはもう人の心配をするのはやめて、だれかに面倒見てもらってください」

アラベラはあまりに疲れて、もう、ふりができなかった。だから甘やかされるままに、お風呂と食事の世話をされて、やっと、やっとベッドに入り、目を閉じて世界を締めだすことを許された。

＊＊＊

翌朝、メイドが暖炉に火を入れてカーテンをあけると、アラベラは用をすませ、顔を洗い、そこで寝室の真ん中に立ちどまり、することをなにも思いつかなかった。

窓のそとを見ると、世界が融けて灰色の霧しか見えなかった。もしかしたらアラベラの寝室は、虚空に浮かんでいるのかもしれない。もしかしたら彼女の寝室はもう存在しないのかもしれない。もしかしたら彼女も存在しないのかも。スカルソープはやはり彼女を殺したのかもしれない。でも彼女はプライドが高すぎてそれを認められないのだ。

アラベラは抽斗《ひきだし》をあけてハンカチーフを探したが、彼女の指はオリヴァーの細密肖像画にふれた。額縁を指でなぞり、あるときの喧嘩を思いだした。オリヴァーがアラベラを突きとばし、尻もちをついたアラベラが足をひっかけてオリヴァーを転ばせた。それから取っ組み合いになり、だれかに引き離された。叱られたのはアラベラだけだった。女の子だから。でもオリヴァーはいっしょに叱られると言い張った。

アラベラは肖像画を抽斗の奥に押しやり、カーテンを閉めて、ベッドに戻った。ママがやってきてアラベラのベッドの横に腰掛けた。ママはアラベラが病気ではないとわかっている。病気になったことがないのだから。最後に病気になったとき、治って起きあがると、オリヴァーが死んだと知らされた。アラベラの心に穴があき、家族は永遠に変わった。二度と病気なんてならない。

「招待客のお世話に手伝いがいる?」アラベラは訊いたが、どうでもよかった。ずっと宙に浮かぶ自分の部屋にいるつもりだった。「舞踏会の最後の準備で」

「ミセス・デウィットが手伝ってくださるそうよ」

　近くの〈サンネ・パーク〉の領主夫人で、人あたりのよいカッサンドラ・デウィット。カッサンドラはアラベラにも優しくしてくれるだろう。でも自分がそれに耐えられるかどうか、わからなかった。プライドが前面に出てきて、ひどいことを言ってしまうかもしれない。アラベラが知るなかでもっとも親切なカッサンドラに、不親切なことをしてしまう。そうしたら自分が嫌いになるだろう。でもカッサンドラはけっしてアラベラを嫌ったりしない。それはなおさら悪かった。

「彼女には言わないで」アラベラは言った。「みんなに教えなければいけないけど、もう少し待って」

「わかったわ」ママはアラベラの手をぎゅっと握って立ちあがった。「しっかりするのよ、アラベラ。ひどいことだったけど、ずっと憐憫《れんびん》に浸っているわけにはいかないの。わたしたち女は転んだら、起きあがって、なにごともなかったかのように世の中に立ち向かうのよ」

「あしたにはよくなるから」

　アラベラは、まるでほんとうに病気になったかのように、一日じゅう眠っていた。あるとき、目が醒めて、宙を見つめ、心にも灰色の霧が侵入したかのように感じた。そのうち、だれかが暖炉の前に坐っているのに気づいた。

アラベラはひじをついて上体を起こした。「フレディー？」

フレディーは目をあげた。「わたしがここにいてもいい？」

「もちろんよ。でもどうしてここにいるの？」

「ここには探しにこないからよ。もし見つかったら、いま縫っているものを取りあげられてしまう」

アラベラはもう少しからだを起こした。暗緑色がかった青色の布がフレディーのひざに広げられている。「なにを縫っているの？」

「ドイツ人の鳥類学者のひとりが教えてくれたの。彼の姪が馬にまたがって乗るために、トルコ風のズボンをはくんだって」フレディーは立ちあがって、布を広げてみせた。「ほら見て、一種のパンタロンで、これならまたがって乗馬できるけど、ぶかぶかだから慎み深いということ。彼によれば、大陸ではレディが馬にまたがって乗るのは珍しいことではないそうよ。でもレディ・トレッドゴールドが、それはふさわしくないと言って」

「すばらしい解決策ね。マリー・アントワネットがそういうのをはいて乗馬している肖像画があったわ」

「そうよ！」フレディーはふたたび椅子に坐って、縫い物をひざの上に置いた。「レディ・トレッドゴールドにそれを教えてあげたら、マリー・アントワネットはギロチンで処刑されたと言われたけど」

「彼女が処刑されたのは馬の乗り方よりも複雑な理由があったはずよ」

「そうかしら」フレディーはため息まじりに言った。「あの人たちの言うとおりにしないと、わたしも処刑されるんじゃないかって感じる」

アラベラは、それにはなにも言えなかった。自分は安心させてあげられる立場ではない。この夢見がちで風変わりなフレディーが、アラベラとおなじ板挟みに直面するかもしれないと思うと、ぞっとする。そんなことにはさせない。

「サー・ウォルターはあなたの結婚相手を見つけたかどうか知ってる？」

フレディーはまた縫いはじめた。あまりにも長いあいだ返事がないので、アラベラはフレディーが会話を忘れたのかと思った。「レディ・トレッドゴールドは、わたしたちの喪が明けたから、そろそろだって言ってる。わたしは女相続人で、兄は侯爵だから、美人でなくても人づきあいが苦手でも平気だって」

「でも候補の名前を聞いたことはある？」アラベラは粘った。「ふさわしい紳士をパーティーに招いたり？　あなたにだれかを紹介したり？」

「いいえ、ないわ」

それはあやしい。サー・ウォルターとレディ・トレッドゴールドなら、侯爵の裕福な妹たちを見せびらかして新しい人脈をつくる機会をのがさないはずだ。

夫妻がフレディーを結婚させようとしていないという事実は、彼らの陰謀についてのアラベラの推理を裏付ける。せめてわたしが——いいえ、メイドたちが——証拠を見つけられればいいんだけど。

「春についてはどう?」アラベラは質問した。「あなたをロンドンの社交期に連れていくと言っていた?」

「いいえ、つまり、ふたりは行くかもしれないと言ってたわ。わたしはわからないし、どっちでもいい。わたしにちゃんと求婚する人なんて、どうせいないんだから。男はマティルダを好きなのよ。お金を好きなの」フレディーは天井を見つめた。「称賛されたり褒められたり、愛の言葉をささやかれたりして、男の人に自分が特別だと感じさせられるのって、どんな感じなんだろう」

「わたしにはわからないわ。男の人に愛をささやかれたことなんて一度もないから」ガイ以外には、とアラベラは自嘲気味に思った。ロンドンでのあの晩、ガイは彼女の耳に花を差して、彼女をじっと見つめた。彼女の唇は初めてのキスでひりひりしていた。〝かの人は美しくいく、夜のように〟……。

アラベラの全身が切望でうずいた。ことが終わったあと、彼女のからだがまだ情欲の余韻《よいん》に震えていたとき、ガイは彼女を抱き寄せ、その熱い肌に、早鐘を打つ心臓に押しつけた。奇跡かなにかで、彼女は完全になったように感じた。ガイが彼女を抱きしめたとき、彼はアラベラのいつもの部分と、彼女が自分にも隠していた秘密の部分を合わせて、ひとつにしてくれたかのように。

ばかなことを考えるのはやめなさい。アラベラは自分を叱った。男による痛みと苦しみを経験したあとで、別の男に抱きしめてほしいと思うなんて、どうかしている。もしかしたらそれは、ガイではなくてもいいかもしれない。だれかの腕で抱きしめられたいだけなのかもしれない。

「それはその人が本気で言っているのか、彼があなたを尊重してくれるかどうかによるでしょうね」アラベラは言った。「わたしは急がないわ」

「どんな感じなんだろうって思う、それだけよ」

アラベラにはその答えもなかった。だからふたたび枕にからだを預けて目を閉じた。

11

玄関ホールから聞こえてくる女性たちの声には、少なくともそのなかのひとりは叫びだしたがっている礼儀正しい口論のような、張りつめた、ひじょうに抑制された響きがあった。

「うちに帰ったら返してあげます」ひとりが言った。レディ・トレッドゴールドの声だとわかった。「うちの領地でなら、またがって乗馬してもいいけど、立派な方々のいるここではだめです」

ガイがおんぶしたウルスラを揺すって笑い声をたてさせながら角を曲がると、レディ・トレッドゴールドと、緑色の乗馬服を着て反抗的な目つきをしたフレディーがいた。

「あら」レディ・トレッドゴールドの声が明るくなった。「お兄さまの侯爵はどう思われるかしら？」

フレディーはガイを軽蔑のまなざしで見た。「兄がどう思ってもいいわ」

「ぼくがなにを思うって？」ガイは尋ねながら、ウルスラに首を絞められる前にクラヴァットをつかむその指をはずした。

「わたしはまたがって馬に乗れるように、トルコ風のズボンをつくっていたのに、レディ・トレッドゴールドに取りあげられたのよ」

「ここではだめです」レディ・トレッドゴールドはくり返した。「馬にまたがって乗るのはイングランドのレディにはふさわしくありません」

「わたしは馬に乗るのが上手だし、速く駆けたいのよ」フレディーはしかめっ面でガイを見た。「憶えているでしょ。前はわたしに速く行かせてくれたじゃない」

最初ガイはなにを言われているのかわからなかった。でもすぐに記憶がよみがえり、小型のそりで、彼の脚のあいだに小さなフレディーを乗せて雪の丘を滑りおりたのを思いだした。フレディーはうれしそうに歓声をあげ、もっと速くと要求し、ガイはよろこんで言うとおりにした。

「でもおまえはあのころ、子供だっただろう」ガイは言った。「いまはそんなふうにふるまうべきじゃない、そうだよな、ウルスラ？」

ウルスラの元気な答えは、「マルクス・アウレリウスもそう言ってた」と聞こえた気がしたが、たぶん違うだろう。最初のころ、ウルスラの片言はガイをとまどわせた。五つのうちひとつも聞きとれなかったし、その意味を理解するのは不可能だった。だが結局、幼児の言葉は、ゲームにくらべたらたいして重要ではなかった。

「アラベラはいいって言ったわ」フレディーは言った。「すばらしい考えだって」

「アラベラに会ったのか？　具合はどうなんだ？」

フレディーは彼を無視して玄関広間に入ると、乗馬用の手袋と帽子を取った。「もういい。これを着るわ」そう言って、ドアから出ていった。

ガイがウルスラを預ける前にレディ・トレッドゴールドもいなくなってしまったので、彼は妹をおぶったままそとに出て、フレディーのあとを追い、厩へと向かった。

フレディーがアラベラと話したのなら、ガイはもっと訊きたいことがあった。

ガイはきのうの午後以来、アラベラの姿を見ていなかった。修道院跡で、彼女を避けるという彼の誓いを風が吹きはらい、彼女にブラックベリーを食べさせて、ふたたびキスしそうになった。ようやく屋敷に戻ったとき、彼はスカルソープが急いで馬で出発し、婚約は解消されたと聞かされ、そしてアラベラはどこにもいなかった。

フレディーはきびきびと歩いたが、ウルスラはそれを楽しんでいるようだ。楽しそうに声をあげ、帽子をかぶっていないガイの頭をぴしゃぴしゃと叩く様子から見れば。

「ウルスラになにをしているの？」フレディーが訊いた。

「鳥類飼育場を観にいくところだった。見てみろ、ぼくがリボンを結んでやったんだ」

フレディーはあきれた顔をして歩きつづけた。

「アラベラと話したのか？　きのう？」ガイは尋ねた。

「ええ」

ガイは待った。だがフレディーはなにもつけ足さない。「なんと言っていた？」

「だれ？」

「アラベラだよ」

「知らないわ」

スカルソープとのあいだになにがあったんだ？　もしかしたらスカルソープはロンドンのことを知ったのかもしれない。だがもし真相が明らかになったのなら、ガイは至近距離で銃口をのぞきこんでいてもおかしくなかった。

それになぜアラベラは隠れているんだ？　少なくともプライドのためには、顔を見せるはずだろう。アラベラが世界を突き進み、にらみつけて服従させていないとしたら、なにかがおかしい。

「ああ、だが彼女はどうだった？」ガイはふたたび訊いてみた。「フレディー？」

「だれ？」

ガイは歯を食いしばった。「アラベラだ」

「いつもとおなじだった。いつも質問ばかりするの。でもきのうは……知ってるでしよ」

フレディーは石を跳びこえて、先を急いだ。

「いや、知らないよ、フレディー。彼女がどうしたって？」

「ベッドで寝ていた」

くそっ。フレディーから情報を引きだすのはトンボにチェスをさせるくらい大変だった。だがほかはだれも、なにも教えてくれない。

レディ・ベリンダに礼儀正しく尋ねてみたが、「まあ、ご心配ありがとうございます、マイロード。あの子は疲れてしまっただけなんです、舞踏会の準備で」と言われた。

そしてレディ・ベリンダは忠実な召使を雇っている。だれに訊いても、「ミス・アラベラは疲れていらっしゃるだけです」という答えしか返ってこなかった。

アラベラの仕事を引き継いだ近所のミセス・デウィットとミス・ベルも、明るくこう言っていた。「疲れてしまったみたいです。あまりに忙しかったので。なにしろわたしたちふたりで、アラベラひとりの代わりをしてるんですよ！」

活力にあふれ、要求の多いアラベラが？　疲れた？　まさかだろ。

きのうの夜、ガイはあまり眠れず、アラベラはだいじょうぶなのかどうか、彼女の部屋に忍びこむべきだろうかと自問していた。もし彼がアラベラとスカルソープの不和の原因ならば、やはり彼女と結婚するべきだろうかとも考えた。だがすぐに枕を叩き、彼女になんの義理もないと自分に言い聞かせた。

「つまり病気なんだ」ガイは言った。厩に着き、馬丁がフレディーの馬に鞍《くら》をつけるのを待っている。

「マティルダが病気のとき、男は花を贈るのよ」フレディーは提案した。「もちろん、彼女が病気でなくても、花を贈るけど」

「ぼくはアラベラに花を贈ることはできない」

噂になるし、アラベラにこっぴどくからかわれるだろう。だがそれもいいかもしれない。彼がアラベラに花束を届け、彼女はなにか舌鋒鋭い罵倒を返し、それを笑う。あるいはアラベラのための詩を書いてみようか。当然ひどい出来だが、それでとんでもなく傲慢な言葉を彼女から引きだし、それには彼女でさえ笑ってしまう。

アラベラはロンドンでは笑わなかった。ガイが彼女の耳に花を差して、その美しさを星空にたとえたときには。あのような親密と優しさのふりにさえ、彼女は動揺していた。つまりアラベラは、自分でそう見せたいと思っているほど無敵ではない。

アラベラのことをそんなふうに考えると、心がざわつく。

「でもこれで兄さんはアラベラと結婚できる」フレディーがいきなり言った。

これであなたはわたしと婚約しないと。ロンドンで、彼女は言った。わたしは処女だったのに、いまはもうそうではない。

「ぼくはアラベラとは結婚しない」

「お父さまの望みだったのに」

「ぼくは結婚相手は自分で選ぶ。おまえもだ」

「わたしが結婚しなくてもいい？」

「もちろんおまえは結婚する。だが相手を選んでもいい」ガイはウルスラを反対側の腕に移し、そのあいだに馬丁は仕事を終えて、一歩さがった。「ぼくは家庭が、ちゃんとした家庭と家族が欲しい。ぼくたちがもてなかったような。ぼくの妻は感じがよくて親切で――」

フレディーはばかにするように鼻を鳴らし、馬も応えるように鼻息を荒くした。ウルスラは短い指で馬を指差し、その性質について長々と論じはじめた。

「それを求めることのなにが悪い？」ガイはフレディーの声にかぶせるようにして訊いた。馬に近づいていくフレディーは、まるでカササギのようにおしゃべりになった。

「お父さまを考えてごらんなさいよ。だれも反対する人がいなくて、結局どんな人間になったか」

「ぼくは父さんとは違う」

「暴君」

「父さんのようにはならない」

「とんでもない暴君」

「おまえはぼくのことを知らないだろ」ガイは言ったが、それは子供っぽく聞こえた。

フレディーは気にせず、馬の首をなでている。「兄さんはわたしのことを知らないでしょ」

「父さんはぼくの人生のあらゆる面をコントロールしていた」ガイは言った。「ぼくがアラベラと結婚しないのは、それが父さんの命令だったからだ。それにサー・ウォルターが、父さんの遺言のせいでおまえの人生を台無しにするのも許さない」

「まだお父さまは兄さんをコントロールしているみたいね」フレディーは馬の鼻づらにキスして、ウルスラをちらと見てから、馬丁にうなずきかけた。「どうしてわたしとウルスラと完璧な花嫁にこだわるの？　ウルスラの髪にリボンを結ぶなんて！　もし人形遊びがしたかったら、ドールハウスを買いなさいよ。そのほうが面倒が少ないわ」

馬丁に手伝わせて、ガイのよくわからない妹は出ていった。

彼女らが行くのを見ていたウルスラは、よりによってありえないことに、「人は生まれながらにして自由であり、かつ至るところで鎖につながれている」と聞こえなくもないことを言った。ルソーを引用すると、頭からリボンをむしりとって、ガイの頭に押しつけた。

「くそったれ」ガイは悪態をついて、リボンに手を伸ばした。

「くそったれ」ウルスラがまねして、けらけら笑った。

ガイも思わず笑った。「ウルスラは、〝小さい熊〟って意味なんだ。知ってたか？ 星座のこぐま座はウルサ・マイナーというんだ。いつか見せてやるよ。いい名前をつけてもらったな」そしてつけ加えた。「だれもおまえを人形と間違えたりしていない」

＊＊＊

ようやくガイがアラベラを見たのは夜中過ぎだった。アラベラの晩餐にもあらわれず、さらに質問してもなにも情報は出てこなかった。母親と友人たちは心配していないようだったが、ガイは自分が婚約解消の一因で、したがって事態を改善するべきではないかという、落ち着かない気持ちを払拭できなかった。

それはばかげていた。自分がアラベラを救いださなければいけないと思っているのか？ それどころか、だれかが彼女から救いだされる必要があるだろう。

たとえば自分だ。

落ち着かない気持ちのせいで、自分自身もふくめて人といっしょにいるのが難しかった。ベッドに行くのを遅らせ、夜遅くまで読書室で本を読んでいた。図書室に隣接する、本棚の並んだ居間だ。ほかの人々がいなくなってからもしばらく暖炉の燃えさしを見つめていたが、とうとう自分の部屋に向かった。

アラベラが彼の部屋のドアの前にたたずんでいた。

彼を見て凍りついた彼女は若く、なにかにおびえているように見えた。長袖の寝間着の裾から素足がのぞいていて、髪は一本の三つ編みにして垂らしている。手に持った蠟燭の光は彼女の顔立ちをやわらかく、その目を大きく、暗く見せた。廊下の小さなテーブルに蠟燭を置いて、回して、また取りあげ、ふたたび置いた。

ふたり以外の眠る家は静かだった。

「ここでなにをしているんだ?」ガイはそっと訊いた。

「わたしはここにいたらいけないのに」

「だいじょうぶか?」

部屋に入ってドアを閉めろ。ガイはおのれに命じたが、それとは裏腹に彼女の手を握った。「冷えているじゃないか」

「嘘をついたの」アラベラは言った。

「べつに驚かないよ」

彼女はもどかしげに首を振った。「一度も考えたことはないって言ったでしょ、でも考えてる。ロンドン」

ガイに説明は不要だった。「それが理由なのか……？　きみの婚約は」

ふたたび、アラベラはもどかしそうに首を振った。「スカルソープはロンドンのことは知らない。だれも知らない。あなたは安全よ。婚約の件は、わたしの不手際だったの」

「スカルソープとなにがあったんだ？　助けがいるのか？」

「ああ、もうあのけだもののことは言わないでくれる？　あなたの話よ。あれはわたしの不手際だった。ロンドンで、あなたをあの状況に追いこんだこと。あんなふうにあなたを使ったこと。つまり……ああいうこと」

「ぼくを誘惑したこと？」

「そう」

ガイはにやりと笑って、近づいた。「おいおい、アラベラ、それはまるで謝罪に聞こえるよ」

「ばかなことを言わないで、わたしは謝罪なんて……」アラベラはため息をついた。

「ごたごた言わずに、謝罪を受けいれてくれる？」

「ぼくは大人の男で、いつでもきみを追いはらうことができた」

廊下は暗く、彼女は寝間着で、ガイはまだその手を握っている。もしだれかに見られたら身の破滅だ。だがだれもいない。この時間には。ガイは自分の蠟燭を置くために動いた。

「後悔している？」彼は尋ねた。「ロンドン？」

「あなたは？」

ガイはその答えをもたなかった。彼は衝動的にゲームにして、そして負けた自分の愚かさを後悔していた。だがアラベラをあんなふうに知るという驚くべき経験については……。あの経験のない人生なんて、もう想像できなかった。

アラベラが手をひっこめた。「だれにも知られたらいけない」とつぶやく。「あなたはもうすぐ花嫁を選ぶでしょう。あなたを幸せにする人を選んで、あなたが愛せる人を」

「そんなことを言われると心配になってくる」ガイは言った。「もしロンドンのことでなにか影響があるなら、言ってくれ」

「なにもないわ」

アラベラのまなざしが彼の胸に落ちた。まるで夢のように、ガイは彼女の手が胸に置かれるのを見つめた。ぴったりと、力強く、焼けるようだ。アラベラがそばに来る。その手が彼の肋骨、ウエストにさまよう。

「わたしに腕を回して」そのささやきは半分命令、半分懇願だった。「わたしはだいじょうぶ。ただ……」

ガイはなにも考えずに、彼女を腕でつつみこみ、そのからだが自分に押しつけられる感触によろこびを覚えた。アラベラは頭をさげ、ほおを彼の肩につけた。

物音。ドア。足音。

ガイは腕をおろした。アラベラはしがみついている。彼はからだを引き離し、彼女はしかたなく腕で自分のからだをかかえこんだ。

その瞬間、ガイは自分が衝動的な言葉を言う寸前だったということに気づいた。もし必要なら彼女と結婚すると。だがアラベラの計画の全体がはっきりと見えた。まるでチェスのゲームのように、数十の動きをあらかじめ計算していたのだ。アラベラは野心家で、侯爵夫人になりたいと明言していた。自分と結婚するよう彼を説得しようとして、賄賂を使って彼に話を聞かせようとした。スカルソープと婚約したあとで、夜、ガイのところにやってきて、彼を結婚の罠にはめようとした。フレディーとウルスラを使って彼をヴィンデイル・コートへと誘いだした。そしていま、スカルソープを追い払い、彼の部屋のドアの前で待ち伏せていた。寝間着で。招待客でいっぱいの屋敷で。だれでも知っている、昔ながらの夫をつかまえるやり方だ。

後悔がガイの心をよぎった。これがたくらみや策略でなければどれほどよかっただろう。ただ彼女を抱きしめ、キスして、彼の部屋に連れていければ、どんなによかっただろう。

くそっ。ぼくは重症だ。できるだけ早く、この屋敷から、この女から逃げる必要がある。

「これもたくらみなのか?」ガイは声をひそめて言った。「だれに目撃させるつもりなんだ?」

アラベラのやわらかな表情は霧のように消えた。ふたたび、彼女は誇り高く背筋を伸ばして、いつもの傲慢な口調で言った。

「まったく、ガイ。わたしがそんな使い古したやり方をするとでも思っているの? もう少し評価してほしいものだわ」

それだけ言うと、蠟燭を取って、歩いていった。

＊＊＊

アラベラは朝寝坊して、目醒めたとき、目がごろごろして乾いていた。横になったままでからだを確かめた。脇腹はまだ痛みがある。そして二の腕のあざは興味深い紫色になった。そして全身がガイの硬く心地よいぬくもりをまだ感じていた。

ばかね。

カーテンの向こうに日光の気配がする。だからカーテンを開いて、世界がふたたびあらわれたかどうか、確かめた。

あった。

秋の陽が、見慣れた、いとおしい風景に降り注いでいる。修道院跡のある丘、森林と畑のパッチワーク。アラベラの窓の下には、青々とした芝生の上でほほえましい一幕が演じられていた。ローンボウルズのゲームがおこなわれ、ミス・トレッドゴールドが監督している。アラベラの目はすぐにガイを見つけた。ウルスラとダンスしている。少なくとも、その努力はしている。ウルスラは自分勝手に踊り、ステップを教えようとするガイの努力に目もくれない。

アラベラは冷たいガラスにさわった。ゆうべのガイとの密会は、どうしても彼に抱きしめてもらいたくてベッドから滑りでたときからずっと、夢のなかのできごとのようだった。その腕のなかはすばらしかった――ガイがふたたび彼女を責めるまでは。たしかに疑わしく見える。夜中に、寝間着姿で、彼の部屋のドアの前をうろついていたのだから。もっとも、どこのカントリーハウスにもひとりやふたり、寝間着でやつかいごとを起こす若い女性がいてもいい。

窓の下の芝生では、ボウルズの参加者たちのあいだで口論が起きていた。だがミス・トレッドゴールドがなにか言ったらしく、三人とも彼女のほうを向いた。

ミス・トレッドゴールドの足元になにかがひらひらと落ちた。

カナリア色のリボン。

紳士のひとりがかがんでリボンに手を伸ばした。すぐにふたりめがリボンに飛びかかり、ひとりめを押しのけた。ふたりが争っているあいだに、三人めが動いた。アラベラは信じられない思いで、三人の大人の男がミス・トレッドゴールドの落としたリボンをだれが拾うかで競いあっている様子を見つめた。

ガイだけは動かず、困惑した表情だった。

なるほど、とアラベラは思った。どうやら彼女はまったく間違ったやり方で人生を生きてきたようだ。あの男たちの落ちたリボンへの反応を見ればわかる。

アラベラがリボンを落としたら――

でもアラベラはリボンをつけたことがなかった。なにかを落としたこともなかった。じっさい、アラベラはなにも落とさないことにひじょうに長けていた。それでよかったのだ。なぜならもしアラベラがリボンを落として、紳士がそれに気づいたとしても、彼は「ミス・ラーク、あなたのリボンが落ちましたよ」と言って、ミス・トレッドゴールドのところに駆けていく。彼女がなにかかわいらしいこと、たとえばくしゃみをするのではないかと期待して。

ああ、あんな力があったら！　ミス・トレッドゴールドがなにかを必要としても、彼女はたくらんだり嘘をついたり賄賂を払ったり盗んだり脅迫したりすることはない。侮辱と怪我を負うことも。ただリボンを落とせば、男たちが全力で言うことを聞いてくれる。

ガイ以外は。でもミス・トレッドゴールドがガイのほうを向くと、彼は温かなほほえみを返す。

アラベラはため息をついて窓から離れた。もしこれが退屈な小説だったら、女主人公は自分が罪人だと自覚し、生き方をあらためて、退屈な人生を送るという話になるだろう。でもあらためるのは早すぎる。なんといっても、アラベラはそれほどの悪人ではない。人殺しもしたことがない。まだ。

でもどちらにもまだ直面したくなかったので、アラベラはベッドに戻った。

きょう、ママは代わりにカッサンドラとジュノを送りこんできた。ふたりは病室の訪問につきものの、静かな熱心さを漂わせてそっと部屋に入ってきて、目を瞠り、忍び足でアラベラのベッドに近づいた。カッサンドラは大きな花束をかかえ、頭のてっぺんのチョコレートブラウン色の髪と、茎のあいだからのぞくはしばみ色の目しか見えなかった。ジュノはスケッチブックをかかえていた。ふっくらしたほおはピンク色で、金髪の巻き毛はアラベラの言葉に笑って跳ねた。

カッサンドラがベッド横のテーブルに花瓶を置き、花を活け直すと、その香りが気持ちを落ち着かせる雲のように、アラベラのところに漂ってきた。

「みんなあなたのことを訊くのよ」カッサンドラが言った。「ロード・ハードバリーも。彼は何度も礼儀正しく訊いてきた」

「きょう?」アラベラは尋ねた。

「きのう」

ゆうべの誤解された出会いの前。

「なにか欲しいものはないのかって、訊かれたわ」部屋の向こうのテーブルの上にスケッチブックを広げているジュノが言った。

彼に伝えて。抱きしめてほしいって。わたしはどう頼んだらいいのかわからないけど助けてほしいって。わたしと婚約するふりをしてほしいって言って。そうしたら時間かせぎができて、うちから追いはらわれないですむ。

「わたしがガイから欲しいものなんてあるわけないでしょう」アラベラは言った。

ベッドから出て、鏡で自分の映る姿を確認した。こんなときでも、アラベラはきちんとしていた。髪はきれいに三つ編みにされ、青いベッドジャケットにはしわもない。寝間着でお客さんを迎えるなんて、すごく退廃的な気がした。

「わたしはベッドで寝ている技術を習得したみたい」アラベラは言った。

カッサンドラとジュノが目を見交わしているのを見て、言ったことを後悔した。アラベラは悲しみに臥《ふ》せっているのではなく、病気のはずだった。

カッサンドラはやはり親切だった。「あなたはとても勇敢よ。わたしは婚約者に捨てられたときは打ちのめされた。でもほかの人を見つけて結婚したわ」

そしてカッサンドラ・ライトウェルがジョシュア・デウィットと出会って結婚したが、デウィット夫妻は結婚式の夜以来、話もしていない。じっさい、これは周知の事実だ。二年前のあの日以来、彼は一度も彼女を訪ねてこない。そしてカッサンドラはみんなが彼女の結婚について〝口にしない〟ことを望んでいる。カッサンドラは自分の相続を守るだけのために赤の他人と結婚した。それでも落ちこんで寝こんでもいない。

そしてジュノは、ロンドンに自分のアトリエをもつプロの画家になることで、社会的な地位をあきらめ、彼女も不平はこぼさない。アラベラは自分が強いと思ってきたが、あきらかにふたりのほうが強い人間だった。

「なにを心配しているの、カッサンドラ?」アラベラは鏡から離れた。「わたしの有名な冷たい心が打ち砕かれたこと、それともわたしの有名な高いプライドが傷つけられたこと?」

「少なくともあなたの有名な毒舌については心配なさそうね。とにかく、そんなのはまったくのたわごとよ。あなたはわたしたちとおなじ、温かく愛情深い女性だとわたしは思ってる」

「そうよ、でもあなたはお母さまの山羊に道理を説けると思っているし、ルーシーが高級娼婦になることはないと信じているんでしょ」

「気分がよくなってきたみたいね、よかった」カッサンドラはほほえみ、アラベラの腕に手を置いた。「もしなにか助けが必要になったら、わたしたちに言ってくれるでしょ？」

「わたしに助けはいらないわ」

「そうね。でもわたしが助けたいの。だからわたしのためだと思って」

アラベラはカッサンドラのことはお見通しだ。でもどうやらカッサンドラにもアラベラのことがお見通しらしい。

「いいわ」アラベラは言った。「もしそれであなたの気分がよくなるなら、もし助けが必要になったら、あなたに言うことにする」

「よかった。だってあなたはいつも人を助けるばかりだから。そんなことないふりをしているけど」

ジュノが並べた挿絵から目をあげた。「思いだしたわ、わたしが……わたしのからだが、ほかの女の子たちよりも成長が早くて、村の男の子たちにからかわれたとき、あなたがやめるように言ってくれた。しつこい子のことは棒でぶっていたわね」

「憶えていないわ」

カッサンドラは笑った。「たぶんあなたにとっては、いつものことだったんでしょう。いつもなにかのことで戦っているから」

「それを謝るつもりはないわ」アラベラは言った。

「もちろんそうでしょう」ジュノが言った。「まずは謝り方を学ばないといけないいんだから」

「わたしはけっして謝るようなことをしないのに、どうして謝り方を学ばなくてはいけないの?」

カッサンドラとジュノは笑っただけだった。ふたりはあまりにもアラベラをよく知っているから、ごまかせない。

アラベラは構わずジュノのところに行って、彼女に依頼した鳥の絵を見た。

「すばらしいわ」アラベラは精巧に描きこまれた小夜啼鳥《さよなきどり》の絵にさわってジュノを見ると、彼女は満面の笑みを浮かべていた。「あなたのアトリエはすぐに大繁盛するはず」

アラベラはこの絵を祖父母の家にもっていって、そこで『ヴィンデイルの鳥類飼育場　挿絵入りガイド』を完成させる。そうしたら数部パパに送ろう。パパは最初は鳥類学会会報にも興味を示さなかった。アラベラはひとりでパパの会議の論文を集め、編集し、翻訳して、書物にし、定期購読者を募集して、ロンドンの印刷所と交渉し、配布を手配した。いまではパパもすべてにかかわっている。

「それと、『ロングホープ・アビー　挿絵入りガイド』も依頼したいの。あなたの時間のあるときでいいけど」アラベラはそう言って、有名な修道院跡を眺めるために窓のところに行った。そのとき、パパに追いだされたのを思いだした。舞踏会が終わったら、ここはもう彼女の家ではないのだ。

ジュノもやってきた。「時間はつくるわ。そういえば、お礼を言わないと。あなたが推薦してくれたおかげで、かなりお金になる、野草の挿絵入りの本の仕事が決まったの」

「あなたのような才能とプロ意識のある人なら、いつでも推薦するわ」

よかった。アラベラはまったくの役立たずではなかった。テアの小冊子の発行を手伝い、ジュノの仕事を助けた。もしかしたらフレディーのことも、サー・ウォルターとレディ・トレッドゴールドの陰謀から救出できるかもしれない。世界の役に立てる。彼女を見てだれも笑顔にならなくても、リボンを落として人生を救うことができなくても。

それでいい。男がいつも足元にいてリボンを拾っていたら、わずらわしいことこの上ない。

「あれの挿絵入りガイドをやらせてくれたら、ほかの仕事は全部ただでやってもかまわないわ」ジュノが言うと、カッサンドラもやってきた。ジュノはガイを指差している。彼はコートをぬいで芝生の上でくつろいでいた。あの夜、寝椅子でくつろいでいたように。「ロード・ハードバリーはすばらしくなったわね、もちろん純粋に画家としての意見だけど」

「もちろんね」

「びっくりする秘密を聞きたい？」ジュノが言った。

「聞く価値があるのはそれだけよ」

「フィレンツェで学んでいたとき、わたしたち女性画家のグループで、小遣い稼ぎをしたい労働者の男性と秘密のデッサン会を開いたの。みだらだと思うかもしれないけど、でもね、筋骨たくましい男性のからだはそれ自体が芸術品よ。侯爵閣下はほかの貴族たちよりもずっと、あの労働者を思いださせる」ジュノはため息をついた。「でも侯爵がヌードモデルを引きうけてくれる可能性はないわね」

アラベラはガイから目を離せなかった。「彼と彼の大きな存在を入れるほど大きなカンバスはないと思うわ」

「あら、わたしが心配しているのは彼の大きな存在ではないわ」

ジュノが笑い、カッサンドラは真っ赤になったが、アラベラはにこりともしなかった。

ふたりが帰っていくと、アラベラの部屋の雰囲気は一変した。

「きっと舞踏会には出られるわ」部屋を出ていくとき、カッサンドラが言った。

「もちろんよ」アラベラは言った。「舞踏会は奇跡的な薬だもの。舞踏会と聞いただけで、病気の人はとつぜん元気に、元気な人はとつぜん病気になるわ」

数分後、ホリーが駆けこんできて、芝居がかった声でささやいた。「ミス、探していたものが……。見つかったと思います」ホリーはひそかにあたりを見回し、アラベラの部屋にスパイがひそんでいないのを確かめてから、一枚の紙を差しだした。

それはまさに、アラベラが疑っていたものだった。レディ・フレデリカと、ミスター・ハンフリー・トレッドゴールドとの結婚についての特別許可証だ。サー・ウォルターの息子で、来週にはヴィンデイル・コートに到着するはずの男だ。

「もとの場所に戻したほうがいいですか？」ホリーが訊いた。「ジョーンはこれが隠されていたと言っています」

「ロード・ハードバリーに見せないと」アラベラは言った。「サー・ウォルターは気がつかないはずよ。息子が到着する来週までは必要ないものだから」

この話はぜったいにガイに聞いてもらわないと。アラベラはなにもかも失ったが、それでもフレディーを救うことはできるかもしれない。よし、まずは舞踏会を乗りきらないと。それが終わったら、自分の人生の瓦礫からなにか救出できるものがあるかどうか、考えよう。

「わたしは役立たずではないし、謝ることもしない」アラベラはつぶやいた。

「なんておっしゃいました、ミス？」

「馬で出かけるわ」

12

ガイは壁の花のようにダンスを見物することにして、アラベラが婚約者のいない婚約披露舞踏会にあらわれるのを待った。ひとつには、ダンスステップの半分を忘れていたからだし、もうひとつは、舞踏会で彼は、自分の国にいるのに異邦人のように感じていたからだ。

この種の舞踏会には、なにか典型的にイギリス的なものがある。レモネードと夜食、花と緑、オーケストラときらめくシャンデリア。白いドレス、白い手袋。

そして彼の隣の退屈な男。

「うちのハンフリーはアイルランドでは名高く、あなたもきっと気に入ってくださると思います……」サー・ウォルターが言った。

きっとこれは自分の運命なのだろう。自分が偉いと思っている輩《やから》にまとわりつかれ、追従的な意見やいらぬ助言を聞かされる。ミスター・ラークと鸚鵡のペアと似ていなくもない。

るだろう。

ガイも鸚鵡を飼うといいのかもしれない。少なくとも、もっとおもしろい話を聞け
「ぼくはあすロンドンに帰るんだ」ガイは話をさえぎって言った。
夜中の密会の翌朝、ガイは近侍に荷物をまとめるように指示した。だがある驚きの
事実に気づいて、出発を取りやめた。〝フ、レ、デ、ィーを守ってあげないと〟アラベラは
そう警告した。ウルスラではなく、フレディーだけだ。
ガイがこのにぎやかな人々のなかにいるのは、公共の場でアラベラの説明を聞くた
めで、サー・ウォルターから自分たちはもうすぐ家族になるとかそんなたわごとを聞
くためではなかった。
まったく。彼の戦略は大失敗だ。マティルダに求愛しているという印象を与えるな
んて。それでサー・ウォルターが自分の罪を告白することはなかった。正直に言って、
外交や策略は時間の無駄だ。
ガイは明日出発する。
アラベラも明日、ここを発って祖父母の家に行くと聞いた。やはりね、と招待客た
ちはささやきあった。あんな落胆を経験したレディはそうするのがいちばんでしょう、
と。
落胆？　アラベラがスカルソープと経験したものがなんであれ、それは落胆ではな

いとガイにはわかっていた。

アラベラと話をするときに訊いてみてもいいかもしれない。そうすることでガイは腕のなかの彼女の感触を追い払い、すっきりした頭でここを発つ。

「……マティルダはあなたにワルツをとってあります、マイロード。レディ・トレッドゴールドはあのダンスをはしたないと言うのですが――」

「ぼくはワルツの踊り方は知らない。以前のイングランドにはワルツはなかった」

「そうならそうと！　マティルダはほかのダンスをとっておいたはず――」

しかしガイはその次の言葉は聞かなかった。アラベラがあらわれたからだ。彼女は全員の注目を集めた。ガイはサー・ウォルターから離れ、彼女の軌道へと引き寄せられた。

いったいどうして、彼女に助けがいるなんて思ったんだ？　考えられる真相は、スカルソープが彼女のすばらしさ、その輝きと強さ、その知性と複雑さに気がついて、逃げだすという賢明な選択をしたということにちがいない。

ガイも逃げるという賢明な選択をするつもりだ――この執着に屈することはしない。だがいまは、どうしても目を引きつけられた。

ただ……彼女を見つめた。

アラベラのドレスは夏の黄昏《たそがれ》のような淡い青色で、飾りのクリスタルがシャンデリアの光を受けてきら星のように輝いている。高く結われた黒髪にもクリスタルが。ひじの上までの白い手袋をつけた手首に、扇子《せんす》がぶらさがっている。

彼女は矛盾のかたまりだ。ひょっとしたら、だから惹《ひ》かれるのかもしれない。ガイは昔から、挑戦や解くべきパズルを拒めなかった。だがこれは拒まなくてはだめだ。彼女を抱きしめ、なんでもしてやる、彼女の望みはすべてかなうと言ってやりたくなるこの衝動は。

ガイはアラベラがなにか考えるように唇を引き結び、彼の肩を扇で軽く打つところを想像した。

〝そう言えば〟彼女は言うだろう。〝爵位もちの夫が必要なの。結婚して。それからついでに、国王の首を銀の盆に載せてもってきてね〟

冗談じゃない。

それでもガイは、アラベラから目を離せなかった。人々のあいだを抜けて彼のほうに近づいてくると、扇子を開いて、砂漠の空のような目で彼を見た。

「話があるの」すぐにアラベラは言うと、ふり返った。「テラスに来て」

ガイはよろこんで従おうとする自分の足に、動くなと命じた。「今度はなにをたくらんでいるんだ？」

アラベラはふり向いた。「テラスに行ったら話すわ。あそこなら人に聞かれない。

内密なことなの」

「断る」

「だれからも見える場所よ」

「だからだ」

「なんなの、ガイ。まるで放蕩者に誘われた純情ぶりの処女のようにふるまっている。いったい、わたしがなにをすると思っているの？　そのクラヴァットをむしり取って、テラスであなたを力ずくで奪うとでも？　そしてわたしたちのどちらも望んでいない結婚をするはめにさせると？」

彼女は結婚を望んでいるはずだ。彼が帰国してからずっと、それを手に入れようとしてきた。だがこのあいだの夜中の、なにかにおびえているような表情……。うまくはまらない彼女のピースの数々。

「あなたに見せたいものがあるの」アラベラはきびきびと言った。「わたしはあした発つことになっているのよ、あなたとおなじように。だからその前に話さないと」

「ぼくはきみを信用していない」ガイは言った。「きみは無節操で、権力に飢えている」

アラベラの目のなかになにかがよぎった。傷ついている。ガイは彼女を傷つけるのはいやだったが、もし彼が自分を守らなかったら、彼女が彼を傷つけるのを許すことになる。

「もういいわ。召使に届けさせる。わたしはそとの空気を吸ってくる。こんなつまらない会話。もう二度とあなたと話す必要がなくてほんとよかった」

ガイはアラベラの手をつかもうとした。アラベラはさっとよけ、ガイは彼女の手首からさがっていた扇子をつかんだ。ばかばかしいワルツの三拍子のあいだ、ふたりはおかしな像のようにとまっていたが、次の瞬間、アラベラが手首から扇子をはずし、ガイもそれを放した。扇子はふたりのあいだに落ちて、大きな音をたてた。アラベラは軽蔑のまなざしでそれを見た。拾いあげるためにかがんだりしない。レディはそんなことをするものじゃない。

「逃げるのか、アラベラ?」ガイは言った。

「ばかなことを言わないで。わたしは逃げたりしない。ただタイミングを計って脱出するだけ」

従僕が扇子を拾い、伸ばしていたガイの手のひらの上に載せた。扇子は繊細なつくりだった。精巧な鵜木彫《うきぼ》りをほどこした骨が一本折れている。

折れている箇所に気をつけながら、扇子を開いてみた。生地のシルクは彼女のドレスとおなじ黄昏色だった。ふたたび、骨が折れた状態でできるだけ閉じた。目をあげると、招待客たちが彼をじっと見ていた。にらみつけると、みんな目をそらした。いろいろな憶測が飛び交うことだろう。アラベラの婚約解消、そして生意気な侯爵であるガイ。彼は一度アラベラを拒絶したのに、いまはまるで彼女の言いなりの献身的な愛人のようにふるまっている。

今夜が終われば、もうふたりが会うことはない。数か月、数年という単位で。ガイはこの秋と冬のハウスパーティーに参加し、それでも花嫁が見つからなくても、来春のロンドンの社交期で見つけられるだろう。次にアラベラに会うとき、彼は婚約しているか、結婚さえしているかもしれない。アラベラは彼のことを完全に無視するだろう。そのころには、この執着は過ぎ去り、彼は気にすることはない。

これほどいろいろあったのだから、ふたりには別れが必要だ。彼女の言いなりになっているわけではない。ただ扇子を返し、彼女に別れを告げる。

＊　＊　＊

ガイがテラスに出て近づいても、アラベラは彼のことを認めなかった。夜空をじっと見つめている。まるでその空になんらかの欠点があり、彼女が個人的にそれを直すことを任されたかのように。二の腕に鳥肌がたっている。長い手袋と半袖のあいだで露出している部分だ。もしアラベラがマティルダ・トレッドゴールドだったら、彼女は狙いを定めて身震いし、ガイはコートを貸そうかと言い、彼女はその親密な申し出を受ける。だがこれはアラベラ・ラークで、背筋を伸ばし、凛として立ち、寒さを無視している。それでもガイはコートを貸そうというつもりだった。アラベラをうならせるために。

「きみの扇子だ」ガイは言った。

アラベラは手袋をつけた手を差しだした。ガイは彼女にふれることなく、扇子を手のひらに載せた。

「壊れている」

アラベラは喉の奥からどうでもいいと言わんばかりの声を洩らし、ふたたび夜空の観察に戻った。さっきまではどんよりと雲っていたが、アラベラが空を脅して、絵のように美しい眺めをもたらした。銀色の雲が幾筋か、半月と満月のちょうど中間くらいの明るい月のまわりにたなびいている。

ガイは、さっきの辛辣で無作法な言葉を取り消すつもりはなかった。ほんとうのことなのだから。アラベラはあのとおりの人間だ。だが彼女にはほかの面もあると言うことはできた。まだガイには想像もつかないようななにかだ。そして彼女の目の奥には太陽系が丸ごと存在し、それをのぞきこむだけの勇気、または愚かさをもった男に発見されるのを待っているのだと言うことも。

ガイがそういうことを言う前に、従僕があらわれてアラベラに紙を渡し、アラベラは礼を言った。従僕がいなくなってふたたびふたりきりになると、彼女はその紙をガイに差しだした。

「これはサー・ウォルターの荷物のなかから見つかったものよ。彼はまだこれがなくなったことに気がついていない」

「今度は盗みを始めたのか」

「いつでも新しい技能を身につけようとしているの」

ガイは紙を広げて、字が読めるくらい明るい場所を探した。最初に読んだときにその意味は明らかだったが、念のためさらに二度読んだ。フレディーとサー・ウォルターの息子ハンフリーの即時結婚を認める特別許可証だ。

「フレディーはなにも知らない」アラベラが話している。「でもこれでサー・ウォルターがなぜ急いで息子を呼び戻したのか、なぜ彼がフレディーの夫を探していないのか、説明がつくわ。あなたが捜していた彼の不正はこれよ」

「なぜわかったんだ?」

「もしわたしがサー・ウォルターで、あなたの妹の財産を好きにしたいと思ったら、こうするからよ」アラベラは片眉をあげた。「わたしたち無節操な人間はそういうふうに考えるの」

ガイは許可証をポケットにしまった。「ぼくたちはサー・ウォルターが自分の慈善団体の財産を横領している証拠は見つけた。横領の証拠を探していたんだ」

「どうしてフレディーの財産を盗む必要があるの？　彼女を自分の息子と結婚させれば、合法的にその財産を手に入れられるのに？　これを見つけられるかどうか、わたしにも自信はなかった。ロンドンであなたがわたしの話を聞いてくれていたら、あなたは許可証を発行する大主教に直接訊くこともできた。わたしにはできないけど。そうすればわたしが盗みに手を染める必要もなかったのに」

「謝ってほしいのか？」

「ガイ、わたしが欲しくても手に入らないもののリストはあまりにも長くなりすぎて、これ以上は入らないから。いいから、フレディーが彼女の意志に反して、だれかの利益のために結婚させられることがないようにして」

ガイはもどかしさのあまり首を振った。「だがサー・ウォルターがフレディーの後見人であるかぎり、ぼくには結婚を阻止する法的な力がない。ぼくが監護権を得られる唯一の方法は、彼の不正を証明することだけだ」

「それがこれよ」アラベラも見るからにもどかしそうに、扇子で彼の胸を叩いた。「大法官が、被後見人にたいして不平等で不適切な縁組をした後見人の監護権をとりあげた判例は数えきれないほどあるわ。あなたの事務弁護士たちがそれを教えなかったのは怠慢なのよ。ハンフリー・トレッドゴールドは、地位も、財産も、家系も、すべての面でフレディーに劣っている。いいこと、これが不正の証拠なのよ。なぜならサー・ウォルターは、後見人という自分の立場を、自分の息子のために利用し、フレディーに損をさせているから」

「どうしてきみが判例法を知っているんだ?」

「読んだからよ。それともそれも犯罪になったの?」

「きみはいらだっている」

「わたしは昔からそうよ」

「いや。これは違う。なにが問題なんだ?」

「あなたには関係ないことよ。あなたは自分の意見を完璧にはっきりと表明した」アラベラは早口で、そのしぐさは強硬だった。「これを使うのよ、ガイ。高潔であるのはやめて犯罪者のように考えるの。無節操を試してみるといいわ、できれば」

とつぜん、遅ればせながら、ガイは理解した。「ウルスラの信託財産に不一致があったが、会計士たちはその財産がどこに消えたのかわからなかった。たぶんあいつはウルスラの財産をフレディーの財産に移し替えているんだろう、自分の息子のものにするために」

ガイの頭はめまぐるしく回転した。大監督のオフィスにはこの特別許可証の記録が残っているはずだ。あした、事務弁護士に手紙を、いや直接副法官に手紙を書こう。

「だからきみはサー・ウォルター一家を招待したんだな、証拠を探すために」ガイは言った。「それなのにぼくは、きみが妹たちを餌にしてぼくをおびきよせたと責めた。どうして違うと言わなかったんだ？」

「あなたがいい気になっているみたいだったから、がっかりさせたら悪いと思って」

アラベラはけっして弁解しないということに、ガイは気づいた。彼が責めるたびに、彼女はその非難を受けとめた。それが間違った非難でも。このプライドがアラベラの命取りになるだろう。

「ぼくの謝罪を受けとってほしい。きみの言うことを聞くべきだった」ガイは手すりを手で打った。「くそっ。ぼくはフレディーを守ろうとして、見当違いの思いこみをしていた」

アラベラの口調はいつになく優しかった。「あなたは妹さんたちを、結婚の駒として利用するための所有物とは見ないから。それは立派なことよ。後悔することではないわ」

そして少し間を置いてから、こう言った。「でも次は、わたしの言うことをちゃんと聞いてね」

「言うことを聞く？　きみはぼくを結婚させようとしていたんだぞ」

「わたしはあなたと結婚したいと思ったことはないわ」

「ぼくたちが子供のころから――」

「わたしは自慢していた、そうよ。わたしが九歳のとき、ミランダ・オリヴァレス・ライトウェルが、わたしは背が高すぎるし、がりがりだって悪口を言ったから。だから言い返してやったの。わたしはいつか侯爵夫人になるんだからって。ミランダもほかの女の子たちもそんなことは言えなかったから。それでそのあともずっとその自慢をしつづけただけ。あなたは子供のころ、意味のない自慢をしたことはなかった？」

「摂政の宮のパーティーはどうだ。きみはぼくたちが結婚すべきだと言った。道化に賄賂を払ってぼくをきみに縛りつけて。それからぼくの屋敷でも――」

「わたしが言ったことをひと言も聞いていなかったのね？」

「もういい、くだらない話はやめてくれ」

アラベラは燃えるような目でにらみつけてきた。ガイはふたたび壊れた扇子のことを思った。折れた骨。強い自制心にもかかわらず、アラベラは感情をもたないわけじゃない。あまりにも深く感情を埋めることを学んだから、なにかあると怒りとともに噴出する。

「聞いているよ」ガイは言った。

「〝婚約〟って言ったのよ、ばか」アラベラは癇癪《かんしゃく》を起こして言った。「わたしがあなたに頼んだのは、父にわたしと結婚するつもりだと言って、ということだった。じっさいに結婚するとはひと言も言ってないわ。婚約はわたしたち両方にとっていいことだった。もしあのときあなたが話を聞いてくれていたら、わたしはあなたに説明していた。わたしはスカルソープとの結婚を避けるために一時的に婚約して、あなたは妹さんたちに安定した家庭を与えられると証明できた。でももういいの、スカルソープはいなくなったし、あなたはわたしがふりをしなくても花嫁を探せるでしょ」

ガイはアラベラがなんと言ったのか思いだそうとしたが、彼が思いだせるのは自分が聞いたことだけだった。いまこの瞬間まで、彼はそれが同一のものだと思いこんでいた。

「だが……」彼はピースを組み立てるのに苦労していた。「なぜきみはロンドンのあの夜、ぼくのところに来たんだ？」

アラベラは首を振り、なにも言わなかった。

ガイは別の訊き方を試みた。「婚約したらふつう、結婚が続くものだ」

「でも結婚は婚約に続く必要はない。婚約は約束を意味するけれども、それは比較的簡単に破られるし、レディがそうすることは社会的にも認められている。一度か二度は、とにかく。わたしの家系、評判、財産を考えれば、わたしはほとんどの人よりもひどいスキャンダルにも耐えられる」

「婚約を偽装する意味はなんなんだ?」

アラベラは天に目を向けた。あごの線、長い首、耳のまわりの巻き毛が際立つ。

「なぜなら、あなたがわたしと結婚しないと宣言して、それまでわたしは長年、あなたを待つと言い張ってパパの勧める花婿候補をことごとく拒否していたから、わたしがすぐに結婚しなかったら勘当するとパパに脅されたからよ。パパは、わたしがふさわしい相手を見つけてくるのを待ってもくれなかった」

「大げさな。父上がきみを相続からはずすわけがないだろ」

「もうはずされたわ」アラベラはそっと言った。そして彼のほうを向いたが、その表情は読めなかった。「ほとんどね。パパの新しい遺言は、あと署名と認証が残っているだけ。わたしの有名な持参金——世界じゅうの財産狙いの男がよだれを垂らしていた持参金は……いえ」アラベラはどうでもいいというように手を振った。「わたしがあしたここを発つのは、祖母が話し相手を求めているからだと思う? 違う。追いだされるのよ。きょうわたしがここにいるのは、パパがわたしに自分の婚約披露舞踏会で恥と向き合わせたかったから。〝高ぶりは滅びにさきだち〟とか」

ガイは手すりに手をついて自分を支えた。手袋越しでも石は冷たかった。じっと庭を見つめているうちに、吊られているランタンの灯りがぼやけてきた。

アラベラの地位は、この立派な屋敷とおなじくらい安定しているように見えた。彼女があれほど自信まんまんで世界に自らの場所を確保しているように見えたから、それがそんなに危ういものだと考えたこともなかった。

クレアの言うとおりだ。アラベラは、ガイが父親から自分を解放する闘いのもっともわかりやすい象徴になった。そしてミスター・ラークからアラベラとの結婚を迫る手紙があり、アラベラが道化に賄賂を払って彼と無理やり話をしようとして……。ガイは思いこみで早合点し、二度とだれの指図も受けないという決意から、彼女の言おうとしていたことを聞こうとしなかった。アラベラもコントロールされているということを、わかっていなかった。

これで説明がつく――ガイはこめかみをなでた。だが、それでもはまらないピースが残っている。スカルソープとの結婚はアラベラの将来を確保するものだった。いったいなぜ、そのすべてを危険にさらして、ロンドンのあの夜、ガイのところにやってきたんだ？　そしてなぜ、そのおなじ夜に、ガイに婚約するように要求したんだ？　もう婚約していたのに？　スカルソープはいったいなにをしたんだ？

彼が質問できる状態になる前に、アラベラが横目で彼を見た。「ヴィンデイル・コートは生まれながらのわたしの権利よ。ロス・ホールと爵位があなたの権利であるのとおなじように。わたしの弟が生きていれば弟のものだったけど。でも弟は亡くなったし、そのことで罰されるのにはうんざりなの」アラベラはしばらく壊れた扇子をじっと見て、続けた。「わたしが相続してはいけないという法的な理由はなにもない。それにパパはなにもかもわたしに相続させるつもりだったのよ。そうすればうちの財産を孫息子に受け継がせられるから。でもわたしが年をとって、パパは絶望して、領地を自分の娘ではなく他人に遺すことにしたの」アラベラは首を振った。「もちろんあなたは、わたしが大げさなことを言ってると思うでしょうね。あなたはお父さまと喧嘩して八年間も姿を消したのに、なにごともなかったかのように、約束された地位に戻れるのだから。なぜならあなたの生得権は法律で守られているから。あなたには想像できないでしょう、だれかがこうあるべきだと思う人間ではないからという理由で、なにもかも失うかもしれないとおびえることは。そうよ、わたしのしたことはよくなかった。でも、もうひとつの選択肢がまるで駒のようにだれかの言いなりになることだったら？　わたしは〝無節操〟で〝権力に飢えている〟かもしれないけど、だれの殉教者にもならない」

アラベラがガイの顔になにを見たのかはわからないが、なにか誤解したらしく、嫌悪の表情を浮かべた。

「ああもうやめてよ、ガイ。わたしを憐れんだりしないで。あなたには関係ない。それに心配しなくていいから。二度とあなたにしつこく頼んだりしない。自分でなんとかする。これまでもそうしてきたし、これからもそうするつもりよ」

アラベラはくるりとふり向き、舞踏室へのドアの前で一度だけ立ちどまった。その肩が、ゆっくりと深呼吸するのに合わせて上下する。彼女の態度になにかおそろしいものを感じたのだろう、人々は道をあけて彼女を通した。

人々が彼女をのみこんだあとも、ガイはしばらく見つめていた。彼女のあごの角度、張った肩、頭の傾き。

あんなにさびしそうな人間を、彼は見たことがなかった。

＊　＊　＊

ガイがようやく舞踏室に戻ったときも、人々は彼のためにも道をあけた。まるで彼ら全員が共謀者であるかのように、その道はまっすぐ、ミセス・デウィットとミス・ベルの会話の端に立っているアラベラのところに続いていた。彼女はなにごともなかったかのように、なにも間違っていないかのように、優雅に超然としていた。

なにもかも間違っている。

ガイはアラベラの正面に立ち、手を伸ばした。

「行こう、ミス・ラーク」彼は声を響かせた。「父上にぼくたちの婚約を報告しないと」

アラベラの顔から表情が消えた。そして、そんなものをいままで一度も見たことがないかのように、伸ばした彼の手を見つめた。彼も自分の手を見つめた。白い手袋につつまれた手は自分のものでないように見えたが、ありがたいことにしっかりしている。彼自身はしっかりしていると感じなかった。彼が感じていたのは足元の床と皮膚の下を駆けめぐる血流とこの見世物を注視している多くの目だ。

それでもアラベラが動かなかったので、ふと思った。アラベラは、ガイが彼女をふった仕返しに人々の注目のなかで彼をふるのではないか。なんて衝動的なばかものなんだ、また感情と欲望に目をくらまされて。

しかし彼女の顔を見ると、彼女は目をあげ、彼と目を合わせた。

そしてすばらしいことが起きた。

アラベラ・ラークがほほえんだのだ。

そのほほえみは唇のゆるやかなカーブで始まったが、それが顔全体に、全身に、全世界に広がった。

輝かしい瞬間、希望の瞬間だった。それはまるで、暗い礼拝堂のなかにステンドグラス越しに太陽の光が射しこみ、きらきらする無数の色と模様が冷たい石の床を照らして、見る者の目をくらませ、心を勇気づける光のカーニヴァルだった。

アラベラは張りつめ、疲れていた。ガイはそれが彼女の性格だと思いこんでいたが、彼女はずっと重荷を背負ってきて、いまそれを彼がもちあげたのだ。

そしてアラベラのほほえみの効果があまりに圧倒的だったので、彼女が手袋をした手を彼の手の上に置いたとき、ガイはふたりの指を組みあわせた。

ガイ、そしてアラベラもふたりを追いかける視線を無視して、手に手をとって、ささやきというには大きすぎる人々の話し声とシャンデリアの明るすぎる光と香りの強すぎる空気のなかを歩いた。

夜食のテーブルのそばに立っていたアラベラの両親はふり向き、近づくふたりを見ていた。ふたりは立ちどまり、ガイはアラベラの手を放して、お辞儀した。

「ミスター・ラーク、レディ・ベリンダ。ミス・ラークとぼくは婚約しました。祝福してくださいますね」

レディ・ベリンダはうれしそうにほほえみ、手を差しだした。ラークは疑わしそうにふたりを代わる代わる見つめた。

「いったいどうなってるんだ、ハードバリー？」ミスター・ラークは言った。「娘とは結婚しないと言ってたじゃないか」

「あなたはこれが話し合いだと思っているようですが、違います」

「すぐに結婚するのか？」

「春にロンドンでの結婚式を計画してください。国じゅうのロード、レディ、紳士たちが証人になるように」ガイは隣でアラベラが震えるのを感じたが、彼女のほうは見なかった。「いまは発表のいい機会だと思います」彼は言った。「あなたが発表しますか、ミスター・ラーク、それともぼくが？」

ラークはにやりと笑った。「ヴィンデイル・コートがすばらしい屋敷だとわかったということだな？」

「あなたの領地には興味ありません」

「それならなぜ婚約したんだ？」

ガイは笑った。これはあまりにもばかげていて、言葉にするのが大変だった。

「なぜならぼくたちは愛しあっているからです」彼は言った。「それ以外にどんな理由があるんですか？」

13

ツメナガセキレイ、コミミズク、アカコンゴウインコ。

アラベラは図書室で、ジュノの絵を眺めながら、大きな樫のテーブルのなめらかな表面に指をこつこつと打ちつけた。まるで忍耐ゲームのカードのように、いくつもの列に分けて絵が並んでいる。

忍耐？　ソリティアのゲームのばかばかしい別名だが、アラベラにはそのかけらもない。

絵に描かれた鳥はまるで生きているかのように、アラベラの手の下で飛びまわっている。それとももしかしたら、昨晩、ふたりの即興の婚約を祝う大騒ぎのなかで――ガイとふたりで話す機会もなかった――彼女の脳はゴシキヒワの脳と入れ替わってしまったのだろうか。たしかにいま、彼女の脳はゴシキヒワのようにおしゃべりになっている。いいえ、一羽じゃない。群れだ。ゴシキヒワの群れは魅力《チャーム》と呼ばれる。〝計画が必要だわ。ガイと話さないと〟、〝なぜガイはこんなことを？〟、〝関係ない。どうでもいい。計画をたてるのよ〟、〝ガイはわたしのことを好きでもないのに〟、〝いったいなにを考えているの？〟、〝関係ない。気にしない。〝計画よ〟、〝話しあい――〟

　ああもう！　この哀れな小さな鳥たちは疲れはてていることだろう。

　それに、アラベラの鳥の脳は図書室のドアが開くたびに、彼女をフィンチのようにぴょんと跳びはねさせる。でも毎回、入ってくるのはただの招待客で、舞踏会の翌日のけだるさのなかでくつろいでいるほかの人たちに加わった。

　百回目にドアが開いたとき、ついにガイがあらわれた。

　彼は戸口で立ちどまってアラベラを見つめた。まるでなにか意外なことに気づいたかのように。アラベラは、縞模様《しまもよう》のモーニングドレスのスカートのしわをのばし、長袖を整えたいという いつにない衝動をこらえた。

　ガイはもちろん顔をしかめていた。やはり彼女に会えてうれしいという笑顔はなし！　そしてふたたび動くと、図書室をまっすぐ横切って彼女のほうへやってきた。ゆうべ舞踏室で彼女のところにやってきたときのように。まるでアラベラがもうすぐ起きるひどい事故で、自分がそれをとめなければと思っているかのように。

　アラベラはチフチャフムシクイ――チフチャフの群れは混　乱《コンフュージョン》――の絵に目を落としたが、見えるのはガイだけだった。仕立てた乗馬用のコートにつつまれた広い肩、シカ革のズボンとブーツをはいた長い脚。ガイはどんどん近づいてきて、どんどん大きくなり、彼が起こす強風のせいで広い図書室がまるで洞窟のように小さくなる。

そしてガイがいまここに、アラベラの隣にやってきても、腹出たしいことに手だしはできない。彼は大きな空間を占め、自然を連れてくる。その髪は風で乱れ、ほおは太陽に温められ、その目は雨のあとの葉の色だ。

アラベラの肌は火が点いたように燃えあがった。

「乗馬してきたのね」彼女は言った。

「もうぼくの居場所を把握しようとしてるのかい？」

「しかたがないでしょう。朝の挨拶は『おはようございます、ミス・ラーク』だったのに、今朝はみんなが『ああ、ミス・ラーク、ロード・ハードバリーは乗馬にお出かけですよ』と言うのだから。わたしたちの婚約がなによりも重要なことだから、わたしはほかのことに興味をもつはずがないと思われているみたい」

さっと見ると、図書室にいる人々は純粋な好奇心でこちらに目を向けているが、部屋が広いので話を聞かれることはないだろう。それでも念のために、アラベラは声をひそめた。

「昨夜はお礼を言う機会がなくて、あなたが……わたしを助けるのを引きうけてくれたことに」ガイが彼女をじっと見ている。その表情からはなにも読みとれない。「あなたが気を変えた理由を理解しているふりはしないし、詳しく訊くつもりはないわ。

また気が変わるといけないから」

まるですでに退屈だと言わんばかりに、ガイは肩をすくめてそっぽを向き、テーブルの上の絵に目を留めた。「きみはフレディーを救うためにかなりの面倒とリスクを負った。公正な取引だよ」

「わたしは取引のためにフレディーを助けたんじゃない」アラベラは言った。「彼女には救助が必要で、わたしはそれをできる立場だったからよ」

「わかってるよ」

「サー・ウォルターを詰問した？」

「いや、そのつもりはない。今朝、サー・ゴードン・ベルを訪ねて、彼の法的な助言を受けて大法官府裁判所でのすみやかな聴聞を要求した」

アラベラはキジバトの絵の角にさわった。キジバトの群れは憐憫《ピティイング》。「ミス・トレッドゴールドには会った？」

「ミス・トレッドゴールドがどうしたんだ？」

「あなたは彼女に求愛していたんでしょう」

「この婚約が終わったら、ぼくは花嫁を選ぶ」

「優しくて感じのいい人をね、もちろん」アラベラはつぶやき、孔雀《くじゃく》の絵を動かした。孔雀の群れはプライド。

「この絵はなんのために?」

「『ヴィンデイルの鳥類飼育場　挿絵入りガイド』という本をつくっているのよ。最終的なページの順番を決めているところ」

ガイは絵を一枚手に取った。サギ。サギの群れは包囲《シージ》。「どの絵もすばらしいな。鳥たちを描く線によろこびが感じられる。文章や絵もきみの才能の一部なのか?」

「まさか、違うわ。わたしの才能は人に命令することよ。じっさいの仕事をするのはほかの人。絵を描いたのはジュノ・ベルよ。そしてリヴィア・ベルが文章を担当した」

「これをどうやって本にするんだ?」

彼はサギの絵を——斜めに!——置いて、文章の書かれた紙を取りあげた。アラベラはサギの絵をまっすぐに直し、答えを考えた。世界がくるっている。彼女とガイがたわいのない、礼儀正しい世間話をしているなんて。口論しているべきなのに。口論していないわたしたちは……なに?

「わたしは指示書つきでこれらのページをロンドンの出版社に送り、出版社が絵の彫刻家と彩色師を手配して、活字を組む。ゲラができたら、わたしがそれを確認して、問題がなければ、出版社は印刷して製本する。これはわたしにとって初めての全ページ色つきの本なのよ。原価の問題で」

「だがきみは前にも本をつくったことがある」

「パパの会議に基づいた鳥類学会誌をつくったのが最初だった」

ガイは文章の紙を置き、しかめっ面でテーブルをにらんだ。アラベラもしかめっ面で紙をまっすぐに直した。

「きみは本をつくっている」

「わたしにもちゃんとした趣味があるのよ。不正行為ばかりしてるわけないでしょ」

ガイは別のページの角をつついた。どうも彼は、自分がそれを斜めにしていることを気にしていないらしい。アラベラはいらいらとまっすぐに直した。

「そもそもきみは鳥を好きなのか？」

「嫌いじゃないわ」アラベラは彼の質問を考えてみた。自分は鳥を好きなのだろうか？「鷹が上空で旋回し、急降下するところは好きよ。あのスピードと正確さ。それにカササギが道具を使うところも好きだし、カラスが人の顔を憶えるところも、アオガラが友だちどうしのようにおしゃべりするところも。多くの鳥が一生添いとげるところも、渡り鳥がいつ、どこへ飛ぶべきか知っているところも」

ガイはなにも言わなかったが、まるでアラベラ自身が新種の鳥であるかのようなまなざしで彼女を見た。

「どうしてそんな目で見るの？」

彼の口元がかすかにほころぶ。「かわいらしいと思って。きみをかわいらしいと思うのに慣れていないから」

「そうね。あなたの意見はゆうべはっきり聞いたわ」

「ああ、あれは優しくなかったたし不必要だった。謝るよ。きみの気持ちを傷つけてしまって」

「ばかなことを言わないで。わたしには気持ちなんてないから。何年も前にプライドがのみこんでしまったのよ」

まだほほえみを浮かべているガイの目がアラベラの顔をじっと見つめ、彼女の脳はやっぱり鳥の脳になっているようで、アラベラは彼のまなざしに優しさ、それどころか愛情まで感じられるように思った。ありえない。

ガイがテーブルに軽く腰掛け、両脚を投げだしたので、ふたりの顔はおなじ高さになった。彼はあまりにも近く、アラベラの肌は彼の手を心待ちにしていた。

ドアが開いた。ママが入ってきて、三人のレディたちの輪に加わった。遠くから音楽が聞こえてくる。だれかが応接室でピアノフォルテを弾いている。

「こんなに近くに立つ必要はないでしょ」アラベラは言った。「人に思われるわ、わたしたちが……」

「愛しあっていると?」ガイが易々と言った。

「そう。それ」

「そう思わせたいんだろう」

「きのう、あんなことを言う必要はなかったのよ。わたしたちが……」

「愛しあってる?」

「そう。それ。合理的な理由をあげるべきだったのよ。わたしの財産とあなたの爵位という」

「もしぼくが合理的な理由をあげたら、人は合理的な質問をしてくるし、合理的な答えを求めるだろう。だが愛しあっていると言えば、だれもぼくたちに合理的なことを期待しなくなる」

アラベラは思わず笑った。でもそれでガイはまた奇妙な目で彼女を見た。

「きみは笑っている」彼は言った。「それにほほえむ。ぼくはきみが笑うところもほほえむところも、いままでは見たことがなかったと思う」

アラベラは指をテーブルに押しつけた。「だって、あまりにもばからしくて。その概念そのものが。わたしたちが……」

「愛しあってる?」

「そう。それ。だれも信じるはずがないわ」

「信じるよ、ぼくたちがそのふりをすれば」

「いったいどうやって、ふりをするの？」

「簡単だ。たとえば、ときどきぼくが、きみの目はなんてきれいなんだと言ったり、きみのにおいはなんてすてきなんだと言ったりする」

「わたしのにおい？」

「そうだ。とてもロマンティックだよ。きみもやってみるといい」

「あなたは馬のにおいがする」

今度はガイが笑う番だった。アラベラは彼の笑い声がそのからだを揺さぶり、彼女の肌の上で弾むのが、彼の目がきらきらして口の横に深いしわができるのが好きだった。

「きみはだれかに恋したことがないのかい？」ガイが訊いた。

昨夜、ガイが彼女に希望をくれたとき、そして指を組みあわせて彼女を父親のところに連れていってくれたとき、目がくらむような気持ちだった。胸のなかのときめきを、まるでおみやげのようにベッドまで運んでいった。でもあれはただの……ただのなに？　感謝に違いない。それに安堵。

「何人か好きになった紳士はいたけど、彼らは……」アラベラは肩をすくめた。「わたしはそういう種類のレディではないって。あなたもそう思うでしょ」

「結婚したらいけないという？」

「わたしは昔から結婚したいと思っている。既婚女性はより自由だし、家族も欲しい。社交界でデビューしたときには思っていたわ。結婚するなら……」

いいえ。恋愛結婚などという、ずっと昔に心の奥に埋めた子供っぽい非現実的な夢を告白したらいけない。もしガイに知られたら、彼はこの先ずっと、それをからかって彼女を傷つけることができる。いまから数週間、数か月、数年がたって、別の人と結婚したあとでも、彼はアラベラの心の奥の欲望や夢を知っていることになる。そんなことを知られている人といっしょの部屋にいるのは耐えられない。

「結婚すると女は夫になにもかも——財産も、からだも、自分の安全も差しだすことになる。もしだれかにそんな力を与えなくてはいけないのなら、それを濫用しない人を選ぶわ。ありのままのわたしを尊重し、対等のパートナーだと認めてくれるような人」

「それに勇敢でないと」

アラベラはさっと彼を見た。「そうよ。男をこわがらせるのは、わたしの有名な才能だから」

「そんなにがんばって男をこわがらせなくてもいいんじゃないか」

「がんばってなんかいないわ。ものすごく簡単なのよ」

アラベラはぼんやりと鸚鵡の絵を直した。鸚鵡の群れは修羅場《パンデモニアム》。今朝、ずっと待っていたハドリアン・ベルからの手紙が届いた。年が明けてイギリスに帰国したら、結婚について話し合いをしたいという返事だった。そのことをガイに伝えるのに、いまは完璧なタイミングだ。

でも言葉が出てこなかった。代わりにアラベラは、明るい口調できびきびと言った。

「これでわかったでしょ、問題はわたしの理想の夫が存在するかどうかってことなの」

「ああ、きわめて難題だ」ガイはアラベラをまじまじと観察するふりをした。「それにはひじょうに特異な種類の男が必要だろう。言うまでもなく、彼はきみをこわがらない男でなければならない。だがきみをこわがらない男はばか者だし、彼はばか者でもいけない」

「つまり、あなたの推論では、彼は存在しない」

「だが彼は存在する。あまりにも強くきみを求めるがために、恐怖を克服する男だ。それに彼は、賢くなくてはいけない。もしかしたらきみとおなじくらい賢く、つまり自分がきみとおなじくらい賢いということをきみに知られないほど賢い男だ。そしてまた……」

ガイの言葉が途切れ、その目はアラベラの顔を見つめているのに、その心はどこか別の場所をさまよい、まったく彼女を見ていないようだった。

「そしてまた？」アラベラは促した。

彼の目の動きがとまり、アラベラの目を見つめた。この目は知っている。ロンドンのあの夜、ガイの手が彼女のからだを滑り、彼が彼女にキスしようと頭をさげたときの目だ。

「きみの情熱の解き放ち方を知ってる男でなくてはいけない」

ガイはあまりにも近くにいて、その存在があまりに大きかった。肩と胸と腕と脚。もし彼女がふたりのあいだを詰める勇気があったら、ふたたび彼に抱きしめられるだろう。

アラベラの合理的な部分は言葉の裏に隠れたがっていた。たとえば、〝その人にそんなことが可能かどうか、どうやって知ればいいの。面接やテストをする？〟。でも言葉はばらばらになって、ふたりのからだが絡みあっていたあのときのイメージと記憶に押しのけられた。

バン、という音で、アラベラはわれに返った。手前の図書室のドアが勢いよくあいた。

びっくりしたアラベラはミソサザイのように跳びのいた。ガイはのんびりと立ちあがった。彼はまたページをぐちゃぐちゃにしたが、いまそれを直すことはできなかった。アラベラは、戸口にいる、クイニーを肩に乗せたパパのいつにない満面の笑顔を見つめていた。

ガイのきのうの行動がラーク家の家族ににこにこ病を蔓延《まんえん》させたようだ。

でもパパの笑顔はアラベラに向けたものではなかった。

「すばらしい知らせだ、ハードバリー」パパは言った。「牧師と話してきた。きみたちの結婚式は十六日後だ」

＊＊＊

沈黙が図書室に広まった。ガイの隣で、アラベラが小声でつぶやいた。「十六日」

ぞっとしている。

午前中ずっと、サー・ゴードンとの話し合いをしながら、昨夜の自分の衝動的な行動について考え、自分はアラベラを誤解していた。彼は事態を掌握していると自分に言い聞かせてきた。

だが婚約して一日もたたないうちに、彼はコントロールを失いかけている。ミスター・ラークの先手のおかげで。

なんてゲームだ。

少なくとも彼とアラベラは今回だけは味方どうしだ。きょうの彼女は少しもおそろしげなことはなく、優雅なモーニングドレスを着た上品なレディだった。それに驚くほどかわいらしかった。何度もテーブルの上のページをまっすぐに直しているから、わざと斜めにするという誘惑に抗えなかった。ふたりは、子供のころからずっと仲が悪かったことなどなかったように、世間話をした。ガイはアラベラをからかった。それが火遊びではないかのように。

アラベラが彼にひじ鉄をくわせた。「笑ってるの?」声をひそめて言う。

「きみだっておもしろいと思うだろ」彼はそっと言った。

「十六日」彼女は首を振った。

つまりアラベラはほんとうに彼と結婚したくないと思っている。そうか。よかった。もちろんガイだって、彼女と結婚したいとは思わない。この執着があっても。だがどうやら彼は、少し傷つくくらいにはうぬぼれていたらしい。

レディ・ベリンダは穏やかなまなざしで娘を見て、得意満面のラークのところに行った。

「説明してください、ミスター・ラーク」ガイは言った。「どうして十六日で結婚が可能なんですか?」

「簡単だ」ラークは言った。「牧師は明日、三回の結婚予告の一回目を読みあげる。それから二回の日曜日を経て、その翌日に結婚式だ」

「簡単とはなにか、ぼくが教えましょう」ガイは言った。「アラベラはぼくの婚約者だ。だからぼくがいつどこで結婚式をあげるかを決める。ぼくたちは春にロンドンで結婚するつもりです」

鸚鵡がなにかよくわからないことをつぶやき、ラークは疑うように目をしかめた。

「なぜ遅らせる？　きみたちはたがいによく知っている。書類はすぐにつくれる。きみは娘の持参金を得て、きみの二番目の息子がわたしの領地を相続する、もしそれを心配しているのなら」

「そんな心配はしていません」ガイは言った。「ロンドンでの結婚式なら社交界の歴々に証人になってもらえる」

「ふん、だがきみたちは愛しあっているんだろう」ラークは首を振った。「ますます早く結婚したほうがいい。この子がきみの関心を引いているのはいまのうちだからな、これまでの男たちの例を考えれば」

ガイの横で、アラベラはまるで兵士のように立っていた。ぴくりともせず、背筋を伸ばし、感情をあらわさず、彼女は愛されることはないと父親が断言するのを聞いている。

ガイはもうおもしろがっていなかった。

昨晩、彼は自分がアラベラをまったく理解していなかったことに気づいた。だがいま、アラベラは自分のことを理解しているのだろうかと、はっとした。この誇り高い女は、自分の戦いはひとりで戦うと言い張り、だがだれかが彼女の味方につくと、まるで天使のようなまばゆい笑顔になる。相続のために戦っているとアラベラは言っていたが、じつは父親の愛情を求めているのではないかと、ガイは思った。

アラベラの手を取る。彼女はびくっとして、落ち着いた。ガイはこのとんでもない女を抱きよせ、同時に遠くに押しやりたかった。彼女の手は彼の手のなかでこれほどにも正しく感じる。これはガイの戦いではないが、アラベラ自身もきちんと理解しているかどうかあやしい戦いを、彼女ひとりに戦わせるわけにはいかない。

ラークは彼らのまだ生まれぬ子供の話をしている。「わたしはずっと、また男の子が生まれるのを待っていたんだ。もしきみたちがいま結婚すれば、春には孫息子の顔を見られる」

「夏です」ガイはぼんやりと訂正した。

レディ・ベリンダはこめかみに指を二本押しあてた。まるで頭痛がしてきたみたいに。

ラークが顔をしかめた。「なにか問題があるのか？」

「結婚式の日どりはともかく、夏まで息子は生まれません」ガイは言った。「いくらアラベラがひじょうに優秀でも、通常の期間よりも早く子供を産むことは不可能です。早く取りかかるのに異存はありませんが、それでも――」

ガイの言葉はレディ・ベリンダのタイミングのよい咳きこみでさえぎられた。

アラベラはしかめっ面からふつうの顔つきに戻り、理性的な言い方を試みた。「パパ、そんなに早い結婚式は侯爵閣下には迷惑よ。彼にはロンドンで侯爵としての大切なお仕事があるのだから。さっき、摂政の宮が彼に会いたがっているという話をしていたところなのよ」彼女は嘘をついた。

ガイはアラベラの手を握り、喧嘩しないようにと伝えた。

「摂政の宮はあと三週間くらい待てるはずだ」ラークは言った。「いや、結婚式に招待すればいい」

「でもパパ――」

「うるさい！　おまえは黙っていなさい」ラークはふたりを代わる代わる見つめた。「なぜふたりとも、早く結婚するのをそんなにいやがるんだ？」

アラベラが言い返すのは戦うのに慣れているからだ。主導権をとろうとするのは性格だが、彼女は未婚の娘だから、世界は彼女の言うことなど聞かない。それでも彼女はへこたれず、ひとりで戦いつづける。

「パパ――」

「父上の言うとおりだよ、アラベラ」

ガイは彼女の手をぎゅっと、さっきよりも強く握った。アラベラは彼の手のひらに爪をたてた。

「どうして？」

「摂政の宮に、ぼくが彼の言いなりになると思わせるのはよくない」

「あなたは彼の言いなりにしないとだめでしょ。国の支配者なんだから」

「そしてぼくの心の支配者はきみだ」

「もう、信じられない」

ガイはにやりと笑った。「それに、きみは彼よりもかわいいし、彼よりも少しだけ横暴なだけだ」

このくだらないやりとりにレディ・ベリンダはほほえみ、ラークは笑った。ガイも笑ったが、アラベラはめずらしく困惑の表情を浮かべてまわりを見回した。まるでちょっと目を離したすきに、世界がつくり直されてしまったというふうに。

アラベラとふたりでなんとかできるだろう。彼女がすべてを失うことのないようにして、ふたりとも望まない結婚は避ける。ガイにはまだ解決策が思いつかないが、アラベラならきっとなにか考えつく。

「書類仕事は近々すませましょう、ミスター・ラーク」ガイは言った。「これから婚約者といっしょに湖畔を散歩しながら、将来について話しあってきます」

それでアラベラの両親は満足し、アラベラが外出するために着替えに部屋にさがったあとで、満足とはほど遠い人間が図書室に入ってきた。不機嫌な顔をしたサー・ウォルターだ。

ガイが今朝送った手紙のことを知ったら、もっと不機嫌になるだろう。

「なぜそんな楽しそうにしてるんですか?」サー・ウォルターが尋ねた。

ミスター・ラークがまた満面の笑顔になった。「またでたいことがあったんだ。娘の結婚式が十六日後に決まった」

サー・ウォルターはむっつりと口をすぼめた。「あなたはうちのマティルダに求婚していたんでしょう、マイロード」

「よそに気をとられたんだ」

「あなたの妹さんたちのお世話をしたわたしに、これがあなたのお礼ですか?」

「ああ、親愛なるサー・ウォルター」ガイは言った。「約束するよ、あなたはもうすぐふさわしいお礼を受けとるはずだと」

「まあまあ、サー・ウォルター」ミスター・ラークがサー・ウォルターの肩を叩いた。その動きが鸚鵡を怒らせ、鸚鵡は文句を言った。「ハードバリーはまだペティコートをつけているころにわたしの娘の許婚になったんだ。あなたのマティルダはすばらしい女性だが、彼女にはうちのような財産はない。もう水に流して、いっしょに祝ってくれ」

サー・ウォルターはミスター・ラークの腕をふりほどいた。「村の宿屋に出かけてきます」彼は不機嫌に言った。「そのほうが楽しそうだ」

14

アラベラは一万回以上、湖に続く道を歩いたことがある。でもきょうのことは忘れないだろう。自分の人生が破綻をきたし、不完全な計画が崩れ去った日。

彼女と並んで歩くガイは、まるで風の強い日の馬のように落ち着きがなかった。手袋をはずしてポケットにつっこみ、素手で近くの木の枝を折って、小枝や葉っぱをむしり、歩きながらいろいろなものに打ちつけていた。

「さっき、わたしを黙らせようとしたでしょ」アラベラは言った。

「ああ、きみとお父さんは気が合わないのは明らかだし、反論しても事態が悪化するだけだと思ったから。きみは主導権を握ろうとしていたが、きみにとってそれは口論を始めることだからな」

アラベラはなにも言わなかった。ガイは彼女について、以前は知らなかったことを知っている。

「きみはいつも自分でなんとかしようとするのか?」ガイが尋ねた。「ほんとうに、だれかの手を借りるのに慣れていないんだ？」

とつぜん、オリヴァーといっしょに家庭教師から隠れたときのことを思いだした。パパの机の下にもぐって、くすくす笑いをこらえていた。チャンスが来るのを待って、庭に飛びだして逃げようとしたところで、ばったりパパに会ってしまった。でもパパは怒らなかった。ふたりが白状すると、笑って、両手をそれぞれつなぎ、庭を通って梟《ふくろう》の巣があるところまで連れていってくれた。

パパが笑って、彼女の手を握っていた？　ありえない。この記憶もでっちあげだ。

ガイは答えを待っているようでもなく、湖を一周する白い砂利道《じゃりみち》に出るまで、なにも話さなかった。

「それで？」彼は言った。「きみのすばらしいたくらみは？」

「どうしてわたしにたくらみがあると思うの？」

「きみはいつもたくらんでいるから」

「わたしはいつも計画しているの、それはまったく別ものよ」

ガイは茂みをはたき、歩きつづけた。彼はもうこの偽装婚約を終わりにするほかはないだろう。結論を保留にして、過去のいきさつのないふたりとして散歩できたらいいのに。長年、意志に反して結びつけられてきたふたりとしてではなく。

「でもわたしの計画は関係ない」アラベラは言った。「婚約を終わらせましょう」

ガイはなにも言わなかった。

「それがあなたの望みなら」彼女はつけ加えた。

「それがきみの望みなのか？」

「わたしは、それがあなたの望みかどうか訊いたのよ」

「そしてぼくは、それがきみの望みかどうか訊いているんだ」

「わたしの望みは……」

ふたりの横にある湖の表面に波が立っている。葉っぱ一枚、風にひらひらとあおられ、湖に落ち、今度はゆらゆらと水に揺られた。

「あんなふうに感じないこと」アラベラはその葉っぱを指差して言った。

ガイは棒の先でそれをつかまえようとしたが、風が湖面にさざ波を立て、葉っぱは向こうに流れていった。

ふたりはさらに歩き、道がまっすぐに伸びた、高い茂みで囲まれギリシアの神々の彫像の並ぶ部分にやってきた。

「これはあなたが承知したことではないわ」三叉槍《さんさそう》とひげをもつポセイドンの前を通りすぎながら、アラベラは言った。「あなたが助けてくれたのは親切だった。でもこれはまったく公平ではない」

「きみは殉教者ではないと言ってた」

「そうよ、でもあなただってそうでしょ。わたしたちふたりとも不幸になる必要はない」

彼はほっと息を吐いた。「アラベラ、はっきり言ってくれ。ぼくにはきみのような巧妙で複雑な思考力はないんだから」

「あなたはいまどき珍しい種のようね。気高い主義をもち、それに従って生きる。それは称賛されるべきことで、利用されるべきではない。パパがありのままのわたしを受けいれてくれることはけっしてないという事実に、向きあうべきときが来たんだわ。あなただってここまでの状況になるとは考えていなかったでしょ？」

「ああ」ガイは棒を砂利道にひきずった。「それできみは――どうする？　黙ってあきらめるのか？」

「ずっと前にそうするべきだったのかもしれない」

「きみは勘当される。すべて失う」

もしかしたら最初から彼女のものではなかったのかもしれない。そして彼女の最大の間違いは、それが自分のものになると思ったことかもしれない。

「なんとかするわ」アラベラは言った。「これまでもそうしてきた。これはわたしの問題で、あなたのではない」

ほら。彼を解放した。でもガイはなにも言わなかった。代わりに自分の帽子を取ると、棒の先にかぶせてバランスをとり、歩きながらそれを回したり、宙に投げあげてまたつかまえたりした。

まったく。この男は侯爵なのに、まるで子供のようにふざけたふるまいをしている。そして彼女は——正直に言ってしまえば、自分もおなじくらい子供だった。スカートをまとめて跳びあがり、帽子を横取りしようかと思った。棒からはたき落とした帽子をつかんで逃げる。ガイはすぐに彼女をつかまえ、ふたりは草の上に転がり——

それは子供っぽくはない。

ついにガイは帽子を高く放り投げ、風に飛ばされる前に跳びあがってつかみ、次の彫像のアポロの前でとまった。アポロは均整のとれた肉体美で、長い巻き毛を伸ばし、リラをかかえている。

「ぼくはできることをすべてやってみるまで、あきらめるのは拒否する」ガイは言った。

「この問題をなんとかするのにまだ十六日間ある。きみが降参するなんて信じられない」

「ばかなことを言わないで。わたしは降参したりしない。戦略を変更するだけ」

そのとき、聞いた言葉の意味をようやく理解した。アラベラはガイを見つめた。その口元にほほえみが浮かんでいる。

「あなたに救ってもらう必要はない」アラベラのプライドが言った。彼に感謝する仕方を知らないのだ。

「ばかなことを言わないでくれ。ぼくはきみを救っているわけじゃない」ガイは彼女のまねをして言った。「きみが自分を救うのを手伝ってるんだ」

アラベラがガイに投げたまなざしは、風のように肌を切り裂いてもおかしくなかったが、彼はにやりと笑ってアポロ像のほうに向いた。

「ぼくは無理やりきみと結婚させられることはないよ、アラベラ」彼は彫像に言った。

「だがきみの父上が相続の約束できみをコントロールしようとするやり方は軽蔑する。死んだ父がどれだけぼくをコントロールしていたか、知ってるかい？　ぼくは仕立屋がどんなコートに仕立てるかも、近侍がどんなふうに散髪するかも、自分で選べなかった。義務と社会的地位はいいけれど、個人的な好みを否定されると、心をすり減らされる。だからぼくたちで、きみの選択肢を奪われることなく相続を確保しよう」

ガイは言いおわるとアポロの頭に帽子をかぶせた。放蕩者のように少し斜めにして、一歩さがって効果を確認した。

アラベラもアポロ像を見た。その目は風雨にさらされた石を見ていたが、ガイのことしか考えられなかった。強く、たくましいガイ。彼女になんの義理もないし、彼女を嫌っているのに、それでも助けてくれる。

世界のすべてが正しくなった。

でも――

アラベラは前に出てアポロの帽子をまっすぐに直した。ほら。これで、世界のすべてが正しくなった。満足してうなずき、ふたたび歩きはじめようとしたが、ガイが彼女の脇を抜けて、さっきまでのように帽子を斜めにした。

ガイの顔は無邪気を絵に描いたようだった。アラベラは彼をにらみつけたが、彼が直そうとしなかったので、彼女が両手で帽子を直した。

アラベラが一歩さがるのを待って、ガイはのんびりと手の甲で、また帽子を傾けた。

またアラベラは直した。

ガイがまた斜めにする。

こぶしを握りしめた。彼のゲームには乗らない。それに！　ガイは自分がアラベラについて知っていること――ちょっとしたたわいのない弱点――をつかって、彼女を苦しめている。自分がなにを大事にしているかを人に知られると、こういうことになるのだ。

アラベラは高慢に首をそらし、道を歩きはじめた。ガイが隣にやってくる。

一歩。二歩。三、四。

ああもう。

アラベラが駆けもどり、帽子をまっすぐにすると、ガイは声を出して笑った。なんの心配もなく乱れた服装で、目に笑みを浮かべて、髪を風に吹かれるままにして。

彼がひじを差しだし、アラベラは彼のところまで戻ると、ひじに手をかけた。ふたりは典型的な婚約者どうしのように、歩きはじめた。肩と肩がふれあい、アラベラのワインレッド色のペリースが彼の外套と絡みあう。

「あなたはもう結婚している?」アラベラは質問した。ほんの短い距離を駆けただけなのに、息があがっていた。

「ぼくの知っているかぎりではない」

「偽名を使っている?」

「いや」

「未成年?」

「まさか」

「正気をなくしている?」

「きみのまわりでだけ」

「性的不能?」

ガイがくるりとふり向いた。アラベラの手が彼の腕から離れる。彼の目はロンドンでのあの夜に見た熱い激しさをたたえている。

「きみはどう思う?」うなるような声は誘うようにかすれている。「きみは経験があるだろう、ぼくの……性的能力にかんして」

「事情が変わったかもしれないでしょ」

「実演してほしい? すべてちゃんと機能するか確かめるために?」

ガイは視線をおろして彼女の唇を、そして彼女のからだを見つめた。そのまなざしがアラベラの肌に火を点け、またその手でさわられているかのように感じる。ガイの目のなかでおかしみとあの熱が混じりあい、それが伝わってアラベラの血にすてきなさざ波を起こす。そして、そう、このこともロンドンでわかったことだった。

あの夜、彼女は恐怖とプライドと軽はずみからすべてを台無しにしてしまったそのあとで、自分は知らずになにか大切なものを壊してしまったのではないかと気づいたのだ。何年もガイを嫌悪してきて、嫌悪する理由なんてなにもなかったのだとわかったときには手遅れだった。彼によく思われなくてもかまわないと思っていたのに、よく思われる可能性を永遠に失って初めて、彼によく思ってほしいということに気づいた。なんて悲痛な事実だろう。ガイがけっして彼女を求めないことを確実にしてから、彼を求める自分の切望に気がつくなんて。

もしかしたら手遅れではないのかもしれない。もしかしたら、いまからでもガイの頭をかかえて話を聞かせることも可能かもしれない。彼女はときどきこわくなり、恐怖のせいでおろかなことをして、プライドがそれをだれにも知られないように隠蔽するのだと、理解してもらえるかもしれない。でも、それにどんな意味があるだろう？ひょっとしたら彼は理解してくれるし、赦《ゆる》してもくれるかもしれない。でもだからといって、ガイが彼女を欲しがることはない。

ガイは彼女のことを、無節操で権力に飢えていると言った。そして善良で高潔な男はそんな女を欲しがらない。アラベラはもうじゅうぶん間違いをおかした。彼のつかの間の欲望と本質的な良識をほかのなにかだと誤解したらいけない。

「あなたの言葉を信じるわ」アラベラはなんとか言った。

ガイはしばらく彼女を見つめていたが、それから道のほうを向き、ブーツで砂利を踏み鳴らしながら歩きはじめ、なにごともなかったかのように、棒を水のなかに入れてひきずった。

なぜなら、なにごともなかったから。

「さっきの質問は結婚にかんするものなんだろ？」ガイが訊いた。

「法律で決められた結婚の履行障害よ。なにもあてはまらない。次の選択肢は結婚式を延期することね」

ガイは両方の眉を吊りあげた。「なにか考えがあるんだろうね」

「結婚が有効になるためには、結婚式が執りおこなわれる教区教会で、牧師が三週連続で結婚予告を読みあげる必要がある」アラベラは暗唱した。「そこで異議申し立てがなかったら、結婚式は三回目の予告から三か月以内に、ふたりの立会人のもとで、おこなわれる必要がある。もしなんらかの中断か遅延があれば、最初の予告からやり直さなければいけない」

「どうしてそういうこと全部を知ってるんだ？」

「わたしはものごとを知るのが好きなの。そうすればあまり……」

「湖の葉っぱのように感じなくなる」

いまいましい。また彼に知られてしまったことが増えた。

アラベラは続けた。「したがって、結婚式を中断または遅延するためには、わたしたちは本質的な要素をひとつ以上、取り除けばいい。すなわち、牧師、教会、立会人、花嫁、花婿」

「きみには案があるんだろう」

「簡単じゃない？　牧師を誘拐するのよ」

＊　＊　＊

ガイは足をとめた。牧師を誘拐する？　それが彼女の解決策なのか？　くそっ。なぜぼくは、彼女はこういう女だということをいつも忘れてしまうんだ？　いつになったら学ぶんだ、この女は——

冗談を言っている。もちろんそうだ。その目がおかしそうにきらきら輝き、彼の最初の反応をわかっていたかのような、かすかな挑発まである。

「実行するのは三回目の予告の直前ね」アラベラは続けた。「土曜日の夜がいいかもしれない。牧師補が代行できないように」

ガイは厳しい顔をしてみせた。「アラベラ、ぼくたちは牧師を誘拐したりしない」

「手荒なことはしないわ。もしかしたら楽しんでくれるかも」アラベラの顔がぱっと明るくなる。「海辺に連れていってあげましょうよ」

「だめだ」彼は言ったが、笑ってしまった。

「あなたはわたしが教会を燃やすのもだめって言うんでしょ」

「ほかに選択肢があるうちはだめだ」

アラベラは芝居がかったため息をついた。「あなたは、わたしのやりたいことをなにもやらせてくれない」

「きみはただぼくを笑わそうとしてるんだろ」

「あなたが笑ったところが好きなの。魅力的になる」

「それ以外のときは？」

アラベラは親指で彼の眉間にさわった。ガイはもう笑っていなかった。目の前でぼやける手袋をした彼女の手の、やわらかな、冷たい革の感触はまるで祝福のようで、思わずその場にひざまずき——

ガイは棒を投げ捨て、両手をポケットにつっこんだ。アラベラが手をさげたとき、ふたたび彼女の姿が見えた。その目のなかのほほえみ、からかうようにあげた眉、誘うようにひらいた唇。

「まるでつねに世界全般に腹をたてているように見える」アラベラは言った。

「いつもじゃない。ときどきは世界そのものに腹をたてている」

「でもほほえんだり笑ったりすると、ここに、口の左右に深いしわがあらわれる。まるであなたのほほえみが非常に重要だから、ほかのものすべてが場所を譲ったみたいに見える」

そしてまたアラベラは彼にさわった。両手で彼の顔をつつんで。弱い日射しが彼女の魅力的な眉、濃い睫毛、やわらかな肌、弧を描く唇のあらゆる細かい部分を優しくつつむ。手袋をはずしてくれたら。ガイは彼女にじかにさわってほしかった。

「あなたがハンサムかどうか、わからないわ」彼女は続けた。「あなたの顔立ちははっきりしすぎている。それにこんなに日焼けしているし、そしていつも風と太陽に目をしかめていたせいで目の下のここに、薄いしわがある」

「ぼくのからだも日焼けしているのに気がついたかい？」ガイはなにも考えずに言った。「この夏、イギリスに帰る途中で、バレンシアの果樹園で働いた。暑いときにはみんなシャツをぬいでいたんだ」

「セニョリータたちは文句を言わなかったでしょう」

「彼女たちの祖母もね」

アラベラは笑った。その吐息のような音は風に運ばれ、ガイはこのとっさのまばゆい美しさをつかまえたいと思った。彼女が両手をおろしたとき、冷たい風がガイのからだのなかを吹きぬけた。彼はさがらなかった。彼女も。

「でも全部薄れていく」アラベラは言った。「あなたの手のまめのように消える」

「そうだ。ぼくはやわらかく色白になって、ローストビーフを食べるか、まるで知らないことを偉そうにしゃべるくらいしか能がなくなる」

「あなたの髪の色も濃くなる。帽子をかぶって、イギリスの日射しにしかあたらなければ」アラベラは風に吹かれて乱れた彼の髪をひと房つかまえ、それから放した。「ジュノ・ベルは以前、髪をあのような金髪にするためにレモンの果汁を使っていたのよ」

「ぼくの近侍に言ってみよう」

ふたたびアラベラは笑った。そして自分がなにをしているか考える前に、ガイの手はポケットから出て彼女の帽子のリボンをひっぱっていた。

「いったいなにをしているの？」リボンが風に吹かれてはためく。

「太陽の下できみの髪を見たことがない」

「ただの髪よ。いつもとおなじに見える」

ガイが帽子をはずし、アラベラはそれを取り返したが、かぶろうとはしなかった。

つやのある黒髪のなかに埋まった小さな櫛《くし》がガイの目を引いた。それをつまんで引き抜くと――

「やめて！」アラベラが叫んだ。「大変だから」

――豊かな黒髪がアラベラの顔をつつむように流れ落ち、風に吹かれてたなびいた。

ガイは櫛をポケットにしまって、彼女の髪の毛を指に巻きつけ、絹糸のような髪を肌に感じた。

「きみもほほえむと魅力的だよ」そっと言った。

「いまほほえんでないわ」

「きみは目でほほえむ。それでじゅうぶんだよ。それに、きみの唇はいつも少し上向きにカーブしている。ほほえみを約束するように」

ガイは両手の親指でアラベラの唇の両端にふれた。そのとき気づいた。ふたりはキスするためにキスしたことは一度もない。挑戦として、敵どうしの危険なゲームとしてはある。そのあとは、ふたりとも裸になってあの——なんであれ——最中にしたのはあった。ふたりはまるで後先を逆にしてしまった。もしいまアラベラにキスしても、ふたりが新しく始められることはけっしてない。なぜなら、ふたりのあいだのすべてが、ずっと間違っていたからだ。

そう考えたことで、ガイは手をおろし、踵を返し、数ヤード離れることができた。歩きつづけろ。彼は自分に言い聞かせた。歩け、歩くんだ！　しかし彼のからだは言うことを聞かなかった。ふたたびアラベラのほうを見ずにはいられなかった。

アラベラは湖のほとりにじっと立っていた。弱々しい日射しにつつまれ、風がワインレッド色のスカートをはためかせ、リボンの先にぶらさがる帽子をひるがえしている。髪は彼女の顔のまわりで風をはらんで揺れ、ガイは自分がほんとうの彼女を見ているような気がした。すばらしく誇り高く、心が張り裂けそうなほど無防備で、自然そのものの力を無視して立っている。

立ち去らなければいけなかった。彼女にキスしたいという気持ちから、彼が考えているリスクから、立ち去らなければいけない。彼女の意外な魅力、ひそかな気高さ、強さから立ち去らなければ。その強さに魅了される。

「立ち去るんだ」ガイは口に出して言ったが、風がその言葉をさらい、彼をふり向かせて彼女のほうへ後押しした。

15

アラベラはガイの背中を見つめていた。そうしたらとつぜん、それが背中ではなくなった。彼がくるりとふり向く。彼女のほうへ戻ってくる。その長い力強い脚の一歩ごとに、アラベラの全身に期待が脈打った。外套をうしろにはためかせ、真剣な目で、顔をしかめて彼女に迫る。熱く、猛烈で、一心に。

アラベラは動けなかった。どこにも行く場所はなく、彼と彼の接近だけで、世界が縮まって空気を薄くし、彼女の血を沸きたたせ、それが血管を駆けめぐり、渦を巻き、溜《た》まってずきずきした。

ガイは彼女の前まで来てもスピードをゆるめなかった。その勢いのまま片手でアラベラの顔を、もう片方の手でウエストをつかむ。ふたりのからだがぶつかり、アラベラは彼に手を伸ばし、つかみ、飢えた唇で彼の唇を迎えた。ガイの唇は熱く要求し、アラベラはそれに自分の要求で応えた。片手をガイの髪に手を差しこみ、反対の手でウエストコートをつかんで、たぶん帽子を落としてしまったけれど、どうでもよかった。帽子なんて数えきれないほどもっているけど、ガイにキスするチャンスは一度だけだ。彼の口を所有し、自分のものにして、味わい、くまなくまさぐる。でも——なんなの！——彼の舌がじゃまだ。アラベラは舌でガイの舌と切り結び、彼が喉の奥から音を洩らして——笑い声？　わたしにキスしている最中に笑っているの？

　でもああ、ほんとうに、もっと欲しくてたまらない。

　アラベラの切迫した情欲を彼も感じているかのように、その手が彼女の尻をかかえて自分のからだに、その熱い長身に押しつけるように引きあげた。胸と胸、腰と腰が密着し、そして、そうよ、彼が感じられそうだった。もう少しからだを押しつけて、キスを深めれば——

　ガイも興奮している。彼の手が動き、彼女のウエストや胸をなで、ふたりの舌は絡みあい、アラベラも彼のコートの下に手を入れ、その熱と約束を探し求める。彼のキスでアラベラは彼、彼の味、彼のにおい、彼の愛撫でいっぱいになり、でもまだ足りなかった。ぜんぜん足りない。もっと欲しい。どうしてもっとさわってくれないの？

　ああ、アラベラも笑いだしたくなった。この純粋な昂揚！　記憶していたすべてだ。血のなかと肌の下の熱が野火のように全身に広がり、なにもかも叩き壊して蓋をあけていく。彼女がずっと鍵をかけてしまいこんでいたすべてと、ありとあらゆる感情を。

あまりにも深く埋めていた感情が、ふたたびあけ放たれる。

すばらしかった、と彼は言った。まばゆいばかりにすばらしかった、と。

ふたりは唇を離して息をついだ。でもガイの腕はまだアラベラを抱きしめたまま、その唇は彼女のあご、ほお、耳に熱い跡を残していく。アラベラの全身がこの唇を切望していた。彼女の唇は彼の全身を切望していた。

「ああ、アラベラ、きみにはお手上げだ」ガイがつぶやく。「ぼくは……きみにさわらずにはいられない。なんてことだ。もうどうでもいい。どんな結果になってもかまわない」

アラベラは凍りついた。まるで息を切らした馬のような、激しく荒い自分の息遣いを聞いた。

「結果？」彼女は訊き返した。

ガイにとつぜん放されて、アラベラはよろめいた。彼はくるりと背を向け、楽しくなさそうな笑い声をあげ、手で髪をかきあげた。あまりに大きな活力がからだを駆けめぐり、動くことでしかそれを解消できないというふうに。

アラベラは動かなかった。じっと、身じろぎもせず、その場に立っていた。

「ぼくはけっきょくきみと結婚することになるんだろう。いまごろ父は墓のなかで腹をかかえて笑ってる！　何年間も、父の指図には従わないと主張してきたのに」ガイはまだ彼女に背を向けたままで、首を振った。「きみの評判」

「もちろん、わたしの評判のことを考えましょう」

それでもガイはふり向かなかった。「ぼくはロンドンであったことでは、きみになんの義理もない。だがもしだれかにこれを見られていたら、ぼくはどうしてもきみと結婚しなくてはならない。名誉のために」

ガイの顔は見えなかったが、その苦々しい口調でアラベラの知るべきことは全部わかった。

さいわい、彼女のプライドはガイのキスで完全に壊されていなかった。

「名誉をもつのも不便なものね」アラベラはゆっくりと言った。「わたしはとくにその欠点をもっていなくて、ほんとうによかったわ」

ガイはうなずいた。まるで彼女が、彼がすでに疑っていたことを裏付けたかのように。そして降参するように両手をあげると、行ったり来たりしはじめた。

「ロンドンのあの夜。あの夜、きみがなぜぼくのところに来たのか、ぼくはまだ理解できていない。それにスカルソープも。彼となにがあったんだ？」

アラベラのなかで、記憶と考えと可能性が激しく駆けまわる。まるで彼女には十個も心臓があって、そのひとつひとつが二倍の速さで鼓動しているかのようだ。

ガイにすべて打ち明けることもできる。彼女の恐怖も、嫌悪も、スカルソープの妄想も。なぜガイを利用したのかも話せる。

ロンドンでのあの夜、ガイは彼女を出し抜こうとしたけれど、けっきょくは彼女の命令に従った。あの夜のことで彼は自分を嫌悪し、彼女を嫌悪し、そしてあの夜のことで——そう、アラベラにはよくわかる。ガイが彼女にキスして、彼女といっしょに笑い、彼女の味方をしてくれても、彼女の一部を嫌悪する気持ちはわかる。それが気持ちの困ったところだ。複雑で、ぐちゃぐちゃで、矛盾してて。ああ、気持ちをきれいに箱詰めにして、色とりどりのリボンで結んでおけたらどんなにいいだろう。

スカルソープがしたことを彼に言ったらどうなる？　ママは舞踏会で噂のたねを蒔きはじめた。やがて噂が広まり、春にはみんなの知るところになるだろう。でもいまは……。

もしアラベラが袖をめくって薄くなってきたあざを見せたら？　ガイの立派な主義はどんなに害されるだろう！　名誉を重んじ、衝動的な彼はすぐにスカルソープに決闘を申しこむ。もし血が流れるようなことがあったら、それは自分のせいだということを、アラベラはずっとかかえていくことになる。なぜなら彼女は自分の言葉の力も、ガイの性格も、その主義によって対決に突き進むということも知っているのだから。

「あらためて、ロンドンであなたをあんなふうに扱ったことを謝るわ」アラベラは言ったが、自分の耳にも声がこわばって聞こえた。

「ぼくは謝罪ではなく、説明を求めているんだ」

「なにも説明することはないわ。わたしはあなたを解放すると言った」

長いあいだ、ガイは湖を見つめていた。アラベラは自分の帽子を拾って、くしゃくしゃになったリボンのしわを伸ばした。自分の過去のしわも、つまずきも、間違いも、いっしょに伸ばせたらいいのに。

「はっきり言ってくれ、アラベラ」ようやくガイは言った。彼女の言ったことはすべて嘘だと思っているらしい。「なにをたくらんでいる？　白状すると、ぼくにはきみの考えについていくだけの理解力がない。ぼくには自分を導く主義しかないし、それにぼくの心はきみへの欲望で混乱していて、どう考えていいのかわからない」ガイは正直でまっすぐなまなざしでアラベラをじっと見つめた。「わかりやすく言ってくれ。きみはけっきょくはぼくと結婚するつもりなのか？」

なんてことを認めるんだろう！　こんなに簡単に自分の弱さを認めるのは、自分の強さに絶対の自信があるから、欠点を認めても自分がおとしめられるとは思わない。どんなにすばらしいだろう、そんなふうに生きられたら。どんなに自由だろう。

でも、アラベラは彼の弱さを利用することもできた。正しい言葉を選べば、数週間後には侯爵夫人になり、彼女の社交界での地位、将来、相続は安泰《あんたい》になる。

すべてを手に入れることができる――彼女を嫌悪している夫も。ガイをそんな目に遭わせてはいけない。彼は嫌いな女にだまされて残りの人生をともにするような目に遭っていい人じゃない。想像してみなさい。ガイと一生をともにして、彼によく思われたいと願っても、返ってくるのは恨みだけなのだ。

「正直に言って、そんなつもりはないわ」アラベラは言った。「それはこの世で最悪のことだと思う」

ガイは同意するようにうなずき、言った。「きみの父上がこの状況できみを相続からはずすのは不正義だ。ぼくはみんなに嘘をつきたくはないが、不正義に見て見ぬふりをするのはもっといけない。計画をたてよう。ぼくはこれをやり遂げたい。春まででいいんだから」

パパはきっと、不正義はオリヴァーが死んだことだと、妻がもっと息子を産まなかったことだと、娘がはねっかえりの口うるさい女になったことだと言うだろう。アラベラにとっての不正義は、自分には男とおなじ権利がなくて、弟の死がまるで呪いのように彼女にのしかかっていることだ。

「約束するわ。あなたが望まないことはぜったいにさせないから」アラベラは言った。

それは心からの約束だったが、これにも彼は笑い、アラベラは自分がなにか誤解しているのだろうかと思った。彼がこちらを向き、目が合ったとき、ふたりは近づいて、抱きあい、またキスしはじめるのだと思った。

でもそうはならず、彼は言った。「どうやって夫を見つけるんだ？　もちろん計画はあるんだろう」

「もちろんよ」アラベラは湖のほうを見て、波立つ湖面に浮かぶ水鳥を見つめた。「ハドリアン・ベルと手紙のやりとりをしたの。サー・ゴードンの息子よ。憶えている？」

「彼はポツダムの大使館に駐在していると聞いたよ」ガイが固まった。「つまりハドリアンと結婚するつもりなのか？」

「彼はその話し合いをしてもいいと言ってる。彼の家の領地はうちの領地に隣接しているから、わたしたちが結婚すれば領地を合併できる。それならパパもかならず認めるでしょう」アラベラはガイのほうを向いて、あごをあげた。「これでわかったでしょ、わたしに必要なのは時間だけなのだと」

「なぜならきみには計画があるから」ガイはうなずき、またうなずき、いつまでもうなずいていた。『そうか。そうだな。ハドリアン・ベル。彼にとっては良縁だ。いつも野心家だったしな。いい計画だ」

野心家。つまり、もちろん、それ以外の理由ではだれもアラベラと結婚しようとは思わないから。

「だからあなたがどこかに行って、結婚式を延期しないと」アラベラはあえて言った。

「わたしたちは牧師も、教会も、立会人も消すことはできないんだから。それにわたしはどこにも行けない。残るのはあなただけ」アラベラは手で髪をうしろに寄せ、帽子をかぶり、きびきびとリボンを結びはじめた。「三回目の予告の三か月以内に結婚しなかったら、また一からやり直しになる。パパには緊急の用事ができたけれど結婚式には戻ると言って。でも用事が長引いて、三か月ここには戻らず、ひんぱんに手紙を書いて……」彼女は手をおろした。「これは大変だわ。あなたが望んだことでもないのに」

「いずれにしても、ぼくはロンドンには行くことになる。大法官府裁判所への申し立てにかんして」ガイは両手をポケットにつっこんだ。「もしほかのだれかがぼくと会いたがったり、貴族から招待されたり、王室からの命令があったりしたら、風向きが変わるかもしれない。きみの父上のはったりをひっこめさせよう。本気で自分の直系を相続からはずそうとしているとは思えない。まだ孫息子の可能性があるのだから」

ふたりは並んで水鳥を眺めた。

「こうしよう」ガイは言った。「来週いっぱいくらい、ぼくたちはこの婚約が本物だと、ぼくたちはほんとうに愛しあっていると人々に信じさせるために必要なことはなんでもする。もしそれがときには……」ガイは彼女の唇をちらりと見て、陰気なほほえみを浮かべて首を振り、目をそらした。「ぼくたちは分別のついた大人どうしで、完璧に自分をコントロールできる」

「そうよ」

アラベラは、自分と父とのあいだの長年の争いに巻きこまれているママのことを考えた。そして自分が追いはらわれることを考えた。「こんなこと、しないでよければよかった」彼女は言った。

「ああ、だがぼくは不正義に見て見ぬふりはできない。ぼくの手助けで正すことができるなら。もっとやっかいな状況も乗りきってきたよ」

ふたりは黙って道を戻りはじめた。ガイは彫像の頭にかぶせた自分の帽子を取り、手袋をはめた。

芝生に近づいたところで、使用人たちの子供たち四人組がふたりとすれ違い、大声で挨拶して、走っていった。みんな手に小さなボートを持っている。

ガイは立ちどまり、男の子たちが走っていくのを見ていた。「オリヴァーはいちばん速いボートをつくっていたのを憶えている。ちょっとした天才だった」

「そうね、そうだったと思う」

「彼のことを考えるかい？」

「わたしたちはまだ子供だったし、ずっと昔のことよ」

「ぼくはいまでもときどき兄のことを考える。もっとも、兄が亡くなったときにはオリヴァーよりも年が上だったが」

ガイは喪失と愛情について、なんて簡単に話すんだろう。そして地面にくずおれることも、頭から倒れることもないのだ。もしかしたら彼女も試してみるべきかもしれない。

「わたしもときどきオリヴァーのことを考えるわ」アラベラは言ってみた。

ガイがうなずく。「だが彼らはけっしていなくならない、そうだろ?」

そうだ。オリヴァーはけっして彼女から離れない。いつも彼女の隣のあいた席に、この家にぽっかりあいた虚空に存在する。

男の子たちは水辺で、レースのルールについての話し合いがまとまり、それぞれのボートをおろした。

「背の高い子がジョン、うちの園丁の長のいちばん上の息子よ」アラベラは言った。「ジョンは今年、夏至の徒競走で優勝して賞金を勝ちとって、それを姉のエルザにあげたの。エルザがパン焼きの息子と結婚して家をもてるように。ジョンの弟があそこにいるポールで、犬が大好きなの。でも園丁の長は前世紀から犬舎の長と不仲だから、ときどき忍びこむのをわたしが手伝っている」

「きみにとって彼らは大事なんだ」ガイの言葉はまるで非難のようだった。「父上を負かすことや相続することだけじゃない。人々が大事なんだ」

風がアラベラの悲しげな笑い声をのみこんだ。「あなたはわたしのことをひどい人間だと思っているんでしょ?」

「正直に言って、アラベラ、ぼくはきみのことをどう考えたらいいのかわからない。きみはその超然とした上辺に隠れている。それに思ってもないとんでもなく傲慢なことを言う。それにきみは自分を弁護しようとしない。だがきみはまぎれもなく陰謀家で、容赦なくそれを実行する」ガイは一歩前に出た。その目は真剣で、手で彼女のあごをなで、その手をまるで鳥のように軽く肩に置いた。「だがきみはほかの人たちのために戦う。自分の賢さを使って彼らを助け、守ろうとする。そしてきみのすばらしさ……きみのすばらしさは否定しようがない」

アラベラは心臓が胸から飛びだしそうだった。その言葉に、安心させるようにそっと腕を滑りおりて彼女の手を握ったその手に。

風に乗って人の声が聞こえる。パパと鳥類学者たちが芝生を横切っている。

「わたしたちとても近いわ」アラベラはさがらなかった。

「ぼくはただ手を握っているだけだよ。ぼくたちはきみの評判を傷つけるようなことはせずに、ぼくたちは愛しあっていると人々に納得させる」ガイは彼のあの笑顔を見せた。彼の陽気さは本心を隠しているのだろうか、とアラベラは思った。「ぼくはきみと思いきりいちゃつく。褒め言葉を浴びせ、機会あるごとにきみの……」彼の目はアラベラの唇を見つめた。「ほおを赤くさせる」

「わたしはほおを赤くしたりしない」

「それはやってみないと」

ガイのまなざしは温かく、真剣だった。恋人の大胆な視線、おせじと気安いほほえみも。ふたりはふりをしているだけだった。人に見せるために。それでもアラベラは心が騒いだ。

「あなたはとても上手ね」なんとか言った。「でもわたしは、いちゃつくやり方を知らないのよ」

「もしきみが学んだらと思うと、おそろしいよ」

ガイは首を振って、アラベラの手を放し、横を向いた。

あなたが教えてくれればいいのに、と言いたかった。

でもアラベラの口は渇き、喉が締めつけられていた。それに彼はすでに歩いていってしまった。

16

日曜日はよく晴れて、残っている招待客の一部は一マイル先の教会まで歩いていくことになった。小さな一行が正面の階段で集まっているところへ、アラベラが帽子を手に持ち、いつになく胸が締めつけられるのを感じながら到着した。

きょう、牧師は最初の結婚予告を読みあげる。

アラベラの目はすぐにガイを見つけた。明るい目でおしゃべりしているミス・トレッドゴールドの横で、頭ひとつ高い。日射しが、彼の帽子の下からのぞく髪の毛先と青い上着の真鍮のボタン、それにミス・トレッドゴールドの帽子の光沢のあるピンク色のリボンを光らせている。

わたしを見てほほえんで、とアラベラは念じた。わたしを見るだけでうれしいというふうに。

でもアラベラを見たガイは、よろこびの茶番らしく、両手を大きく広げて言った。

「ミス・ラーク、おはよう！」彼が呼びかけた。沈黙が落ち、人々が首をめぐらした。

「よく眠れただろうね？」

その目のなかに知っているという光がよぎった。まるでアラベラが昨夜の半分は眠れずに横たわっていたのを知っていると言わんばかりに。ふたりのキスの記憶にからだがほてり、事態の軌道修正をするためになんと言ったらいいのかを考え、そんな言葉は存在しないと思いだしたからだ。アラベラはそれが大切なものだと気がつく前に、ガイによく思われる可能性をなくしたのだから。

「楽しい夢を見たわ」アラベラは答えた。

「ぼくもだ、全部きみの夢だったよ」

みんなまるでドルーリー・レーンの喜劇を演じている役者のように笑った。アラベラも自分の役を演じなければならない。でもほかの人が書いた脚本のお芝居で演じるのはなんだか間違っているように感じた。

さらに困ったことに、ガイが彼女のところにやってきて、その手を取り、指の関節を唇にもっていった。

「ちょっとやりすぎだと思わない、ハードバリー？」アラベラは小声でつぶやいた。

「まったく足りないよ」彼も小声で言い、それから声を大きくして言った。「きみに帽子をかぶせてあげよう、すばらしい帽子だ」

それを待っていたかのように、人々はこういう一団がよくするように適当に道を進みはじめ、ガイはアラベラの帽子を取って頭に載せた。

「わたしは完璧に自分でかぶれるわ」彼女は言ったが、逃げなかった。

「それはそうだろう」ガイは頭をかしげ、顔をしかめた。帽子をかぶせるという仕事が重要な責任であるかのように。「だがぼくたちが互いに夢中だと信じこませるためには、ぼくは手を貸すと言うし、きみはそれを受けいれるんだ」

「つまり、わたしは弱くて無力なふりをして、あなたに自分は重要だと思わせるのね」

「そうしたければ。だが人に助けを求めても無力だということにはならない」

「ただの帽子よ、ハードバリー」

「それにきれいな帽子だ」

ガイは時間をかけてリボンを結び、なにげなしに彼女の喉とあごに手をかすめ、彼が一歩さがって出来映えを見ると、アラベラはすぐに彼の夏のようなにおいがなくなってさびしくなった。帽子にさわってみた。完璧にまっすぐだ。

「きみをからかうのはすばらしい娯楽だよ」ガイは言った。「また困ったような顔をしてる。まるでいままでだれにもからかわれたことがなくて、どうしたらいいのかわからないみたいだ」

「もちろんわたしをからかう人はいたわ。でもその人たちはみんな、どちらかといえば死んでる」

「さっきも言ったけど、すばらしい娯楽だ」ガイはドアにちらっと目を向けた。「フレディーを待つあいだに、ぼくをくらくらさせるようなほほえみを見せて、きみの全力を尽くしてきみの熱愛を表現してみてごらん」

アラベラはきびきびと手袋をつけた。もしかしたらガイといちゃつくのはすばらしい娯楽かもしれないけれど、彼女はいちゃつき方なんてまったく知らないし、やってみて失敗するのはいやだった。

「わたしもつまらないことを言わないといけないの、あなたの自己愛を助長するために?」アラベラは訊いた。

「ぼくの自己愛に必要なのは、きみが睫毛をぱちぱちすることだけだよ」

「どうすればいいのか知らないの」

「それなら赤くなってくれ」

「ぜったいにないわ」

「ぼくにあらゆるよろこびを与えると努力すると言ってくれ」

「あなたのよろこびがなんなのかさえ、まったく知らないのに」

ガイは肩をすくめた。「どれも簡単なことだ。はき心地のよいブーツ、温かいバターつきトースト、それにきみのいいにおいのする髪をほどいて、それがぼくの裸の肌をなでることだ」

アラベラは変な声を出した。カラスの雛《ひな》の鳴き声のような。

「やったぞ」ガイは言った。「このラウンドはぼくの勝ちだ」

アラベラが言い返す前に、フレディーが緑色の乗馬服と帽子という姿でやってきて、そのあとにレディ・トレッドゴールドが続いた。

「フレディー！」ガイが呼びかける。「いっしょに歩いていくか？」

フレディーは兄のほうは目もくれずに、「乗馬に行ってくる」と言うと、反対側に歩いていった。

「ああ」ガイは立ちどまった。彼は遠ざかる妹の背中にうなずき、半ば傷ついたようなほほえみに口元をゆがめた。アラベラは考えるより先に、彼のひじに腕を通して、彼の腕をぎゅっと握った。

レディ・トレッドゴールドはがっかりした面持ちだった。「申し訳ありません、マイロード。でもレディ・フレデリカは最近あんな感じなので、一回くらい日曜日の礼拝に出なくてもいいかと思って。もちろん馬丁がお供します」

「もちろん」

近くで待っていたミス・トレッドゴールドが前に出てきた。「手紙を受けとったのよ」

「黙りなさい、マティルダ」

ガイはさっとそちらを向いた。「どういう意味だ、手紙って?」

「彼女に――」

「その手紙はわたしからだったんです」レディ・トレッドゴールドがさっと口をはさんだ。「きょうは教会ではなく乗馬に行ってもいいという内容の。さあ、口をとがらせるのはやめて、マティルダ、楽しく歩いていきましょう」

ふたりはさっさと人々を追いかけていった。ガイはフレディーが向かったほうを見つめていた。

「あの子はすばらしい乗り手だし、馬が好きなのよ」アラベラは言った。だれかを慰める。これも彼女が学んでこなかったことのひとつだ。カッサンドラのように親切な人なら、なんというだろう?

「フレディーの人生はここ数年で多くの変化に見舞われたから、自分の足がかりを見つけようとしているんだと思う」アラベラは言ってみた。「あの年頃は……思いだしてみて、あなたは国を出たとき、いまのフレディーと一歳くらいしか変わらなかったのよ」

「たしかに」

アラベラの手がガイの腕をつかんだまま、ふたりは道を歩いていった。生垣の茂みは色とりどりの秋の実をつけていた。赤いローズヒップ、紫色のスローベリー。ベリーをついばんでいた青いカラスが逃げていった。

　ガイは手袋をぐっとひっぱってはずした。アラベラは手を放さなければならなかった。

「フレディーがぼくと会ってよろこぶというのは、期待しすぎだったんだろう」ガイはとつぜん言った。「昔、あの子はぼくが帰ると走ってきて、ふたりで冒険に出かけた。家に帰る楽しみのひとつだった」彼はベリーをいくつか摘んで、手のひらの上で転がした。「あの子は幼すぎて連れていけなかったし、ぼくはここにいられなかった」

「手紙を書けばよかったのに」

「書いたよ。父は一通も渡さなかった」ひとつひとつ、ガイはベリーを生垣の向こうの畑に投げ入れた。「ナポリに着いてすぐに妹に手紙を書いた」

「なぜナポリだったの？　友だちがいたの？」

「違う。最初に乗れる船に乗ったんだ。だがナポリの人々はとても友好的で親切だった」彼の表情は苦々しかった。「とても友好的なパンチをくれて親切にぼくの財布とブーツを持っていってくれた」

「どうやって暮らしたの？」

「働いた。老夫婦のところで。代わりに食べものと宿、地元靴屋のつくったブーツをもらった」

ふたたび、ガイは生垣に手を伸ばしたが、すぐに「痛っ！」と言ってひっこめた。指をなめて、懲りることなく、ふたたび手を伸ばしてローズヒップを摘んだ。

「そのあとは？」

「なんでもやった。アナトリアでは傭兵《ようへい》として隊商の警護をしたり、ペルーの探検隊に雇われたり、スペインでオレンジを収穫したり。そういうことだ」

アラベラはガイの横顔を見つめた。折れた鼻、日焼けした肌、こけたほお。そしてからだ――男のからだに多少の経験をもつジュノによれば労働者のようだという。若いころ、ガイはかなり図に乗っていたし、なんでも自分の思いどおりになって当たり前だったから、彼がつらい経験に耐え、むしろ進んでそういう経験をしていたとは夢にも思っていなかった。

「いつでも帰国できたし、ヨーロッパのどのお屋敷でも歓迎されたでしょう」アラベラは言った。「ほとんどの人は将来のイギリス貴族を一生懸命助けようとしたはずよ」

「わかっている、だが……ナポリの最初の夜、ぼくは歩いて町を出た。金も、靴もなく、どうしたらいいのかもわからなかった。野宿しようと畑に寝転がり……よく晴れた日で、月は出ていなかったが、無数の星が見えた。ぼくは生まれて初めて、自由だと思った。そういう夜、空は果てしなく広がり、人の魂は膨れあがる。それは……」

彼はローズヒップを樫の木にめがけて投げた。「ぼくは自由だと感じた」

アラベラは水たまりをよけた。「つまりお父さまがあなたに髪型を選ばせなかったというのは、誇張ではなかったのね」

「父はぼくの召使を雇い、どの店に行けるかを決め、ぼくがどこにも雇われないように裏から手を回した。父の影響力は強大だったから、海軍でさえぼくをとってくれなかった。それ以外の店がぼくと取引すると、その人たちに迷惑がかかった。だからぼくはさっさと道をはずれないことを学んだ」

「びっくり。妄執だわ」

「そうだ。ぼくを自分の操り人形にしたかったんだ。最悪なのは、いまでも父のことを懐かしく思うということだよ」ガイは頭のうしろで両手を組んだが、数歩歩くとまた生垣の実を摘みはじめた。「旅は楽しかった。挑戦を受け、財産と名前なしで自分になにができるのかを学んだ。イギリスでは……」アラベラをちらっと見た。「ぼくに挑んできたのはきみだけだった」

「わたしを嫌っていたのも無理はないわね」

「だが最近、ぼくは帰れる場所が欲しいと思うようになった。わが家、つながり、友情。父がぼくから奪ったそういうものを。それをいま欲しいと思っている」

だからガイはおしとやかで愛想のいい、アラベラとは似ても似つかない花嫁が欲しいのだ。

「あなたが欲しいものが手に入りますように」アラベラは心から言った。「わが家は心と魂のある場所でないと」

ガイの視線を顔に感じた。からだをこわばらせて、黙って歩きつづけた。

「きみがぼくの心と魂のことを気にしている？」ようやくガイが訊いた。

「ばかなことを言わないで」アラベラは高慢にあごをあげた。「少しでもわたしが興味をもつ唯一のものは、あなたのからだだから」

ガイは立ちどまり、口をあんぐりあけた。アラベラは彼にひややかな視線を送り、教会の庭に向かって歩きつづけた。

ガイの笑い声が追いかけてきた。「気をつけてくれよ、ミス・ラーク、きみがぼくを赤面させる」

「あら」アラベラは肩越しに言った。「このラウンドはわたしの勝ちみたいね」

すぐに彼が追いついて横に並んだ。「ぼくが心からかわいいと思うのは」陽気につづける。「きみがそういうことを言いながら、やっぱり刺々しく聞こえることだ」

ああ、これは褒め言葉ではない。ただのからかいで、彼女をだしにした彼の娯楽だ。

「あなたはまたロマンティックになっているの？」アラベラはゆっくり言った。「薔薇と棘についてのひどい詩でわたしをなぶるつもり？」

「薔薇？　いや、いや、いや。アラベラ、きみはまったく薔薇なんかじゃない」ガイは彼女の手を取って、立ちどまらせた。話しながら、彼の素手がアラベラの手袋と袖のすき間を見つけて、感じやすい手首の肌にゆっくりと円を描いた。「きみの棘はブラックベリーの茂みのようだ。絡まった枝と葉が鋭い棘に覆われている。だがその棘のなかにおいしいベリーが生《な》っている。その抗いがたい美味を味わえる可能性だけでも、ひっかかれたりだまされたりする価値がある」

温かくいたずらっぽいガイの目がアラベラをじっと見つめ、彼は両手で彼女の手首を取ると、がさがさの親指で布地をかき分け、その肌に唇をかすめた。

そして背筋を伸ばし、つぶやいた。「これはするべきじゃなかった」教会の敷地に集まっている人々を見て首を振った。「これで確実に自分が罪深く感じる」

「牧師さまのお説教がすぐにわたしたちを正しくしてくれるはずよ」

アラベラは〝わたしたち〟と言ってしまったことに唇を嚙んだが、ガイは気がつかなかったようだ。

「または教会に雷が落ちるか」

「少なくとも、それでわたしたちの結婚式の問題は解決する」

「そうだ」

とつぜん、彼はアラベラの手を放した。アラベラは袖を手首におろし、反対の手で押さえた。そうすれば、焼き印のように彼の感触を肌に焼きつけられるかのように。

教会の屋根に燕《つばめ》の巣があって、雛たちが小さなさえずりで信徒たちを迎えている。雛はだいぶ大きくなっている。もうすぐ飛びたつだろう。

「出発について考えた?」アラベラは訊いた。

ガイはすぐには答えず、手袋をひっぱってつけた。「来週の月曜日にロンドンに戻ろうと思う」ようやく言った。

あと八日で、彼はいなくなる。

ガイは彼のほほえみを浮かべ、ひじを差しだした。

「さあ、ぼくたちが結婚すると牧師さまがみんなに読みあげたら、なにが起きるか見てみよう。だれかが笑うのに十ポンド賭けるよ」

＊　＊　＊

次の日の夜、レディ・ベリンダはテーブルの席順でめずらしくミスをして、ガイとアラベラを隣にしてしまった。

ガイはその日初めてアラベラに会った。仕立屋の大軍が押し寄せ、アラベラを捕虜にしたからだ。友人のミセス・デウィットとミス・ベルにしっかりと監視されて。激しい雨でだれもが室内に留《とど》まったが、フレディーだけはふたたび、脱出の才能を発揮したようだ。ガイは一日じゅう、ウルスラと遊んでいた。

だがいま、婚約者と並んで晩餐のテーブルに坐った。礼儀のため、そしてたぶんそれぞれの正気のために、ふたりは相手のことと、テーブルクロスの下で互いの脚と脚が近いことを無視した。

さいわい、ガイはすぐに、越冬のために渡ってきた今年最初のコシギを見たという、鳥類学者たちの会話に引きつけられた。

「季節が変わったら、鳥たちはどこに行くんですか?」ガイは尋ねた。「そしてどうやって、季節が変わったとわかるんだろう?」

ミスター・ラークが指を立てて振った。「それは、マイロード、渡り鳥の驚くべき謎のひとつなんだ。アリストテレスは鳥が季節ごとに種が変わると考えた。冬眠すると考えた者もいた。ある空想的な男は、鳥は月に飛んでいくのだと主張した」彼は笑った。「いまでは鳥は地球に留まっていると考えられているが、渡り鳥がどこに飛んでいって、どこから飛んでくるのかは、まだよくわかっていない」

「でも鳥たちは本能で旅に出ずにはいられないのです」鳥類学者のひとりが口をはさんだ。「その様子は籠の鳥にも見られるんですよ。それは〝渡りの衝動〟、ドイツ語でツークウンルーエと呼ばれています。渡り鳥が渡りの時期に騒ぐことです」

「もしもっと知りたかったら、アラベラに関連の学会誌を訊くといい。そう言えば」ラークは続けた。「学会誌をつくる人間を雇わなければならないな、娘は結婚してどんどん息子を産むのだから」彼は笑顔で人々に言った。「祖父に似た、科学好きの男の子たちだ」

「科学好きの女の子たちかもしれませんよ」ガイは言わずにはいられなかった。

ラークはふたたび笑った。「そんなことが可能だと、本気で思っているのか、ハードバリー？　それともわたしの娘の気を引こうとしているのかな？」

「彼女の気を引く必要はありません。かわいそうに、すでにぼくに首ったけですから」

アラベラがテーブルの下で彼の脚を蹴った。エロティックな戦慄が彼の脚を駆けあがる。ガイは足を彼女の足に押しつけて、続けた。

「ぼくが幸運にも娘に恵まれるなら、ぼくの婚約者とおなじくらい才能豊かで機知に富んでいてほしいと思いますが」

「そうか、まあ」ラークはロースト・ラムに注意を戻した。「きみがそのすばらしい子供たちをつくることに集中してくれれば、そのうちわかるだろう」

ガイがよろこんでそうしますと言う前に、レディ・ベリンダがふたたび偶然、咳きこみはじめた。今度の発作は激しく、水の入ったグラスを倒してしまい、その騒ぎで会話は忘れられた。

　みんなの注意散漫、それにテーブルクロスを足せば、チャンスだ。ガイはアラベラの太ももに手を置いた。彼女のフォークがびくっとして、豆がふたりのあいだのリネンの上に転がった。アラベラは豆をにらみつけた。

　こんなふるまいは危険だ。だがやめられなかった。シルクネットのドレス越しに彼女の太ももがこんなに完璧に感じられるのだから。ドレスは薔薇色で、胴衣の縁に不規則に、白い花の刺繍がほどこされている。アラベラは身じろぎしたが、彼の手から逃げるためではない。もしかしたら感じているのかもしれない。すばらしい。

「もしぼくがその豆をつぶしてクロスに緑色の染みをつけたら、きみは叫ぶかい、それともうっとりする？」ガイは尋ねた。

「バターナイフであなたのはらわたを抜いてやるわ」

「だがそれだといろいろ散らかるだろう」

「わたしは、とてもきれいにはらわたを抜けるのよ」

　彼は手を太ももから離し、フラワーアレンジメントのほうに豆を弾きとばし、豆は蔦の葉の下に隠れた。

「きみを豆から救ってあげたよ」彼は言った。

「まだそこにあるわ」アラベラは言い、ガイは笑って、彼も、熱くなった手も、ふたたび彼女にさわることなくなんとか晩餐を終わらせた。

ガイは彼女のほうを見ることもしなかった。男が葉巻やポートワインを楽しむために、レディたちが退室したときにも。だがレディたちのいる応接間に入ったとき、ガイは無意識にアラベラを探し、そのとき彼女がこちらを向いてまっすぐに彼を見た。ふたりのあいだに理解が交わされたのがはっきりと感じられた。シルクの糸が部屋を横切って張られ、ふたりの目をつないでいるかのように。

ガイがその空想的な考えはなんだと自問する前に、だれかが彼の肩を抱いた。このあつかましさには憶えがある。

サー・ウォルターだった。奇跡のように、先日の不機嫌はすっかり消えてなくなっている。

「ご婚約に祝辞を贈らせていただきます、マイロード」彼は陽気に言った。「わたしたちの合意を破ったことについて、わたしはなんのわだかまりももっていません。いやまったく」

「そうおっしゃっていただくと、よく眠れるようになります」ガイは皮肉を隠そうともせず言った。「だがぼくたちにいったいなんの合意があったのかと考えて、眠れなくなりそうだ」

「あなたはうちのマティルダに求愛していたじゃないですか」

「ほら、到着なさった日に、花嫁を選ぶためにここにいらしたと言っていたでしょ」

「ぼくが?」

「さあ、見たまえ、ぼくは花嫁を選んだ」

ガイは大げさなしぐさでアラベラを指し示した。ミセス・デウィットとミス・ベルと会話しているが、アラベラはひと言も洩らさず盗み聞きしているはずだ。

サー・ウォルターは彼女のほうを見ようともしなかった。「もちろん、もちろんです。そのご選択をとてもよろこばしく思っております。ですがわたしの懸念も理解してください、うちのかわいいマティルダは適齢期なんですから」

「フレディーもだ」ガイはあえてさりげなく言った。「あなたはフレディーの結婚相手についても考えているのかな?」

サー・ウォルターは考えるようにあごをなでた。「いかにも。後見人のひじょうに重要な責任です。あなたの妹さんは貴族と結婚するべきです。わたしはずっと前からそう思っています」

「そうなのか、サー・ウォルター? ほんとうに?」

「わたしたちのように分別をそなえた男なら、結婚は一家を上昇させるものだと理解しています。あなたご自身がそうでしょう。ミス・ラークとの結婚を拒んでいたのに、ヴィンデイル・コートをひと目見ただけで、あなたは彼女をロード・スカルソープから横取りした。男爵閣下はご立腹でしたよ！」

「スカルソープだって！」その名前はガイが思っていたよりも大きく響いた。アラベラがこちらを向いた。もうあからさまに話を聞いている。「いつロード・スカルソープと話したんだ？」

「え？ 話す？ いやいや！ 彼が発って以来お会いしていません。わたしの推測です、マイロード。推理、推定です」サー・ウォルターは従僕からポートワインのグラスを受けとった。「だがあなたがたはもう恨みっこなしですよね？ 何年か前、彼はあなたの恋人を盗み、今度はあなたが盗み返した。もちろん、あなたの最初の婚約者は高級娼婦になりましたが。またそうならないといいですな！」

サー・ウォルターは満足気に笑って、ワインを飲んだ。

「親愛なるサー・ウォルター、たったいまあなたはぼくの婚約者の名誉を傷つけた。これは大変なジレンマだ。名誉によってぼくは彼女を弁護する必要がある。だが法律によればぼくはあなたを射殺することはできない。あなたはぼくがどちらの選択肢をとるべきだと思う？」

サー・ウォルターはワインにむせて咳きこんだ。「冗談です、というか、マイロード」

そのときアラベラがこちらにやってきた。

「暑そうですね、サー・ウォルター。もしかしたら暖炉に近すぎるのではないかしら」そう言ってガイのほうを見た。「楽しいおしゃべりをしていらしたの？」

「そうでもない」ガイは言ったが、ほんとうは大いに楽しんでいた。「いま、サー・ウォルターを撃つべきか否かについて話しあっていたんだ」

サー・ウォルターは甲高い笑い声を洩らした。「侯爵閣下、冗談ですよ」

「そうだといいけど」アラベラは言った。「お客さまどうしが撃ちあうととても困るわ。晩餐の席順がぐちゃぐちゃになってしまう。それに、来週にはサー・ウォルターの息子さんが到着するのだから、とくに不都合でしょう。有名なミスター・ハンフリー・トレッドゴールドはいつ到着するご予定ですか、サー・ウォルター？」

サー・ウォルターはますます眉の上に汗をかいた。「あいにくハンフリーはやむをえぬ用事ができてしまって」

「残念だわ」アラベラは落ち着いて言った。「お目にかかるのを楽しみにしていたのに。そうよね、ハードバリー？」

「そのとおりだ」

ふたりの目が合った。ガイはふたりが理解しあっているのを感じた。

「たしかに少し暑いですな」サー・ウォルターは言った。「失礼、マイロード、ミス・ラーク」

サー・ウォルターは部屋の向こうに退散した。アラベラはちらっとドアを見た。ガイはその意味を察して、ふたりはいっしょに人気のない廊下に出た。

「彼は結婚許可証がなくなったことに気づいたが、知らないふりをするつもりだ」ガイはアラベラに身を寄せ、小声で言った。もっとも、立ち聞きする人間はだれもいなかった。

「でも彼はママに、屋敷を発つという話はしていない」

「そしてしごく上機嫌だった。ぼくたちがぶちこわすまで」

「あやしくない？」アラベラの目が楽しそうにきらきらしている。「あんなに陽気な人間はだれでも、よからぬことをたくらんでいるはずよ」

「いや、きみは味方にすると役にたつ」ガイは言った。「ぼくの隣に置いておきたいよ」

アラベラはなにか言おうとして口を開いたが、そのときミス・ベルが応接室から廊下に出てきた。

「よかった、ここにはふたりだけね」ミス・ベルは言った。「晩餐のとき、サー・ウォルターはあなたたちの婚約はなにかおかしい、侯爵閣下はミス・トレッドゴールドと結婚するつもりだったと言い張っていたのよ。なんでもないかもしれないけど、カッサンドラとわたしは、あなたたちに知らせておくべきだと思って」

「ありがとう、ジュノ」アラベラは言い、ガイと目を見交わした。「サー・ウォルターはなにかたくらんでいる、でもそれがなんなのか、まだわからないのよ」

ミス・ベルはふたりを代わる代わる見た。それから、いたずらっぽい笑みを浮かべ、「続けて」と言うと、踊るような足取りで、金髪の巻き毛を弾ませながら応接間に戻っていった。

「やれやれ、ぼくたちはもっと頑張らないと。サー・ウォルターが婚約は本物ではないと触れ回っているのなら」

「じっさい本物ではないでしょ」

「だが彼にそれを知られたらまずい」

壁際に立つアラベラは頭を高くあげて背筋をまっすぐ伸ばし、非の打ちどころなく優雅で、薔薇色のシルクネットのドレスは彼女の肌を淡いピンク色に見せた。

さっと見回し、だれにも見られていないのを確かめる。ガイはからだを寄せた。

「ガイ。なにをしているの？」

「状況から見て、ぼくはきみにキスする必要がある。鈍いな」

「だれかに見られるわ」

「それが目的だよ」彼は刺繍の花をたどりながら、指を胴衣の縁に滑らせた。「なんといっても、ぼくたちがキスすれば、だれも本気を疑ったりしないだろう」

ふたたびアラベラにキスするのは間違いだ。とくにいま、ここでは。だがガイは引けなかった。アラベラが分別を働かせてとめてくれるかもしれない――でも彼女は廊下の先に目をやり、彼の襟の折り返しを直しただけだ。

「それはそうかもしれない」アラベラはおもむろに言った。

「とても合理的だろう」

「こういうことは合理的にするのが重要ね」

「ぼくもそう思っていた」

「つまりこれは、とても合理的なキスだと」アラベラが言った。

「世界でもっとも合理的なキスだ」

ガイの手はひとりでにアラベラの喉をなで、ほおをつつみ、彼女の指が彼のあごにさわった。アラベラが目をつぶり、彼はそのにおいを吸いこみ、そのぬくもりを感じ、唇を彼女の唇に重ね、ゆっくりと愛撫し、期待を感じさせた。ロンドンでの最初のキスを思いだした。あの夜はなにもかもが間違っていたが、いま、これは、まるでようやく正しいことをしているかのように感じる。

ガイは頭をあげて、彼女の目を見つめたが、自分がなにを探しているのかはわからなかった。

「それで？」彼は訊いた。

アラベラは舌を出して唇をなめ、音をたてて息をのんだ。「それでってて？」

「ほかのキスとくらべてどうだった？」

「わたし……」アラベラの目が彼を通り越し、少し目を瞠った。くそっ。だれかに見られた。たぶん召使で、すぐに煙のようにいなくなるだろう。だが召使の存在で、アラベラはいつもの冷静さのなかに隠れてしまった。

「これまでのキスのなかで……」

「なかで？」ガイはふり向かず、促した。

「いまのはいちばん……」

「いちばん？」

「最近のだった」

ガイはくすくす笑った。「いちゃつき方を知らないと言っているわりに、きみはとても上手だよ」指の関節でアラベラの喉をなでる。「きみの脈が速くなってるのを指摘しておくよ」

「わたしの母が見ているのを指摘しておくわ」

「ああ」

アラベラの目がおかしそうにきらめいた。ガイは自分も笑いをこらえて、彼女から離れ、ふり向いて、おじゃま虫に向きあった。レディ・ベリンダは両手を合わせて立ち、落ち着いた、まっすぐな視線で彼を咎《とが》めた。

ガイはお辞儀した。「レディ・ベリンダ」

「ロード・ハードバリー」

彼はくるりとふり向いて立ち去った。応接室へのドアはあいていたが、彼のあらゆる感覚はアラベラに近づいたせいで燃えあがっていた。だから彼はそのまま歩きつづけ、休憩と解放の待つ自室に戻った。

17

「ああ、なんて芸術作品なの！」

ジュノはうっとりとした声を出すと、猛然と紙に木炭を滑らせはじめた。

アラベラはその紙を見なくてもジュノがなにを描いているのかは見当がついた。だれを、と言ったほうがいいかもしれない。

アラベラ、ジュノ、カッサンドラの三人は修道院跡の角を曲がったところで、ガイが四フィートの高さの崩れかけた壁に、まるで猫のようにひと息で跳びのるところが見えた。日射しのなかで彼はよろめき、バランスをとって、単純な男の子っぽいよろこびに顔を輝かせた。まるで一幅の絵のように、遠くの高いアーチを背景に立ち、足元には聖ミカエル祭のころ満開になる紫色のマイケルマスデイジーが咲き乱れている。

マイケルマスデイジーは、別れのときに手渡す花だ。

「気を散らさないで、ジュノ」アラベラはなんとか言ったが、それは自分に言ったも同然だった。今朝、アラベラは昨夜の〝まったく非合理的な〟キスから気をそらすために、残っている招待客でのピクニックを企画して、忙しく過ごした。「きょうの課題は修道院跡を描くことよ」

「わたしは修道院跡を描いているわ」ジュノの速くて確かな手の動きはとまらず、ガイの絵があらわれてきた。「わたしはただ、たまたま運動選手のような男の人がいる部分の修道院跡を描いているだけ。もしあそこにいるのが鳥でも猫でも描いていたけど、ロード・ハードバリーが親切にもご自分を展示してくださっているんだから、わたしには自然の恵みを無視することはできないでしょ？　あの麗しい姿……」ジュノは横目でアラベラを見た。「詩よ。ごめん」

「そうね」

ガイは石の強度を試し、次の動きを考えながら、きびきびと壁に沿って動いている。近くの壁に雲雀《ひばり》が留まり、彼はしばし休んで鳥を眺めた。

息をのむほどに。

まったくもう。またいまいましい詩なんて。それもばかげた言葉を。でも彼女の胸の締めつけを、それ以外にどうやって表現すればいいのだろう？　まるで息をすべて盗まれてしまったかのようなこのほろ苦いうずきは、どうしようもない空気不足で、アラベラの手足をふわふわと感じさせる。

わたしのものになったかもしれなかったのに。

その考えが全身を揺さぶった。まるでどこからか落下するような身体的な感覚だった。

ガイとの一生が、彼女のものになったかもしれなかったのだ。じつはすばらしい贈りものをもらったのに、彼女は自分の人生を理解し、コントロールしようとすることで手いっぱいで、その贈りものの価値がわからなかった。この息をのむほどすばらしい男と、彼が約束してくれる幸せな人生——それらはあの雲雀のように彼女の手のとどかないものであり、それはだれのせいでもなく、自分のせいだった。

もしアラベラが人生を違ったふうに生きてきたら？　父親が求めたような愛想のいいレディ、そしてガイの理想の、こんなにややこしくなく、こんなに闘争的ではなく、彼女らしくないレディになっていたら？

でもアラベラは、違う自分になりたくなかった。ほかの人をよろこばせるために自分を変えたくなかった。彼女が望むのは——ああもう、わたしがこんな間抜けになるなんて！——彼にとって特別な人間になることだった。ゲームではなく、ほんとうに。

「わたしもあれやりたい」横で声がした。

フレディーが、うらやましそうにガイを見つめながら、ぼんやりとマイケルマスデイジーの花びらをむしっていた。まわりを見て、アラベラは自分がいつの間にか、カッサンドラとジュノのいたところからガイのほうに近づいていたことに気づいた。

「壁を登るの」フレディーは言った。「軽業を観にいったことがあるし、それからうちでずっと練習してる。高く跳んだり宙で回転したり、宙がえりしてちゃんと着地することもできるのよ」

「あなたがあのトルコ風のズボンをはいてきたら、わたしたちにも見せてもらえたのに」

フレディーはため息をついて、ぼろぼろになったデイジーを投げ捨てた。「わたしが縫いおわる前にレディ・トレッドゴールドに見つかって、取りあげられたわ」

「それなら取り返さないと」アラベラが意味ありげに眉を吊りあげると、フレディーの表情が明るくなった。「ホリーに頼んでみるわね。それにあなたが硬貨を何枚かくれたら、ホリーに言って、レディ・トレッドゴールドに見つからないところでメイドに縫って仕上げさせられると思う」

フレディーがにっこりと笑い、ふたりは壁の観察に戻った。ガイは壁と壁のあいだを跳びこえ、やすやすと着地した。あんなに簡単に自信をもって行動できるのはどんな気分だろう。最初に四十七通りのやり方を考える必要もなく。ガイが彼女を探して、ほほえみかけ、特別な人間として認めてくれたら、どんなにすてきだろう。

「パズルとおなじよ。どこに足を置くかを選び、跳躍を計算する」フレディーは言った。「でもパズルよりおもしろいわ。なぜなら全身を使うし、落下のリスクがあるとおもしろくなる」

「ガイが言いそうなことね」アラベラは指摘した。「あなたたち兄妹はほんとによく似てる」

フレディーはなにも反応しなかった。まるで聞こえなかったようにふるまっている。ほんとうはなにもかも聞こえているのに、聞こえなかったふりをしているのではないかとアラベラは疑った。

「ひとりで乗馬に出かけるのではなく、ガイともっといっしょに過ごすようにすれば、彼のそういうところがわかるはずよ」

フレディーは肩をすくめた。「なんの意味があるの？　会うこともほとんどないのに」

「ガイはあなたのために時間をつくるわ。あなたたちの監護権を取得しようとしているのよ」

「兄さんはお父さまを負かそうとしているだけよ。ほんとうはどうでもいいに決まってる」

「そんなことない。ガイにとっては大事なことなのよ、フレディー。ほんとうに。何年間も、彼はひどくさびしく生きてきたのだから」アラベラは言葉を探した。フレディーにわかってもらいたかった。ガイにせめてこの贈りものをあげたかった。家族がもたらす幸せ。「ガイはどこまでも心なのよ。心と筋肉。そして信じているものがある。自分がなにをすべきか、わかっている」

アラベラは壁の上を歩いていくガイを目で追った。彼はけっして彼女のものにはならない。このなんとも言えぬ、けっして自分のものにならない将来への願望はあとどれくらい続くのだろう？

アラベラはフレディーのほうを向いた。「ガイはそういうふうに、あなたのことを信じている。家族のことも。ほかの人々の面倒を見ることも。彼は心と筋肉の全部を使ってあなたを取り戻すために戦うはずよ。あなたを幸せにするために戦う」

フレディーは不思議そうにアラベラを見た。「兄さんはどうしたらわたしが幸せになるか知らない」

「そうしたら彼に言えばいいのよ」

なんて偽善者なの！　人には簡単に助言して。自分はガイに真実を言うことができないでいるのに。その真実がなにかさえ、もうわからない。でも昨晩、彼が彼女にさわったように、彼女が彼にさわることができたら、そうしたら……。

彼を誘惑する。それもひとつの考えだ。そんなにひどいことだろうか？　一週間もせずに彼はいなくなる。そしてふたりとも、もう名誉のルールは適用されないとわかっている。ガイは彼女になんの義務も感じない。そしてアラベラは恥ずかしく思う必要もない。ゆきずりの快楽。記念。彼は自分のものだというふりをする。ほんの一時間だけでも。もちろん、もし彼が拒絶したら、それはひどいことだ。

フレディーはまた不運なデイジーの花を摘んで、これもむしりはじめた。「わたしは結婚なんてしたくないと兄さんに言ったの。でも兄さんは、もちろんわたしは結婚したいはずだって。でもその相手はわたしが選んでもいいって言ってた」

アラベラは考えた。「あなたほど財産があれば、結婚したくなければしなくてもだいじょうぶよ。でもいま決める必要はない。既婚女性はもっと自由だし、あなたはこれから好きになる男の人に出会うのかもしれない。だれもあなたに求愛したことがないって、言ってたわね」

「そんなによくなかった」

アラベラは鋭くフレディーを見た。「それはだれ？」

「だれ？」

「だれがあなたに求愛したの？」

「だれも。なんでもない。わたしはたぶん、ずっと結婚したくないと思う」

ガイが壁から跳びおりて、軽々と草の上に着地し、ほかの男の人たちと気さくに言葉を交わしている。

「あなたをいちばんよく知っているのはあなた自身よ」アラベラはフレディーに言い、

ガイは壁を回って見えなくなった。「ただ……あまり思いこみすぎて、すばらしい機会を逃したり、間違ったときに間違ったことを言ったり、じつは貴重なものを壊してしまわないようにね」

＊　＊　＊

ガイはなぜ自分が、修道院の地下墓所へと続くこのすり減って凸凹《でこぼこ》になった階段をおりているのか、わからなかった。ランタンを高くかかげ、うしろに四人のレディを連れて。

「幽霊がいませんように！」階段の上のほうでミス・トレッドゴールドが言う声が聞こえた。声が震えている。

「もしいても、とても友好的な幽霊よ」もうひとつのランタンを持っているミセス・デウィットが愛想よく保証した。ガイはロンドンで彼女の夫に会ったことがある。人を引きつけずにはおかない精力的な男で、その場にいた全員をじつに巧みに怒らせていた。デウィット夫妻は奇妙な取り合わせだ。別居しているのも無理はない。

「ロード・ハードバリーがわたしたちを守ってくださるから、だいじょうぶよ」ミス・ベルが言った。「もし死体が墓から出てきたら、閣下はためらうことなく戦うはずよ」

「助けになってない」ガイはつぶやいた。

彼のすぐうしろでアラベラが小さく笑った。ガイはふり向いていっしょに笑いたいという衝動をこらえた。きょうは彼女を無視することにして、このばかげた、いちゃつくゲームをやめようと誓っていたのに、気がつくといつもアラベラがどこにいるかを目で追っていた。どうしようもなく彼女を意識している。まるで彼女がなにか、生きるのに必要な機能になったかのようだ。たとえば心臓が鼓動していることや、腹が減ったのがわかるのとおなじ。

この執着は過ぎ去る、そしてこのゲームも終わる、とガイは思っていた。

だが執着は過ぎ去ることなく、ゲームはもうゲームとは感じられなくなっている。

「こわがることはなにもないわ、ミス・トレッドゴールド」アラベラが呼びかけた。

「わたしたちが死人をこわがるよりも、死人のほうがわたしたちをこわがっているから。ついて来てる?」

「ええ、勇気を出そうと決めたから」

「あなたの勇気は称賛に値する」

最下層の数段で空気はぐっと冷え、古い石のにおいがガイをつつんだ。ガイはランタンを高くあげて、一行は暗い洞窟に入った。明かりで石棺と女性像が見えた。そのなかに遺骨が入っている。暗闇に入っていくガイのブーツの足音が石の床にこだました。うしろにアラベラの気配を感じる。ミセス・デウィットは反対方向に進み、残りのふたりを連れてアーチの下に行った。ランタンの光で三人の顔が照らされ、足音、ささやき声、衣擦れの音が増幅される。

「こわいかい？」ガイは小声でアラベラに言った。「気絶しそう？　手を握ってあげようか？」

「だいじょうぶ、わたしは平気よ」

「だがぼくは違う。もしきみが手をつないでくれなかったら、恐怖で気を失い、そうしたらきみはぼくを担いで運びださないといけなくなる」

「ばかばかしい。わたしは良心の呵責《かしやく》なんて露ほども感じず、あなたをここに置いていくわ」

だからガイは当然のことをした。ランタンの蓋を閉じて、ふたりがいるあたりを真っ暗闇にした。明かりでほかの三人がいる場所はわかる。

「冗談でしょ」アラベラは言った。

ガイは小さく笑って、自分がこのゲームをやめると誓ったことを思いだした。だが彼は動けなかった。暗闇のなかで視覚が奪われると、ほかの感覚が鋭くなってアラベラを意識する。彼女が呼吸し、動いて、ほんの少しからだを寄せたのがわかった。

なにかが首にさわった。温かい指が、うなじの髪をもてあそんでいる。ガイの背骨に熱い震えが伝わる。首を絞められたような声を出していた。

「ねえ、いまの音はなに？」ミス・トレッドゴールドの声。

ランタンの光の動きで、三人がこちらに近づいてくるのがわかる。アラベラはまた動いた。その手が彼の腹に置かれる。少しずつさがっていく。ああ、アラベラは彼のゲームで彼を屈服させようというのか！

彼女の指がウエストバンドを動かす。ガイはまた苦しげな声を洩らし、アラベラはくぐもった笑いで応えた。

「いまのは幽霊なの？」ミス・トレッドゴールドが泣きそうな声で言った。「ああ、そこらじゅうに死んだ人たちが！」

もうひとつのランタンの光で、ミス・トレッドゴールドが自分をかかえるように両腕をからだに巻きつけ、大昔に死んだ大修道院長の像をじっと見つめている。

アラベラの手がなくなった。ガイは自分の持つランタンの蓋をあけ、少し明るくなった。

「ミス・トレッドゴールド、だいじょうぶ？」ミセス・デウィットが訊いた。「ちょっとびっくりするわよね。わたしたちは子供のころからここで遊んでいたから、慣れているのよ」

「もしこわかったら、もう戻りましょうか」アラベラが言った。

ミス・トレッドゴールドは動かなかった。「こんなにいっぱい骨が……」

「大変だ、恐怖で動けなくなっているじゃないか」ガイはつぶやいた。

彼は部屋を横切って彼女のそばに行き、ひじを取って、階段をあがった。ぼんやりと安心させる言葉をかけていたが、心のなかはアラベラでいっぱいだった。暗闇で彼をからかい、昨夜のテーブルの下での彼の一手に仕返しをした。

太陽の下に出て、ガイはランタンを従僕に手渡し、ミス・トレッドゴールドを見た。だが彼女は青ざめても、震えてもいなかった。

「ばかみたいだとお思いでしょうね」彼女はかわいらしくほほえんで言った。

「いやまったく。かわいいと思ったよ」ガイは考えなしに言い、それにたいしてミス・トレッドゴールドは蝶《ちょう》とか花とかなんとかについてぺらぺら話しはじめた。ガイはひと言も聞いていなかった。この子はなんて簡単なんだろう。面倒を起こすことも、なんの要求も——ときに存在しない幽霊から助けられること以外は——しない。彼女はまさに、あのさびしい年月にガイが夢見ていたようなレディだ。彼は硬いベッドや粗末なテントで眠れずに横たわり、帰国後の理想的な家庭を思い描いた。それが自分の望みだとあれほど確信していたのに、なぜミス・トレッドゴールドは彼の血を沸かせることも、彼を魅了することもないのだろう？　なぜ彼の心をとりこにし、彼の世界を輝かせ、彼を同時にあらゆる方向にひっぱらないのだろう？

内心の独白はふいに中断された。「あら、失礼しますね、マイロード。伯母が呼んでるみたいなので」ミス・トレッドゴールドはそう言うと、走っていった。

ミス・トレッドゴールドはどうやら魔力をもっているらしい。なぜならレディ・トレッドゴールドはどこにもいなかったからだ。だがアラベラと友人たちは地下墓所から出てきた。

ガイはあらためて、ふたりのあいだに距離を置こうと決めたが、アラベラがまっすぐ彼を見つめた。まるで彼女も、ガイが彼女を強く意識しているように、彼女もガイを意識しているのだと思わせる。

ガイは待った。地下墓所にあった彫像のひとつのように、身じろぎもせず。アラベラの友人たちがいなくなってふたりきりになると、彼の手足が動いた。ふたりは近づいたが、その足取りはまるで決闘する敵同士のように用心深かった。アラベラの表情はよそよそしかった。つまりまた彼を閉めだしている。ガイはそれをよろこぶべきだった。だが胸に経験のない痛みを感じた。

ガイはほんとうのアラベラのさまざまな面を発見した。その情熱を解放し、そのほほえみを引きだした。だが満足できなかった。彼はもっとアラベラを知りたかった。

ふたりは一ヤード離れたところでとまった。

「満足した、ハードバリー？」彼女はゆっくりと言った。「苦難の乙女を救いだして？」

「ぼくの英雄ぶりに感心しなかったのか？」

「あなたは彼女の思うつぼだったのよ」

「あの子はこわがっていたんだぞ」

「そしてあなたは、それがとてもかわいいと思ったんでしょ」

アラベラの口調は刺々しかった。肩をこわばらせ、挑むように眉を吊りあげている。

「おや、おや」ガイは手をパチンと打ち鳴らした。「きみは嫉妬しているんだ」

アラベラは目を細めてにらんだ。「ばかなことを言わないで。わたしは嫉妬なんてしたことないわ。わたしはただ、ほかのことでは分別のある男が女のことではばか者になるのが我慢できないだけ」

たしかにガイは女のことでばか者になっているが、その女はマティルダ・トレッドゴールドではなかった。

「でもしかたなかったのよね」アラベラは続けた。「彼女が恐怖に震えることも、そのほほえみも、それに赤くなるのも……」

「やっぱり妬《や》いているんだろ」

「いいかげんにして、ガイ、わたしは赤面のことで妬いたりしない。でもお願いだから、わたしたちが婚約していることになっているのを忘れないで。あなたがほかのレディといちゃついたら都合が悪いでしょ」

アラベラの口調は氷のように冷たいが、その目のなかにひそむ傷つきやすさが、その誇り高い上辺を崩している。

いとおしさがガイの胸を衝いた。ばか話をした自分に罵《ののし》る。彼が欲しかったのはアラベラの嫉妬でも赤面でもないのに。

アラベラがその壁のなかに入れてもいいと思うほど、彼を信用してほしかった。自分の自由意志でアラベラ自身を彼に見せてほしかった。その跳ね橋をおろして彼を招き入れてほしかった。

「きみが赤くなるかどうかはどうでもいい」ガイは優しく言った。「ぼくの望みはきみを知ることだ」

アラベラはあごをあげた。困惑したように眉をひそめる。なにか言おうとして口をあけたが、出てきたのは息だけだった。もう一度やってみたが、やはり言葉はなにも出てこなかった。最後にもどかしげに首を振り、くるりとふり返って歩いていった。

ガイは遠ざかる彼女のこわばった背中を見つめ、走って追いかけたくなる衝動に抗った。いまなにが起きたのか、彼はすべてを理解したわけではなかったが、これだけはわかった。気をつけなければ、アラベラは彼の心を打ち砕くだろう。

18

その夜遅く、アラベラが晩餐のために着替えていると、トレッドゴールド一家がなにかたくらんでいるようだと、ホリーが警告した。

ホリーの話はいい気分転換になった。地下墓所のそとでの一幕から数時間がたっても、アラベラは自分が取り乱したことが恥ずかしくてならなかったからだ。

ぼくの望みはきみを知ることだ、とガイは言った。もうこれで彼も知っただろう。プライドの高い完璧なアラベラ・ラークが、男のことで情けなくなっている。なんてみっともない！

「エリザが言ってたんです」ホリーがアラベラの髪をピンで結いあげながら説明した。「エリザはタバサから聞いたんですけど、タバサによれば、レディ・トレッドゴールドがミス・トレッドゴールドに、〝チャンスをうかがって、夜には決行よ〟、と言っていたんですって」

さらにホリーは、従僕のアーネストから聞いた話として、サー・ウォルターの近侍がロード・ハードバリーの近侍に、閣下の夜の行動について尋ねていたそうだと言った。「つまり、リー・ウォルターが夜、閣下に会いたい場合には、どこを探せばいいのかという質問だったそうです」

ホリーは続けた。もうひとりのエリザ――ラーク家の召使のエリザではなく、トレッドゴールド家の召使のエリザは、レディ・トレッドゴールドに、今夜はミス・トレッドゴールドのお世話をする必要はないから、来なくていいと言われた。それを聞いた家政婦のミセス・ラムゼイは、〝若いレディが夜にメイドが必要でないなんて、だれがそんな話を聞いたことがある？〟とホリーに言った。

ほんとうに、だれが？

アラベラはホリーの驚くべきネットワークを通して集めた情報を褒め、「ママに召使全員の特別賞与を出すようにとお願いするわ」と言った。

ホリーはアラベラにお礼を言った。「いやとは言いません、でも……わたしたちはミス・トレッドゴールドが好きなんです。あの方はいつも愛想がよくてていねいで、でもこれはよくないことですから」

たしかによくない。

つまりアラベラが今夜、だいぶ少なくなった人数での応接室のパーティーでミス・トレッドゴールドに注意するのは、嫉妬などではなく、正当な疑いからなのだ。ミス・トレッドゴールドは本を読んでいて、レディ・トレッドゴールドとママは裁縫をしながら静かにおしゃべりしている。ガイは手紙を書いていて、サー・ウォルターとフレディーはパパとひとり残った鳥類学者といっしょにカード遊びをしている。そしてアラベラはピアノフォルテを弾いている。完全に憶えていて考える必要もない簡単な楽曲だ。このすばらしく見晴らしのよい場所からなら、全員の動きが見える。

ガイは手紙を書き終え、立ちあがり、部屋を横切った。

レディ・トレッドゴールドが、ミス・トレッドゴールドに目配せをして、ミス・トレッドゴールドがショールを直している。その動きでなにかがひざの上に落ちた。つやのある緑色で、それはシュルシュルと床に落ちた。

リボン。

ガイの足元に、リボンを。

ガイは立ちどまり、ミス・トレッドゴールドは本を読みつづけている。レディ・トレッドゴールドはさっとママを見た。

でもママは縫いものを見ていて、気づかない。

アラベラが目を戻すと、ガイがつやのある緑色のリボンを拾いあげた。

彼はそれを指に巻き、ちらりとアラベラを見て、それからまるで猫にするように、ミス・トレッドゴールドの前にリボンをぶらさげた。

「リボンを落としたよ」

「ミス・トレッドゴールド」彼は言った。「リボンを落としたよ」

「まあ、そうですか？　拾ってくださってありがとうございます、マイロード」

「お役にたてて光栄だよ」

まったく、あきれた。

ミス・トレッドゴールドはリボンに手を伸ばしたが、ガイは彼女がほんとうに子猫であるかのようにさっと動かし、にやりと笑った、彼女はほほえんで言った。「まあ、ロード・ハードバリー、いじわるね！」

ガイは笑顔のまま、またアラベラを見たが、アラベラは目をそらし、ミス・トレッドゴールドがさっとレディ・トレッドゴールドを見て、レディ・トレッドゴールドはまたママを見た。

でもママは手元を見つめていて、気がついていない。

「とてもきれいなリボンだ」今度は、ガイは彼女にリボンを返した。「だがその色はきみのドレスとは合わない。なんのためのリボンなんだ？」

アラベラはキーを間違えた。もしそんなにあの子のリボンが気になるのなら、結婚してしまえばいいのに！

「本の栞《しおり》に使っているんです」

「なんの本？」

アラベラはまた間違えたが、だれも気づいていないようだ。ミス・トレッドゴールドはなにも答えずに目を伏せ、ガイがアラベラのほうを見た。だからアラベラは目をそらし、レディ・トレッドゴールドがひどく狼狽《ろうばい》した様子で、ガイとミス・トレッドゴールドとママに代わる代わる目をやる。彼女はアラベラの視線に気づくと、そっぽを向いた。アラベラはママを見た。

でもママはティーカップを見つめていて、気がついていない。

「イタリアの本です、マイロード」ミス・トレッドゴールドは言った。

「ああ、そうなんだ！　イタリアに興味があるのかい？」

「世界でいちばんすてきなところだと思います。あなたはイタリアにいたことがあるって聞きました。経験を聞かせていただけたらと思います」

「ミス・トレッドゴールド、よろこんですべて教えてあげるよ」

ふたたび、ガイはアラベラをまっすぐに見たが、アラベラはふたたび目をそらした。そしてミス・トレッドゴールドはレディ・トレッドゴールドに目配せし、レディ・トレッドゴールドはふたたびママを見て、ママはふたたび別のところを見ているから、まるで気がつかなかった。

「今夜、あとでお願いできますか、マイロード」

「もちろん」ガイはアラベラのところにやってきたが、アラベラは断固として演奏を続けた。「きみは今夜、読書はしないのかい、ミス・ラーク？」

「どうして本を読む必要があるの？　わたしはすでに知る価値のあることはすべて知っているのに」

ガイはくすくす笑って歩いていった。アラベラは彼のほうを見なかった。ほかのだれのことも。なぜならだれがだれを見ていても、どうでもいいと思ったから。

もしガイを罠にかけてマティルダと結婚させる計画があるなら、あんなやつは罠にかかってしまえばいい。そもそもリボンを拾うような腑抜《ふぬ》けなんだから、自業自得だ。

＊＊＊

でもその夜遅く、屋敷が静かになりはじめたころ、ホリーに促されて、アラベラはマティルダ・トレッドゴールドの部屋のそとの廊下まで行って、ドアの前にたたずみ、耳を近づけた。なかから短い会話が聞こえてきた。

「急ぎなさい、マティルダ！　閣下はいま読書室にひとりきりよ！」

「でもフランセス伯母さま、こんなのよくないわ。ロード・ハードバリーはもうご婚約なさっているのに――」

「黙りなさい。結婚したら、わたしに感謝することになるのよ」

もしこの会話が続いていたとしても、アラベラはそれを聞いていなかった。廊下を走り、階段を駆けおりて、角を曲がり、また別の廊下を突き進んで、音楽室を通り抜け、また別の角を曲がり――ああもう、ヴィンデイル・コートはもともとこんなに大きかったの？――ようやく廊下から読書室に入るドアに着いた。

アラベラはそこでとまり、スカートのしわを伸ばして、髪を直し、息を吸って、吐いて、呼吸を整え、涼しい顔で部屋のなかに入った。

ガイは暖炉の前の椅子に坐って、ブランデーを飲みながら本を読んでいた。緑色と金色のガウンをシャツの上にはおり、髪は乱れて、靴下につつまれた足を投げだしている。気品と乱雑、威力と安全を同時に感じさせ、その姿はアラベラに、家庭の安らぎ、冬の長い夜、キスとほほえみ、そして自分の心にあいた穴を感じさせた。

彼が目をあげた。アラベラを見ても、やはりほほえみはなし。

「入ってくるのか、それともずっとドアの門番をしているつもりか？」

それで自分がここにいる理由を思いだした。

「ここにいたらだめ」アラベラは低い声で言った。「出るのよ、いますぐ！」

アラベラはドアを閉め、走って彼のところに行くと、まるで迷惑な猫にするように追いたてた。迷惑な猫のように、彼は抵抗した。

「いったいぼくがなにをしたというんだ？」ガイは言った。

アラベラは彼の手から本とブランデーを取り、テーブルに置いてから、図書室に直接つながっているドアをあけ、のぞきこんだ。だれもいない。暖炉の燃えさしの明かり以外は真っ暗だった。

「ここに入って」ガイは動かない。「ガイ、いいかげんにして。図書室に隠れてって言ってるの。ここは安全じゃない」

彼は立ちあがった。「安全？　いったい――」

「マティルダ・トレッドゴールドがあなたを襲いにくるのよ」

「銃かナイフを持ってるのか？」

「もっと危険よ。千ポンド賭けてもいい。マティルダ・トレッドゴールドは寝間着姿でほほえみながら、そのドアをあけて入ってきて、あなたをイタリアとかなにかの話に引きこみ、そして最適なタイミングでドアが開き、イングランドの西側に住む既婚女性全員が入ってくるのよ！」

ガイはおもしろがっている様子で、のんびりと図書室のほうへ向かった。「ぼくは千ポンドはいらない。ほかのものを賭けることにしないか？」

「マティルダ・トレッドゴールドと結婚したいの？　そういうこと？　彼女とまずい状況で見つかって、祭壇に連れていかれたいの？」

「もちろんそんなことはない、だが――」

「黙って。もう行って」

アラベラはガイを図書室に押し入れ、ドアを閉め、まだ温かいガイが坐っていたクッションの上にどさっと腰掛けた。彼のブランデーグラスを手に取り、ひざの上に彼の本を広げた。

廊下とつながっているドアがそっと開いた。

アラベラはお芝居のためにページに集中しようとして、あやうく本を取り落としそうになった。なんなのこれ、ガイはいったいなにを読んでいるの？

カチリ。アラベラが目をあげると、マティルダ・トレッドゴールドはドアを閉めてこちらを向いたところだった。寝間着姿で、驚きのあまり顔をしかめている。

「こんばんは、ミス・トレッドゴールド」アラベラは静かに言った。

「ミス・ラーク！　なんで――」ミス・トレッドゴールドは室内を見回した。「ここでなにをしているの？」

「ここは読書室で、わたしは読書しているのよ」

彼女は目を細くした。「ブランデーを飲みながら？」

「あなたは寒くないの？　寝間着だけで歩きまわって」アラベラははぐらかした。

「だれに会うかもわからないのに？」

「眠れなくて、だから本を探しに来たの。だれもいないと思っていたから」

アラベラは眉を吊りあげた。

「なに?」ミス・トレッドゴールドの口調はほとんど喧嘩腰だった。「信じないの?」

「もちろん信じるわ。よくあることだもの」アラベラは本とグラスを置いて、本棚の前にいる彼女のところに行った。「図書室で探せばよかったのに。どうして読書室に来たの?」

ミス・トレッドゴールドは左右に目をやった。「自分が読めそうな本が欲しかったから」

「読めそうな本。わたしのお気に入りだわ」

「つまり、本には二種類あるでしょう? 人が読む本と、人が読まない本。そして読書室に置かれている本は、人が読む本だと思って」

さすがのアラベラも、この隙のない論理は認めざるをえなかった。

ミス・トレッドゴールドはこわばったほほえみを浮かべ、棚を眺めた。棚のひとつに、パパの書斎からなぜか抜けだしてきたカナリアの剝製が置かれていた。いけない。ミス・トレッドゴールドが鳥嫌い、それも死んだ鳥はとくにいやだといっていたのに! アラベラは彼女のために、カナリアをどこか目につかない場所に移そうとした。

でもミス・トレッドゴールドはカナリアに気づいた。彼女はふと動きをとめ、カナリアを見つめた——そして黄色い頭を指でさわった。恍惚《こうこつ》とした表情を浮かべ、背まで羽の上に指を滑らせ、細い脚と鉤爪《かぎづめ》にそっとさわった。一週間前はおぞましいと言っていたのに。

「ほんとうは、鳥が好きなの。死んだやつということ」ミス・トレッドゴールドは言った。そしてきらきら輝く目をカナリアから離さず、羽で覆われた冷たい頭をなでた。

「とりわけ死んだのが」

「死んだのね、なるほど」

「それに地下墓所も好き。このあいだは、こわがったふりをしていただけよ。ほんとうは、ひとりでおりてみたの。石棺を眺めながら骨のことを考えるのが楽しいわ」

「骨ね、なるほど」

「でもフランセス伯母さまは、わたしが死んだものを好きだったり、剝製や地下墓所の骨を好きではいけないと言う」ミス・トレッドゴールドは不安そうに続けた。「それはかわいらしくないし、男の人は死んだものが好きな娘を好きにならないって。でもわたしは死んだものならなんでも好きなわけじゃないわ」

アラベラは彼女をまじまじと見つめた。ミス・トレッドゴールドが感じよくて好ましいのはいまでも変わらない。でも彼女のリボンや赤面とはまったく似合わない、驚くべきゴシックな趣味を知ったことで、アラベラは彼女を新しい目で見て、興味を覚えた。考えてみれば、これまでもずっと、マティルダ・トレッドゴールドもお芝居をしてきたのだろう。そしていつか、マティルダはお芝居をしたままだれかと結婚する。その相手はほんとうの彼女を知らないままで、彼女も一生、役を演じつづける。

「もし死んだものが好きなら、そう言わないと」アラベラは言った。「それがあなたなのよ、マティルダ。ほかの人たちをよろこばせるためにほんとうの自分を隠したらいけない」

「そんなの無理よ！　若い娘は自分の意見を言ったり、人に反論したりしてはいけないと、フランセス伯母さまは言うもの」

「言われたとおりにしなくてもいいのよ」

彼女の茶色の目に、心配が浮かんだ。「でも伯母さまたちは子供だったわたしを引きとって育ててくれた。ふたりがいなかったら、わたしにはなにもない。わたしにできる恩返しはいい結婚をすることだけだわ。だから、わたし……」

アラベラにはわかった。これは彼女なりの、ガイを罠にかけようとしたことへの謝罪だった。「わかったわ。もういいの。でもあなたは彼らになんの借りもないのよ。ふたりがあなたの面倒を見たのは、それが正しいことだったから。あなたは――」

ドアが勢いよく開いた。レディ・トレッドゴールドが飛びこんできた。そのあとからママが入ってきた。

「マティルダ、わたし――ミス・ラーク、あなたは――」レディ・トレッドゴールドはふたりを見つめた。「いったいどうなっているの？」

アラベラは彼女にとびきり傲慢なまなざしを投げた。「あなたが考えているようなことではありません。わたしは彼女に指一本さわっていませんから！」

レディ・トレッドゴールドは驚いた表情になり、ママは頭痛がしてきたというふうに、こめかみに指を二本あてた。

「それは――」レディ・トレッドゴールドは鷹のような目でテーブルの上をさっと見た。「ブランデー？　男の人がいたはずよ！」

アラベラはレディ・トレッドゴールドがガイの本の題名に気がつかないようにと祈った。でもママは素早く、なにげなく部屋を横切ってきて、グラスを見て首を振った。

「アラベラ、あなた、ほんとうに。このお酒は飲んだらいけないと、前にも言ったでしょう」ママはガイの本を手に取って、ページを眺めた。目を瞠り、すぐに本を下に置いて、レディ・トレッドゴールドとミス・トレッドゴールドのほうを向いた。「このことはどうか内聞にお願いします」

ふたりは他言しないと約束した。

「そう言えば、レディ・トレッドゴールド」ママは言った。「わたしに見せたいものってなんだったの？」

「部屋を間違えたみたい」

「読書室と言ってたわ。ここが読書室よ」

「孔雀のいる部屋よ。それが読書室ではなかった?」

「いいえ、孔雀のいる部屋は、孔雀の間というのよ」ママはアラベラと目を合わせて、なんの感情をもあらわすことなく、言った。「あらあら、あなたは寝間着しか着てないじゃない。それでは寒いでしょう。それにだれと出会うかわからないのよ」

「眠れなかったんです」マティルダはしつこく言った。「それで本を探しに来たの。だれにも会わないと思ったから」

レディ・トレッドゴールドが一歩前に出た。「この子の言うことを信じないんですか?」

「もちろん、信じますわ。よ、く、あ、ることですから」ママはにっこりほほえんだ。「もしかしたらこの騒ぎで眠れるかもしれないわね」

「そうね、いらっしゃい、マティルダ」レディ・トレッドゴールドはそう言うと、姪を連れていなくなった。

アラベラは両手を重ねて、叱られるのを覚悟した。

「すぐにベッドに戻るの、アラベラ?」

「もう少しここにいるわ。静かだし。ほかにだれもいないし。本を読んで。それに……ブランデーを飲んで」

ママは首を振った。「気をつけるのよ、マイディア」

「ええ、ママ」

「くれぐれも気をつけるのよ」

そしてママはドアを閉めていった。

19

アラベラは時計で二分たったのを確認してから、読書室と図書室のあいだのドアをあけた。

「ガイ?」彼女はささやいた。

近くの椅子から影が立ちあがった。ガイは歩いてきて、戸口にもたれかかり、アラベラを見つめた。別の世界だったら、アラベラは彼のところに行く勇気があっただろう。でもこの世界では、彼女は動かなかった。

「あの子に指一本さわっていないって?」ガイはさっきの彼女の言葉をくり返した。

アラベラは笑った。「この状況はばかげている。それにあなたはわたしに千ポンド借りだからね」

「ぼくはほかにもきみに借りがある」彼は空になったグラスを見た。「きみは酒の問題をかかえていると言ってたが」

「ママはあなたをかばっていたのよ。レディはブランデーを飲まないの。それに、まずいし」

「いずれにしても、いっしょに飲もう。ぼくがサー・ウォルター・トレッドゴールドからかろうじて逃げだしたことのお祝いに」

「マティルダからではないの？」

ガイはさっと彼女を見て、酒を注ぎに行った。「マティルダには好意をもっている。彼女はましなほうだ。最大の欠点はあのひどい家族だよ」

「ふうん」

もうなにも言わない。感情に駆られて、彼に嫉妬してると言われるような恥はもう二度とごめんだ。

アラベラは立ち去るべきだった。でも読書室は暖かくて、屋敷じゅうが眠っているのにここは暖炉の火が赤々と燃えていてくつろげる。ガイは機嫌がいいし、アラベラはさっきの一幕で目が冴《さ》えていた。

彼女は長椅子に坐った。

「つまりあれはサー・ウォルターのたくらみだった」ガイはブランデーのデカンタをカチャカチャいわせながら言った。「彼が上機嫌だったのはこういうわけか」

「たくらみとしては、あまりいいとはいえないわね」アラベラは言った。「リスクがあるし、使い古されているし、成功させるのは難しい」

「有効性は実証済みだろう」

ガイは気にしていないようだ。でも彼は陰謀家ではないから、人のたくらみを見破ったり、たくらみの穴を見つけたりする才能はない。

それに優れた陰謀家を称賛することもない。たとえば彼女とか。

「サー・ウォルターは、あなたのフレディーにかんする調査を知ったら、ひどく困ったことになるおそれがある」アラベラは説明した。「それなのに、彼は寝間着の娘にすべてを賭けていた？　フレディーのことは？　彼が後見人という立場を悪用するのをそんな簡単にあきらめるとは思えない」

ガイは肩をすくめた。「もしぼくがマティルダと結婚したら、彼は安泰だ。妻の親戚を訴えることはしないからな。もしかしたら彼は、フレディーと息子との結婚をぼくが認めると思っているのかもしれない」

「どちらにしても、下手な計画で実行もまずかった。がっかりしたわ。彼らがもっと実力のある敵だったら、この騒ぎももう少し刺激的だったのに」

「ぼくたちにはお互いがいる」ガイは彼女にブランデーグラスを手渡し、近くのクッションに坐った。アラベラはなにも考えずに受けとった。「もしきみが、もっと実力があったり、もっと敵対的だったりしたら、ぼくはこれを乗り越えられたかどうか、わからないよ」

「そんなお世辞を言われて、わたしのほうが乗り越えられないかも」アラベラは笑ったが、やはりなにかひっかかっていた。「サー・ウォルターはもっと奸智《かんち》に長けていると思っていたわ」

「きみは彼を買いかぶっている。あいつはただの不愉快な日和見《ひよりみ》主義者だよ。きみのような偉大な知能のもち主ではない」

ガイは椅子に坐って手足を伸ばし、考えこむ様子で、グラス越しに彼女を観察した。アラベラは彼の視線を避けて、カットクリスタルのグラスの縁を指でなぞり、彼の長く力強い脚がすぐそばにあるのを、痛いほど意識していた。もう二度とこんな時間はないかもしれない。もしも彼女が……いいえ、二度と彼を誘惑することはしない。地下墓所でのあれは恥ずかしいほどつたない試みだった。

「きみは彼女からぼくを救いだしてくれた」ガイは言った。「ぼくをほかのだれとも結婚させないと決めているのか？」

「自分の花嫁を完全に自由に選びたいと思わないの？　もしあなたがマティルダ・トレッドゴールドを選ぶなら、わたしはよろこんで、結婚式を計画してあげる」

「あの子は感じがいい。簡単だ」

アラベラはグラスのなかで決闘している火明かりをじっと見つめた。ガイは彼女の反応を待っている。おあいにくさま。

「まさにあなたが花嫁に望むと言っていたことでしょ」アラベラは言った。

「それにきみは彼女を高く評価していると言った」

「それはほんとよ」アラベラは冷ややかなまなざしで彼を見た。「とりわけ、彼女が男たちを言うとおりに動かすやり方を買っている」

「きみもそれが欲しいんだろ。だが彼女がやるのはリボンを拾わせるくらいだ。もし
ぼくたち男がきみの言うとおりにしたら、通りは血の河だろう」

もちろん、それはただのからかいで、以前のアラベラなら気にもしなかったが、いまは傷ついた。ガイは彼女を知りたいと言った。たぶん、彼は知ったことに感心しなかったのだろう。なんて思いがけない展開だろう！　アラベラのことをよく思わない人はいっぱいいる。これまで一度も、気にしたことはなかったのに。もうすぐガイはいなくなる。彼女のことを嫌ったままで。

「ガイ、言っておきたいことがあるの……じつはわたし……」

「じつはきみは？」

「わたしはほんとうは無害な人間だと」

ガイは大声で笑った。アラベラはいらいらして、指でグラスを叩いた。うつろな音が戦闘の陣太鼓のように勇気をくれるのではないかと期待して。

「あなたはわたしの悪いところばかりを見ようとするけど」アラベラは言った。「で

も、ほんとうに……わたしは一度も……」

だれかを傷つけようとしたことはないの。でもときどきこわくなると、わたしのプライドが前面に出て、わたしが思ってもいないことを言わせるの。

「きみは一度も？」

「人を刺したことはない。毒を盛ったり。銃で撃ったりしたことも」アラベラは言った。

「それはかなり節度があるね」

「寝間着でうろついてだれかを結婚の罠にはめようとしたこともない。あなたはわたしがそうしたと思っているかもしれないけど、違う。それにわたしは一度も……」

ガイのグラスは唇のそばでとまっていたが、彼の目はじっとアラベラを見ていた。緊張――そうよ、いま感じているのはそれに決まっている！　すごくこわかった。だれかによく思われたいと思い、相手がなにを思っているかを気にして、こういうことを言わなければならないなんて。人々はどうやってそんなふうに生きているのだろう？

「続けて」ガイがそっと言った。

アラベラはふたたび、その言葉を言おうとしたけど、出てきたのは、「わたしは一度もリボンを落としたことがない」という言葉だった。

＊　＊　＊

ガイはブランデーを飲みながら、アラベラをじっと見つめた。まるでいまにも飛びたとうとする鷹のように長椅子の端に腰掛け、割れそうなほどきつくグラスを握りしめている。

彼女の言葉は意味がなかった。だがアラベラは意味がないことは言わない。

ガイはいつも冗談めかしていたが、アラベラの鋭い知性に強く引かれていた。まぶしく、鋭く、まるでダイアモンドのように多面的だ。彼女の数手先を読む才能を称賛していた。彼自身は目の前のことに反応することしかできない。

つまりアラベラがリボンを落とすことを話しているなら、それは彼女にとってなにか意味のあることなのだろう。

なんだかんだ言ってもアラベラは彼を信用している。はっきりとは言えなくても、彼にも緊張が感じられるほど彼女にとって大事なことを、彼に言おうとしているのだから。それなら黙って聞けばいい。

「でもあなたがマティルダ・トレッドゴールドを好きなのはそれが理由でしょう」アラベラは続けた。「なぜなら彼女は男の人に、強くて重要で必要とされていると感じさせるから」

「男は強くて重要で必要とされている」

「そう、まあそうね。弱くて取るに足らなくて役立たずの男なんてだれも欲しくないもの。でもわたしがわからないのは、なぜ男の人は自分だけで、強くて重要で必要とされていると感じられないのかということ。レディのリボンを拾ったりしなくても」

アラベラはしかめっ面でブランデーをにらんでいる。まるでなにかがひどく間違っていて、それは全部ブランデーのせいだとでも言わんばかりに。

ガイがミス・トレッドゴールドのリボンを拾ったとき、なぜそのリボンが自分の足元に落ちたのかはっきりわかっていたが、アラベラをからかうために拾ったのだ。このところ、自分の行動はすべてアラベラに関係しているように感じる。この肌の下でふつふつと煮えたぎる激しい焦がれのせいだ。

「それでマティルダが……」彼は促した。

「そうよ。マティルダが」アラベラの手がぴくりとして、グラスを投げるのかと思った。「彼女はリボンを落とすのがとてもうまい。いっぽう、わたしはやろうとしたことのほとんどに上達したけれど、リボンを落とすのだけはできない」

この会話はガイに、若いころ霧のなかでヨークシャーの荒れ地を横切ろうとしたときのことを思いださせた。次にどこに足を置くかに細心の注意を払い、湿原に足をとられないように気をつけた。たしかにそのころから、彼は挑戦が好きだった。

「なんできみがリボンを落としたいと思うんだ？」ガイは訊いてみた。

「男の人が拾うから」

「でもきみは自分でリボンを拾えるだろう」

「もちろん拾えるに決まってるでしょ」

「それに、そもそもきみはリボンを落とさない」

「そのとおりよ！　だから男の人はマティルダ・トレッドゴールドを好きになる」

「なぜなら彼女が男に、強くて重要で必要とされていると思わせるから」

「男の人が強くて重要で必要とされたいと望むからといって、わたしがそうであったらいけないわけはないわ」アラベラはブランデーを飲んで、びくっとした。「まったく、これほんとうにまずい」

そのとき、ガイは理解した。

アラベラはだれにはばかることなく、強い意志と独立心をもっている。レディでは称賛されない特徴だ。だが誇り高い独立は、孤独なことでもある。彼女はたぶん、それに気づいているが、どう変えたらいいのかわからない。

いまアラベラは彼になにかを求めているのに、その求め方がわからない。だから彼はそれを推察するしかない。だがアラベラは、頼んでいる。要求したり、賄賂を使ったり、脅したりするのではなく――求めている。そのやり方はひどく下手くそだが、とはいえ、さっき自分で言ったとおり、彼女はそのやり方を知らないのだ。

アラベラは、なんでも知っているのに、愛情や助けを求めるやり方を知らない。

ガイは彼女を思い、胸が痛くなった。アラベラは壁をつくることに慣れすぎて、そのなかで自分がどんなにさびしいのか忘れてしまった。ぜったいに無力に見えたくないと思っているから、だれにも、なんの頼みごとも、しようとしない。

「きみは強くて重要で必要とされている。リボンを落としても、落とさなくても」ガイは言った。これが正しい言葉であることを願いながら。「それでも、自分の欲しいものを得るためには、リスクをとって求めないといけないときもある」

「でもそれは――あなたが――わたし――肝心なとき――ああ」

アラベラはグラスをテーブルに置いて、腕を組み、壁をにらみつけた。正しい言葉ではなかったのか。彼女の複雑な頭のなかで、いったいなにが起きているんだ？　ガイは千夜アラベラといっしょに過ごしても――いや十万夜でも――完全に彼女を理解することはないが、そうしようとする一分一秒を楽しむだろう。

「小さなことを求めることから始めてみればいい。それからじょじょに大きくしていけば」彼は提案した。

アラベラは彼のほうを見て、考えている。

ああ、これでいいのか。「練習すればうまくなるかもしれない」彼は続けた。「いまやってみればいい。リボンを落として、ぼくが拾うかどうか」

「リボンがないわ」

「ドレスがある。それを落としてみたら？　もっとも、言っておくが、ぼくはそれを拾う努力はまったくしないだろう」

アラベラの目のなかでなにかが光った――欲望？　怒り？――そして目をそらした。くそっ。冗談は失敗だった。彼女はきっとすぐに、ばかなことをと言って、出ていくだろう。

それでいいんだ。

もしこれ以上アラベラに近づいたら、彼女に捨てられ、叩き落とされるまで離れられなくなりそうで、ガイはおそれていた。だから夜、温かい部屋でアラベラを挑発するなんて、まるで賢明ではない。そうだ――よかったんだ！　間違ったことを言ってしまってよかった。彼女が出ていくのはよかった。

ガイは跳ねるように立ちあがり、ふたりのグラスを持ってサイドボードへ向かった。彼女が部屋を出ていくまで、そこに留まるつもりだった。

視界の端で、アラベラが動くのが見えた。だが出ていかなかった。ため息をつく。もちろんそれは、繊細なロマンティックなため息ではない。あきれているような、焦れているようなため息だ。

なにに焦れているんだ？

ガイは立ちどまった。グラスを持ったまま、彼女に注意した。彼女を見ているが、あからさまではない。

ふたたびアラベラが腕を動かした。ふたたびあのため息。

ガイはふり向いて見た。

アラベラの視線は、彼が死んでいなくなればいいのにと願っているのだと思わせた。

ガイはわけがわからなかった。でも次の瞬間、彼女がなにをしているのかわかった。ヘアピンを二本はずして、絨毯《じゅうたん》の上に落としたのだ。手のこんだ髪型がほどけている。

ガイはうしろのサイドボードの木彫りをつかもうとしたが、つかみそこなった。

ふたたび、アラベラはピンを一本はずして、床に落とした。髪がもっとほどけて、彼女はまた殺してやりたいという目つきで彼を見た。

あの日！　並の男だったら、ひるんで震えあがり、嵐のときの犬のように家具の下に隠れるだろう。ガイは並の男ではない。ガイはアラベラ・ラークの髪を見たかった。そのためなら何度嵐に遭ってもよかった。

「もっとだ」彼は言った。かすれてしわがれた声。「そうしたら、ひざまずいて拾ってもいいと思うかもしれない」

今度はにらむのではなく、なにか……誘っている？　ガイは自分の満足のためにアラベラにふれたかった。なぜなら彼はそういうところは身勝手で強欲だから。だがアラベラの求めるものを与えたいとも思った。彼女が欲しいと言えば、だれかがくれるのだと教えてやりたかった。

彼に欲しいと言えば、彼が与えてやると知ってほしかった。

だからガイはサイドボードをつかんで、待った。まだ待てる。少なくとも心臓があと三回鼓動するあいだは待てる。だがガイの心臓はあまりにも高鳴り、三回はすぐに過ぎ、またもう一本、ピンが落とされた。そしてもう一本、また一本、ついに最後の一本が。

アラベラはガイの目を見つめながら、指を髪に通し、持ちあげて、振りほどいた。髪は乱れて彼女の肩を流れ落ち、肋骨の下まで来た。そうやって髪につつまれると顔立ちがやわらかく見えた。それとも火明かりのなかだから、やわらかく見えただけなのだろうか。心もとなさそうな表情で、唇を開いている。彼女の髪は絹糸のようでいい香りがするだろう。ガイはその髪に顔をうずめ、自分の裸の肌に広げて……。

ふたりの目が合った。ガイの心臓がどきりとした。手がサイドボードを放す。脚がひとりでに彼を部屋の向こう側へと運んだ。ひざががくりとして、絨毯の上にひざをついた。ヘアピンは模様のなかに隠れ、とつぜん不器用になった彼の手から逃げる。ガイは気にしなかった。ひとつひとつ、ピンを拾い集めては、テーブルの上に落として音をたてた。ピン一本拾うごとに、ガイはアラベラを見た。そのたびに、彼女のまぶたは重たげに伏せられた。

もう拾うピンがなくなったとき、ガイは彼女が長椅子に腰掛け、両脇のクッションをつかんでいる彼女のほうを向いた。そして両手をそのひざの上に置いた。アラベラの視線は揺れなかった。ガイがそのひざを、スカートが許すかぎり広く押しひろげても抗わなかった。ガイはそのあいだに入りこみ、絨毯にひざをついたままできるだけ伸びあがった。まだ彼女の顔は上にあり、その手を肩に置かれていた姿勢で、ガイはその髪に手をつっこんだ。オレンジの花の香りが漂ってきて、ガイは絹糸のような豊かな髪に指を通し、もつれでつかえて、また滑り、彼女の肩、そして胸の膨らみの上を、不注意に、同時に細心の注意を払って、なでおろしていった。

すでに開いていた唇に、ガイは唇を重ねた。

その愛撫の優しさに愕然とする。ふたりの最初の正直なキスだ。

ふたりの口はふれあい、離れ、髪の毛一本ほどのすき間でとまった。彼のガウンをぎゅっとつかんだアラベラの手の関節が鋭くなり、ガイの手も彼女の髪をつかんで握りしめていたが、暗黙の了解でふたりは激情を食いとめ、たがいの息を吸いこんだ。

アラベラが唇を開いてガイの口に押しつけ、彼の舌をさわる。喉で音が跳ねあがる。ガイは彼女の下唇を歯ではさんでひっぱり、彼女もおなじように応えた。

からだを離し、ガイははやる手をアラベラの太ももの上に置いた。ここの筋肉は硬くて力強い。だがその内ももはやわらかいはずだ。どんなに魅力的だろう。彼女の強さとやわらかさの混在は。

なぜアラベラは、心もとなさげで同時に猛しく見える？　なぜ自分はいとおしいと同時に荒々しく感じるんだ？

「なにが欲しい？」ガイはつぶやいた。

「わたしは……つまり、だめよ、いけない……でも……」アラベラは自分の手に負えない口にいらだっているような音を洩らした。

「きみが望まないことはなにもしない」ガイは言った。「出ていってもいい。ぼくに出ていけと言ってもいい。本を読んでも、ホイストをやっても、ただ坐ってぼくたちが燃えあがるのを待ってもいい。きみが望むことをする、それ以上でもそれ以下でもない。なにが欲しいのか教えてくれ」

アラベラは無言だった。唇を固く結んでいる。目をせわしなくぱちぱちしている。

「アラベラ？　言ってくれ」

「どう言えばいいのかわからない」

おびえて、途方にくれた、悲痛な告白。ああ、アラベラ。賢くて威張っていて、自分のこと以外はなんでも理解している。自分でも言っていたとおり、彼女は男をこわがらせる。だが自分ではよくわかっていない。にらんだり、鼻をならしたりしているから男は——とにかく分別のある男は——逃げるのだと、自分では気づいていないみたいに。

その告白は彼女には苦痛だったようだ。急に態度がひややかになった。もしまた彼女がプライドのうしろに隠れたら、ガイはここから出ていくのとおなじくらい確実に彼女を失う。

「きみがどういうふうに愛撫されるのが好きか、ぼくは憶えている」彼はつぶやいた。

彼女は目を閉じ、深く、震える息を吸った。ガイはあまりにも固く握りしめているせいで、指が痛くなった。

「ええ」彼女は吐息とともに、その言葉を言った。「ええ」ぱちりと開いた目は、切望とおそれ、情熱と希望で荒々しかった。「でもリスクが……いけない……」

「しないよ」

ガイは待った。アラベラはなにも言わなかった。

「ぼくに言うんだ、アラベラ」彼は言った。「どうしたいか言ってごらん」

やっと口を開いたとき、そのやわらかい言葉はふたりのあいだで炎のように揺らめいた。

「さわってほしい」

20

アラベラは、次にどうするのかわからなかったけれど、ガイはわかっているようだった。

黙って彼女をつれて暖炉の前まで来て、火をかき立て、それからガウンをぬいで絨毯の上に広げた。

「これはシルクとビロードだ」ガイは、彼女の無言の問いかけに答えて言った。「絨毯はきみの肌を擦りむいてしまう」

彼はわたしの面倒を見てくれている、とアラベラは思い、彼に服をぬがされるにまかせた。ガイは時間をかけて、ゆっくりとボタンをはずし、官能的に布地を滑らせて引きおろし、焦らすように無造作に、指で彼女の肌をかすめた。

その指が、彼女の脇腹でとまった。「これはいったいどうしたんだ？」

アラベラは凍りついた。紅茶色になったあざのことを忘れていた。腕のあざは薄い黄色になっているから、火明かりでは見えないはずだ。

「馬よ」彼女は言った。「なんでもない。気にしないで」

ガイはアラベラをひざまずかせ、そのうしろに自分もひざまずき、彼女の腰をはさむようにした。彼のにおいにつつまれる。アラベラは暖炉の火をじっと見つめた。とつぜん、全身で、皮膚にふれる空気、裸の背中をこする、重たい絹糸のような髪を感じた。いままで自分の髪のことなんて考えたことがなかった。でもいま、それが彼女の世界の中心になった。いいえ——彼が中心だ。髪のなかに手を差しいれ、その重さを量り、滝のように流れ落とす。

「きみが恥ずかしがらないのはすばらしいよ」ガイがつぶやく。

「ああ、そうしないとだめなのね」

「きみはきみのままでいないとだめだ」

そしてガイは彼女の髪を、肩に、そして胸にかけて、その手は彼女の乳首をかすめ、唇は彼女の首をついばんだ。アラベラのからだの官能が勢いよく目を醒まし、さわられることと、からだのなかに渦巻く熱い感覚をもっとと、求めている。彼女の両手はからだの前で、役立たずでおどおどしている。彼がうしろにいるから彼女は——どうするの？

「どうしたらいいのかわからない」アラベラは、自分の声とは思えないような声で言った。

ガイの手がアラベラの肩に置かれた。温かく、力強く、すてきにがさがさで。ゆっくりと彼は手のひらを腕、手首に、手にさげていった。そして手を組みあわせた。「きみはなにもしなくていい」ガイは小声で言った。その息が官能の約束とともにこめかみを愛撫する。「感じるだけでいい。ぼくがすることすべてを感じてくれ。ぼくがどんなふうにさわるか、きみのからだがぼくの愛撫にどんなふうに反応するか」

アラベラは目をつぶって、感覚に身を任せた。感じる。彼のリネンのシャツが彼女をくすぐる。彼のぬくもりが彼女をつつむ。彼の唇が耳にふれ、鳥肌が、肌にさざ波をたてていく。火の熱、ガウンのシルク、彼の腕のなかの安心、欲望の激しさ。

「すべて感じるんだ」彼は続けた。「きみのすばらしい頭脳が考えはじめたら、無視して感覚を澄ませてごらん。きみがするのはそれだけだよ。感じる。自分に感じさせる。そうすれば間違いない」

ガイはつないでいた手を離して彼女の太ももをのぼり、腰をなでた。少し背をそらしたようで、ふたりのあいだに冷たい空気が流れた。彼が指で背骨をたどって焼き跡をつけ、アラベラはあそこがずきんと脈打ち、背を弓なりにしていた。ぞくぞくする感覚が全身を駆けめぐる。

「きみにさわるとき」催眠術をかけるような、眠けを誘う声。「ぼくは星の痕跡を残すと想像する。世界じゅうのあらゆる色がぼくの手によって爆発し、千もの花火のようにきみの肌から打ちあがるんだ」

話しながら、ガイの指先はアラベラのからだを這《は》いまわり、感覚を弾けさせ、火を点けていく。アラベラには、彼の指のダンスをとおして、自分の背中が見えた。彼の愛撫は火で、色で、美しさで、オレンジでブルーでピンクでグリーンだと感じた。そしてあらゆる色と光と熱は彼女の奥深いところにも存在し、渦を巻き、上昇し、何千もの火花が生まれ、血液が熱をもち、色とりどりの星の河になる。

ガイの手は彼女の地図をつくり、まるで彼女を発見し、憶えていくようだった。背中を滑り、ウエストの形をなぞり、腰をなでおろして、腹をのぼり、胸をつつんで、乳首をつまみ、彼女の髪をふり払う。

どうしたわけかアラベラは横たわり――いつそうなったのか、憶えていない――ガイの口もダンスに加わった。熱いキスがアラベラのからだを滑り、手は荒々しくさまよい、速くなったり、ゆっくりになったり、硬くなったり、やわらかくなったり、あまりにも感じすぎて、彼女の心が追いつかなかった。あらゆるところにガイを感じる。まめのある手が肩に、熱い舌がおへそに、指がお尻と太ももに円を描き、アラベラは口も手も太ももも忘れて、ただひとつの感覚だけになった。すてきで強烈な感覚が、まるで嵐のなかの船のように彼女を翻弄《ほんろう》する。空気は火のはぜる音と彼女の喉が出す音で活気づく。

それだけでなく、低いうなり声やため息という彼の音もだ。

彼はあらゆるところにふれていく――いいえ、あらゆるところではない！　なんなのいったい？　家を揺らすほど激しくうずいているあそこにさわらないなんて。ガイが笑い、アラベラは彼をつかもうとしたけど、つかまえたのはシャツだけだった。怒っていまいましいシャツをひっぱると、ガイがかがんでシャツはぬげ、アラベラの手に落ちた。アラベラはシャツを横に放りなげた。なかに男が入っていないシャツがなんの役にたつ？　彼女はふたたびガイをつかもうとして、彼の熱い肌にさわったけど、ガイは力強い片脚で彼女を押さえつけた。ふたたび彼の手がアラベラのお腹をなでる。もっと大切なところがあるのに、どうしてお腹なんてさわってるの？

アラベラは喉からうなり声を洩らした。ガイと目を合わせる。緑色の、酔ったようなまなざし。このろくでなしは自分だけ楽しみすぎだ。

「どうかしたかい？」彼がつぶやく。

「白々しい」アラベラは上擦った声で言った。「あなたは正しいやり方をしていない」

「いや、ぼくはまさに正しいやり方をしてるよ」

「地図を描いてあげないとだめなの？　そうしないと見つけられないの、わたしの……」

ガイは乳首に舌を打ちつけ、まるでそれが合図だったかのように、アラベラは背を弓なりにした。「きみのなにを、スイートハート?」

「ほんとうに、これだけであなたを殺してやるから」

でもガイは笑っただけで、言った。「そうだ、そうこないと」そして唇で彼女の脇腹を、お腹を、愛撫した。アラベラは太ももを開いてこのばか者にヒントを与えたのに、彼は無視して、唇でお腹と腰のカーブをゆっくりと愛撫している。

ああ。

「悪党」アラベラはつぶやいた。「卑劣漢、悪魔、ごろつき、ろくでなし……ああ」

ああ。

彼はようやく彼女の秘所を見つけた。口で。

アラベラはぼうっとして、顔をあげ、彼を見つめた。ガイが彼女の太もものあいだにいて、舌で彼女を愛撫し、そして親指を――

アラベラの腰がもちあがる。ガイはそれを押さえつけ、だから彼女は片脚を彼の肩に乗せて、かかとで叩いた。

ガイはにやりと笑って、アラベラと目を合わせたまま口をさげ、ふたたび始めた。なんて満足げなの! それに腹がたつほど悦に入っている! ああもう、彼の首を絞めて、キスして、愛して、蹴りとばしてやりたい。別の種類の新しい快感が、彼の指でさえ届かないところで高まる。

「まだぼくに地図を描こうと思ってる、スイートハート？」ガイは言った。

太ももの内側を軽くかじられる。欲望が全身を駆けめぐり、聞いたこともない叫び声を出して頭をおろし、両手で彼のガウンのシルクとビロードを握りしめることしかできない。彼の口のしっかりしたぬくもりが、巧みな指が始めたことを続けている。

アラベラは目をつぶって自らの助言に従った。感じるのよ、ただ感じればいい。快感がまるで熱く溶けた黄金のように血管をめぐり、執拗で強引なガイの口によって彼女の中心に引き寄せられる。つま先、指先、背中、胸から快感が彼女の中心に流れこみ、溜まって膨らんで積み重なって、熱くて重たい快感が彼女の芯で渦を巻き、すぐ下にある彼の口が――

とまった。

なにもかもとまった。快感の奔流もとまり、増えも減りもしない。アラベラは頭をもたげて、彼を、その爛々《らんらん》と光る目をにらみつけた。

「どうして」アラベラはなんとか言った。切れ切れの言葉はかすれた苦悶《くもん》の叫びになった。「いったいなにをしているの？　やめないで！　だめよ……続けて……」

ガイの目がアラベラの目を焼いた。アラベラは魅了されたように、世界が彼の手だけになり、彼が舌の先を自分の親指につけるのを見つめた。その親指が彼女の世界の中心になり、ガイはそれを強く彼女に押しつけた。アラベラはびくんとして、快感と欲望の叫び声をあげ、ガイの口がふたたび彼女にとりついて愛撫を続けた。アラベラは彼がなにをしているのかわからなかったけれど、どうでもよかった。大事なのはこの強烈な渦巻く感覚で、それは彼の命令でせりあがり、とつぜん砕けて熱い波となり、全身の肌にさざ波を返した。

アラベラは絨毯にぐったりと倒れこんだ。いまも快感が心臓の鼓動に合わせて全身で脈打っている。ぼんやりと、ぐったりした自分からガイがからだを離すのを感じた。そして横に寝転んだ。アラベラはなんとかからだを動かして、猫のように彼にくっついていった。

ふたりとも無言で動かなかった。暖炉の火のぱちぱちいう音、時計の針の刻む音。アラベラの心臓がゆっくりになり、快感がおさまり、頭脳が働きはじめた。

自分が求め、ガイが与えてくれたのだと気づいた。小さなことから始めたらどうだ、と彼は言った。だからそうしてみて、うまくいって、自分が強くなったように感じる。もしかしたら、この高揚は、自分が恐怖に立ち向かったからかもしれない。ガイが彼女の怒りにもめげず寛大で親切だったからかもしれない。アラベラは、ほんとうの自分になれたように感じていた。

わくわくした気持ちで、アラベラはからだを起こしてガイを観察した。彼は目の上に腕を載せている。彼女は自分が強くなったように感じて、彼の大きく上下する胸に手を置いた。わたしのものだと主張するように。

＊＊＊

ガイは目の上に腕を置いたまま、なんとか呼吸しようとしていた。アラベラの手が勝ち誇るように胸に置かれていて、舌に残る彼女の味が、かすかに残る彼の判断力を鈍らせている。

「今度はわたしがさわる番ね」彼女は言った。その声はかすれて、意外にもいたずらっぽかった。

「しないと約束しただろ」ガイは目の上の腕をどかした。アラベラの髪は嵐の黒い雲のようで、その唇は腫れ、その目は物憂げに、官能的な期待を感じさせた。「きみはさわってくれと言った。ぼくはきみにさわった。それだけだ」

「また気高くなってる」

「呪いなんだ」ガイは言った。

「わたしにはないわ」アラベラは手を鉤のようにして、脳殺せんばかりに彼の胸にひっか傷をつけていく。

「きみは……」言葉を考える知力が自分に残っているのは驚きだった。「きみは邪悪な誘惑女で、危険な妖婦だ」

アラベラの手がとまった。爪がかすかに食いこむ。「わたしをそう呼んだ男はいなかったわ」

「なぜなら世の男は全員ばか者だからだ」

「あなた以外」

「当然」

当然、彼は最大のばか者だ。

新たな、より深い快感がからだにみなぎる。しなやかで、にこやかで、いたずらっぽいアラベラが、彼の腹に手を滑らせ、半ズボンのウエストバンドまでさげる。彼のものの膨らみは見落としようがなかったが、彼女は無視した。彼女になにを教えるか、ガイはもう少しよく考えるべきだった。

「あなたはわたしのなすがままよ」アラベラはささやくように言った。「わたしは邪悪な誘惑女だから、あなたをわたしの好きに使う」

彼女の器用な手が前立てのボタンにとりかかる。ガイは目を閉じ、命令に従って腰をあげ、アラベラにぬがされながらあらゆる筋肉を緊張させた。彼女が上に乗ってきて、その指で焦らすように探索され、ほどけて重たげな髪にむき出しの肌をなでられ、うめき声を洩らす。

想像していたよりもいい。

「さわられるのは気持ちよかったけど、さわるのもいいわね。あなたがゲーム好きでよかった」

「どうして？」

「だって、あなたを最高のおもちゃにできるから」

目をあけるとアラベラがにんまりとほほえむのが見えた。そして彼女は彼のものをしっかりと握った。この女はおずおずなんてしない。中途半端はなしだ。なにかやると決めたらやるし、ガイにできるのは従うことだけだった。

「気をつけてくれよ」ガイはうめいた。

「これはどう？」アラベラは彼をなで、ほとんど科学的ともいえる好奇心で観察している。そして頭をさげ、唇で彼の腹、腰をかすめ、ペニスがほおにあたったのにそれは無視した。なんてことだ。落ち着き払った、怒りっぽいアラベラがこんな……こんな……。

「危険な妖婦」彼女はガイの思考を読んだかのようにつぶやいた。「邪悪な誘惑女」

「ぼくを拷問する気なんだろう？」ガイはアラベラの完璧な顔が自分のもののすぐそばにある光景を陶然《とうぜん》と見つめた。

アラベラが目を瞠る。「それも選択肢なの？　ああ。そうなのね」

「ぼくになにをするつもりだ？」

「わたしの好きなことよ」アラベラは半分まぶたを閉じた目でガイのからだを眺めた。「危険な妖婦で邪悪な誘惑女だったら、次はなにをするの？」その視線は彼女が握っている彼のものに留まった。「これね」

アラベラは頭をさげて彼をくわえた。ためらいも、中途半端もない。

ガイは目をつぶって頭を床に落とした。そして自らの助言に従い、感じた。

アラベラは自分がなにをしているのかわかっていない。だがとてもではないが彼女に教える余裕はない。彼女の拙《つたな》さは問題ではなかった。あまりにも興奮しているから、彼女がなにをしてもいきそうだった。

ガイは喘いだ。快感と圧力が下腹部でせめぎあい、せりあがってくる。必死にシャツをつかみ、彼女に投げつけた。驚いて顔をあげた彼女が握る手に力をこめる。彼は手探りでシャツをつかんだ。快感が全身を震わし、うめきながらシャツに射精した。

「あら」アラベラは言った。「またあなたのシャツをだめにしてしまったわね」

シャツはささいな問題だった。アラベラは彼をだめにしている。

ガイは倒れこみ、目を閉じると、アラベラがシャツをどけて彼に密着して坐った。まるで彼を癒そうとするかのように、腹に手を置いた。解放の甘く熱い火で焼かれ、全身に地震が走った彼の体内の臓器は、まだ新たに揺り動かされた世界に適応していないように感じる。

この新世界で、ガイのからだは自分の思いどおりにならなかった。力を搾りとられ、ぐったりと床に伸び、人生でもっとも自分がむき出しになったように感じている。完全に彼女に降伏するのは、なんと簡単で、正しく、自然だったことか。アラベラは彼を魅了し、興奮させ、挫《くじ》き、強くした。

そしてなによりもいいのは、アラベラも裸で、彼の横でくつろいでいることだ。

ガイが腕を伸ばすと、アラベラは彼に半分かぶさるようにしてうつぶせた。肌と肌、鼓動と鼓動が重なる。ガイは彼女に腕を回してしっかりと抱きしめ、退廃と親密の交ったものを味わいながら、シルクと火のぬくもりのなかに寝そべっていた。

「きみが違うふうに見えてきた」彼女の背中にゆっくり線を引きながらつぶやいた。

アラベラはかすかに身をこわばらせたが、すぐにやわらかくなった。壁をさげている、あるいは少なくとも彼を入れるドアを開けている。「だがロンドンのことはやはり理解できない」彼は言った。「説明してくれ。どうしてぼくたちがこうなったのか」

アラベラが、まるで夜、夜盗《やとう》に耳を澄ます歩哨《ほしょう》のように緊張し、油断なく警戒するのが感じられた。

つまり誤解だったのか。いや違う、彼の考えたとおりだった。ロンドンの背後にどんな事情があれ、それはアラベラにとって大事なことで――つまり彼にとっても大事なことだ。ガイはどうしても知りたかった。

どうしても、アラベラが打ち明けてくれるくらい彼女に信用されたかった。

アラベラがからだを離し、ガイは引き留めなかった。ひざをかかえて坐る彼女を、髪の毛がつつむ。

ガイもからだを起こした。「アラベラ?」

「スカルソープは……彼には、ひとつこだわりがあったのよ。わたしの処女性について。なによりもそれを大事だと考え、自分のものにするとたびたび話していた。わたしを自分のものにすると。それがいやでたまらなかった」

ガイはすぐに理解した。「だからきみは、自分を自分のものにしたんだ。あの夜、きみがぼくにさせたかったのはそれだったんだ」

「でもスカルソープはそれに気がついた」アラベラは小声で言った。「あなただと気づいたわけではないわ。でもわたしがもう処女ではないと知って、彼は……腹を立てた」

「だが彼は黙っていなくなった。ぼくが見誤っていたのかもしれないが、そんなことがあったら激怒して世界じゅうに知らせるような人間だと思っていたよ」

「あなたは見誤っていない。彼はそうするつもりだった」

ガイは待ったが、アラベラはそれ以上深入りしなかった。あごを膝頭に乗せて、表情の読めない目で彼を見ている。

「どうしてあいつは言わなかったんだ、きみのその事実を知ったのに？」ついにガイは促した。

「なぜなら、わたしも彼についてあることを知っていたから」アラベラは淡々と言った。「もしわたしの秘密を世間にばらしたら、わたしも彼の秘密をばらすと言ったのよ」

その言葉はガイに冷や水を浴びせた。彼ははっと緊張して背筋を伸ばした。アラベラは素早い動きで暖炉のほうにからだを向けた。まだひざをかかえている。その髪が背中に流れ落ち、分かれ目から丸めた背骨の凹凸《おうとつ》が見える。

「それは……」ガイは混乱する思いのなかで言葉を探した。「その言い方だと、それではきみが、彼を脅迫して黙らせたように聞こえる」

長いあいだ、アラベラはなにも言わなかった。静寂を破るのは薪が崩れて、火花をあげて割れる音だけだ。

ようやく口を開いたとき、それはアラベラのいつもの取り澄ました高慢な口調だった。「そうよ」

「なぜ？」

「なぜなら可能だったから。それで望みの結果を得られたから。スカルソープを打ち負かしたくて、じっさいにそうなったから」アラベラはからだをひねり、挑むように眉を吊りあげ、ガイをまっすぐに見つめた。「あなたはきっとぞっとしているんでしょう、わたしが、ほかの数々の罪に加えて、脅迫者だとも知って」

たしかに、脅迫はぞっとするような罪だ。だが彼女がおかしたほかの罪にはすべて、もっともな理由があった。少なくとも、彼はそう思っている——彼女がほんとうに彼をだましているのでなければ。だが彼の父親は、彼が知るもっとも主義や節操のない人間だったが、それでもその言い分はどれも合理的に聞こえた。

アラベラは昂然と彼をにらみつけている。まるで彼女がぞっとすると認めてみろと挑むかのように。自分の罪を使って彼を閉めだそうとしている。

「だが、あいつはなにをしたんだ?」ガイは粘った。「きみはすべてを話していない」

彼女は目をそらした。「これでじゅうぶんよ」

じゅうぶんではない。じゅうぶんではありえない。ぼくに話してくれ。ガイは懇願したかった。だが一度そうしたことがあるし、それでなんともならなかった。

もしかしたら、アラベラがこれほど頑《かたく》なに話そうとしないのは、ほんとうに赦しがたいことをしたということなのかもしれない。そうではないと言えるか? もしアラベラが彼に打ち明けようとしないなら、彼を信じようとしないなら、なぜ彼女を信じられる?

どちらもなにも着ていなかったが、親密さは霧のように消え、とつぜんガイは、ふたりのうち自分のほうがより裸のように感じた。

なぜ知りたいと思ったんだ？

アラベラが彼になにを求めていたにせよ、彼女はそれを手に入れ、あとはなにもいらないのだ。まして彼との将来なんて求めていない。それはこの世で最悪のことだと思う、と彼女は言った。あの日、湖畔で。

ガイはすでに彼女が恋しかった。すぐそばに坐っているのに、あまりにも冷ややかで昂然として、彼女が自分を隠しているのか、誇示しているのかわからず、混乱がガイを苦しめた。ふたりの気安さと仲間意識、情熱と親密さをとり戻すことができたら――だがいま、ふたりのあいだにはいまいましい壁がそびえ、だがそれはアラベラが立てたものだ。もしガイが壁に何度頭を打ちつけても、傷つくのは彼だけだ。

彼は立ちあがり、下着と半ズボンを見つけて、はいた。アラベラは黙って、彼が服を着るのを見ていた。彼女はまだガイのガウンの上に坐っていたが、どいてくれと言いたくなかった。靴下とよごれたシャツを丸めて、上半身裸で自室に戻ればいい。アラベラを見おろし、なにか、なんでもいいから言ってくれと念じた。ぼくの誤解だと。

アラベラはなにも言わなかった。

ガイは震える息を吸い、吐きだした。「こんなのはもうやめないとだめだ。ぼくは明日出発する。手紙を書くよ。きみの計画はそのまま進めよう」

心のなかの空洞にのみこまれそうだった。ガイは彼女の返事を待たずに、ふり向くと、暗く冷えた廊下によろめきでた。

＊　＊　＊

アラベラは消えかかった火を見つめていた。暖かい空気に肌をつつまれていたが、震えがとまらなかった。

数分前、彼女はガイにくっついて寝そべり、温かく、完全に、正しいと感じていた。でももちろん、それが長続きすることはない。世界に彼女は完璧だと思われるようにどれほど努力してきたとしても、アラベラは自分をだますことはできなかった。ガイが話を聞いてくれたり、彼女を褒めたり、彼女にさわったり、からかったりするとき、自分は力強く魅力的で、受けいれられ、生きていて幸せで自由だと感じられるとき――そういうときもアラベラは、遅かれ早かれ、いずれ終わるとわかっていた。

そして終わった。

服を着るのが面倒だったから、アラベラはなにも感じないからだにガイのガウンをはおった。彼のにおいがして、彼のように感じる。やわらかく温かい布地につつまれて、彼に抱かれているようだった。せっかく立っているから、グラスを片付けて、自分の服をまとめ、テーブルの上のヘアピンを集めた。ふたりの時間の証拠を消す。部屋に戻ると、蠟燭が一本灯り、暖炉で石炭が赤く光っていた。アラベラは夜の習慣をこなした。敏感になっている肌を洗い、髪にブラシをかけ、髪を三つ編みにした。いつもよりきびきびとこなした。そうすれば、優しく、崇《あが》めるようなガイの愛撫を忘れられるかのように。

抽斗を引いて、アラベラはふたたびオリヴァーの細密肖像画にふれた。ひっぱりだして、曲線の額縁を指でなぞる。

「わたしは見事に失敗したでしょ?」アラベラはささやいた。

〝いつまでたっても正しい言葉を見つけられないんだな?〟

どうしてガイに、全部話すのを拒んだのだろう? どうして彼女のプライドはまた出しゃばってくるの、しかもあんなひどいタイミングで?

「彼はわたしを知りたいと言ったのに」

〝もし彼がほんとうのおまえを知ったら、おまえを望むものか〟

「ああ、オリヴァー、わたしのどこがいけないの?」

もしかしたら、彼女の罪深いおこないは必要ではなかったのかもしれない。そのときは必要だと感じられたけれど、もしかしたら、問題に対処するほかの方法があったのかもしれない。もしかしたら、彼女がこんなふうではなかったら、ほかのやり方を見つけていたかもしれない。もしかしたら、彼女の心の深いところにある欠点が、事態をこんなにねじ曲げてしまったのかもしれない。

でもこれが彼女だ。ほかの人間にはなれない。

だから自分はひとりで、盗んだガウンにつつまれ、死んだ男の子の肖像画に話しかけているのだろう。

アラベラは額縁を握りしめ、彫刻をほどこした木が手に食いこんだ。「どうして逝ってしまったの、オリヴァー？　わたしたちは幸せだったのに。あんたがいなくならなければ、こんなことなにも起きなかった」

答えはない。それにアラベラには、口論する気力も残っていなかった。オリヴァーの顔に滴が落ちた。アラベラは目をしばたたき、自分と弟の顔をふいて、肖像画を抽斗にしまった。

ガウンを床に落とし、寝間着を着た。すぐにからだが冷えて、だからガイのガウンをふたたびはおって、そのシルクに顔をつけた。

彼のにおいとぬくもりにつつまれて、アラベラはひとりでベッドにもぐりこんだ。

21

あくる日の朝、ウルスラはガイの名前を呼びながら、小走りで彼のほうにやってきた。ガイは妹が転ぶ前に抱きあげ、ぐるぐる回すと、ウルスラは歓声をあげてもっとやれと命じた。

「ぼくはきょう、ロンドンに発たないといけないんだ、子熊ちゃん」ガイは言いながら、妹のお腹をつついて笑わせた。「だが帰ってくるよ。おまえはぼくといっしょに暮らすんだ、約束する」

ガイが長椅子に坐ってウルスラを立たせると、妹は彼の首にしがみついてきた。ガイは抱きしめ、妹の抱擁のなかに、胸にあいたぎざぎざの穴を癒すなにかを見つけようとした。

彼はひと晩じゅう切望に胸を焦がし、アラベラのベッドに行って、彼女を抱きしめ、その横で眠りたいという誘惑に駆られた。目醒めたときも喪失感が重くのしかかっていた。なにも失っていないと、いくら自分に言い聞かせても。

「もうすぐぼくたちはいっしょに暮らす、約束だよ」ガイはウルスラに言った。「ぼくたちは幸せな家族になる」

ウルスラが彼のほおをペタペタと叩いた。「わたしは毎日ケーキのあるすてきな家に住むの」と言ったような気がした。ガイもそれに異存はない。

もちろんその家庭は、彼が想像していたような調和した家――フレディーに言わせれば人形の家――にはならない。ウルスラはやんちゃな子だし、フレディーはまったく手に負えない。

だがそれでよかった。

ガイはアラベラが乗馬から戻る前にフレディーと話をしたいと思って、妹を探したが、音楽室でレディ・トレッドゴールドが取り乱し、マティルダ・トレッドゴールドが困っているところに出くわした。

「彼女はここにいるべきなのに」レディ・トレッドゴールドは手をもみしぼっていた。「よりによってきょうという日に逃げだすなんて。レディ・フレデリカがここにいないと困るのに」

「なんのために？」ミス・トレッドゴールドが尋ねた。「きょうはなにも行事は計画されていないし、前に彼女がひとりで出かけたときには気にしなかったのに」

「ええ、でもきょうは……」

「きょう、なにがあるの？」

ガイは家族喧嘩につきあうつもりはなかったから、さえぎるように言った。「いますぐフレディーに会いたいんだが」

「ほらね？」レディ・トレッドゴールドは姪に言った。「閣下も彼女に会いたいとおっしゃっている。でもフレディーは……ああ、それにあの子はあのおぞましいズボンをはいているのよ。いったいどうして見つけたのかしら。あの方はどう思うでしょう？」

「あれは恰好いいと思うけど」ミス・トレッドゴールドは心から言った。

「ぼくが捜しにいこう」ガイは言った。

ばったりアラベラに会うより、フレディーを捜しにいくほうがいい。

運よく最初に修道院跡に向かい、道の先にいるフレディーを見つけた。ガイが馬をおりたとき、フレディーの馬はすでにつながれ、妹は崩れかかった建物を登りはじめていた。トルコ風のズボン、男もののシャツとウエストコート、ブーツ――奇妙な、ばらばらな取り合わせだったが、たぶんあまり選択肢がないのだろう。フレディーはガイが登ったことがないほど高いところまで登っていた。危険を気にしていないのだ。機敏で足元確かに、壊れた壁を登り、もともとは長い廊下で、いまは床だけになっている場所に着いた。

ガイも登っていくと、フレディーは古い窓のアーチの下に、まるで仕立屋のようにあぐらをかいて坐っていた。ガイはそばの窓枠に腰掛けた。地面ははるか下にあり、眺めはすばらしかった。ゆるやかな丘陵に畑と森のパッチワークが広がり、ところどころに村落と荘園と川が見える。

「登るのがうまいな」ガイは言った。「トルコ風のズボンは登るのにぴったりだろう。レディ・トレッドゴールドは反対していたが」

「あの人に取りあげられたんだけど、アラベラが取り戻してくれたの」

ガイの胸がうずくように痛んだ。アラベラはまた人のために親切なおこないをしている。

「どこに足を置くかどうやって決めるんだ？」ガイはフレディーに訊いた。

「正しいと感じることをするだけ」

「いい人生哲学だ」

フレディーは石についた苔《こけ》をむしった。「みんながわたしになにをしろとか、どんなふうになれとか、これを求めるべきだとか言う。それを全部聞いていたら、頭が爆発してしまう」

「おまえはぼくたちの言うことをなにも聞いていないようだが」

フレディーはため息をついて、坐り直した。「アラベラが、兄さんにもう一度チャンスをあげなさいって」

「アラベラがそんなことを？」

「もう一度、兄さんのことを知る機会をもつべきだって。兄さんは心と筋肉で、自分が信じるもののために戦うんだって」

ガイも苔を掘りおこした。「ほかになにを言ってた？」

「兄さんに言うべきだって。兄さんは聞いてくれるはずだって」

「なにを？」ガイは言った。「話してごらん」

「わたしは十九歳で、結婚しなければ嫁《い》き遅れるって言われている。でもわたしはそれでいいの。嫁き遅れはわたしにぴったりだと思う」

ガイは反論しようと口をあけたが、アラベラが彼は聞いてくれると言ったのを思いだして、理解しようとした。

「だがおまえは家族が欲しくないのか？」ガイは言った。「ぼくは冒険の自由を楽しんだが、ここ最近はちゃんとした家庭、伴侶、家族を欲しいと思うようになった」

フレディーは苔を投げた。「わたしの経験では、家族はわたしにあれこれ指図する人々でしかない。成人すれば、わたしには好きなようにするだけのお金がある」

「変わるのは」ガイは言った。「成人すれば、自分が人生に求めるものに合う家族をつくれるということだよ」

フレディーは考えこむ表情になり、首をかしげて空を見あげた。ガイは自分が正しいことを言えたのだろうかと思った。

「ぼくはきょう発つ」彼は言った。「ロンドンに、そのあとロス・ホールに。おまえもいっしょに来るか？」

フレディーが急にからだをひねったので、落ちるのではないかと心配した。「ええ！　お願い！　もうここにはいられない」

「なぜ？　トレッドゴールド夫妻がなにかしたのか？」

「ああ、トレッドゴールド夫妻はいいの。わたし、ばかなことをしてしまったと思う」

「なにをしたんだ？」

「なにも」

ガイはいらだった言葉をのみこんだ。フレディーは話す準備ができたら話してくれるだろう。

そして妹は窓枠にもたれかかった。「でも、サー・ウォルターはわたしを兄さんといっしょに行かせてくれないと思う」

ああ、だがサー・ウォルターはその不正のせいで大法官府裁判所に呼びだされることになるだろう。

「ぼくが説得できると思うよ」ガイは言った。

「兄さんの結婚式は？」

「すべて順調だ」

なにひとつ順調ではない。とにかく、彼にとっては。アラベラにとってはすべて順調だ。彼女には計画がある。ハドリアン・ベルもいる。彼のことは必要としていない。

「つまり、わたしは兄さんといっしょに暮らせるの？」フレディーは言った。

「もしそれがおまえの望みなら。ウルスラもだ。なんとかするよ」

フレディーは考えていた。「マティルダと別れるのはさみしいな。彼女もいっしょに暮らせたらいいのに」

彼は妥協して、ミス・トレッドゴールドと結婚してもいいのかもしれない。彼女は感じがいいし、うるさく要求したりしない。彼は退屈することはない。たぶん。きっと穏やかだ。穏やかはいい。アラベラとの一生はぜったいに穏やかにはならない。

それにけっして退屈にもならない。

ガイは立ちあがってフレディーに手を差しのべた。「行こう、それなら」フレディーは手を取って言った。「行きましょう」

＊＊＊

サー・ウォルターが応接室で客をもてなしている。ガイとフレディーが家に戻ると、執事のラムゼイがガイに言った。彼は唇を引き結び、ボタンをもてあそんでいる。まったく執事らしくない。

「レディ・ベリンダはお留守です」ラムゼイは言った。「ロード・ハードバリー、お力を貸していただくことは可能でしょうか」

「なにに？」

「お客さまに出ていっていただきたいのです。閣下は歓迎されません。でも居坐られて、レディ・ベリンダはご不在ですし、ミスター・ラークのお仕事をじゃまするわけにはいかなくて。どうか……どうかお願いいたします、ロード・ハードバリー」

ガイは応接室に突進した。二度頼まれる必要はなかった。

なぜなら歓迎されざる客というのはロード・スカルソープだからだ。

彼は理想の紳士そのものといった趣でゆったりと坐り、向かいにトレッドゴールド一家が並んで坐っていた。サー・ウォルターはいかにも満足げな笑顔を浮かべ、レディ・トレッドゴールドは気まずそうで、ミス・トレッドゴールドは、ほおを赤らめて自分の爪を観察している。

なぜスカルソープがここにいるのかは明らかだった。別の縁談。かわいそうに、今度はミス・トレッドゴールドが相手なのか。

「あなたは歓迎されていない」ガイは言った。「出ていけ」

スカルソープはゆっくりと立ちあがり、ばかにするようにガイに半端なお辞儀をして、ほほえんだ。「これはこれは、いとしい婚約者どの」

ミス・トレッドゴールドは自分の爪を見つめている。ガイはふり向いたが、うしろにはフレディーしかいない。赤みがかった金髪が乱れ、ちぐはぐな恰好をしたフレディーが、まるで死人のように青ざめている。

ガイはふたたびスカルソープを見た。フレディーを見つめている。フレディーを見ると、床を見つめている。

サー・ウォルターを見ると、満面の笑みを浮かべている。

「お祝いの言葉をお願いしますよ」彼は言った。

「フレディー？」ガイは言った。「おまえは結婚したくないと言っただろう」

フレディーは顔をこわばらせて、ますます妖精のように見えた。「わたしはばかなことをしたと言ったでしょう」

スカルソープは悠々とした足取りで部屋を横切り、手を差しのべた。「おいで、わたしの小鳩。それは――」

ガイはその手を叩いて払い、男爵と妹のあいだにたちはだかった。「妹にさわるな。

話しかけることも、見ることも禁じる」

スカルソープはほほえんだ。「それは、わたしたちの初夜を難しくするな。そうだろう、フレデリカ、夢見がちなわたしの……小鳩」

「妹はあなたと結婚しない」

「本人はじゅうぶんその気だったよ」

「嘘よ！」フレディーはガイのうしろで叫んだ。「ただの好奇心だったのよ」

スカルソープは笑った。「きみの好奇心を満足させてあげると約束しただろう」

ガイはスカルソープを小突いた。「いいかげんにしろ、それともぼくに叩きのめされたいのか？」

「応接室ではいけない、ハードバリー」彼はコートを直した。「それに、前回きみがわたしに決闘を申しこんだときにどうなったか、忘れないほうがいいぞ。鼻水を垂らしてすすりなき、赤ん坊のように丸くなっていたな。憶えていないのか？」

「よく憶えている」

「またおなじ目に遭わせてやるべきかもしれないな、状況によっては。だがわたしはこっちの解決策のほうがいい。きみはわたしの婚約者を盗んだ。だからわたしはきみの妹をもらう。公平だろう？」

ガイはにらみつけた。「そんなゆがんだ論理は聞いたことがない」

「わたしは若いころに女の不誠実さを学んだ」スカルソープは気にせず続けた。「いつかそれは違うと証明してくれる女性があらわれるかと思っていたが、みんなおなじだった。もしかしたらきみの妹が、わたしを癒してくれるかもしれない」

フレディーは壁の前でちぢこまり、青いブロケード織のカーテンをつかんでいる。妹はスカルソープをにらみつけている。その表情は恐怖ではなく激怒だ。トレッドゴールド一家はまるでバドミントンの試合を観戦しているように展開を見守っている。

「これは難問だ」筋肉をこわばらせている緊張を隠し、ガイは軽い口調でスカルソープに言った。「ぼくはあなたの顔をぶちのめし、次にその腕をひっこぬいて、それであなたの頭を叩き潰したいというひじょうに強い衝動に駆られている」

「きみの腹立ちは立派だが、見当違いだ」スカルソープは言った。「事実はこうだ。きみはわたしのものを盗んだ、だからわたしにはその代わりを受けとる権利がある」

「なにを言ってるんだ、女性はぼくたちが争ったり自分のものにしたりする人形じゃない。フレディー、自分の希望をはっきりと聞かせてやれ」

「わたしはその人と結婚したくない」

「きみはそんなことは言っていなかった」スカルソープが口をはさんだ。

フレディーは彼をにらみつけた。「わたしはなにも言ってない。あなたが思いこんだだけでしょ」

「フレディー、いったいどういうことだ?」

「レディ・トレッドゴールドは、わたしに求婚する男の人はだれもいないと言ってた。そうすればわたしが、彼女たちが選んだ人間とおとなしく結婚すると思っていたからよ。でもロード・スカルソープが手紙を送ってきて、彼がアラベラとの婚約を解消したのは、わたしを熱烈に愛しているからで、会いたいと言ってきたの」

「こいつに会いにいったのか?」ガイはトレッドゴールドに向き直った。「そしてあなたたちはそれを知っていたのか? フレディー?」

「わたしはただ、求愛されるってどんな感じなのか興味があっただけよ」

「それでどうだった?」ミス・トレッドゴールドが口をはさんだ。

「すごく退屈だった。わけのわからない話ばかりくり返すし、自分のことばかり話しているんだもの」

ガイはこぶしを握りしめた。「彼は……おまえにさわったのか?」

「いいえ、まあ、わたしの手にキスはしたけど。あれは……わかるでしょ?」

「いや、フレディー、ぼくにはわからない」

「べとべとしてた」フレディーは肩をすくめた。「どうしてみんなが求婚されるのをそんなにありがたがるのか、わからない。なんで退屈で自分のことばかり話す人と結婚するの?」

スカルソープの腹を立てた顔を見て、ガイは笑いだした。彼は妹の肩に腕を回し、そのこめかみにキスした。「フレディー、おまえは最高だよ。あわれな男に勝ち目はない」

スカルソープはおもしろがっていなかった。「ほかの女とおなじく不誠実か。だが関係ない。きみはわたしと結婚するんだ」

「しないわ」

「そんなことはさせない」

サー・ウォルターが跳ねるように立ちあがった。

「失礼ながら、ロード・ハードバリー、それはあなたの決めることではありません。レディ・フレデリカの後見人として、わたしが彼女の結婚相手を選びます。亡きお父さまによって託されたひじょうに厳粛な務めです」

「ああ、そうやってあなたは騎士爵に叙されたんだ、サー・ウォルター。完全に狡《ずる》賢《がしこ》い人間として」アラベラがここにいてくれたら、とガイは思った。彼女ならこれをどう処理すればいいかわかるだろう。ガイには外交的な才能はないし、そんなことをする気もない。「もう取り繕いはたくさんだ。最初あなたはフレディーを自分の息子と結婚させようとした。そしていまはこんな策を弄している。大法官府裁判所で聴聞がおこなわれたら、あなたはフレディーの後見人ではなくなる」

サー・ウォルターは濡《ぬ》れ衣《ぎぬ》だと言わんばかりに憤然と両手を広げた。「いったいどういう意味ですか、マイロード？　レディ・フレデリカは若い紳士と会話する才覚がないんですよ。ふつうの若いレディたちのように社交期の社交儀礼を経験させるのは残酷でしょう。それに、妹さんが無分別なふるまいをしたのは、あなただって認めるでしょう。ロード・スカルソープとの逢瀬《おうせ》ですよ！　あの特別許可証はただの保険として取得したものです。レディ・フレデリカがなにか問題に巻きこまれて、その評判を救う必要があるときのための。でも、こちらにいらっしゃるロード・スカルソープは侯爵の妹さんに完全にふさわしいお相手です。わたしが自分の務めを果たしていないなんて、どうしてそんなことを？」

「フレディーは彼と結婚したくないと言ってる」

「レディ・フレデリカは若すぎて、なにが自分の望みなのかわかっていません。だから後見人がいるんです。そしてロード・スカルソープは正しい手順を踏み、わたしに彼女との結婚を申しこんできました。彼女を誘拐してスコットランドに掠《さら》っていったわけではありません。そうでしょう？」

「彼にへんなことを吹きこむな」ガイは低くつぶやいた。

サー・ウォルターは白々しい嘘をついている。先日の彼の上機嫌は、特別許可証がなくなったことを気づいたあとでスカルソープが戻ってきたからだと、ガイは目ぼしをつけた。ふたりは村の酒場で会ったのだろう。問題は、それを見た者がいるかどうか、そしてフレディーの評判が守られるとして、この問題を裁判にもっていくべきかどうかだ。

スカルソープはにやにや笑っている。サー・ウォルターの言うとおりだ。上辺だけを見れば、男爵とフレディーは釣り合いがとれた縁談だ。もしアラベラがここにあらわれたら、これを解決する方法を見つけるだろう。それまで、ガイは彼女のやり方を借りて時間稼ぎをする。

「あなたはサー・ウォルターにあの秘密を教えたのか、スカルソープ?」ガイはかまをかけた。「たとえば、ミス・ラークが知っているあのこととか」

スカルソープはからだをこわばらせて、不安そうにサー・ウォルターを見た。よりによってサー・ウォルターにびくびくするなんて、スカルソープはいったいなにをしたんだ?

アラベラが知っていることがなんであれ、それはささいなことではありえない。くそっ。アラベラからすべてを聞きだすまで、あの部屋から出てくるべきではなかった。なんとかしてアラベラに伝えるべきだった。スカルソープがなにをしたとしても、だれがなにをしたとしても、ガイはいつでも彼女の助けになるということを。正しいと感じることをするだけ。

ああ、フレディー。ひどい間違いもするが、賢いところもある。そして正しいと感じることは……。

ガイが正しいと感じるのは、アラベラを信じることだ。

ガイは戸口にいる執事のところへ歩いていった。「ミス・ラークをできるだけ早くここへ連れてきてくれ」彼は小声で言った。「彼女ならどうすればいいかわかるはずだ」

「お嬢さまは遠乗りにいらしたと思います」

「ぼくが話を引き伸ばしているから」ガイは言った。「レディ・ベリンダも連れてきてほしい。それにもし――」

「いいですか、ロード・ハードバリー」サー・ウォルターの声が聞こえた。

ガイはラムゼイに断って、ふり向いた。「まだなにか話があるのか?」

サー・ウォルターは、炉棚にゆったりともたれているスカルソープのほうを見た。

「別の解決方法を思いつきました。つまり、先日までのわたしたちの合意のことです」

「なんの合意だ?」

「あなたがうちのマティルダと結婚なさるなら、妹さんたちの監護権はあなたにお譲りするという話です」

ガイはラムゼイのほうを見た。「すまないがラムゼイ、銃が必要なようだ」

ラムゼイの口元がぴくりとした。「承知いたしました、マイロード」

部屋の奥でサー・ウォルターは真剣な表情だった。

ガイは首を振った。「あなたにはほんとうに驚かされる。ぼくの父の遺言が自分に都合のいいときには強力な法的文書だと言い、そうでない場合は簡単に反故《ほご》にするのか」

「紳士どうしの合意の話をしているのです、マイロード」

「それには双方が紳士であることが必要だ」

スカルソープはおかしそうに笑って、手のなかで銀の葉巻ケースをひっくり返した。

「わたしたちの合意はどうした、サー・ウォルター」彼は言った。「いまになって抜けだそうと思うなよ」

「合意？」ガイは訊いた。「ロード・スカルソープにどんな申し出をされたんだ、サー・ウォルター？　ぼくの妹と引き換えに？」

「そんな、マイロード、言いがかりです！　これはけっしてわたしのためではなく――」

「ああ、もう言ってしまえ、トレッドゴールド」スカルソープがさえぎった。「あんたが狡賢い人間だというのはみんなわかっている。知りたいなら教えてやろう、ハードバリー、わたしはこいつに年二千ポンド相当の閑職をつくってやった。名前はなんといったか忘れたが、こいつの息子にもひとつつくってやったよ。きみの父上がよくやっていたことだ」

「ああ、憶えているとも。昔ながらの腐敗はまだ続いているということか。サー・ウォルター、よくやったな。だがはっきりさせておこう」ガイは窓のほうに目をやり、アラベラが早く帰ってくるよう願った。自分がいつまでこのふたりの頭を打ちつけるのを自制できるか、自信がなかった。「つまりもしぼくがあなたの申し出に従うなら、フレディーをスカルソープとの結婚から救う唯一の方法はミス・トレッドゴールドと結婚することであり、そのためには、ぼくはミス・ラークを捨てなければならない」

スカルソープは葉巻ケースをポケットにしまった。「あの女にはそれでも優しいくらいだ。おいおいハードバリー、女にたいして、いまでもそんなに純情なわけじゃないだろう。ミス・ラークがどんな女か、きみもよくわかっているはずだ」

「ぼくは彼女がどんなレディかよくわかっている」

ガイはスカルソープの視線をまっすぐ受けとめた。スカルソープは顔をこわばらせた。そこでサー・ウォルターが口をはさまなければ、レディ・ベリンダの応接室で乱闘になっていただろう。

「どちらを選ぶんですか、マイロード？」

ガイはすぐにはにらみあいを終わらせなかった。「ぼくはあなたの悪趣味な花嫁ゲームに参加するのは拒否する。スカルソープ、あなたはぼくの妹とは結婚しない。サー・ウォルター、ぼくはミス・トレッドゴールドとは結婚しない」

スカルソープは肩をすくめた。「いいだろう。わたしはミス・トレッドゴールドと結婚する。彼女はおなじくらいわたしの求愛をよろこんでいた」

サー・ウォルターが大きく目を見開いた。「どういうことですか?」

「きみたち夫妻はわたしとレディ・フレデリカとの逢瀬をよろこんで手配した。だが自分の姪がどれほど積極的かには気づかなかったようだな。彼女とも何度か逢瀬をたのしんだ」

「あなたもだったの?」フレディーがミス・トレッドゴールドに言った。

ミス・トレッドゴールドは、顔を真っ赤にして、フレディーの隣に行った。「わたしがひとりで修道院跡に行ったときに、彼があらわれて、愛を告白されたのよ。あなたも彼と会っているとは知らなかったの」

「さあさあ、わたしの小鳩たち。わたしをめぐって争うことはない。どちらとの逢瀬も楽しかったよ」スカルソープは部屋を見回した。「ああ、そんな非難がましい顔はやめてくれ。わたしはふたりの評判を傷つけるようなことはしていない。そんな必要はなかった。たわいのない愛の言葉をささやくだけで、わたしに夢中になったのだから」にやりと笑う。「どちらもそれぞれ魅力的だ。少なくともこの娘たちは純潔だからな。さあ、ミス・トレッドゴールド、レディ・フレデリカ、どちらがわたしと結婚する?」

「どちらもないわ」

戸口から聞こえたその言葉は、厳しく、低く響いた。

アラベラがやってきた。

背筋をまっすぐ伸ばして堂々と立ち、乗馬服、帽子、手袋という恰好で、右手には鞭を持っている。彼女は燃えるような目で、鞭を左手の手のひらに打ちつけた。

その燃えるような目はスカルソープをまっすぐ見ていた。ゆっくりと、時間をかけた動きで、アラベラはまるで燃える剣をふるう復讐の天使のように、スカルソープに鞭を向けた。

「だれもこの男とは結婚させない」

22

アラベラはスカルソープのうすら笑いから目をそらし、ほかの人々の顔を見た。つまりここで悪党を鞭打つわけにはいかない。

レディ・トレッドゴールドは衝撃を受けているようだ。サー・ウォルターは激怒している。マティルダとフレディーは窓際に固まって、わくわくしているように見える。そしてガイ……彼を見るのは耐えがたかったが、それでも彼を見た。ガイはスカルソープと女の子たちのあいだに立ち、いつでも攻撃できるように警戒しているようだ。

「アラベラ」ガイは言った。「まさにぼくたちに必要な人間だ」

それで彼を見ないわけにはいかなくなった。ガイは彼女のまなざしをしっかりと受けとめ、アラベラが彼の言葉の意味を理解しようとしていると、サー・ウォルターの声が響いた。

「これはあなたには関係ありません、ミス・ラーク」彼は言った。「あなたはロード・スカルソープと結婚するチャンスを失ったのですから。だから彼と結婚――」

「もういいわ」アラベラは乗馬鞭を手のひらに打ちつけた。サー・ウォルターは口を閉じた。「最初に言ったときに理解できなかった人のために、もう一度言います。だれもこの男とは結婚させない」

つまりあのことは明るみに出る。スカルソープはフレディーと結婚する権利を主張するだろう。そしてアラベラの告発は、ガイの請願の裏付けとして裁判で審議される。サー・ウォルターが、被後見人を暴力的な男と結婚させて利益を得ようとしていると証明するためには、アラベラが受けた暴力を明らかにする必要がある。彼女が草の上に弱々しく倒れ、無防備だったことを、国じゅうの人々が新聞で読むことになる。スカルソープの弁護士は、言葉巧みに被告側弁論をおこなうだろう。哀れな男爵は、婚約者が不貞を働いたと知って、傷つき、激情のまま反応してしまっただけだと。

もちろん、アラベラは明らかにする。フレディーとマティルダのために、そして不幸にもスカルソープの目に留まったほかの若い女性たちのために。それで完全に評判を落とすとしてもかまわない。

そうしたらガイの評判も落ちるだろう。でもそれは彼女の場合とは違う。彼が自分のしたことを認めたら、アラベラと結婚するか、げすな男と非難されるかのどちらかだ。でも彼が告白する必要はない。なんといっても、ガイを誘惑したのは彼女なのだから、げすなのは彼女だ。そしてスカルソープを脅迫した悪党でもある。

さらに鞭を振りまわし、それを使いたがっている。

まともで名誉を重んじる男の人が、こんなレディを求めるはずはない。

アラベラは続けた。「ロード・スカルソープは暴力的な男よ」

ガイがさっと彼女を見た。サー・ウォルターが唾を飛ばして言った。「言葉に気をつけてくださいよ、ミス・ラーク。閣下は戦争の英雄なんですよ」

「そしてわたしは自分の好きな相手と結婚する」スカルソープも言った。

彼は厚かましくも女の子たちのほうに手を伸ばした。考えるよりも先に、アラベラはその手首に鞭を振りおろしていた。

声をあげて、スカルソープは跳びのいた。「よくも！」彼はうなり、打たれたところをなでた。

アラベラは無視した。「この男に妻をめとらせてはいけない。わたしを地面に投げとばし、蹴ったのよ。それに――」

彼女の次の言葉は、スカルソープに突進するガイの叫び声にかき消された。

「ガイ、そこまでしなくても……」

スカルソープはかがんで身をかわしたが、ガイのほうが速く、彼をつかまえた。

「でも、もしするなら……」

ガイは暴れるスカルソープをアラベラの前に突きだした。片方の腕を背中でひねられ、男爵はうめき声をあげた。

「気をつけて……」

よく狙った脚への蹴りでスカルソープはくずおれ、床に膝頭を強打して悲鳴をあげた。動かないように、ガイが押さえつけた。

スカルソープが彼女の前にひざまずいた。ガイのおかげで。

「ああ」アラベラはぼんやりと言った。「そう」

スカルソープはたぶん、戦場でもっと修羅場を経験してきている。アラベラをあざ笑っただけだ。「きみはわたしが夢見ていた以上だったんだろうな、ハードバリーをここまで勇ましくするのだから。さあ、今度はわたしがこいつの妹と結婚し――」

「さあ、あなたは少し黙りなさい」

「なぜなら明らかにこいつが……」

スカルソープは言葉を切って、アラベラの手を見つめた。彼女が、鞭を握った手を、ゆっくりと振りあげるところを。

そのときスカルソープがアラベラの目を見て、彼女も彼の目を見て、ふたりのあいだにあの瞬間が渦巻いた。彼がアラベラを、あざをつくるほど乱暴につかんで罵ったとき。彼がアラベラを地面に倒して、蹴ったとき。彼が小さな男の子のようにすすり泣いたとき。スカルソープは自分のものだと思っていた女性を兄にとられたときのように、自分のものだと思っていたアラベラをとられたと言って泣いていた。彼女のことを自分とおなじ人間ではなく、自分が利用し、所有し、見せびらかすものだと思っていた。

この顔。アラベラは虫唾《むしず》が走るほど嫌悪した。不快なその目が、いまは揺れてアラベラの振りあげた手にある鞭を見つめている。あざをつけてやる！　思い知らせてやる！　ひざまずいて、自分より強いだれかに押さえられている。この男はくずだから。弱いから。

ガイに呼ばれたけれど、アラベラは無視した。こいつにやり返してやる。かまわない。ガイは彼女を知りたいと言った。これがわたしよ！

ガイはスカルソープから手を放して一歩離れたが、スカルソープは動かなかった。挑むように、アラベラをあざ笑っている。

「わたしを鞭打つつもりか、ミス・ラーク？」彼はあざけった。

「もしそうしたら、それはわたしがあなたから得る最初で最後のよろこびよ」

生唾をのむような沈黙が落ちた。空気さえ動くのをやめた。その静けさのなかで怒りがアラベラのなかにこみあがり、彼女をのみこみ、支配した。アラベラは腕を振りおろし、彼女の本気に気づいたスカルソープの表情が変わるのを見た。勝利を確信し、満足を覚える。スカルソープは身をすくめ、逃げようと、悲鳴をあげ……しかし衝撃は来なかった。

アラベラの手に鞭が握られていなかったから。

スカルソープは目をあけた。アラベラは自分の手を見た。そしてふり向いた。

すぐうしろにママがいた。マントと帽子を着けたままだ。手袋をはめた手に鞭を持ち、目をしばたたいて涙をこらえている。

「気をつけて、アラベラ」ママは穏やかに言った。

「ママの言うことを聞いたほうがいい」スカルソープがばかにした。「ママの言うことを聞いていれば、あんなことを――」

アラベラはスカルソープの助言を最後まで聞くことはなかった。ガイが彼を押し倒し、顔を床につけたからだ。スカルソープは叫び、暴れたが、ガイがまた腕をひねって背中で押さえ、肩を踏みつけた。

アラベラはガイの落ち着いた目を見あげた。彼は味方だ。彼女の暴力を嫌悪していない。彼女の弱さにあきれてもいない。

アラベラの怒りは消え、奇妙な平穏に変わった。

「それはかなり効果的ね、じっさい？」アラベラは言った。

「きみが好きかと思って」

疲れた羊のように、スカルソープはガイの足の下でおとなしくなった。

「ねえ、そのブーツすてきだわ」アラベラはガイに言った。

「よかった。男にははき心地のよいブーツが必要なんだ」

沈黙が部屋をのみこみ、みんなが混乱しているのが感じられたが、アラベラの世界は夏のような目以外、なにもなかった。

「きみは嘘をついた」ガイが言った。

「そうよ。嘘をつくことはわたしの有名な特技のひとつなの。アーチェリーと刺繍に加えて」

ママがやってきてアラベラの腕に手を置いた。「ありがとう、ロード・ハードバリー、でも、もうじゅうぶん感心しました。ロード・スカルソープがお帰りになるのに手を貸してくださる？」

「でもレディ・ベリンダ、それはひどいでしょう」サー・ウォルターがわめいた。

「閣下はわたしのお客さまとしていらしてるんです」

「それならあなたもお帰りになって結構です、サー・ウォルター。ロード・ハードバリー、ロード・スカルソープをおもてにご案内して。ご自分の馬を見つけられないようだったら、教えてさしあげてね」

ガイはスカルソープをひっぱって立たせた。「仰せのとおりに、奥さま。ぼくが心配なのは、彼を案内するときにつまずいて、偶然こぶしが顔にあたってしまうかもしれないということです」

「つまずきそうな穴や石がたくさんありますからね」彼女は穏やかに言った。「気をつけてね。でもつまずいたとしても、しかたがないわ」

ガイがスカルソープを放すと、彼は時間をかけて袖を直し、顔を拭いた。

「あらためて言っておくわ、ロード・スカルソープ」アラベラは言った。「もしあなたがだれかと結婚しようとしたら、わたしは大法官や主席裁判官や新聞記者にたいしても、ハイドパークの演説台に立ってでも、あなたの暴力をばらしてやるから」

サー・ウォルターが口をはさんだ。「このような立派な方がそんなことをするはずはないと、だれも信じませんよ」

「わたしのからだのあざを見た母やメイドの証言なら信じるんじゃないかしら」

「ぼくは彼女を信じる」ガイは言った。

「よかった。なぜならほんとうだからよ」ママが言った。「ロード・スカルソープ、もうお帰りになったほうがいいわ。わたしの忍耐が尽きて、あなたを撃ってしまう前に」

＊　＊　＊

スカルソープはけっして急ごうとはしなかった。ガイは、アラベラに暴力をふるったことに激怒していて、ときどきスカルソープを小突いた。なぜ彼女は、言わなかった？　あのあざ！　あのときガイは尋ねたのに、彼女は嘘をついた。そのあとだっていつでも言うことはできた。

「きみだったのだろう？」スカルソープは言った。「見え透いた説明だ。婚約のことを聞いたとき、きみだとわかった。だから戻ってきたんだ」

「あなたは二度とこの屋敷に戻るべきではなかった」

「自分だけが正しいと思っている偽善者め！」スカルソープはいきなりふり向いてとまり、顔をこわばらせて脅すように前に出た。「悪役はきみだ、ハードバリー、わたしではない。わたしはなにも悪いことはしていない」

ガイはスカルソープを突いた。「彼女を蹴っただろう！　この――」

「わたしは彼女を大切にしたのに、わたしを裏切ったんだ！　きみと！　彼女はわたしのものだったのに」

スカルソープは彼女を自分のものにしたがっていた、とアラベラは言った。ガイは首を振り、さらに暴力をふるってしまう前に一歩さがった。「あなたは彼女を知ろうともしなかった」

「わたしたちは完璧に互いを理解していた」スカルソープは苦々しい顔をして、コートの襟を直した。「わたしの欲望を知り、自分も望んでいたんだ。彼女はわたしのものだったのに、きみはそれを盗んだ」

「アラベラが自分で選ぶことだ」

それを聞いたスカルソープは嘲《あざけ》るように笑った。「まだ結婚してもいないのに、もう尻に敷かれているのか。長年パパに言われたとおりにしてきたから、自分がなにをするか、今度は妻に教えてもらわないといけないのか」

スカルソープの軽蔑に満ちた笑みはガイを怒らせるためのものだったが、彼は哀れみしか感じなかった。ガイはずっと、だれかの言いなりにさせられることをおそれてきた。だがもうそんなことはない。彼は自分自身を知っている。自分にとって価値あるものを知っている。そしてアラベラを知っている。

「あなたの問題は、スカルソープ、虫のようにあなたの奥深くに生きていて、けっしてなくなることはない。アラベラに暴力をふるってから自分の非を認めて変わることもできたはずだ。だがそうしなかった。またいつか女性が気に入らないことを言ったら、また彼女を殴り、それは自分の権利だと言い張るんだろう」

「彼女はわたしのものだったんだ、くそったれ」スカルソープはひきつった声で言い、ガイの顔を殴ろうとした。

ガイは横によけた。

スカルソープはすぐにバランスを取り戻して冷笑した。「男らしく受けてみろ」

あまりにばかばかしくてガイは鼻を鳴らした。「そう言うなら、マイロード」そう言うと、スカルソープのあごにパンチを食らわせた。

＊＊＊

ガイがスカルソープを片付けたとき、彼は馬に乗れる状態ではなかった。だから屋敷からいちばん遠く、古くて使われていない厩までひきずっていって、干し草の上に放り投げた。

「一時間やるから、それまでに出ていけ」ガイは言った。

「成長したな、ハードバリー」スカルソープはぜいぜい息を切らしながら笑い、顔の血をぬぐった。「泣き虫が成長してまたあばずれを守っている」

ガイはこぶしをなでながら、干し草の上にのびているスカルソープを置き去りにした。彼は喧嘩で活気づき、同時に疲れていた。メインの厩の前を通りかかったとき馬丁がいたので、スカルソープに水とリネンを持っていくように指示し、もし一時間以内に出発しないようなら彼を呼びにくるようにと言った。

家に入ると、フレディーとミス・トレッドゴールドが玄関ホールに出てきた。目を大きく見開き、青ざめている。

「なにを考えていたんだ、フレディー？　ミス・トレッドゴールド？」ガイはふたりを代わる代わる見た。「ないしょで男と会う、しかもあんな男と会うのがいい考えだと思ったのか？　きみたちの後見人はこのことを口外しないといいが、それにしても、なにを考えていたんだ？」

「わたしは、求愛されるのはどんな感じなのか知りたいと考えていたのよ」フレディーは言った。

「いまのは修辞疑問文だよ」ガイは吐きだすように言った。

「わたしは、玉の輿《こし》に乗れば後見人の伯母さまたちに恩返しができると考えていたの」ミス・トレッドゴールドが言った。

ガイは歯を食いしばった。「問題は、きみたちが考えていなかったということだ。そんなのはひどい理由だろう」

「兄さんがそう言うのは簡単よ」フレディーが反論した。

「わたしたちのように女ではないもの」ミス・トレッドゴールドも賛成した。

「まったく、ミス・トレッドゴールド、きみはいつからそんなに反抗的になったんだ？」

「ミス・ラークに、ほんとうの自分を出すべきだって言われたんです。彼女の言うとおりだわ。気分がいいものほんとうの自分を出す？ 彼女がそんなことを？ 「ハ！」なんて偽善者だ！ スペインの異端審問官に、煮えたぎる油の大樽《おおだる》の下の拷問台に乗せられたとしても、ほんとうのことを言えないくせに。レディ・ベリンダが戸口にあらわれた。いつもどおり落ち着いている。「彼はいなくなった？」

ガイは痛むあごをなでた。「いまはいちばん遠くの厩で休んでいますが、馬に乗れる状態になったら発つはずです」彼はフレディーとミス・トレッドゴールドに向き直った。「今夜は家から出るのは禁止だ。ひとりでどこにも行かないこと。彼がなにを計画しているかわかるまではとにかくだめだ。あいつは復讐しようとする性格で、負けを認めたがらない」

「ロード・ハードバリー！ もうやめてください！」レディ・トレッドゴールドが入ってきて叫んだ。「この子たちをこわがらせています」

「こわがるべきなんだ。あの男は危険なのだから。それなのにレディ・トレッドゴールド、あなたはどちらかをあいつと結婚させようとしていた」

「どちらにとっても良縁です。それには反論できないでしょう」

ガイは片手をあげた。「もう反論しました」

「マイロード?」

ミス・トレッドゴールドが血のついた手を見つめていた。ガイは手を握って背後に隠した。「なんだい、ミス・トレッドゴールド?」

「わたしは死んだものが好きなんです」

「マティルダ! 黙りなさい!」

「レディ・フレデリカは、馬にまたがって乗るのが好き。わたしは死んだものが好き。ほら、ちゃんと言ったわ。これであなたもわかったでしょう」

ガイは目をしばたたいた。「ああ、これでわかったよ。ええと……教えてくれてありがとう?」

若いレディふたりは笑顔で顔を見交わして、走っていった。

「ちょっと頭を殴られすぎたみたいだ」ガイはつぶやき、階段へ向かおうとした。

レディ・ベリンダが立ちはだかった。

「失礼します、マイレディ」ガイはすぐに言った。「ぼくは婚約者と話がしたいんです」

「アラベラは自室に引きとりました。わたしの居間にいらしてください、マイロード」

「アラベラに会う必要があるんです」

レディ・ベリンダは一インチも動かなかった。「手にほかの男の血をつけて、そんな気が立った状態でわたしの娘に会うのは許しません」

「公正のために言えば、血の一部はぼくのかもしれない」

「それならよかったと思えないのはなぜかしら？」

スカートの衣擦れの音とともに、彼女は歩いていった。ガイはついていくしかなかった。

レディ・ベリンダの居間は居心地のよい優雅な部屋で、内装をクリーム色とラヴェンダー色でまとめ、裁縫道具入れの籠や本がきちんと整頓されていた。

ドアを閉めて、彼女は言った。「あなたの手を洗いましょう」そして洗面器に水を入れた。

「ご心配には感謝します。でも、ほんとうにぼくはアラベラと話す必要があるんです」

「ほんとうにあなたは落ち着く必要があるわ」

そう言って洗面器を示した。ガイはあきらめて従った。水は破れた皮膚にしみたが、レディ・ベリンダの手はひんやりとして手際よく、手を洗うという名目で彼を留めおいていた。

「わたしはあなたが子供のころから好意をもっていたわ」彼女は手元を見つめたまま

言った。「注意して見ていたのは、もちろん、わたしの夫とあなたのお父さまがふたりを許婚にしたからだった。わたしはあなたの本質的な性格を高く買っていた。あなたは公平で、明るく、生まれつきのリーダーだった。年ごろになるとよくない言動をするようになったけど、子供のころによい性質を示した若者はいずれ成熟すればよい性質に立ち返るとわかっていたから。そしてどうやらあなたも正しい選択をして、わたしが称賛する男性になった」

「白状すれば、間違った選択もしました、アラベラにかんして」

「ロード・スカルソープがあの子にしたことを、あなたは知っていたの？」

「いいえ。でもなにかあったのはわかっていました。なぜならぼくは――」

ガイは言葉を切った。

彼女の裸を見たから。ぼくはあのあざを見て、彼女は馬に蹴られたと嘘をつき、あなたは彼女の母親で、こんなことを言うわけにはいかない。

「ぼくは？」レディ・ベリンダが促した。

「ぼくは……自分が間違っていたことに気づいたからです」ガイはアラベラが彼の部屋の前に立っていたあの夜のことを思いだした。スカルソープが急にいなくなった直後だった。あのとき、あざはまだ新しく、痛かっただろう。暴力を受けたことはまだ生々しい記憶だったはずだ。アラベラは彼に腕を回した。慰めを求めていたんだ、それなのに彼は――

「なぜ彼女はぼくに話そうとしないんですか？」ガイは尋ねた。「あの夜、ぼくは彼女に会ったんです。助けが必要かと訊いたのに、彼女は……」

なぜならアラベラはおびえると壁のなかに隠れて、だれでも、自分の友人でも、攻撃するからだ。ロンドンでのあの夜、アラベラはテーブルをつかんで天を仰ぎ、まるで懇願しているようだった。そしてガイが助けを申しでたら、彼を攻撃して、自分自身を傷つけた。

「なぜ彼女はこういうことを言えないんだ？」ガイは洗面器の横にこぶしを打ちつけ、水をこぼしそうになった。「ぼくに言うだけでいいのに。助けてくれと」

レディ・ベリンダはため息をついて彼の手を水からあげ、リネンでつつんだ。「わたしは昔からあの子に厳しくしすぎてしまったのだと思う。もしあの子が最高の自分になれば、父親も自分の娘がどんなにすばらしい子か気がついて、きっと……。でもあの人はけっしてアラベラを見なかった。自分がもっているものを見ようとしない。あの人が見ているのは自分がもっていないものだけ。けっして満足することはないわ。それにアラベラはプライドが高く、独立心も強いということは知っているでしょう？」

「ええ」ガイは自棄気味に笑いながら言った。「知っています」

「わたしが知っているかぎり、アラベラがだれかに助けを求めたのは、十歳のときが最後だったわ」レディ・ベリンダは続けた。「父親に助けを求めたのよ。でもあの人はあの子に出ていけと言った。役立たずのお荷物で、価値のない穀潰《ごくつぶ》しだと言った」

「なんてことを」

「ミスター・ラークは二度とそんなひどいことは言わなかったけれど、アラベラはけっして忘れなかったと思う」

暖炉の上の棚にオリヴァーの肖像画があった。だがこの絵では、オリヴァーは黒髪の女の子の手を握っている。ガイがこの屋敷で見つけた唯一のアラベラの肖像画だ。

「アラベラだって子供だったのに」ガイは言った。「息子さんは病気で亡くなった。彼女のせいじゃない」

レディ・ベリンダは彼の視線の先を追った。「アラベラに、自分のせいなのかと訊かれたことがあったわ。なぜならあの子は生まれたときからふたりのなかでより健康なほうだったから。お腹のなかで自分が欲張りだったから、自分のほうがオリヴァーよりも強くなったのか、だから弟は病気で亡くなったのに自分は生きのこったのかと訊かれた。そんなことはないからと、できるだけていねいに説明したけれど、子供が心の奥底でなにがほんとうかと思っているのかは、わからないわ」

「ミスター・ラークは？」

「オリヴァーは父親とおなじ科学者になったでしょう。夫はオリヴァーに自分自身を見ていた。自分の跡を継いでくれるはずだと。アラベラには忍耐力がなかった。オリヴァーが世界を観察するのにたいして、アラベラは世界を直そうとする。レディでは称賛されないけれど、ほかの人をよろこばせるために自分を変えるのはあの子の性格ではないのよ」

「ぼくはそれでよかったと思います」ガイは言った。

「わたしもそう思うわ」

彼女はリネンをはずした。「あなたはさっき、なぜあの子が打ち明けてくれないのかと訊いた。これでわかったでしょう」

そうだ。アラベラは愛情を必要としているのだとわかった。そして自分は彼女を愛するためにここにいるのだと。それは重大責任で、手ごわく、骨が折れ、身震いするほどの名誉な務めだ。彼だけがそれを果たす資格がある。

自分はなんて頑固な愚か者だったのだろう。ずっと父親の指図にたいする反発という目隠しをつけていたなんて。その父親が死んで一年以上たつというのに。いまガイはその目隠しをはずし、ようやくアラベラのありのままの姿が見えるようになった。愛し、戦い、失敗して転び、また立ちあがって愛し、戦いつづけている女性として。その存在そのものが彼に人生のすばらしさを思わせ、天空のように壮大な気持ちにさせると同時に、自分が空の小さな星のように取るに足らないものであるかのように感じさせる。

とつぜん、ガイは自分の放浪の日々に感謝した。支配的な父親にも。スカルソープにも、クレアにも。大昔、イングランドを離れると決めた自分の衝動的な決意にも。国を出て初めて、彼は自分自身を見つけた。自分になにができるのかを学んだ。アラベラ・ラークを愛せる男になった。

そして残酷に間違った父親、世界じゅうの臆病者と愚か者たちが、ずっとアラベラを押さえつけてきたことを思った。彼女が最大限に力を発揮したらどんなことをするか、おそれているに違いない。

ああ、彼はそんなアラベラを見てみたい！　いまでさえあんなにすばらしいのだ。父親をよろこばせるために礼儀正しくしようとして消耗しているのに。解放されたらどんなことになるだろう！

「あの子は自室にいて、あなたが訪ねることはできません」レディ・ベリンダは言った。「いま屋敷じゅうが騒ぎでわたしはやることがたくさんあるし、あなたがあの子の部屋に行って長居していないかどうか、気をつけて見ている者はだれもいません」

彼女はドアをあけた。「お大事にね、マイロード」

「失礼します。マイレディ」

廊下で、ガイはレディ・ベリンダの奇妙な言葉について考えた。彼にはアラベラ母娘のような繊細な思考はなかった。だがかなりわかってきた。

ガイは軽やかな足取りでアラベラの部屋へと向かった。

23

廊下を歩いてくる足音はガイのだ。

アラベラはなぜその音だけでわかるのか、説明はできなかった――もしかしたら足取りに自信が感じられるからかもしれない。その速さ、その迷いのなさに――けれど彼女は立ちあがり、胸が締めつけられるように感じながら震える手を重ねて、ドアがあくのを待っていた。

ガイは戸口で立ちどまり、彼女と目を合わせてはっとした。クラヴァットが曲がり、あごに青黒いあざがあらわれはじめている。アラベラは彼のそばに行って、彼をなだめてあげたかった。でもますます固く手を握り、動かなかった。

「怪我をしたの」彼女は言った。

がらがら声で笑いながら部屋に入ってくると、足で蹴ってドアを閉め、勢いよくもたれ、その振動で壁の絵が斜めになった。彼女の視線の先を見て、ガイはドアからからだを起こして壁の絵をまっすぐに直すと、彼女のほうを向いた。彼の緊張がまるで蒸気のように部屋を満たす。

「ぼくに言ってくれたらよかったのに」ガイは言った。「きみはあそこでみんなに言ったくせに、ふたりだけのときにぼくには言えなかった」

「言わないわけにはいかなかったのよ、フレディーとマティルダのために。ママは舞踏会で噂を流しはじめたから、いずれそれが広がり、彼を阻止するはずだった。それならわたしは、だれも知らないふりをすることができたけど」

「ぼくを信用してほんとうのことを話してほしかった。きみが冷血で道徳心のない脅迫者だと思わせるんじゃなくて」

「情けない弱いやつだと嘲笑されるよりましよ」

その言葉には驚くような効果があった。まるで夏の雨のように、彼の熱した緊張を洗い流した。ガイの目は真剣で、こちらが落ち着かなくなるほどだったけれど、さいわいカーテンが曲がっていたので、アラベラはそれを口実に目をそらし、まっすぐに直すことができた。

「つまりそういうことか」ガイは言った。「きみはぼくを嘲笑しているんだ」

アラベラはぱっとふり向いた。「わたしが?」

彼は二歩前に出た。「以前、スカルソープがぼくを叩きのめしたのは知っているだろう。ぼくは地面に丸まって、いじめられた子犬のような声をあげていた。きみはそんなぼくをさぞ軽蔑しているのだろう」

「そんなことするはずないでしょ」

「それならなぜ、自分自身は違うんだ？」

ああ。罠だったんだ。まんまと足を踏み入れてしまった。こんな手口にひっかかるなんて、自分はどれだけ動揺しているんだろう！　アラベラはふり向いたが、ガイが近寄ってくる音が聞こえた。背後で彼が立ちどまった。体温を感じられるくらい近くに。

すでに彼女のからだをよく知っている彼は、脇腹に手を置いたとき、寸分のずれもなくあざを見つけた。とっくに痛みは消えている。残っているのは、紅茶をこぼした染みのような色だ。彼の手がふれることでさらに傷が癒えても驚きではない。だから今夜、服をぬいだら、あざがきれいに消えているかもしれない。

「きみが自分に課すありえないほどの規範」ガイはつぶやいた。

「そんなにひどくなかったのよ」アラベラは言った。「もっとひどい怪我をしたことがある」

なにかが彼女の髪をかすめた。ガイのほお、それともあご。彼はすぐそばに立っていて、そのにおいが彼女の肌の上を滑り、そのぬくもりが彼女をつつむ。

「痛みは身体だけとは限らない」彼は言った。「精神的なショックでもある。自分の弱さに直面すること。ぼくたちのように、自分は強者だと考えるのに慣れている者にとってはとくにきつい。スカルソープにぶちのめされるまで、ぼくは喧嘩で負けたことがなかった。自分が負けるかもしれないとは一度も考えなかった。あまりにあっという間に身体的に圧倒されると、頭ではそれを理解できない……。そのショックは、からだが痛めつけられることではなく、自分の世界観すべてが変わってしまうことだ。そしてぼくたちはそれを乗り越え、それによって自分の価値が下がるわけではないと思いだす。そしてその知識だけが、ぼくたちを強くするんだ」

アラベラは目をつぶって彼の心臓の鼓動を聴いた。「彼はわたしを所有したがっていた」

「ばか者だ。星を所有するほうが簡単だろうに」

アラベラはガイの胸にもたれた。彼はその自信に満ちた揺るぎない強さで彼女を受けとめてくれた。その強さは百回打ちのめされても、自分の弱さを打ち明けたとしても変わらない。そんなもので彼の価値が削がれるわけではない。彼女の価値もだ。

アラベラはつかえながら、クレアの助言、彼女の勝利、庭でのできごと、スカルソープが泣いたこと、彼女が命じたことをすべて話した。

「ああ、あの夜、ぼくの部屋の前で」ガイはアラベラに回した腕に力をこめた。「あの日、ぼくはウルスラと遊びながらきみはどこにいるのだろうと思っていた。そのとき……。きみはぼくに慰めを求めていたのに、ぼくはきみを責めた。アラベラ、あのときに言ってくれさえすれば！」

「そうしたらあなたは彼をぶちのめしに行ったでしょ」

「それくらいされて当然だ」

「そうしたらそれもわたしの良心の咎めになった。わたしにも良心はあるのよ、知らないかもしれないけど」

「知ってるよ」

「スカルソープをどうするべきか、わたしたちでしっかり考えないと。二度とだれかが傷つけられることがないように」アラベラは言った。「あの人は貴族だから、罪に問われることはない。それに自分の利益のために彼の暴力をよろこんで見逃す人はどこにでもいる」

〝わたしたち〟。ずうずうしく、ふたりがまだ仲間であるかのように話してしまった。そうかもしれないけれど、アラベラにはもうよくわからなかった。これまでの彼女の経験は、命令することや問題を解決することにしか参考にならない。でも自分の問題にガイを巻きこんだこと、そして彼がこれまでしてくれたことを考えれば、これ以上を求める権利は彼女にはない。

アラベラはガイから離れようとした。彼は腕をおろして彼女を放した。アラベラは窓に近づいて、ガイが話すのを待った。これから彼はどうするのか。

でも彼はなにも言わなかった。ただアラベラを見つめている。

ほかの男に見つめられると、その視線をそらしたくなる。そのつもりがなくても、いつもそうしていた。だから男の人たちは、もっと気楽で、もっとかわいらしく、彼らのほほえみやウィットを歓迎する相手のほうに目を向けるようになる。それは一種の勝利だった。だれも彼女を見なくなれば、だれも彼女の欠点に気がつかなくなる。完璧なふりをしつづけるのは大変だった。もしもだれかが彼女をよく見れば、ひびを見つけたかもしれない。

でもアラベラは、ガイには自分を見てほしかった。あらゆるひどい欠点もふくめて。彼女を見て、それでも彼女を欲しいと言ってほしかった。

沈黙が長引くと、いつもの不安がこみあげ、膨れあがった。もしかしたら彼には、ひびや欠点が見えているのかもしれない。それを指摘し、彼女を傷つけるかもしれない。ほんとうは彼女のことなど欲しくないとはっきり言って、胸を焦がす切望から彼女を解放してくれるかもしれない。

「明かりはどう？」アラベラは尋ねた。思ったよりも鋭い口調になってしまった。

「別の角度からもわたしを観察できるように、回ってあげましょうか？」

「あらゆる角度から見ても、きみのすべてを見ることはできない」ガイは気にした様子もなく、あっさりと言った。

「それがどういう意味なのかもわからないわ。また詩を詠もうとしているの？」

ガイの声はビロードのように温かかった。「きみを見るのは夜空を見るのに似ている。あまりにも広く、変化に富み、果てしないから、その眺めは見る者の立つ位置、時間、季節によって変わる。一度に見えるのはごく一部だけだから、その眺めがどれほどすばらしくとも、それよりもはるかに多くのものが存在するということだ。それは耐えがたいことであると同時に、けっして飽きることがないということでもある」

アラベラは、彼の言葉はわけがわからないと自分に言い聞かせようとした。彼は詩の言葉で話していて、詩はいつもわけがわからないのだから――でもそう言う力強い理性の声はどんどん小さくなって、ついには言葉も、声もなくなった。

驚いたことに、彼の言葉の魔法によって、温かなまなざしによって、アラベラは夜空になった。彼女の魂はそれを覆うほど広がり、彼女の心は奥深く果てしなく測りがたくなり、彼女のからだは星に、数千の星になって、すべて彼のために輝いた。

これが愛なんだ、とアラベラは気づいた。これが愛するということなんだ。彼を愛するということ。

「それならあなたは山脈《やまなみ》ね」アラベラはそっと言った。その声はよく知らない場所から出てきた。もしかしたら彼女の心が、ようやく思いを表明しているのかもしれない。

「強くて、いつもそこにいて、頼りになる」

その言葉を言うために、アラベラは彼から目をそらさなくてはならなかった。彼女の心はどうやら恥ずかしがり屋らしい。窓のそとの世界は黄昏《たそがれ》の光に溶けはじめていたが、彼女に見えるのはそこに映るガイだけだった。「そしてあなたが……」

遠くのなにかが、アラベラの目をとらえた。彼女はしばらくじっと見つめ、困惑していたが、やがて頭のなかに警報が鳴り響き、考えがはっきりした。

「火事だわ」アラベラは言った。「いちばん遠い厩よ」

「なんだって？」

「あそこは使われていないけど――」

ガイは言った。「スカルソープ。もしまだなかにいたら……」

彼はふり向いて駆けだした。

24

ガイは走りながら「火事だ！」と叫び、家じゅうに知らせながら、おもてに駆けだした。知らせに走っていく者とすれちがい、そのまま走りつづける。

遅かった。彼がいちばん遠い厩に着いたときには、建物は勢いよく燃えていた。馬丁やほかの使用人たちがそれを囲み、手には水の入った桶《おけ》を持っていたが、もう火を消そうとはしていなかった。

恐怖を浮かべた顔を灰だらけにした人たちがガイを迎え、彼はそのなかにスカルソープの様子を見るように頼んだ馬丁がいないかと探し、煙がしみた目でそのひとりを見つけた。ガイはその馬丁の肩に手を置いた。

「あいつは逃げられたのか？」

馬丁は泣きそうになっていた。口を動かしても声が出ず、首を振った。

馬丁頭がガイの横にやってきた。「マイロード、申し訳ございません。間に合いませんでした。逃げようとする姿が見えたのですが……わたしどもが火に気づいたときには、まだ眠っていたようです……お屋敷には知らせを送りました」

「くそったれ」ガイは髪をかきあげ、古い木造の厩と彼がなかに置いていった男をのみこみつつある炎を見つめた。「なにがあったんだ?」

馬丁が息をのんだ。「言われたとおり、水とリネンをおもちしました。そうしたらウイスキーも欲しいとおっしゃるので、それもおもちしました。それが済んだら出ていけと言われました。閣下が投げた古い蹄鉄《ていてつ》がいっしょに行ったロジャーにあたったので、ぼくたちは逃げるように出てきて、ほかの厩に行きました。そして……それからしばらくして、においと煙に気がついたんです」

煙が彼らのまわりで渦を巻き、喉を刺激して咳きこませる。

「スカルソープはいつも葉巻を吸っていた」ガイは言った。「ウイスキーを飲んで、葉巻に火をつけ、寝こんでしまったら……」

ガイはふたたび悪態をついた。彼はあの男を死なせるつもりはなかった。だがスカルソープほど実際的で戦場経験豊かな男が、厩で葉巻を吸うほど愚かなことをするとは予想していなかった。

だれもそれ以上言うことはなかった。人々は燃えあがる炎を重苦しく見つめ、やがて古い厩の壁に割れ目が走り、震えた。大声をあげて全員が安全な場所までさがったところで、建物が崩れ落ちた。

＊＊＊

およそ二時間後、ガイは家族と招待客が集まっている応接室に入った。顔と手を洗い、煤《すす》でよごれたコートは着替えたが、半ズボンには灰がついていたし、汗と煙のにおいをまとっていた。ガイは火が消えるまで使用人たちといっしょにいて、そのあいだに治安判事と医師に使いが送られ、ほかの人々は家で待機していた。

みんな衝撃を受け、沈鬱な面持ちで、まるで置物のように応接間のあちこちに散らばっていた。アラベラは窓下の席に坐り、その背後の青いビロードのカーテンは閉じられていた。彼女の父親はしかめっ面で暖炉を見つめている。フレディーとミス・トレッドゴールドは、いっしょに長椅子に坐っていた。サー・ウォルターは動揺した様子で部屋のなかを行ったり来たりしていた。レディ・トレッドゴールドは身じろぎひとつしていなかった。

ガイがレディ・ベリンダとともに部屋に入ると、全員が注目した。

「サー・ゴードン・ベルが現場の調査を終え、治安判事としてみなさんに話をしたいとおっしゃっています」ガイは告げた。「レディ・ベリンダが別室に召使たちを集めました。医師は帰りました。そして——」陰気な笑い声に、ガイは言葉を切った。

「なにか言いたいことがおありですか、サー・ウォルター？」

「医師なんて」サー・ウォルターは言った。「ああなった人間には役立たずだ」

レディ・ベリンダはひきつった息を吸った。「卓見をありがとうございます、サー・ウォルター」

彼女は夫の横に坐ったが、途中でアラベラの肩をなでていった。ガイは服がよごれているから、家具には近づかなかった。スカルソープが亡くなったことを残念だとは思わなかったが、それにしてもひどい死に方だ。

サー・ゴードンが入ってきて、さすが元弁護士の巧みな弁舌で、人々に忍耐を求めた。

「おそらく公式な審問がおこなわれるでしょう」彼は締めくくった。「貴族の死亡事件ですから。ただ状況は明らかです」

サー・ウォルターは両手をあげた。「明らかに放火だ。そしてだれが火を点けたのかも明らかだ」

サー・ゴードンはそちらに目も向けなかった。「ロード・スカルソープは愛煙家でした。それに、馬丁がウイスキーをもっていって、彼はそれを飲んでいたのです。もっとも可能性の高いシナリオは、葉巻に火をつけたまうたた寝をして、それを干し草に落としたのだろうということです」

「だがどうやって彼が葉巻に火を点けたんだ？　ええ？」サー・ウォルターは言った。「彼が自分で火を点けるところを一度も見たことがない」

たしかに、ガイもスカルソープが葉巻に火を点けるのを見たことはなかった。

「人を使うのが好きだったからよ」アラベラはいらだちを隠そうともしなかった。「ロード・スカルソープはスペインの戦場で吸いはじめたと言っていた。軍人が自分の葉巻に火をつけられないはずがないわ」

「あなたはそう言うでしょうね」サー・ウォルターは震える指で糾弾した。「わたしがさっき、だれが火を点けたのかも明らかだと言ったのは、彼女、ミス・ラークのことです」

部屋は水を打ったように静かになった。だれもが目を瞠り、あんぐりと口をあけた。アラベラがあまりにびっくりしているので、ガイは思わず笑った。

サー・ウォルターが彼のほうを見た。「おかしいですか？　あなたはもう彼女と結婚したいとは思わないでしょう」

「ショックで頭がおかしくなったんじゃないか」ガイは言った。

サー・ゴードンは冷ややかな態度だった。「それは重大な告発ですよ、サー・ウォルター」

「罪のない人間が死んだ！」サー・ウォルターは心から動揺しているように見えた。

「あなたが彼女のとんでもないふるまいをご覧になっていたら！　ロード・スカルソープを鞭打とうとしたんですよ。わたしたちはそのときの彼女の暴力的な顔を目撃しました。おそろしい！　おぞましい！　異常ですよ！」

「ばかなことを言うのはやめてくれ」ミスター・ラークが鋭く言った。「娘ははねっかえりだが、殺人罪で告発するなんてわたしが許さない。それにありえない。そのときこの子はロード・ハードバリーといっしょに自室にいたのだから。わたしはハードバリーが大声をあげながら娘の部屋から飛びだしてきたとき、廊下にいた。そのあと娘が出てきた」

「寝室にいたんですか？　ふたりきりで？」レディ・トレッドゴールドがあきれたように言った言葉が、当惑した空気を切り裂いた。人々の目がなにか――なんでも――ガイとアラベラ以外のものを探した。

「ふたりのあとからは、だれも出てこなかった」ミスター・ラークは考えこむように言った。

見事だ、ミスター・ラーク。巧みなやり方で、自分の娘の評判を完璧に傷つけたな。

レディ・トレッドゴールドは、不名誉とか醜聞とか若い娘にたいする悪影響について声高に非難しつづけていたが、その声はガイにはアリアのように聞こえた。

彼が見ているのはアラベラだけだった。青いビロードのカーテンを背景に、まるで肖像画のように坐っている。絵のように、静止している。そのまなざしさえ、少しも揺れず、ガイと日を合わせた。

終わりだ。

ふたりのあいだで、その事実が燃えあがった。まるで部屋のこちらとあちらにいるふたりを稲妻が結びつけたかのように。もうなかったことにはできない。サー・ウォルターとレディ・トレッドゴールドは黙っていないだろう。だれも。噂は広がる。

こうなる前なら、アラベラは評判を保ったまま婚約を解消することも可能だっただろう。少しは影響があったかもしれないが、財産、家柄、ふるまいはさまざまな罪を覆い隠せる。だがふたりの親密な関係がこのように公になっては無理だ。スカルソープがいなくなってすぐにガイと婚約したこともある。さらにスカルソープの非難の言葉、アラベラの暴力、ガイがスカルソープを打ちのめしたということもあった。ましてこの屋敷のどこかにスカルソープの遺体が安置されているのだから。

アラベラに残る選択肢はふたつだけだ。ガイと結婚するか、完全に評判を地に落とすか。

ミスター・ラークは気にしていない。「くだらない非難はもうたくさんだ」レディ・トレッドゴールドに文句を言った。「ふたりはもうすぐ結婚する。そうだろう、ハードバリー?」鋭い口調で訊いた。

ガイは婚約者から目を離さなかった。甘やかな安らぎが、ほんとうに久しぶりに、全身を駆けめぐっていた。

「銃の掃除は不要です、ミスター・ラーク」彼は言った。「計画どおりにお嬢さんと結婚するという気持ちは、まったく変わりません」

それを機にレディ・ベリンダが主導権を握り、人々を応接室から追いだした。残ったのはアラベラとガイだけで、ふたりとも動かなかった。レディ・ベリンダは戸口で立ちどまって、言った。「五分間よ。それにドアはあけておくように」

「厩のドア」アラベラがつぶやいた。「馬が逃げたの」

「ドアをあけておきなさい」レディ・ベリンダはくり返した。

「はい、マイレディ」ガイは言ったが、彼女がいなくなるとすぐにドアを閉めた。ドアにもたれかかって、アラベラを観察した。

「こんなことになるつもりはなかったのよ」彼女は言った。

「知ってるよ」

アラベラは立ちあがると、手を合わせて指先で山をつくり、目を細くして天井を穴があくほど見つめていた。頭のなかの車輪が回っている。部屋のこちら側にいても、ガイにはその音が聞こえるようだった。アラベラはまだ戦っている。もう終わったのに、まだ戦いつづけている。

「あの日、湖で」ガイはのどを締めつけられるように感じながら、言ってみた。「ぼくと結婚するのはこの世で最悪のことだと言ってたな」

そっけなく首を振る様子は彼のじゃまにいらだっているようだった。「これから抜けだす方法を考えつかない。いつだって自分はどんな問題だって解決できるし、計画を立てるのが得意だと誇りに思っていたのに。でも下手だったみたい」その考えに愕然としているようだ。「こうなったら、わたしは家庭教師の口も見つけられないわ」

「いったいなぜそんな必要があるんだ？　きみは侯爵夫人になるんだぞ」

アラベラは彼を見て目をぱちぱちさせた。まるでその考えにも愕然としているかのように。「あなたはずいぶん平気そうね。まさにこの状況を避けようと生きてきたにしては。あなたのいまいましい名誉と義務感。それは立派だけど、そのせいであなたはこのような窮地におちいったのよ。わたしは自分の下手な計画でこうなった。あなたは衝動的だから、それに巻きこまれただけ」

ほんとうに、アラベラはまるで罠にかかった動物のように抵抗している。この調子では、脚を一本噛みちぎるくらいしそうだ。アラベラもずっと、彼と結婚したいとは思っていなかった。いまでもそうなのだ。その気持ちが変わったのはガイだけで。アラベラにそう言ってみようか——いや、やめよう。思いがけず、クレアの言葉が思いだされた。あなたが愛していると言うたびに、わたしはどんどんとじこめられていくように感じた。

アラベラも選択肢を奪われた。考える時間と場所を必要としているだろう。合理的に考えれば、彼女は落ち着くはずだ。合理的な判断によって安全だと感じられるようになる。ガイは慎重にものごとを進める必要がある。アラベラをおびえさせて逃がしたくない。

ガイは家具のあいだを通ってアラベラのところに行き、隣に腰掛けて、冷たくなった手を取った。

「やめろ」彼は言った。

「なにをやめるの？」

「壁のうしろに隠れるな」

困惑したアラベラはなんてかわいらしいんだろう。彼女の真実に気づいたいまならわかる。そういうことが、彼女の左のほおにあるほくろのように、よく見えた。ガイは指の関節でそのほくろにふれた。

「総合的に見れば」ガイはそっと言った。「きみはいずれ、ぼくは自分に起きた最悪のことではないと思うようになるよ」

ありがたいことに、アラベラは高慢で超然とした態度に完全に引きこもることはなかったが、うっとりとろけて、ほほえみとため息だけになることもなかった。ふたりの前には完璧な将来が広がっている。ガイは心からよろこんで踏みだすつもりだったが、アラベラは考える時間を必要としている。

ガイはアラベラの指と自分の指を絡ませた。「もしこの芝居が教えてくれたことがあるとすればそれは、ぼくたちがかなりうまくやっていけるということだ」彼は心とは裏腹な軽い調子で続けた。「もちろん、ぼくたちは悪魔どうしのように口論する、だがそれにももう慣れた。きみはぼくが社交界と政治の世界でやっていくのを助けてくれて、ぼくはきみのマキアベリ的な傾向を緩和する。それに夫婦関係は、控えめに言っても、充実したものになる」

アラベラはつないだ手を見つめた。「あなたは優しくて感じのいい花嫁と結婚したかったのに」

「でもきみの言うとおりだ。ぼくはきっと退屈していただろう。きみならぜったいに退屈はしない」

アラベラが彼を見つめかえした。よかった。翳《かげ》が消えて、その表情はおかしがるように輝いた。「わたしの言うとおりだったと言ってるの？」

「そう言ってるんだ。きみはどれくらい鼻持ちならなくなるつもりだい？」

「わたしはまさに正しい量だけ、鼻持ちならなくなるつもりよ」

ガイは笑いながら、アラベラの手を持ちあげてその手のひらに口づけた。アラベラは指先で彼の眉とほおを軽くなでた。ガイは手を放し、彼女のウエストを手でかかえた。

「ほんとうにかまわないの？」アラベラはささやいた。「わたしと結婚するはめになっても」

「ぼくがかまうのは、結婚式まであと数日あり、それまできみを抱けないことだよ」

アラベラの指先はガイのほお、そして唇の上で、羽のように軽いダンスを続けている。彼女の頭のなかで起きていることすべてをわかったわけではないが、それを見つけていくのは彼の人生の最高にすばらしい長大な冒険になるだろう。

するとアラベラが彼の腕のなかからさっと抜けだし、部屋を横切ってドアへと向かった。手を伸ばし、まるで彼の前から永遠に去ろうとしているかのように見えた。

ガイは彼女の名前を呼ぼうとした。ドアをあけるなと言おうとした。

アラベラはドアをあけなかった。

代わりに錠をひねった。

鍵がかかる。

ふたたびガイのほうを見た彼女の表情は、すばらしくふしだらで大胆だった。

「アラベラ、なにをしているんだ？」ガイは尋ねたが、彼も、彼のからだも、その答えはわかっていた。

彼女は片眉を吊りあげて、もっとも尊大な目つきをした。「なにって、あなたを誘惑しているのよ、もちろん」

＊　＊　＊

アラベラの背後の木のドアは、彼女の心臓の鼓動と合わせて鳴っているようだった。部屋の向こう側にいるガイは動かなかった。口元にいたずらっぽいほほえみが浮かび、そのまなざしは例のけぶるような熱を湛《たた》えている。

アラベラはガイに飛びこんでいった。スカートがもつれて脚がうまく動かないし、いまいましい絨毯につまずきそうになる。

「応接間で？」ガイが訊いた。

「応接間が好きなの。前にも最高の誘惑を実行したことがある」

「前の応接間の記憶では、きみの誘惑のテクニックはひどかった」

「それからレッスンを受けているから。わたしは学ぶのが早い生徒なのよ」

アラベラはガイの前に立ち、彼のぬくもり、彼のにおい、くらくらするような彼の活力を浴びた。ガイは動かず、彼女の次の動きを待っている。アラベラはためらい、彼をじっと観察することで緊張を隠した。煤がひと筋、クラヴァットについている。

シャツはきれいだけれど、リネンのせいで彼の腕が見えない。そしてウエストコートもよごれていない。オリーヴグリーン色で、濃灰褐色のチューリップの刺繍が縦一列に並んでいる。ひとつひとつのチューリップが驚くべき手仕事だった。細かいひと針が百個も集まってできている。縫うよりもほどくほうが時間がかかりそうだ。

アラベラは震えそうになる指で、彼の鎖骨からウエストまでチューリップの列をなぞった。この誘惑の動機は疑わしかった。もちろん、彼が欲しいのは嘘ではない。でも正直に言えば——自分のなかの隠れた場所を見つけてわかったことだけど——アラベラは純粋に欲望だけに駆られているわけではないと認めずにはいられなかった。彼女の芯には、このチューリップがシルクに縫いつけられているよりもしっかりと彼を自分に縫いつけたいという、より深い欲望が存在する。

一点の疑いもなく、彼もふたりの結びつきを望んでいると知りたかった。

アラベラはそのチューリップの上に両手を広げて置き、彼の広い胸の感触を楽しんだ。

「気をつけないと」ガイは言った。「半ズボンは煤だらけだ」

「それにあなたは煙と汗のにおいがする」

「わざわざ指摘してくれてありがとう」

「ロマンティックになろうとしているのよ」

アラベラは彼の手をゆっくりと意味深に自分のウエストに置かせた。ガイはすかさずアラベラを抱きよせ、彼女は彼にキスした。わたしを求めて。そのキスは命令であり懇願だった。いまも、これからもずっと、わたしを求めて。アラベラは手をガイの喉にあげたが、大量の布地が彼女のじゃまをしている。指先をクラヴァットのひだにひっかけて、なくなるように念じた。

クラヴァットは無視した。

「どうしたんだ?」ガイが訊いた。「次はどうするのか忘れた? 指示が必要かい?」

「あなたのクラヴァット。前はつけていなかった。これ嫌いよ」アラベラはクラヴァットから手を離してリネンをつかんだ。「それにこのわずらわしいシャツ……」

「またぼくのシャツを台無しにするつもりかい?」

アラベラはガイの目を見つめた。「わたしの評判を台無しにするつもりだけど」

ガイは彼女の言っている意味を察した。その目の色が濃くなり、息が乱れる。彼はこれを求めている。彼女を求めている。そうに違いない。彼のように名誉を重んじる男は、本気で彼女と結婚する気でなければ次のステップに進むはずがない。

「これはぼくがきみの評判を台無しにする最後のチャンスであり、ぼくはチャンスを無駄にするのは嫌いなんだ」彼はつぶやいた。「結婚してしまったら、台無しにはならない」

アラベラは手をあげて、彼のほおのくぼみに置いた。そして鋭いあごはうっすらとひげに覆われ、ざらざらで興味深い。前のとき、彼はひげをきれいに剃《そ》っていた。結婚したら、彼についてのこういうことを知るのだろう。一日のうち異なる時刻の彼のひげの感触とか、そういうささいな親密なことを。彼はゆっくり目醒めるのだろうか、それともぱっと目を醒ます？ 朝は機嫌がいい？ それとも不機嫌？ どうやって眠るのだろう？ 彼の気分は？ 知りたいことがこんなにたくさんある。一生分。彼女のものなのだ。いまから。

「あまり時間がないわ」アラベラは言った。「寝椅子に坐って」

最初、ガイは動かなかった。彼の手が置かれたところが燃えるように熱い。ふと不安が頭をもたげる。また読み間違えたのだろうか。彼は応接間での素早い誘惑なんて求めていないのだろうか。ほんとうは彼女と結婚したくないのだろうか。いくら危険なゲーム好きでもこれは別物だと。

でもそのとき。彼の手がウエストから上に滑って胸の下をつつみ、無造作にドレスの布地をたくしあげ、そのせいで足首に空気があたった。

「寝椅子よ、ガイ。主義の危機にかまっている時間はないの」

「第一に、ぼくのズボンはよごれている」ガイは言った。その声の荒っぽい期待はつまらない言葉にはそぐわない。「ぼくの主義は応接室でその気の若いレディを堕落させることに異論はないが、家具をよごすことは許さない。きみもそう思うだろう」

「ええ、多少は」

「そして第二に……」

ガイはさっと身をかがめ、自分の腕に彼女を坐らせるようにしてもちあげた。アラベラは足が宙に浮き、彼の肩にしがみついた。ガイはそのまま部屋を横切ってテーブルに向かった。あいた手で上にある裁縫箱を払い落とし、アラベラを堅牢《けんろう》なオークのテーブルの上におろした。アラベラはバランスをとる前にガイにスカートをめくられて、自分の白い太ももとその下のロイヤルブルー色のストッキングを見おろした。ガイは平然とスカートをさらにめくりあげ、黒髪の巻き毛をビロードのような空気にさらした。

ガイは笑った。いたずらな、勝ち誇った声で。アラベラはくらくらして昂り、息を弾ませて彼の首に両腕を回し、あおむけに倒れて、のしかかるガイのくすぶるまなざしを受けとめた。

熱くざらざらの手を太ももに感じた。それはゆっくりと、容赦なく上に滑りあがり、彼女の秘所はこの新たな状況の変化を歓迎して、彼の手を待ち焦がれてずきずきとうずいている。

「これは寝椅子じゃないわ、ガイ」アラベラは言った。奇跡的に傲慢っぽい口調で。

「これからも指示に従うのがこんなにへたなの？」

「そして第二に」ガイはかなり余裕があるかのように、落ち着いてくり返した。自分の余裕のなさが悔しくなる。「いまここで、決めておこう。きみは結婚生活のすべてを、ぼくに命令することで費やさないと」

太ももをのぼってくる彼の指は煽情的《せんじようてき》に円を描いている。アラベラ自身のにおいが、彼のにおいと混じっているのがわかる。生々しくて、みだらで、気まずくて――完璧。

「もちろんしないわ」アラベラは切り返した。でも声が上擦ってしまう。「四分の三の時間しか命令しようと思っていなかった」

「そうなのか？」ガイのいまいましい指先のダンスはアラベラの内ももの上から数インチのところで留まっている。「交渉の余地はあるんだろうね」

「こんなときに値切ろうというの？」

「値切るのに理想的なときだよ」

ガイの指が最後の数インチを突破して、彼女のひだのあいだに滑りこんだ。アラベラは切ない吐息を洩らし、顔をあげてキスしようとしたのに、彼の焦らす唇には届かない。おそれ知らずの彼の指は探検を続けている。そして探していたものを見つけた。激しい快感にアラベラは背中を弓なりにして息をのんだ。

「物わかりのいい寛大な夫として、三分の一の時間はきみがぼくに命令するのを許してあげよう」

「あなたがなにを許すかなんてどうでもいいわ」アラベラは言い返した。彼の巧みな愛撫は休まず続いている。「最終提案よ。わたしは二分の一の時間しかあなたに命令しない。あとの二分の一はあなたがわたしに命令していると思わせてあげる」

ふたたびアラベラは頭をあげて彼にキスしようとした。今度はガイも焦らさず、ふたりの唇はリズミカルな愛撫に合わせて動いた。ガイはからだを起こし、アラベラを抱きあげ、唇は一度も離さなかった。アラベラは彼の半ズボンに取りかかり、熱くて硬いものを解放して両手でつつんだ。

ガイに腰をつかまれ、テーブルの端に引き寄せられる。彼女は太ももで彼をかこっていた。ようやく、ガイの息が乱れた。

「いまよ」アラベラはつぶやくように言った。「これは命令だから」

ガイは動かなかった。

「いますぐしなかったら、ほんとうに、わたし――」

「きみがどうするって、スイートハート？」

アラベラは彼をにらんだ。

「ああ、きみがにらむのか。ぼくを脅すのにはそれでは足りない」

でもそれ以上の命令は必要なかった。ガイは躊躇《ちゅうちょ》なく、力強く彼女のなかに押し入った。

アラベラは彼に脚を巻きつけ、できるだけきつく抱きしめた。目を開いたまま、彼の目を見つめた。首をそらして目を閉じ、快感に没頭したかったけれど、ガイを見なくてはいけなかった。彼が彼女になにをしているか、彼は彼女にとってなんなのか、彼女がどんなに強くこれを求めているかを伝えるために。アラベラは自分のからだを誓いとして与え、彼の愛撫を誓いとして受けとっているのだと伝えるために。

ガイは片腕でアラベラを支えてテーブルから浮かせ、彼女のなかで動きはじめた。アラベラも彼といっしょに動いた。情熱に導かれて、ひとつひとつの感覚に、彼の腰と脚の力強い動きに酔いしれた。自分の快感を得て、彼の快感も高める。なにも考えず、息を切らして、彼の首に顔を押しつけ、声を抑えて、すばらしい恍惚が全身を震わせると、震える彼のからだに必死にしがみついた。ふたりのからだがつながったままで。

アラベラの力ない腕の下で、ガイの肩が大きく上下している。そして彼は長く、ゆったりと、彼女の髪にうめき声をうずめた。ガイの腕がアラベラを抱きしめ、集めて、そっとテーブルの上におろした。彼の目はとろんとして眠そうだった。アラベラのほおをなでる。その目を見つめたまま、アラベラは手のひらに口づけた。

「痛くなかった?」ガイが言った。

「ないわ、いまのは……」アラベラはため息をついた。

「そうだろ? いつか、ゆっくり時間をかけて抱くよ。そうしたら後悔するぞ」

ガイが頭をさげて彼女に——

ドアが短くノックされた。ガイの目が大きく見開かれる。きっと彼女の目もそうなのだろう。一瞬沈黙が落ち、それからふたりは急いで行動に移った。笑い声をかみ殺しながら、ガイが彼女にハンカチーフを渡し、ふたりはできるだけ服装を整えた。

ガイはゆっくりと部屋を横切った。ドアの錠をはずし、壁に肩をつけてもたれかかった。

戸口にママが立っている。穏やかな表情のまま、最初にひとり、次にもうひとり、ふたりを見やった。その視線が床に転がっている縫物の籠にとまった。アラベラのほおと首に、経験したことのないほてりが広がる。

ガイの笑い声が張り詰めた空気を粉々にした。

「きみは赤くなってる」ガイは言った。笑っている、この悪魔は。「アラベラ・ラークがじっさいに赤くなっている」

ママはふたりを無視して、床に落ちている縫物の籠を見つめている。「サー・ゴードンがあなたたちと話をする前に、片付ける時間はじゅうぶんあるわ」穏やかに言った。「それから、ロード・ハードバリー？」ママが静かな叱責をこめてガイのほうを向いたので、彼は背筋を伸ばした。「結婚式の日まであなたはヴィンデイル・コートを離れるのが望ましいわ……世間体のために。サー・ゴードンとレディ・ベルが、お屋敷の〈ザ・グランジ〉に部屋を用意してくれるでしょう」

「わかりました、マイレディ」

彼は優雅にお辞儀をした。ママが横にどいて彼を通し、でも戸口をくぐったガイはふり向いてアラベラと目を合わせた。

「赤くなっている」ママの頭越しに口の動きだけでそう言うと、ウインクして、歩いていった。

アラベラはだれもいない廊下を見つめていたが、はっとしてママの横を通りすぎて彼を追った。

「ガイ！」

彼はくるりとふり返り、アラベラが追いつくのを待っていた。

「たしかに」アラベラは静かに言った。「あなたはわたしに起きた最悪のことではないわ」

ガイはにやりと笑った。「きみの誘惑のテクニックがましになったのはよかった。なぜならきみのいちゃつきは、まだおそろしいほど下手だからな」

彼は口笛を吹きながら歩いていった。

ママは片眉を吊りあげた。

「わかってるわ、ママ」アラベラは言い、ありったけの尊厳をかき集めて、自分の部屋へと向かった。

25

原稿を入れた書類入れをかかえて、アラベラは父の書斎のドアをノックした。ドアの向こうでクイニーが「なんて日だ！　なんて日だ！」と叫んでいるのが聞こえる。そして入りなさいという父の声がした。

　室内に入ったアラベラはオリヴァーを無視した。オリヴァーも彼女を無視している。

「いいお天気ね、きれいなクイニー」アラベラが鸚鵡に言うと、鸚鵡は澄ました顔でうなずき、「いかにも、いかにも」と言った。

「ちょうどいいところに来た」机の向こうからパパが言った。立ちあがり、手にした書類を振った。「研究者仲間のひとりが、おまえが編集している学会誌を引き継ぐ元生徒を紹介してくれた」

　アラベラは手紙を受けとり、書類入れを渡した。

「それはパパの鳥類飼育所ガイドの最終稿よ。あと必要なのはパパの序文だけなの」アラベラは言った。「結婚式までに書きあげてくれたら、ハードバリーとわたしがロンドンに行くときに、ぜんぶまとめてもっていけるんだけど」

最初にロンドンに行くというのが、ガイとアラベラが決めた数少ないことのひとつだった。ほんとうはもっといろいろ決めたいのだが、ガイがヴィンデイル・コートを出てサー・ゴードンの家に泊まるようになってから、彼が昼に訪れても、一分たりともふたりだけになれなかった。

ガイがやってくるとすぐにだれかが介入する。仕立屋が不要な最後の仮縫いにアラベラが必要だと言ったり、ラムゼイが何年間もひとりでちゃんと対処してきた問題についての質問をしたりした。三日目には、ウルスラがどこからともなく部屋にあらわれ、ぺらぺらひっきりなしにおしゃべりしながら歩いてきた。

「いまいましい陰謀だ」ガイは言い、笑っている妹を両手で抱きあげた。「そうだろう、子熊ちゃん？　レディ・ベリンダはなんとしても、ぼくたちをふたりきりにしないつもりだ」彼はウルスラを床におろして、アラベラに首を振った。「きみに言いたいことがあるのに」

「さすがのママも、初夜にはわたしたちを放っておいてくれると思う」

このしつこい監視の下で、ふたりは実際的な、分別ある会話しかしていなかった。

「すぐにロンドンに発とう、きみさえよければ」ガイは言った。「大法官府裁判所の問題が済んだら、ロス・ホールへ帰る。サー・ウォルターは、それまでフレディーとウルスラはぼくといっしょに暮らすのを承諾した。きみがいいと言えば、ふたりのメイドと乳母もいっしょに。きみは新婚で家庭を管理することになるが、楽勝だろう。すばらしい侯爵夫人になるよ。社交界は衝撃を受け、国会議員たちはおびえるだろう」

それからガイは、結婚式までまだ日があるから、バーミンガムに行くことにしたと言って出かけた。宝石職人とダイアモンドについて謎めかしたつぶやきを残して。

子供のころから暮らした家を離れる支度をしているアラベラは、彼がいないあいだにもやることが山ほどあった。カッサンドラとジュノが何度か訪問して、スカルソープの死亡事件にかんする調査について話した。

証拠から、屋敷にいる人々の多くがロード・スカルソープはいちばん遠い厩にいるのを知っていたことがわかっている。馬丁は、スカルソープがガイとの殴り合いのあと、意識があって活動していたと証言した。それでもサー・ウォルターは、そのあとスカルソープがどこから火を調達したのかわかっていないと不満を言い立てている。

ジュノはティーカップを手にして笑った。「きのう、サー・ウォルターはゴードン伯父さまを訪ねてきて、レディ・ベリンダが火を点けたのだと訴えていたわ。どうやらレディ・トレッドゴールドのメイドが、ちょうどその時刻に厩のほうへ歩いていくレディ・ベリンダを見かけたそうよ」

「まさか！」カッサンドラは言った。「わたしは信じないわ」

「ゴードン伯父さまもね。すぐにラムゼイとミセス・ラムゼイが、自分たちはレディ・ベリンダといっしょにいたと供述したから、メイドは見間違えたんでしょう。あなたたちにも聞かせたかったわ。ゴードン伯父さまがいかにも弁護士らしく言ったのよ。『わたしたちは証拠を扱っているんです、サー・ウォルター。証拠もないのに適当にだれかを殺人で告発することはできません』」

そして仕立屋はアラベラが結婚式に着るドレスと、そのほかの嫁入り衣装も仕上げた。アラベラのトランクはほとんど荷造りが終わり、彼女はハドリアン・ベルに結婚について知らせる手紙を書いた。

原稿の仕上げが、彼女のすることリストの最後のひとつだった。

パパは机の上で書類入れを開き、ページをめくった。「ハードバリーはバーミンガムに行ったそうだな」

「そうよ」

「帰ってくるだろうな」

アラベラは手紙を広げて言葉を見つめたが読んでいなかった。もちろんガイは帰ってくる。帰らないことにしようと思わない限り。ふたりで決めた以前の計画に従って、詳細な言い訳を述べる手紙を寄越し、結婚予告が無効になるまで離れていようと考えい限り。

ばかなことを考えないの。アラベラは自分を叱った。結婚式まではまだ何日もある。

もしガイに彼女と結婚するつもりがなかったら、あんなふうに抱いたりするはずがない。

でもひょっとしたら、彼は気が変わったかもしれない。

アラベラはいつもの鈍い痛みを感じるお腹に手をあてた。応接室でのふたりの情事では妊娠しなかった。今朝、そのしるしが訪れた。もしガイが戻らなくても、子供は生まれない。その気なら彼は逃げることもできる。

アラベラは破滅するが、彼は自由になる。

「帰ってくるわ」アラベラはしっかりした声で言った。

「おまえもわかっただろう、わたしは何十年も前におまえにぴったりの夫を選んでいたんだ」パパの手が少し震えた。「スカルソープのことはすまなかった。まさかあんな……わたしはしびれを切らしていたんだ、病気のあとで。わかるだろう」

「わたしが求めたのは、自分で夫を選びたいということだけだった」アラベラは言葉を切った。「ハドリアン・ベルも候補として考えたわ。パパにその話をしようとしたのよ」

パパは小首をかしげて考えていた。「それはうまくいっただろう、きっと。だがおまえはもっといい相手をつかまえた。そしてわたしたちはこちらも認めている」

アラベラはもうこの話はいいことにした。もう関係ない。彼女は学会誌の新しい編集者候補についての手紙をざっと読んだ。パパはこんなにさっさと彼女の代わりを見つけた。

「この絵はいいな」パパは孔雀の絵にうなずきながら言った。「たいした才能だ、あのベル家の娘は。女にしては悪くない。かなりいい」

「女だって男とおなじくらい才能があるのよ、パパ」

「おまえは絵は得意ではなかったな。もちろん、それなりには上達するが、おまえの描く線はまっすぐすぎた。ほら、これを見てごらん」

急に陽気な口調になって、机のいちばん下の抽斗をあけたパパは、黄色のリボンで結んである薄い紙ばさみを取りだした。アラベラは父の隣に並んで、彼がそれを開くのを見ていた。ー数枚の絵が出てきた。子供の、つたない手で描いた絵で、大きさの釣り合いはとれていないが。すでに驚くべきレベルで細部を注意深くとらえて描かれていた。梟の羽。葉っぱの葉脈。どのページにも名前が書かれている。オリヴァー。

このなかには彼女の絵は一枚もなかった。でも、パパが言ったとおり、彼女には絵の才能はなかった。

アラベラは指でページの角をはさんで巻いた。「ずっととっておいたのね」

パパは梟のでこぼこ頭を指でなぞった。「この屋敷にまた子供たちが暮らす。おまえの息子たちはきっとここを好きになるだろう」

アラベラは思わず、弟の肖像画に目をやり、すぐに目をそらして、ハヤブサの海賊を見た。その片目はなにもかも知っているようだった。

「おまえの息子にオリヴァーと名づける必要はないぞ、もちろん。好きな名前をつけなさい。だがその子はここに来て学ぶべきものをすべて学ぶんだ」パパは大切そうに絵を集め、紙ばさみに挟んで黄色いリボンを結んだ。「わたしの興味はそうやって育まれたのだよ。書物の勉強が終わると、父はよくわたしを散歩に連れていってくれて、さまざまなことを教えてくれた。父はわたしが鳥に夢中になったのをおもしろがっていた。なんと言ってもうちの苗字はひばり《ラーク》だからな。だがそれはただの偶然だった。わたしは父と散歩するのが楽しかったんだ。おまえたちふたりと散歩するのが楽しかったように。またそれができたらすばらしいだろう」

「わたしたちふたり」アラベラはくり返した。

そうだ、パパはいつもそばにいた。ふたりだったときには。でもひとりになって……。

「鳥の巣を見つけてパパに教えにきたことがあったわ」アラベラは言った。「でもドレスを泥でよごしたことを叱られた。つかまえた蝶を見せにきたこともあった。でも髪がぼさぼさだと言われた。わたしが農業について学びたいと言ったら、パパはママのところで晩餐のメニューを手伝わせた」

パパは紙ばさみを片付けた。「ああ、憶えているとも。おまえは十二歳で、この部屋に入ってきては古い本で読んだ水はけや材木やなにかについてわたしに教えようとしていた。兄弟がいないから、この領地は自分のものになる、だから自分に教えるようにと要求した」パパは目をあげて、指の関節を机につけた。「おまえの息子の領地であって、おまえのではない。それが自然の理なんだ」

アラベラは手紙をくしゃくしゃにしそうになって、あわてて机の上に落とした。言わないと。ガイがそう教えてくれた。自分の気持ちを言ってもだいじょうぶだと、要求するのではなく頼めばいいのだと教えてくれた。

「わたしはパパといっしょにいたかっただけよ。以前のように。わたしは家庭が欲しかったの。わたしは……」

オリヴァーが亡くなる前の家庭が欲しかった。十五年間たっても、まだそれを求めている。

「もし家庭が欲しかったのなら、さっさと結婚すればよかっただろう。だがもういい。おまえは結婚し、子供を産んで、おまえの二番目の男子はわたしたちといっしょに暮らすのだから」

「つまりわたしは子供を産むためだけの存在で、その子供もパパにとられるのね」

「大げさな言い方はやめなさい。わたしの言う意味はわかっているだろう。この領地はおまえの息子の生まれながらの権利だ。その子からそれを取りあげることはするな。わたしからそれを取りあげないでくれ」

喉の苦いものをのみこみ、アラベラは机の上に置かれた原稿を眺めた。この本をつくるために彼女が依頼した文章と絵。ばかげたガイドブック！　それに数冊まとめて製本され、パパの本棚に並んでいる学会誌も。十六歳のときには自分がとても進取的だと思っていた。ガイが国を離れてまもなくの鳥類学界のときのことだ。パパは娘はそろそろ結婚するべきなのだが、花婿が逃げてしまったと話していた。でもアラベラは、会議の書類を定期刊行の学会誌にするというすばらしいアイディアで、パパと全員の気をそらすことに成功した。

なんて時間の無駄だろう。なんて才能の無駄だったことか！　何年間も、彼女にはほかになにができただろう？

ふたりの口論がクイニーを動揺させたようで、クイニーは翼をばたばたさせて、また叫んだ。「なんて日だ！　なんて日だ！」

パパはすぐにクイニーをなだめにいった。もちろんそうする。あの鸚鵡といっしょにいた時間のほうが、娘と過ごした時間よりも長いのだから。二十以上ある鳥の剝製といっしょにいた時間のほうが長いのだから。

そもそもきみは鳥を好きなのか？　ガイは彼女に訊いた。アラベラは一度もそれを疑ったことはなかった。なぜならほんとうの目的は鳥でも、学会誌でも、本でも、相続でさえもなかったから。ほんとうの目的は家族を取りもどすことだった。

正直に言えば、それほど鳥を好きでもなかった。

アラベラは父を見つめた。「もし選ぶことができたら、パパはわたしを選ばなかったんでしょう?」

説明は不要だった。彼の目はまっすぐ肖像画に向かい、そしてクイニーに戻った。「そんなことはないとわかっているだろう」鸚鵡に手を置いて言った。「わたしはふたりとも選んだ」

「でも亡くなったのはひとりで、ふたりではなかった。それなのにパパは残った子供では満足できなかった」

パパはなにも言わなかった。

「わたしも弟を愛していた」アラベラは言った。「わたしの一部、双子のかたわれだったのよ。いつもいっしょにいた」

部屋が沈黙につつまれ、それがあまりにも濃厚なので、鸚鵡でさえ破ることはできなかった。

ようやく、パパは両手をさげて深く息を吸った。

「いまでもそうなんだよ」静かな声。「おまえを見るたびに、わたしにはあの子が見える。そこに」

なぜ父が自分をろくに見ようとしないのか、これでわかった。

「もしおまえたちが双子でなかったら、違っていたかもしれない。おまえのせいでは
ないのはわかっている。おまえのせいではない。でも……おまえを見るたびに、自分
がもてたかもしれないものが見える。もてたかもしれなかったのに、もうけっしても
てないものだ」

死んだ鳥たちの陪審員がアラベラを見つめている。そのガラス製の目はいつものよ
うに冷たく非難している。

「だからわたしのあら探しをしたのね」アラベラは言った。「わたしはなにをしても
パパを満足させることはなかった。わたしは秀でようと頑張り、世間はわたしを称賛
したけど、パパは違った。ずっと。わたしの髪がぼさぼさだからとか、ドレスがよご
れているからとか、指がブラックベリーで青くなったからとか、言葉遣いが鋭すぎる
からとか、そういうことが理由ではなかった。わたしがパパの喪失を思いださせる生
きたヒントだから。わたしは双子の弟を亡くしただけではなかった。わたしは父親も
亡くしたんだわ」

パパは目を閉じて鼻梁をつまんだ。「もうそれは変わる。もうすぐ。なにもかもよくなる」

アラベラはずっと戦ってきた。それはぜんぶ無駄だった。それがなんの戦いなのかを理解する前に負けていたのだから。

「パパがわたしの子供を奪うのは許さない。わたしは子供を産んだら、どの子ともできるだけ長くいっしょにいるようにする。あなたはすでにわたしから多くを奪ったでしょう」

＊＊＊

骨がガタガタ揺れるような全速力で馬を走らせると、風がアラベラのほおに切りつけた。落馬しないように必死になっているあいだはなにも考えずにすんだが、やがて修道院跡に着くと、鞍からおりてふらつく足で立った。

でもここでさえ、父との口論から数時間がたったいまでさえ、心が乱れ、ぐちゃぐちゃで熱く不愉快な感情の噴出から逃げる道はなかった。薄暮のなかのこの壁でさえ、思い出にとり憑《つ》かれている。ここでオリヴァーといっしょに騎士ごっこをして遊んだ。あそこでオリヴァーとブラックベリーを摘んだ。そしてこの壁——この壁はガイが歩いた壁だ。降りそそぐ陽光を受け、こともなげに歩いていた。

バーミンガムになんて行かなければよかったのに。アラベラには彼が必要だった。彼の腕が、その慰めが必要なのだ。

大人になることも。

たしかに、いつもアラベラのそばにいるオリヴァーは少年で、けっして大きくなることはない。そしてプライドの高い尊大なアラベラ・ラーク。じつは八歳の少女のままで成長せず、世界に自分の言うことを聞かせて、自分の人生が昔のように、家族が幸せで、自分がいつもオリヴァーの姉兼保護者として愛されていたときに戻るのを待っていた。

自分とパパはなんて悲劇の親子なのだろう。あまりにも似ている。あいてしまった穴を、どちらも自分なりの無意味で役立たずのやり方で埋めようとして、できなかった。

そうして父との争いが始まった。かわいそうなママを板挟みにして。スカルソープでさえ、その犠牲者だった。そしていま、ガイも巻きこまれている。

十五年間のパパとの不毛な争いがなかったら、アラベラはけっしてスカルソープとは婚約しなかったし、たくらみを巡らせることもなかったし、ガイを選ぶこともなかったし、あの夜ロンドンで彼の屋敷を訪ねることもなかった。

そしてアラベラとガイはこんなふうに、あと数日で結婚することにはならなかった。代わりに、アラベラは何年も前にだれかと結婚していただろうし、ガイは自由に自分の望む人生を選ぶことができただろう。優しくて感じのよい理想の花嫁を選んで。けっきょくのところ、ふたりが望んでいたものはおなじだった。温かくて安心できる、愛情にあふれた家庭。

ガイは自分の望んでいるものを手に入れることはできない。アラベラとでは。

「いいえ」彼女は声を出して言った。石壁に。ブラックベリーに。壁際に咲くマイケルマスデイジーに。「いいえ、ガイはバーミンガムから帰ってくる。わたしと結婚する」

パパは彼女を欲しがらなかったけれど、ガイは違う。パパは何年も彼女の存在に腹を立てていたけど、ガイは彼女を選んだのだから。

ある意味では。

アラベラとの結婚をよろこんでいる。いまは。

結婚するという判断に満足している。いまは。

ふたりの言い合いを楽しんでいる。アラベラの欠点や間違いを気にしない。彼女のプライドの高い性格や欠点を甘やかしている。

いまは。

でも結婚はいまだけのことではない。何年間も続く。運がよければ何十年間も。その現実はガイの夢をかなえることはできない。彼の夢は優しくて感じのいい花嫁と、穏やかな家庭なのだから。アラベラは彼の最初の選択ではなかった。

おまえを見るたびに、自分がもてたかもしれないものが見える。もてたかもしれなかったのに、もうけっしてもてないものだ。

ガイはこの状況に巻きこまれて、そのなかで最善の選択をした。彼はアラベラがするように将来の可能性をあれこれ考え悩むことはしない。十七手先を、十七年先を読む呪いをかけられていないから。十年後の自分はおのれの決断に満足しているだろうか？　それともアラベラの口論に嫌気がさしている？　その命令にうんざりしている？　賛成できないたくらみにあきれている？　彼女がまずい相手を怒らせすぎて困っている？　そういうことを。

ガイが彼女自身ではなく、彼がもてたかもしれないものを見たら、考えはじめるだろう。もてたかもしれないのに、もうけっしてもてないものを。

アラベラは壁の低いところに登り、鞍に飛び移った。馬を駆けさせていると、考えや感情が激しく渦巻きぐちゃぐちゃに絡みあっていた。

無理だ。もう二度とこんなふうに感じるのは耐えられない。ガイがよそよそしくなり、彼女と離れられる趣味を見つけ、つくり笑いと偽の陽気の下に怒りを隠すのを見るのは耐えられない。

アラベラは父親の領地を越えて、隣りあうサンネ・パークまで馬を走らせた。カッサンドラの住む、古いチューダー朝の屋敷が見えた。馬をおりるときには、混乱していた感情は落ち着いていた。計画ができたから。アラベラは計画をつくるのが好きだった。計画があると主導権もこちらにあるように感じられる。

カッサンドラは自分の庭で、歌をうたいながら花壇の手入れをしていた。古い帽子が斜めに頭に載っている。

「アラベラ？」カッサンドラのほほえみが消えた。「どうしたの？　なにか困ったことがあったの？　なにがあったの？」

「このあいだ言ってたでしょ、助けが必要になったらあなたに言えばいいって」

「もちろんよ。なにをすればいい？」

アラベラは一瞬、目をぎゅっとつぶった。これは正しいことだ。これでガイは幸せになれる。彼の幸福は世界じゅうのなによりも大切だ。その思いが、十年以上口にしたことがなかった言葉を言う勇気を与えてくれた。

「カッサンドラ」アラベラは言った。「助けてほしいの」

26

バーミンガムでの用事はガイが思っていたより長引いた。優れた宝石職人がいる都市だが、アラベラへの贈りものを仕上げるのには時間がかかった。

ロングホープ・アビーへの帰路、ガイはそれをアラベラに渡すところを想像した。暖炉の火明かりが彼女の肌を照らし、ダイアモンドを輝かせる。おろした髪が顔をつつみ、彼の愛の告白を聞いたアラベラの目が色濃くなり、彼女も愛の言葉を返すために唇を開く。

もしかしたらガイはこの不思議な感覚についても話すかもしれない。これが長かった彼の旅の終わりだという気がしている。

ローマで父の死を知ったときではなく、イングランドに帰国したときでもなく、ロンドンの屋敷や、自分の生まれたロス・ホールに戻ったときでもなく。

いま、きょうこの日、衝動が消えた。ツークウンルーエ、とドイツ語ではいうらしい。故郷へ戻る、旅に出ずにはいられない衝動。ここが彼の旅の終点であり、旅の歳月はこのために彼を準備したのだと。アラベラのもとに帰る——それがガイにとっての帰還だった。

サー・ゴードンの屋敷に到着したときには日が暮れかかっていた。日が短くなっている。年は長くなる。いいぞ。長い年が何年も。ガイは楽しみでならなかった。

アラベラに会うこと、ふたりの初夜のこと、これから何十年間も彼女を怒らせたり愛したりすることを考えてこのうえなく上機嫌だったので、口笛を吹きながらベル邸の玄関をくぐった。

従僕が玄関に駆けこんできた。こわばった顔で彼を見つめる。

すぐにサー・ゴードンが飛びこんできた。

一瞬、心臓がとまりそうになり、それから早鐘を打った。「どうしたんです？　なにかあったんですか？」

サー・ゴードンは言った。「まだ聞いていないのか」

「なにを？　彼女が怪我をしたんですか？」

「違う。いなくなった。どこに行ったのかわからんのだ」

世界がぐらりと傾いた。いなくなった。アラベラが。

「わかっていることは？」

サー・ゴードンは首を振った。「二日前だ。きみ宛ての封印された手紙が残されていた。レディ・ベリンダが預かっている」

ガイは踵を返してそとに出た。ドアはまだあいたままだった。閉めるひまさえなかったのだ。階段では、踏みはずさないように、立ちどまらなければならなかった。

あなたはわたしに起きた最悪のことではないわ、とアラベラは言った。

それなのにいなくなった。

なにもかも捨てて。家族、財産、評判、家名。父親は彼女を勘当するだろう。評判は地に落ちる。親戚も彼女とのつきあいをやめる。

なぜこんなことを？　なぜ彼と結婚するより、すべてを捨てることを選ぶんだ？

殉教者にはならない、と言っていた。そうだ。もしアラベラが彼を欲しかったら、彼女は両手と歯も使って彼にしがみつくだろう。だが彼女は去ることを選んだ。家も、友人も、財産もない人生を選んだ。そのほうが彼との結婚よりましだと思ったからだ。

どうやら彼は彼女に起きた最悪のことだったらしい。

みじめだった。

頭上には夜空が広がり、一番星があらわれた。冷たく、美しく、無関心に。

アラベラもこの空の下のどこかにいる。おなじ星を見ているだろうか？　こわがっていないだろうか？　安堵しているのだろうか？　少しでも彼のことを考えるだろうか？　自分は情けない男になりつつある。結婚式は目前なのに彼女は逃げた。もちろん彼のことも考えるだろう。

　ガイは自分の馬の横に立ったが、とつぜん疲労に襲われ、騎乗できなかった。馬は尻ごみした。ガイは両手を鞍に置いて呼吸した。

　アラベラは彼よりも破滅を選んだ。

＊
＊
＊

　ヴィンデイル・コートのそとの砂利道に入るとすぐに、レディ・ベリンダがあらわれた。張りつめ、まるでドレスを着た雷嵐だった。

「あの子になにをしたの?」レディ・ベリンダは彼に迫った。「なにもかもあきらめるなんて、おびえていたとしか考えられない。あの子になにをしたの? 答えなさい、マイロード、そのあとで、わたしがその腐った心臓を撃つまでじっと立っているのよ」

「ぼくにもわかりません、マイレディ。でももしぼくが彼女を傷つけたのなら、自分で銃に弾をこめてあなたに渡します」

　レディ・ベリンダの怒りは鎮まらなかった。「あなたならあの子を愛せると思ったのに。あの子にふさわしい愛し方で。あの子に必要な愛し方で。あなたはあの子にふさわしいくらい強いと思ったのに。わたしはあなたにあの子を任せたのよ、あなたを手助けしようとした、それなのにあなたは――あなたがあの子を傷つけたに違いない。あの子に危害を加えた男がどうなったか知っているでしょう」

そのほのめかしにガイはぞっとした。だが彼は問いをのみこんだ。いまはそのときじゃない。いや、永遠にそのときは来ない。もしレディ・ベリンダがスカルソープの死にかかわっていたとしても、知りたくなかった。

「彼女に必要なものはなんでも与えます」ガイは短く言った。「だからマダム、ぼくを撃つのは先延ばしにして、そうするチャンスをください。彼女の手紙を見せてくれませんか」

レディ・ベリンダは無言でくるりとふり返った。ガイは彼女について家に入り、ミスター・ラークの書斎に行った。その部屋で、剝製の鳥たちに囲まれ、死んだ少年に見おろされながら、レディ・ベリンダはガイに封印された手紙を渡した。

手紙は彼の手のなかで震えた。手が震えているのだ。ガイは勇気がくじけそうだった。封蠟を見つめ、アラベラがなにを書いたのか予想しようとした。当然、彼女は理由を論じているだろう。そうしたらガイはそれを論じ返す。もしかしたらなにか要求しているかもしれない。そうしたらすぐにそれを満たす。あるいはなにかの課題を出しているかもしれない。そうしたら彼は人食い鬼を打ち倒し、黄金を見つけ、彼女はふたたび彼との結婚を承諾する。

ガイは手紙を開こうとしたが、まだ手袋をしていた。ゆっくりと手袋をはずした。先延ばしだ。

この手紙が彼の最後のチャンス、唯一の希望なのだ。


ハードバリー――

わたしはあなたとの婚約を解消します。あなたはわたしになんの借りも義務もありません。以上です。

A。


いったい？

ガイは手紙を裏返し、光に透かしてみて、火にもかざした。もしかしたらレモンの果汁でなにか書いてあるかもしれない。自分がばか者のように感じたが、きっとほかになにか書いてあるはずだ。

だが彼の目の前で手紙に黒い焼け焦げができただけだった。べつにかまわない。あの言葉はまるで悪夢のように彼の目に焼きついている。

「これはアラベラが書いたんじゃない」ガイは聞き分けのない子供のように言った。

レディ・ベリンダが彼の横にやってきて、肩越しにのぞきこんだ。その張りつめた怒りが憐れみに変わるのがわかった。「あの子の筆跡よ」

だからガイは、あの短い文章。空虚で簡潔な三つの文を必死に考えた。入口を探した。なにもなかった。これを論じ返すことはできない。なんの要求も、糾弾も、彼を宝探しに送りだすこともなかった。

つまり、国でもっとも力のある人間のひとりであるガイが彼女のためならなんでもすると言ったのに、彼女はなにも求めなかった。

アラベラは試してみることさえ、しなかった。

その単純な結論がガイを粉々に打ち砕いた。

愛しているとアラベラに伝えればよかった。だが彼は言わなかった。閉じこめられたとも、罠にかけられたとも思ってほしくなかったからだ。おびえさせて逃がしたくなかった。アラベラには考える時間と余裕が必要だと自分に言い聞かせて、そのあとテーブルの上で彼女を抱き、一生彼女が欲しいのだとお互いに証明したと思っていた。だが彼は愛の言葉を言わなかった。

もしかしたら、それでもなにも変わらなかったのかもしれない。だがガイはアラベラが、彼女を深く愛しているからどんな戦いでもよろこんでともに戦う人間がいることを知らないままで、誇り高く孤独に世界との戦いを続けていくことを考えるとたまらなかった。

それにもしかしたら、いつかアラベラが彼のほうを見て、幾千もの星のように美しくほほえみ、なんらかの奇跡で、自分も彼を愛していると気がつく日が来たかもしれない。

ガイはかがんで、手紙を暖炉の火にくべ、炎にのみこまれた紙がくずれて灰になるのを見ていた。

「ハードバリー？　マイロード？」

煙が目に入った。ガイは目をしばたたいて涙をこらえ、立ちあがると、ミスター・ラークが妻の手を握って立っていた。彼が入ってきたのに気づかなかった。

「おそらく……」ミスター・ラークが口を開いた。鸚鵡がなにごとかつぶやきはじめ、彼は部屋を横切ってその首をなでた。「これはわたしのせいだ。アラベラと口論した」

「なんのことで？」

「それは……きみたちの息子の教育とこの領地のことだった。なぜなら……」ミスター・ラークはひどく動揺していた。鸚鵡が慰めるように頭を彼の腕にすりつける。

「誓って言う、わたしはあの子が出ていくとは思っていなかったんだ。あの子は頑固で、自信家で、プライドが高い。まさか……」壁の肖像画をちらりと見て、よろよろと椅子のところに行って坐り、両手で頭をかかえた。「あの子はとんでもなく意志が強く、言うことを聞かせるのはひと苦労だった。領地を利用するのが唯一の方法だった。あの子はぜったいにこれをあきらめるはずがないと思っていたんだ」

「ああ、ミスター・ラーク、あなたは身勝手で頑固な人だ」ガイは指で目を押さえた。あまりの無駄と傷心と喪失に腹がたってしかたがなかった。「彼女が欲しかったのは領地なんかじゃない。家族だった。彼女を愛してくれる家族が、家庭が欲しかったんだ」

「それはあっただろう」

「ほんとうに？　それともあなたは、彼女を愛するのがこわかったんじゃないのか。彼女も失ったらと思って」

「ロード・ハードバリー」レディ・ベリンダがそっと咎《とが》めた。「どうか」

ガイはふり向いた。頭のなかをさまざまな思いが駆けめぐっている。初めてアラベラが見せたほほえみ。彼がそれを引きだした。アラベラに必要なのは彼だ。たとえ彼女のプライドが高すぎてそれを認められないとしても。

「ロンドンの屋敷に知らせて、あの子が来ていないか確かめました」レディ・ベリンダは言った。「それにわたしの実家にも」

ミスター・ラークは椅子のひじ掛けをぐっとつかんだ。「あの子を捜すんだ、ハードバリー。あの子を連れ帰るまで休むな」

「もし彼女がぼくを求めなかったら？」

「それでも見つけてくれ。それはきみの義務だ」

義務。アラベラの手紙にも義務という言葉があった。そしてふたりの結婚が避けがたいとわかったあの日も、応接室で、アラベラは彼の義務感について話していた。

ガイは手紙を燃やしたことを悔やんだが、眠っていても暗唱できるほど完璧に憶えている。あなたはわたしになんの借りも義務もない。

ありがたい。アラベラは手掛かりを残していった。

27

アラベラは隠れる努力もしなかった。ガイが彼女を追ってくることはないとわかっていたからだ。もし追ってくるなら、それを難しくする理由もない。でもガイは追ってこない。けっして。

そのとおりになった。

ロンドンまでは二日の旅で、カッサンドラが快適な馬車を貸してくれたことに感謝した。ロンドンの屋敷は避けた。もしパパが彼女を勘当していたら、その屈辱に耐えられそうにないから。代わりに、通りを二本離れたところにある友人のラックスバラ伯爵夫妻の屋敷を訪ねた。夫妻はサマセットのカントリーハウスにいて不在だが、留守宅を預かる召使たちはアラベラのことをよく知っていて、屋敷をあけて彼女を迎え入れてくれた。

アラベラの多くの〝すばらしい解決策〟と同様に、これも失敗だった。

なぜならラックスバラ伯爵の屋敷のある一画の中央には緑の多い小さな公園があり、

その公園をはさんでロード・ハードバリーの屋敷があったからだ。

アラベラが到着して数日後、ガイも到着した。

何台もの馬車がとまっていた騒ぎで知った。召使たちのおしゃべりでも。それに毎日、毎日、公園でウルスラを遊ばせているガイの姿でも。

毎回、ガイはまっすぐ彼女を見た。彼女と目を合わせる彼の表情は読めなかった。

そして毎回、最初に目をそらすのはアラベラだった。そして毎回、ガイはその後はまるで彼女がそこにいないかのようにふるまった。

「なにを期待していたの？」アラベラは窓につぶやいた。「花束とお礼状？」

「なにか言った？」ジュノがうしろで言った。

まったく。アラベラは友人がいることさえ忘れていた。失恋は心が痛いだけだと思っていた。こんなにも消耗して、ほかになにも考えられなくなるとは思っていなかった。

「いいえ。なにも」アラベラは言った。

ジュノはスカートの衣擦れの音をさせて隣にやってきて、ガイと幼い妹が遊ぶのをいっしょに見た。ウルスラがこの公園によくやってくる駒鳥を見つけた。ガイはしゃがんで、小鳥を指差す妹の肩を抱いている。

「このあいだロード・ハードバリーがレオといっしょにアトリエに来たの」ジュノが

言った。

プロの画家として、ロンドンで自分のアトリエをもつ数少ない女性のひとりであるジュノは、社交界の通常の決まりの外側に存在する世界で生きている。彼女が上流社会に受け入れられることはないが、上流社会の人々が芸術家のアトリエを訪ねることは完全に認められている。レオポルド・ホールトン、ダマートン公爵は、ジュノのアトリエをよく訪れている。

もしかしたらアラベラも、そういう場所で生きる術を学べるかもしれない。自分の出版社を開業できたら。ガイをふったことで、彼女は社交界を飛びだしたけれども、出版業にいい評判はほとんど必要ない。必要なのはお金だ。そして人脈。

ジュノは思いたったように部屋の奥に行って木炭と紙を取ってくると、素描を始めた。アラベラは窓枠にもたれて彼女の手を眺めていた。

「彼はどんな感じだった?」アラベラは訊いた。

「あまり話さなかった。気が散っているようだったわ」

「棒でなにかを突いたりひっかいたりしていなかった?」

「ああ、やってたわ」

アラベラはほほえみ、思いだしていた。「いつもするのよ。落ち着かないときに」

こんなに彼が恋しいなんて。ガイの思い出を話したり、貴重な美術作品のように彼を鑑賞したりすることで自分の切望をよけいひどくしている。でもアラベラは心の痛みがうれしかった。それは愛といっしょにやってくるもので、アラベラは自分の愛を手放すことはしないと決めていたからだ。

「偶然の再会を手配することは可能よ」ジュノは手元から目をあげずに言った。「わたしのアトリエで。まったくの偶然のようにするの。あなたはわたしに会いにきて、レオにまたロード・ハードバリーを連れてきてもらう。あなたは彼と話せる」

アラベラは首を振った。「話しても無駄よ」

カッサンドラもおなじようなことを言っていた。必要以上に複雑にしないようにね。でもふたりにはわからない。もしアラベラがガイに、名誉と義務のためだけに彼女と結婚しようとしているのでしょうと不安を伝えたらどうなる？　彼はもちろんそれを否定する。ガイの名誉と義務感は彼女との結婚を命じ、彼の善良さはよろこぶふりをしろと命じるからだ。彼は人のよさと冗談で本心を隠すけれど、アラベラはその下にある緊張を感じるだろう。それが年々大きくなっていくのも感じる。

それに、いまはもう手遅れだ。レディが婚約者をふって、数週間後にのこのこと戻り、「じつは気が変わったの」とは言えない。

ジュノは素描を仕上げ、立ちあがって、その紙をアラベラに渡した。ガイの絵。でもこのガイはしかめっ面で険しい表情をしている。アラベラは木炭で描かれた彼のあこの線をなぞった。そうすれば魔法で彼にさわれるかのように。でも指先を黒くよごしただけだった。

「彼はほほえんでいるべきよ」ぼんやりとアラベラはよごれをこすった。「笑っている彼の絵を描いて」

「レオといっしょにアトリエに来たとき、彼は笑っていなかったもの」ジュノは言い返したが、新しい素描に取りかかった。

「いろいろ考えることがあるのよ」アラベラは絵を置いて、窓のほうに向いた。公園で、ガイはウルスラと追いかけっこをしていた。笑っている。一度か二度、アラベラが彼を笑わせたこともあった。「彼は毎日のように新聞に載ってる。わたしたちだけで、新聞記者を忙しくさせているから」

死因審問がおこなわれ、ロード・スカルソープの死は事故だったとされた。そして新聞には、人生の盛りで悲劇的な死に見舞われた英雄的な貴族を称賛する記事があふれた。なぜ彼がラーク家の領地を訪れていたのか、なぜロード・ハードバリーがもう婚約していないのかについての推測がさかんにおこなわれていた。アラベラの名前を出した新聞はなかったが、記事の行間を読めば、言外の意味は明らかだった。

新聞はまた、ロード・ハードバリーが妹ふたりの監護権の取得を求める請願の聴聞が、大法官府裁判所で開始されたこと、妹たちがすでに彼の家で暮らしていることを伝えた。次に、彼の勝訴が報じられた。先代の侯爵の遺言は無効とされ、妹たちの監護権は彼のものになった。

「ふたりが家のなかに入るわ」アラベラは言った。「ウルスラは大きくなった。ガイの髪の色は濃くなったと思う。でももしかしたら光の加減かも」

「あなたが新聞記者になればいいのに」ジュノが言った。「あなたの記事はこんなふうなの。『きょう、ロード・ハードバリーは新しい青いコートを着て、あごをかいていた。とても興味深かった』」

「そんなのおもしろいニュースにならない」

「そのとおりよ。つまりアラベラ、あなたが退屈な人になってきてるってこと」

アラベラはくるりとふり向き、傲慢な目つきでにらんだ。「ばかなことを言わないで。わたしはけっして退屈な人間にはならない。なにより、わたしの評判はどんどん興味深くなってきてる。あなたのとおなじくらい」アラベラは茶化すように言った。

ジュノは楽しそうに笑った。「わたしの評判が興味深いのは、ダマートン公爵と友だちだからよ」

「それを報じる新聞はどれも、友だちを括弧に入れているけど」

「なぜなら彼らには、男女がセックスなしでいっしょにいて楽しいということが理解できないから。商売には最高よ。裕福な銀行家の妻たちがわたしに肖像画を依頼するのは、うちのアトリエに来れば、めったに見られない生きた公爵に会えるのではないかと期待しているから。レオはとても協力的なの。わたしに手数料を要求しないとって言ってる」

アラベラはまるで強い力に引きつけられるかのように、ふたたび窓に近づいた。公園をはさんで、玄関ドアがしまった。ガイはあの家のなかで、穏やかで愛情に満ちた理想の家庭をつくっている。すでに妹たちを取り戻し、もうすぐ花嫁を見つけるだろう。アラベラとは似ても似つかぬだれか。そしてアラベラは彼らの婚約を新聞記事で読むことになる。

もしかしたらそのときに、彼から花束とお礼状が届くかもしれない。

そうしたら、そのまま送り返す。アラベラが求めるのは彼の感謝ではないから。

彼女が求めているのは、あの家で彼といっしょに暮らし、彼の問題や勝利をともに経験することだった。彼が帰ってくる相手になりたかった。彼が秘密を打ち明け、からかい、口論し、キスする相手になりたかった。彼が舞踏室に入るときにその腕に手をかけたり、自分たちが催した晩餐会でテーブルのこちらとあちらで目配せしあったりするパートナーになりたかった。ハイドパークで馬首を並べ、一日の終わりには居心地のよい居間で彼にくっついてくつろぎたかった。

彼が腕を広げる相手になりたかった。彼をほほえませる人になりたかった。彼がなにかを知ったとき、まず知らせたいと思う相手になりたかった。彼が眠るときに抱きしめる相手になりたかった。

でもそういうことすべてより、アラベラは彼と彼の大きな心が幸せになってほしかった。彼が望んでいる温かくて穏やかな家庭をつくってほしかった。自分の望む相手を愛し、好きな人と結婚する自由をもってほしかった。

それは、彼女がしてあげられることだ。

「レオはもうすぐお母さまと妹さんを訪ねるために、リンカンシャーへ発つのよ。ロード・ハードバリーもいっしょに行く予定だって」ジュノが言った。「レディ・ジゼラは来年社交界にデビューする。レオは妹は美人だって言っていたわ。ロード・ハードバリーもそう思うかしら」

「見え透いているわよ、ジュノ」アラベラはふり返った。「レディ・ジゼラは優しくて感じがいい？　ガイが妻に求めているのはそれなの」

「彼が求めているのはあなただと思ってたんだけど」

ジュノは新しい素描をアラベラに渡した。これは老女の絵だった。高いほお骨と優雅な弧を描く眉が特徴だ。やつれたしかめっ面にしわが刻まれている。

「それはあなたの肖像画よ」ジュノは言った。「年老いてみじめで孤独なあなた。あまりにもプライドが高くて彼と話さなかったから」

「プライドの問題じゃないのよ」紙に描かれたみじめな将来の自分が、アラベラをにらみつける。「彼はリンカンシャーに行くということ?」

「もうすぐ」

「それならわたしもぐずぐずするのはやめて、ロンドンを発つわ」

28

荷物は馬車に運びこまれ、御者はそわそわし、馬丁が扉をあけてアラベラが乗りこむのを待っている。

乗りこむ。もちろん乗りこむ。アラベラはまっすぐ馬車に乗りこみ、西へ向かおうと心に決めて玄関を出た。

それなのに、おかしなことに、玄関から馬車までのどこかで道に迷ってしまった。まるで見えない力に押されたかのように、アラベラはカチャカチャ音をたてる引き具をつけた馬を回りこんで、通りのまんなかに立ち、帽子と手袋を手にもって、公園を見つめた。

ガイを。

彼はウルスラとフレディーといっしょで、三人はまた駒鳥を観察していた。アラベラがいることに気づいているはずだが、知らんぷりだった。プライドばかり高くて愚かなアラベラ・ラークより、駒鳥のほうがずっとおもしろいから。

もしかしたら、一瞬だけ、彼のそばに行ってもいいかもしれない。ひと言だけ。ほほえみひとつだけ。アラベラはどうしても回れ右できなかった。まるで自然の力によって彼に引き寄せられているようだ。渡り鳥が地球の向こうに引き寄せられるのとおなじ。

どうして地方の友人のところへ飛んでいけるだろう？　自分に必要なものはすべてここにあるのに。

アラベラは帽子と手袋を従僕に渡すと、自分がなにを考えているのか理解する前に、通りを渡りはじめた。フレディーがウルスラを連れて離れていくのをぼんやりと感じたが、アラベラはガイしか見ていなかった。彼は背を伸ばし、ふり向き、からだをこわばらせて、近づいていく彼女を見つめている。

ああ、このまま歩きつづけて、彼の胸に飛びこんでいけたら。その首に顔を押しあて、そこが彼女の家だと思えたら。

アラベラは彼から六フィートのところでとまった。彼の髪はまだ金色だった。肌もまだ日焼けしている。彼女はこの顔が笑っているところ、悲しんでいるところ、怒っているところ、激情をたたえたところを見た。いまはわからなかった。よそよそしかった。アラベラが求めた家の閉ざされた扉だった。

彼はわたしのものになったかもしれなかったのに。

でもそれは、ガイが自分の立派なおこないを後悔し、彼女の存在に腹を立てはじめるまでのことだ。

アラベラはふたりにとって正しい決断をした。もう過ぎたことだ。彼がふさわしいほんとうの幸せを見つけられるように、彼を自由にした。

そうするために、自分の役立たずの心を打ち砕かなければならなかったけれども。

ガイは彼女を通りこして、待っている馬車を見た。「また逃げるのか、アラベラ?」

「わたしは逃げたり――」

「きみは、逃げた」

「わたしはあなたを自由にしたのよ」

「ぼくが礼状を送るとでも期待していた?」

アラベラは長年の習慣に後退した。「ついでに花束もあれば、なおよかったわ」

いけない。プライドはいまは黙ってて。

彼女の心は、こんなに近くでガイを、そのにこりともしていない、もうふれることもできない顔を見て、鋭く痛んだ。

「もう終わりにしましょう」アラベラは言った。「わたしたちは互いに礼儀正しく、ただの知り合いに――」

「無理だ。なれない」ガイはしかめっ面で彼女をにらみ、ポケットから手紙を取りだした。「これはぼくの弁護士から来たものだ。ぼくが署名して、それから彼が送ることになっている。だがここにきみがいるのだから、いま渡してもいいだろう」

厚手のクリーム色の紙は、何度も取り扱われたかのように少ししわになっていた。でもアラベラは彼の手袋をしていない手に目を引かれた。いまでもまだざらざらなのだろうか。それとももう柔らかくなった？　彼女はそれを知る権利を放棄した。

「これはなに？」アラベラは尋ねた。

「きみが欲しがっていた礼状だよ、いわば」彼の声は冷ややかで、あざけっているようだった。「ぼくを自由にしてくれたお礼だ」

ガイがいらだったように手紙を押しつけてきたので、アラベラは受けとり、開封した。

彼がいつもより早口で説明をはじめた。さっさとこれを終わらせてしまいたいと思っているかのように。「きみがぼくにたいして提起した違約訴訟において、きみの弁護士は――」

「わたしが婚約を終わらせたのよ」アラベラは当惑してさえぎった。「わたしがあなたを訴えるはずがないでしょう」

「ほんとうに不愉快だよ。ぼくがきみに代わって訴えなくてはならなかった」

アラベラはとまどい、手紙を開いて、きれいな字で書かれた判読できない文章を眺めた。最初のほうの言葉は法律用語だ。彼女はそれはよく知っていた。趣味で判例集を読んでいるから。それでも理解不能だった。

「あなたはわたしに代わって自分を訴えたの」アラベラはくり返した。

「そうだ。ちゃんと話についてきてくれ。きみの弁護士の申し立てでは――」

「わたしの弁護士がいるの？」

「ああ、ぼくが雇わなければならなかった。彼は優秀だが、報酬は高い。あとで請求書を送るよ」

「ガイ、あなたの言ってることはわけがわからない。わたしがあなたを解放したのよ。あなたがわたしにたいして違約訴訟を起こすならありうるけど」

「ぼくの父は」ガイはいらいらと続けた。「遺言で、もしぼくがきみと結婚したらぼくのものに、きみと結婚しなかったらサー・ウォルターのものになる地所を三つ用意していた。きみの弁護士は、ぼくたちの婚約解消を考慮すれば、それらの地所はきみに与えられるべきだと申し立て、認められた」

「あなたはわたしに家をくれたの」

「そうだ。その手紙にすべて書いてある」

それでもアラベラは、そこに書いてあることをひと言も理解できなかった。「家が三つ」

「土地もついている。牛とか作物とかそういうものも」

アラベラは頭をはっきりさせるために、ガイの向こうに目をやり、鉄の柵に絡まっているつやつやした蔦の葉を見つめた。その葉っぱが風に揺れるのを見つめたが、やはりわからなかった。どうやら心を粉々にしたときに、頭も壊してしまったようだ。

「どうしてこんなことをしたの?」アラベラは訊いた。「あなたはわたしになんの借りもないと、はっきり書いたのに」

「たしかに、きみの文章はきわめてはっきりしていた」その冷ややかな口調に、アラベラは彼に目を戻したが、やはりその表情からはなにも読めなかった。「これですべて決着がつく。ぼくたちは完全に自由だ。疑いも、義務も、名誉も、法的な縛りもない。きみの評判を救うことはできなかったが、それはほぼきみのせいだから、それについて責任を感じるのは拒否する」

「完全に自由」アラベラはくり返した。

「完全に自由だ」ガイも言った。その口調にかすかな緊張が感じられた。「ぼくはきみになんの借りもないし、きみもぼくになんの借りもない。これでぼくは自由に花嫁を選べる。ぼくが愛する人、ぼくを理解している人、ぼくを幸せにする人。だれを選んでもいい。きみもだ」

アラベラは自由だと感じなかった。コルセットの締めつけと髪を揺らす風を感じた。

そして彼女のばかな、情けない心が、もう一度粉々に打ちくだかれるのを感じた。ガイはこれほどまでに、すべてのつながりを断ち切りたいのだ。それでも、断ち切るだけなら、彼女に経済的な独立を与えなくても可能だった。なぜこの期《ご》に及んで、こんないまいましいほど寛大でなければならないの？

「わたしは自分の問題にあなたを巻きこんで、もう少しであなたの人生を破滅させるところだったのに、あなたはこんなことまで」手紙を持つアラベラの指がこわばり、思わずびりびりに引きちぎりたくなる。「わたしはあなたに迷惑ばかりかけたのに、あなたはわたしに三つも家をくれた。わたしからはなにも欲しくないのに？」

「きみにはなにもない」ガイは鋭い口調で言った。「すべて投げだしただろう」

「そうだけど、でも――」

「だがひとつだけ、きみがぼくに与えられるものがある」

なんでも、と言いたかった。アラベラは待った。

「説明だ」ガイは言った。「なぜ逃げたのか教えてくれ。なぜぼくと結婚するよりもすべてを捨てることを選んだのか」

「わたしは逃げてなんか――」

「教えてくれ」

ガイの表情は厳しく、その姿勢は門を守る敵兵とおなじくらい厳しかった。警戒をゆるめて、おびえる心をさらけだそうと彼女に思わせるものではなかった。

「あなたはこれに決着をつけたいと思ってる」

ガイは一瞬、目を閉じた。「そうだ、ぼくは決まりをつけて終わりにしたい」

もしガイが求めるのなら、アラベラには説明する義務がある。

ふたたび蔦の絡まった柵に目を移した。いまはそこに駒鳥が留まっている。小さな脚のついたふわふわの羽の玉のような姿で。アラベラは全部の鳥を好きなわけではないが、この鳥は好きだと思った。その勇気に感心する。猫とか籠とか、ただ生きているだけでやってくるたくさんの危険を気にすることなく、とても楽しそうに鳴いているのだから。

「あなたはずっと、わたしとの結婚を強制されるのに抵抗していた」アラベラは駒鳥に向かって言った。「でもとつぜん、罠にかかってしまった。あなたは陽気を装った。そういう性格だから。でもわたしたちはどちらも、いつかあなたがわたしに飽きる日が来るのはわかっている。そもそも、ほんとうはわたしを求めていなかったのだから。いつかわたしを見て、自分がもてたかもしれないものを見る。あなたが夢見たのにあきらめなければならなかった人生と家庭を。わたしは、あなたのためにしたのよ。あなたに幸せになってほしいから。でも自分のためでもあった。なにもかも失うよりも悪いことを避けるために」

ガイの沈黙の重さに、アラベラは視線を彼に戻した。いったん目が合ってしまうと、たとえ地震が起きても目をそらすのは不可能だった。

「わたしの人生は怒りと反抗でいっぱいだったけど、ずっと愛を望んでいた。結婚してもまたそんなふうに生きていくのは耐えられないの」

ガイは目を細くした。「なぜきみが愛を望むことになるんだ?」

「まったく、ガイ、まさかこんなに鈍いなんて」

「なぜ? それはきみだろう」アラベラがそれ以上なにも言わないので、ガイは両方の眉を吊りあげた。「きみの説明は不十分だ。まだなにかあるんだろう」

まだあったけれど、アラベラは言葉が出てこなかった。ふたりの背後で、フレディーとウルスラは家に入っていった。ガイはからだをひねってふたりが入るのを見届け、ふたたび彼女に向き直った。

「ぼくがきみの話をよく聞かなかったこともあったのはわかっている」ガイは言った。「だがきみにまだ言うことがあるなら、すべて聞くと約束する。でもアラベラ――」

ガイのまなざしは彼女を突き刺すようだった。「今度は、きみがちゃんと声に出して言わないとだめだ」

「そう言われたらよけい話しにくい」

「ぼくがきみに話しやすくしてやる義理はない」

たしかにそうだ。むしろアラベラがガイに借りがある。なぜならガイは、すべて彼女のせいなのに、わざわざ労力と費用をかけて彼女が困らないようにしてくれたから。それで自分が自由になれるように、自由に選べるように、とガイは言っていた。これで彼は自分が望むどんな妻を選ぶのも自由だ。

彼女を選ぶのも自由だ。

アラベラのなかに希望が膨れあがった。ばかな、虚しい希望。ガイはけっして彼女を選ぶことはない。こんなに間違いや欠点だらけなのだから。彼はすべてのつながりを断ち切ろうとしているのだから。彼女を愛するようと、彼に命令できたらいいのに。買収したり賄賂を使ったり懇願したりして彼の愛が手に入ればいいのに。

残念ながら、愛はそんなふうには働かない。

愛を買ったり、強制したり、要求したり、奪ったりすることはできない。できるのは与えることだけだ。

それならガイに彼女の愛を与えよう。彼が求めていてもいなくても。アラベラが彼にあげられるのはもうそれだけなのだから。

〝彼に言ったらだめ〟と彼女のプライドは警告した。〝彼はあなたをばかにする。あなたを嘲笑する〟

でも彼女の奥のほうから、心がささやく声が聞こえた。〝ばかなことを言わないで。

愛をあざ笑うような男を、わたしが愛するはずがない〟

〝もう立ち去りなさい〟とプライドは言い張った。〝彼はあなたを求めていない。馬車に乗って、もう行くのよ〟

〝黙りなさい、プライド〟アラベラの心が言った。〝もうあなたはお役御免よ〟

するととつぜん、楽になった。言葉はアラベラの心に、生まれる前からずっとそこにあって、あとはそれを言うだけでよかった。今度は、アラベラの口は彼女を裏切ることなく、出てきた言葉は純粋な真実だった。

「なぜならあなたを愛しているから」アラベラは言った。

駒鳥が驚いて飛び去り、一陣の風が葉っぱをさらさらと揺らした。でも空は落ちてこなかった。太陽は輝きつづけ、アラベラはまだ息をしている。もっとも、少し息苦しくなってはいるけど。

ガイはなにも言わなかった。

「まだあるの」アラベラは言った。「わたしはあなたをだれかほかの人、つまりあなたが望むものを与えてくれるだれかに任せて、あなたのことを遠くから愛するしかないという事実を受けとめたの。それは理想的ではないけど、なぜなら人は愛情の対象のそばにいたいと思うものだから。でも、わたしにはあなたが必要なの」

まだ彼はなにも言わなかった。

「もちろん、あなたがいなくても生きていけるけど」

いまのはほほえみ？　「もちろん」

「あなたを必要なのは……わたしが自分自身でいるためよ。わたしはあまりにも長いこと自分を閉じこめて子供時代にしがみつき、家族と家庭を探していた。でもまぬけなことに、ずっと間違った場所を探していた。あなたのおかげでわたしは大人になり、新たな人生を始めることができた。わたし自身の人生を、わたし自身のやり方で。これまでのところは、まったくうまくいっていないけど……あなたを愛したことも、わたしがこういう人間であることも、ぜったいに後悔しないわ。ただひとつ残念なのは、わたしがあなたの望む妻ではなかったこと。なぜならあなたは、わたしが夫に望むすべてだから」

ガイは目を閉じて、なにか悪態のようなことをつぶやいた。

「ほら。これで説明になったでしょう」アラベラはかすれた声で言った。喉が締めつけられてずきずきと痛む。「これでもう、わたしもあなたになんの借りもなくなった。もうわたしたちにはなにも言うことは残っていない。もう引き留めないわ」

アラベラは自分がガイの足元で粉々になってしまう前に立ち去ろうと、くるりとふり向いた。ガイが手袋をしていない手で彼女の手首をつかんだ。アラベラのなかにかっと熱が走る。からだが固まった。ふり返ってガイを見られない。でも彼がうしろにいるのは感じた。彼がさわっているのは手首だけだったが、それでも感じた。

ガイがゆっくりと、切れ切れの息を吐く。その温かさをうなじに感じる。

「よかった、そういうことであってくれと思っていたんだ」彼は震える声で言った。

アラベラの全身に血液が駆けめぐった。血とほかのなにか。血管を流れ、筋肉を弱くするもの。それでもふり返ることができなかった。ガイは彼女の手に自分の手を重ねて、指を組みあわせた。アラベラは目をつぶり、感覚を彼の存在にゆだね、彼だけを感じた。

「ぼくはきみを呪った」ガイの低い声が耳に忍びこんでくる。「あまりにも呪ったから、きみの頭上に蝗《いなご》の大群がいないのが驚きだよ。きみも、きみのいまいましいプライドも呪った。借りも義務もない、ときみは書いた。それが理由だと思っていたんだろう？　そしてぼくが違うと言っても、それは高潔な嘘だとしりぞけた」ガイの反対の手が彼女の腰に置かれた。まるでこれからワルツを踊ろうとするように。でもアラベラの向きは逆だ。「きみは考えはじめたんだろう？　きみのすばらしいダイアモンドのような頭脳で。だが考えるのは歩くのとおなじだ。もし間違った場所から始めて、間違ったほうを向き、間違ったほうに進んだら、世界の端から落ちてしまう」

ガイが近づいて、その胸がアラベラの背中にふれた。アラベラはふり返ることができなかった。うしろ向きのダンスの姿勢で彼にしっかりと押さえられているから。

「ぼくはその手紙をいつも身につけていて、きみがぼくのところに来るの待っていた。きみに来てほしかったんだ。きみに――」ガイの声が途切れた。「きみに来てもらう必要があった」

彼の手の力がゆるんだ。アラベラはガイの腕のなかでくるりと回り、夏の雨のような彼の目を見つめた。

「でもあなたはわたしを求めていなかった」アラベラは驚きから立ち直れないまま言った。「あなたは自分の夢の家をもつべきよ。欲しいものを手に入れるべきよ」

「家か」彼は言った。「安心できて、帰りたいと思わせる場所。ぼくの安らぎと情熱とよろこびと楽しみがあるところ」つつむように、アラベラの首のうしろを手で支えた。まるで彼女をそこにつなぎ留めるかのように。「アラベラ、きみはプライドの高い、どうしようもないばかだ。きみがぼくの家なんだ」

ガイの言葉に息をのんだ。でも空気は必要ない。だって震えがすべてとまったから。彼女の脚は力強く、腕はしっかりとしている。アラベラは彼のいとしい顔に手をあてた。ガイが頭をさげて額と額を合わせた。

「ぼくはわかるまで時間がかかった」ガイはそっと続けた。ふたりの息が混じりあう。「父への反発のせいで考えが凝り固まっていたからだ。だがようやくわかった。ぼくはまず世界を旅して自分自身になる必要があった。それで初めて、自分がいちばん必要とするものはずっとここにあったのだと気がついた」

「それはつまり……」

「つまり、きみを愛してるということだよ。言おうと思っていたんだが、言うチャンスがなかった」

アラベラは頭をあげて彼の目のなかを探した。信じたかった。自分の恐怖の追い払い方を知りたかった。

「わたしはこれからも間違える」アラベラは言った。「間違ったことも言う。それに——」

「もちろんきみは間違えるに決まっている。ぼくもだ。もしぼくが間違えたら、きみはぼくを捨てるのか？」

「もちろんそんなことしない」

「それならなぜ、ぼくにもおなじようにさせてくれない？」ガイは彼女のほつれた巻き毛をなでつけた。「アラベラ、ぼくはきみをわかっている。それできみを選んでいるんだ。今度は、きみも疑いようがないだろう。ぼくはきみと人生をともに生きていきたい。なぜならきみがいる人生のほうがいいからだ。きみにもおなじ理由でぼくを選んでほしい。一生に一度くらい戦うのをやめて、ぼくをこのみじめな状態のままにしておかないでくれ」

アラベラのすでにぼろぼろになった心が痛んだ。ほんとうに、自分はいったいなにをしたの?

「わたしがあなたを傷つけたのね」ガイの痛みをいっしょに感じて、アラベラの目に涙がこみあげた。すぐに手を彼の顔、首、肩に押しあてた。それで治そうとするかのように。「ああ、ガイ、思ってもみなかった。あなたを傷つけたいと思ったことなんてないのに。わたしにあなたを傷つけられるとは思わなかったの。ただあなたに幸せになってほしかっただけ」

ガイは首を振り、短く、おもしろくもなさそうに笑った。「きみは間違っていた。きみは――どうしようもなく――間違っていた」

「ごめんなさい。わたしを赦してくれる?」

ガイはアラベラのほおをこすった。彼女の涙で濡れたところの上で冷たい空気が踊る。「ぼくたちの関係はなにもかも滅茶苦茶だった。それをほどくのに時間がかかったんだ。約束してくれ。もう二度としないと」

わたしなら直せる。アラベラは彼の胸に手を置きながら思った。計画が必要だわ。

ガイが軽く笑った。「美しく賢いアラベラ」彼はつぶやいた。

「なぜ笑ってるの?」

「なぜならきみが計画を立てようとしているから。そうだろ?」ガイは言った。「いいだろう。きみの妙案を聞かせてくれ。これをどう直すんだ?」

アラベラの頭のなかで千もの選択肢が飛びまわったが、彼女はすべて無視した。どうすればいいかは、もうわかっていた。

「わたしは……あなたと話をする」アラベラはおずおずと言った。

ガイがうなずき、ほほえんでいる。「いい計画だ」

「逃げたことを謝る」

「それはもうした」

「あなたを傷つけたことへの赦しを請う」

「もう赦した」

「それから……」これはアラベラにとっては慣れないことだったが、あまりにも重要だから、失敗するわけにはいかなかった。「わたしは……あなたがわたしにどうしてほしいのか質問する。二度とこんなふうにあなたを傷つけないために?」

「ひとつある」

「なんでも」

「ぼくを信じてくれ。ぼくがきみを愛しているということを。ぼくは自分の心をわかっているということを。ぼくがきみの心の面倒を見るということを」

ガイの目がアラベラの目をのぞきこんだ。あまりにも深くのぞきこんでいたから、きっと心まで見えたはずだった。アラベラは自分の心が甘やかに降伏して彼に開くのを感じた。やすらぎが全身に満ちる。

「わかった」アラベラは言った。「わかったわ」

「ぼくは心からきみを愛している。もうわかっただろう」

「わたしもあなたを愛してる」アラベラは小首をかしげた。「きょうまで一度もこの言葉を言ったことがないにしては、かなり上達していると思わない？」

「でも練習は続けるんだ」

「毎日ね」

それで思いだした。ひとつやり残したことがある。

アラベラは一歩離れた。ガイの両手を取って、いとおしい彼の顔を見つめた。彼が彼女の手をつつむ。

「ガイ」アラベラはゆっくり言った。「わたしたち、完全に自由になったことだし……」

「うん？」

「もしかしたらいまあなたに訊いておいたほうがいいかも……」

「うん？」

アラベラは深く息を吸いこみ、胸が空気とよろこびと愛でいっぱいになって、口元が大きくほころび、自分がどうしようもなく笑顔になるのを感じた。「考えたんだけど、ガイ・ロス、どうかわたしの……夫になってくれる？」

ガイのほほえみも彼女のとおなじだった。「永遠に訊いてくれないんじゃないかと思ってたよ」アラベラの手を持ちあげて、その関節に軽く唇を押しつける。「イエス、アラベラ・ラーク、きみと結婚するよ。イエス」

＊　＊　＊

アラベラの結婚式用のドレスはほかのドレスより特別に美しいわけではなかったが、どのドレスよりも彼女を変えた。鏡に映った自分を見る。白いスカートと胴衣、ふんだんに裾にあしらわれたブルーベルの花。アラベラはまったく彼女自身のように見えると同時に、まったく新しい人間のようにも見えた。

しばらく考えて、その理由を理解した。

毎日彼女は、まるで鎧《よろい》をつけるようにドレスに着替えていた。人生という戦場で戦う準備をしていたのだ。

きょう、人生は戦場ではない。別の日には別の戦いもあるだろう。それが彼女だし、彼女はそうあるべきだから。でもきょう、これまでずっと戦ってきて、自分はやっと勝利したのだとアラベラは気づいた。なにと戦ってきたのかも定かではないし、どうやってこの勝利をつかんだのかもよくわからないけれど、よろこんで自分のものにするつもりだった。

馬車は準備できていたが、アラベラはまだ準備ができていなかった。ママもまだ来ないから、アラベラは白いスカートをつまんでパパの書斎に急いだ。

死んだ鳥たちは無視して——けっきょくそれは死んだ鳥の剝製にすぎない——双子の弟の肖像画を見あげた。美しく、いとしいオリヴァー。永遠の少年はこれまでずっとアラベラの一部だったし、これからもそうだ。あまりにも早く逝ってしまったけれど、いつでも彼女の隣を歩いている。

〝会いに来たわよ〟とアラベラは思った。

彼のきょうのほほえみは、彼女が愛した小さな弟のほほえみように優しく、彼女がけっして知ることのない若者のほほえみのように、愛情がこもっていた。

〝わたしはきょう結婚するのよ。わたしの愛する、わたしを愛してくれる人と〟

〝よかったね〟が彼の返事だった。〝幸せになるんだよ〟

「会いたいよ」アラベラは声に出して言った。「ここにいてほしかった。あなたに死んでほしくなかった」

彼はただの肖像画で話せなかったが、まるで彼が声に出して言ったかのように、アラベラには聞こえた。〝ぼくも会いたいよ。でも姉さんが生き残ってよかった〟

ドアが開き、ママが入ってきた。

「ここにいたのね。馬車が待っているわ。なにをしていたの？」

「オリヴァーと話していた」

母はアラベラの手を取り、ふたりは並んで少年の肖像画を見あげた。彼はもうなにも言わなかった。

「愛してるわ、ママ」

母はアラベラのこめかみにキスした。「わたしも愛してるわ、マイディア」

ふたたびドアがあいた。今度はパパが、ママと反対側のアラベラの隣にやってきた。しばらくだれも、なにも言わなかった。

「おまえの幸せを祈っているよ」ようやくパパが言った。「そしてハードバリーのも。少なくとも彼はおまえと渡りあえる」

「やってみればいいわ」

パパは笑った。「ああ、そうだな。わたしは……」笑いが消え、パパの目はアラベラから、壁の肖像画に移った。「わたしはおまえにひどいことをしてしまった。だがおまえがわたしの娘であることを誇らしく思っている。わたしが父親だったからではなく、わたしのような父親だったのに、おまえはすばらしい女性になった。ほんとうに、すばらしい女性に。少しプライドが高くて頑固ではあるが」

反対側で、ママが笑った。「プライドが高くて頑固。そうでしょう、ピーター？」

ちゃめっ気たっぷりの口調で言う。「だれかさんにそっくりじゃない？」

アラベラはこんなふうに、両親にはさまれて立っていたときを思いだせなかった。家族が心を通じあい、自分たちの愚かさをいっしょに笑っている。

「遊びにくるわ、パパ。パパの好きなだけ。ここで子供たちとたっぷり時間を過ごせる。もしわたしたちが子供に恵まれたら。そのうちのひとりは、パパに似てほしいと心から思っているのよ」

「科学好きな男の子か？」

「女の子かもよ」

パパは鼻を鳴らした。「それはありがたい。だがもし恵まれなくても、おまえが愚かな年老いた父親を訪問してくれるのを待っているよ。さあ」今度はきびきびと続けた。「そろそろおまえを教会に連れていったほうがいいだろう。また逃げられたのかと、ハードバリーがパニックを起こす前に」

小さな教会は参列者でいっぱいだった。アラベラと父が入っていくと、全員がふり向いた。

ひとりをのぞいて。ガイ。

彼は祭壇で待っていた。広い背中をまっすぐに伸ばして。ステンドグラス越しに射しこんだ一条の光が、彼の髪を金色、赤、青に染めている。

父娘はゆっくりと歩きはじめた。アラベラはガイを見つめた。彼はまだふり向かない。

祭壇に着くと、パパは彼女のほおにキスして、脇にどけ、花婿の隣に並ばせた。アラベラが彼を見あげ、もしかしたらガイはその視線に気づいたのかもしれない。ようやく、こちらを見た。その目が彼女の顔をじっと見た。

そしてすばらしいことが起きた。

ガイ・ロスがほほえんだのだ。

それは温かな、よろこびがあふれるようなほほえみだった。彼女がいるだけでうれしいというほほえみ。

ガイが彼女にほほえむのは、彼女が生きているのがうれしいからだ。

それは、世界でもっともすばらしいことだった。

訳者あとがき

十九世紀初めの英国を舞台にしたヒストリカルロマンス、『嘘の口づけを真実に（原題 *A Dangerous Kind of Lady*）』をお届けします。著者ミーア・ヴィンシーの前作『不埒《ふらち》な夫に焦がれて』（扶桑社刊）と同様に、本作もヒストリカルのサブジャンルであるリージェンシーロマンスの伝統を守りながら、ジャンルに新鮮な息吹を吹きこむすばらしい作品に仕上がっています。

本書のヒロイン、女相続人のアラベラ・ラークには、幼いころに両家の親どうしが決めた許婚がいました。侯爵家の跡取りで、五歳年長のガイ・ロスです。子供のころのふたりは、会えば口喧嘩に競争、そうでなければたがいに無視しあっていました。

その後ガイは二十歳で国を離れ、行方知れずになっていました。父親が亡くなり、八年ぶりに帰国して爵位を相続したガイは、アラベラと結婚する気はないと表明します。

ガイのことはなんとも思っていなかったアラベラですが、それで〝許婚の帰国を待っている〟という、結婚を先延ばしにする口実がなくなってしまいました。早く孫息子が欲しいアラベラの父親はなかなか結婚しない娘にしびれを切らし、求婚者のスカルソープ男爵と結婚しなければ勘当だと、最後通牒を突きつけます。勘当もスカルソープとの結婚も避けたいアラベラは、いちばん頼みごとをしたくない相手であるガイに助けを求めますが、けんもほろろに断わられてしまいます。そこでアラベラは、あるたくらみをめぐらせて――。

そんな彼女をガイは、相変わらず傲慢で野心家のままだと非難します。そして、自分は優しくて愛想のいい花嫁を探すつもりだというのです。

本書の冒頭に引用されている『父から娘たちに贈る言葉』は、医師であるグレゴリー博士が自分の娘たちのために書いた礼儀作法書で、一七七四年に出版されてベストセラーになりました。女性にとっての幸せである結婚に結びつく、男性から見て礼儀正しく愛想がよいと映るような美徳や教養について指南しています。「ウィットはもっとも危険な才能だ。くれぐれも人前でひけらかさず、気立てのよさを前に出すようにしなさい」という一節からもわかるように、女性に本来の優秀さを隠すようにと勧めています。本書のヒロイン、アラベラは、そんなことをするような性格ではありません。

ガイはそんなアラベラと丁々発止のやりとりをしながら、心ならずも彼女に惹かれていくのですが、どちらも意志の強いふたりのロマンスは一筋縄にはいきません。

リージェンシーロマンスの大事なテーマのひとつが結婚です。ヒストリカルロマンスの読者の方々にはおなじみかもしれませんが、本書でも出てくる「結婚予告」について、簡単にご説明します。

当時のイングランドの法律では、教会結婚と、結婚許可証（通常の許可証と特別許可証の二種類）による結婚がありました。

そのうち教会結婚では、三週連続で日曜日に、教区教会で結婚予告が読みあげられます。そこで異議申し立てがされなければ、カップルは最後の予告から九十日以内に、教会で結婚式を挙げます。式は、日曜日以外の日の午前中におこなわれました。挙式後、新夫婦と証人二名が登録簿に署名して、結婚の記録が教会に残されます。参列者はごく近親者だけというのが普通でした。

結婚を急ぐ場合や、結婚をもっと私的なものにしたい場合には、費用はかかりますが、結婚許可証を手に入れます。裕福な人はこちらを選ぶことも多かったそうです。

また親に反対された若いカップルが、イングランドの法の及ばないスコットランドのグレトナ・グリーンへ駆け落ちして結婚するということもありました。

本作のヒロイン、アラベラは、著者ミーア・ヴィンシーのデビュー作であり、二〇一九年度RITA賞最優秀ヒストリカルロマンス長編賞を受賞した『不埒な夫に焦がれて』にもヒロインの友人として登場しています。

ヴィンシーの〈ロングホープ・アビー・シリーズ〉は、ウォリックシャーのある教会区を中心にゆるやかにつながる作品群です。『不埒な夫に焦がれて』は、時系列順ではシリーズ三番目の物語でした。本作『嘘の口づけを真実に』は、時系列ではさかのぼって二番目にあたりますが、著者自身が、「このシリーズの作品はいずれも単独で楽しめますし、順不同で読んでもらってもだいじょうぶ」といっていますので、どうぞご安心を。

ヴィンシーの作品の魅力のひとつは人物造形のすばらしさです。メインのキャラクターたちはもちろん、サイドのキャラクターも全員、それぞれの人生を生きている複雑な人間として生き生きと描かれているので、彼／彼女たちの物語も読みたくなります。次作『*A Scandalous Kind of Duke*』は、これまでの作品にちょこちょこ顔を出しているレオ・ホールトン、ダマートン公爵の物語だそうです。

〈ロングホープ・アビー・シリーズ〉（時系列順）

A Beastly Kind of Earl

A Dangerous Kind of Lady『嘘の口づけを真実に』

A Wicked Kind of Husband『不埒な夫に焦がれて』

A Scandalous Kind of Duke

◉訳者紹介　高里ひろ（たかさと　ひろ）
上智大学卒業。英米文学翻訳家。主な訳書に、トンプソン『極夜 カーモス』『凍氷』『白の迷路』『血の極点』(以上、集英社)、ジェイムズ『折れた翼』、シェリダン『世界で一番美しい声』(以上、扶桑社ロマンス)、ロロ『ジグソーマン』、クーン『インターンズ・ハンドブック』(扶桑社ミステリー)他。

嘘の口づけを真実に

発行日　2021年11月10日　初版第1刷発行

著　者　ミーア・ヴィンシー
訳　者　高里ひろ

発行者　久保田榮一
発行所　株式会社 扶桑社
〒105-8070
東京都港区芝浦1-1-1　浜松町ビルディング
電話　03-6368-8870(編集)
03-6368-8891(郵便室)
www.fusosha.co.jp

印刷・製本　図書印刷株式会社

定価はカバーに表示してあります。

Printed in Japan
ISBN978-4-594-09002-9 C0197